LES FORTUNES DU CŒUR

MARY NICHOLS

LES FORTUNES DU CŒUR

traduit de l'américain par
Liliane Gourgeon

l'Archipel

Ce livre a été publié sous le titre
The Stubble Field
par Orion, Londres, 1993.

Si vous désirez recevoir notre catalogue et être tenu au courant de nos publications, envoyez vos nom et adresse, en citant ce livre,
aux Éditions de l'Archipel,
13, rue Chapon, 75003 Paris.
Et, pour le Canada, à
Édipresse Inc., 945, avenue Beaumont,
Montréal, Québec H3N 1W3.

ISBN 2-909-241-95-5

1

– Tu le vois ? Dis, tu vois quelque chose ?

Sarah Jane, le derrière en l'air et le nez dans le terrier du lapin, ne répondit pas à son frère.

– Il est là ?

Billie, tout excité, sautait en agitant les bras et en secouant ses boucles blondes. Sarah Jane se redressa et rejeta en arrière ses longs cheveux roux ; son visage apparut, aussi parfaitement ovale que crasseux, ses yeux verts pétillant de malice.

– Sûr qu'il y est. On vient juste de le faire entrer, pas vrai ? Mais si tu continues de faire trembler le sol comme ça, il y restera. Alors tiens-toi tranquille !

Plusieurs terriers s'ouvraient le long du talus qui séparait le champ du boqueteau, mais elle avait pris soin de repérer celui dans lequel s'était faufilé le lapin. Alors qu'elle cherchait l'inspiration autour d'elle, l'animal jaillit et fila à travers champ, sa queue blanche tressautant dans les chaumes. Sarah Jane, qui avait déjà relevé l'ourlet de sa jupe de coton pour le glisser dans sa ceinture, se lança à sa poursuite. Elle n'avait aucune chance de le rattraper mais elle se devait d'essayer, pour Billy. Le lapin, terrifié, bondissait en tous sens.

– Passe devant lui, Billy !

L'animal fit un nouveau détour et fonça sur elle. Elle plongea dans l'éteule piquante, tandis que sa proie disparaissait dans le taillis. Elle était hors d'haleine, avait un point de côté et une écorchure sur la joue, mais elle bascula sur le dos en riant. Billy vint se planter devant elle, son petit visage anxieux à contre-jour.

– T'es pas très douée pour attraper les lapins, Sarah Jane.

– Non, c'est vrai. Il nous reste plus qu'à aller glaner.

– J'en ai assez, et puis t'avais dit qu'on mangerait du lapin ce soir !

– Eh bien ! Je me suis trompée, voilà tout. Le vieux Jeannot n'a pas envie d'être mangé.

Ce n'était pas la première fois qu'elle maternait ainsi son jeune frère ; il en allait ainsi depuis le dernier accouchement de leur mère, voilà trois ans. Ils étaient très pauvres et ne pouvaient guère s'offrir une troisième bouche à nourrir, mais ils avaient porté le deuil du malheureux nourrisson comme s'il avait été l'enfant le plus désiré du monde. Leur mère n'avait jamais recouvré la santé ; guère plus forte elle-même qu'un enfant, elle s'était affaiblie et avait maigri jusqu'à n'avoir plus que la peau sur les os. On aurait dit que les rôles s'étaient inversés : Sarah Jane avait pris sa place et exécuté toutes les tâches d'une ménagère, cuisiner et laver, nourrir les poules, ramasser les œufs, préparer la pâtée pour les cochons – et soigner sa mère. Dès que le père partait travailler, elle la lavait et l'habillait, la cajolait pour qu'elle mange ; quand il rentrait le soir, elle s'occupait de son frère pour qu'il ne fatigue pas la malade, puis le mettait au lit et lui racontait des histoires qu'elle inventait à mesure. Pas une seule fois Sarah Jane ne rechigna à faire ses devoirs ; elle aimait son frère et ses parents, et la maisonnée était heureuse.

S'attendait-elle à la mort de sa mère ? Personne n'en parlait. Papa qui se montrait toujours gai n'aurait jamais laissé la tristesse s'installer au foyer, mais il vint un temps où la pauvre femme devint incapable de quitter son lit, pouvant à peine lever la main ; elle souriait quand même. Son mari était à son côté le jour où elle ferma les yeux pour la dernière fois, il y avait trois mois de cela ; pendant un instant encore le sourire qu'il affichait resta comme collé sur ses lèvres, puis il s'effondra sur le lit en sanglotant. Sarah Jane ne l'avait jamais vu pleurer et demeura là, indécise, les yeux secs, bien que ravagée de chagrin ; puis il l'attira contre lui avec Billy et tous trois s'assirent au bord du lit, cherchant ensemble le réconfort.

Ce furent les dernières larmes qu'il versa, mais Billy, qui avait sept ans, pleura pendant des jours. Sarah Jane le prenait contre elle, le berçait et le câlinait ; elle aurait voulu se lamenter elle aussi, sangloter dans les bras de sa mère comme lorsqu'elle était petite, mais c'était impossible et cela n'aurait pas consolé son frère. Papa était trop plongé dans son chagrin silencieux pour les aider. Il paraissait vieillir à vue d'œil ; le rire disparut de sa voix, le sourire de ses lèvres. On avait l'impression qu'une chandelle s'était éteinte, le laissant dans l'obscurité et le froid. Il se déplaçait dans la chaumière comme s'il avait des boulets aux pieds ; il devait se comporter de la même façon au travail car, quatre semaines plus tôt, on l'avait ramené chez lui, étendu sur une porte, tué d'un coup de corne par un gros taureau noir.

– Pas été assez rapide, expliqua le fermier Cooper. Il aurait dû sauter par-dessus la barrière en moins de temps qu'il ne faut pour le dire.

Il s'interrompit pour jeter un regard à la cuisine immaculée.

– Faudra voir pour l'enterrement.

Sa voix tonnante dérangeait Sarah Jane ; elle aurait voulu qu'il s'en aille et la laisse tranquille. Elle aurait voulu demander conseil à papa. Mais le fermier continua :

– Je m'en occupe, d'accord ?

– Oui, s'il vous plaît.

– Qu'allez-vous faire, tous les deux ?

– Comment ça ?

Elle s'arracha à la contemplation du corps inerte de son père pour rencontrer le regard interrogateur du fermier.

– Vous ne pouvez pas rester ici. Pas après... les funérailles.

– Pourquoi ?

– C'est un logement de fonction, vous ne saviez pas ?

Elle le savait, bien sûr, mais ne parvenait pas à s'imaginer que leur père les avait abandonnés et qu'ils n'avaient personne au monde vers qui se tourner.

– Je peux travailler pour vous.

– C'est d'un homme que j'ai besoin.

Sarah Jane jeta un regard morne à Billy qui s'accrochait à sa main et ne comprenait pas ce qui se passait ; il ne serait pas en mesure de travailler avant des années. Elle était en âge, mais personne ne voudrait de son frère qui avait bon appétit, comme tous les petits garçons. Elle devrait gagner assez d'argent pour deux.

– Qu'est-ce qu'on va faire ?

– Allez à l'hospice, répondit le fermier d'un ton bourru mais pas méchant. C'est pas aussi moche qu'on le prétend, là-bas, et on s'occupera de vous. On vous donnera de quoi manger, dormir, et travailler, et il y a même une salle de classe. Vous aimeriez pas apprendre à lire et à écrire ?

Elle acquiesça, trop submergée par le malheur pour l'écouter vraiment ; après son départ, elle s'installa dans le rocking-chair près de la cheminée, pour réfléchir. Ce siège avait été celui de son père, et de son père avant lui ; le chef de famille s'y était toujours assis et aucun enfant n'aurait osé s'en servir, même en son absence. À présent, Sarah Jane y avait droit.

L'hospice ! Elle savait bien où il se trouvait ; personne ne l'ignorait et, si ce qu'elle en avait entendu dire était vrai, c'était un purgatoire et non un refuge. Elle se souvenait de sa construction parce qu'il avait été inauguré en grande pompe peu avant le dernier accouchement de sa mère. C'était un grand bâtiment de brique avec de hautes fenêtres à barreaux qui se dressait, sévère et rébarbatif, au croisement des routes de Chevington et Peterborough – et Dieu sait quoi au-delà. La corde d'une cloche pendait au côté de la porte et sur le linteau étaient gravés des mots que papa lui avait lus : *Hospice de Chevington, 1837.* Elle plissa le front pour se concentrer : on était en 1841, elle avait donc neuf ans à cette époque et Billy trois. Maman, blême, l'avait envoyée chercher la voisine qui servait de sage-femme et, quand celle-ci était arrivée, en essuyant ses mains pleines de farine à son tablier sale, elle avait fait sortir les deux enfants. Les cris terrifiants de leur mère avaient longtemps résonné dans la chaumière. Plus tard, la sage-femme avait confié à leur père que cet enfant mort-né était en réalité, une bénédiction, avec l'état de l'agriculture, les pauvres en trop grand nombre et lui qui avait déjà deux petits à nourrir... Elle essayait sans doute de le consoler, de sa manière maladroite, mais papa avait répondu qu'il en faudrait beaucoup pour qu'un seul membre de sa famille aille à l'hospice, et qu'on pouvait bien en construire partout, il ne changerait pas d'avis. C'était bon pour les aveugles, les estropiés et les paresseux, mais il n'était rien de tout cela. « Ma famille ne mendie pas » avait-il affirmé. Plus tard, quand maman était morte et que la même voisine était venue faire sa dernière toilette, il lui avait déclaré : « Je travaillerai, et puis Sarah Jane est une bonne petite mère pour Billy. On s'en sortira. » Il ne pouvait pas prévoir sa propre disparition.

Le lendemain, Sarah Jane laissa Billy jouer tout seul et partit à la recherche d'un emploi. Malgré son deuil, elle se montrait enthousiaste et gaie, mais cela ne dura pas. Il n'y avait pas de travail, ou alors il fallait vivre sur place, et personne du voisinage, sachant qu'elle avait son frère à charge, ne l'embaucherait. Désespérée, elle était allée jusqu'à Peterborough – quinze kilomètres à pied. La ville lui était inconnue et, effrayée par sa taille, son remue-ménage et son vacarme, elle avait fait demi-tour. Elle était arrivée chez elle à l'heure du dîner, les membres lourds de fatigue, pour trouver Billy endormi par terre, le pouce dans la bouche, serrant contre lui la poupée de chiffon qui avait été son unique réconfort durant la longue journée.

Le lendemain, Cooper vint avec un nouvel ouvrier dont la jeune femme, dénuée de tact, parcourut la maison en se récriant de plaisir devant sa propreté.

– Allez donc à l'hospice, répéta Cooper devant l'expression butée de Sarah Jane. J'exige que vous partiez dès aujourd'hui.

Les deux enfants étaient donc partis, mais pas à l'hospice. Ils s'étaient installés dans une cahute à l'autre bout de la ferme, ayant emporté leurs vêtements, une couverture, quelques pots et casseroles, une miche de pain rassis et une demi-douzaine d'œufs consommés et oubliés depuis longtemps, ainsi que les cinq shillings donnés par le fermier en échange de leurs meubles.

Billy se mit à pleurer quand elle l'emmena.

– Je veux rentrer à la maison, répétait-il sans fin, comme si cela pouvait exaucer sa prière.

– On peut pas, c'est tout.

Son ton était sec, non par méchanceté, mais pour cacher sa propre émotion. Tant que Billy aurait besoin d'elle, elle se battrait de toutes ses forces pour le protéger.

– Maman ! Je veux ma maman !

– Maman est morte, tu le sais.

Se montrer dure envers son frère était la seule façon de supporter son chagrin. Agenouillée près de lui dans la cabane, elle le secouait doucement par les épaules.

– Écoute-moi bien, Billy. Maman est morte, papa est mort et on peut pas rentrer à la maison, jamais, alors il faut s'en accommoder. Je suis là, non ? Je veillerai sur toi. À partir de maintenant, tu n'as que moi et je n'ai que toi.

Puis elle l'étreignit et le berça jusqu'à ce qu'il se calme.

Et, durant ces derniers jours de l'été, il s'en était accommodé en effet, prenant leur nouveau style de vie comme une aventure dont il laissait tout le souci à sa sœur. Elle avait cherché du travail, n'importe quoi qui puisse les nourrir ; mais cela ne pouvait pas durer. Ses longs cheveux roux étaient tout emmêlés, ses vêtements sales et déchirés malgré ses efforts pour les laver ; elle devenait semblable à une romanichelle alors que les autres candidates étaient propres et avenantes. Elle n'avait aucune chance. Tant que le temps demeurerait clément, qu'il leur resterait de quoi acheter à manger sur les cinq shillings et qu'ils pourraient grappiller dans les champs et les potagers, ils se débrouilleraient, mais que deviendraient-ils quand l'été ferait place à la pluie et au froid ? Si on les surprenait à voler, ils auraient de sérieux ennuis. Papa les avait mis en garde contre le terrible châtiment qui attend les voleurs et les avait élevés dans l'honnêteté et le respect de la loi. Ils avaient dépensé leurs derniers sous la veille et devaient prendre une décision. Billy interrompit sa rêverie.

– Tu avais dit qu'on attraperait un lapin.

– C'est toi que je vais attraper !

Elle sauta sur ses pieds, lui courut après en riant jusqu'à ce qu'elle le rejoigne au bord du champ où le laboureur avait commencé à tracer des sillons dans le chaume, et ils roulèrent ensemble sur la terre douce. Elle aurait voulu demeurer là pour toujours, ni affamée ni assoiffée, sans avoir à prendre de décision, seulement étendue au soleil, avec les hirondelles volant haut et les grenouilles coassant près du ruisseau. Mais ni les lapins ni les pommes de terre ne sautent tout seuls dans la marmite.

– Je crois bien que c'est toi que je vais mettre à cuire ! dit-elle en riant.

– Sarah Jane, j'ai faim, répondit Billy, soudain sérieux.

– Je sais, je suis désolée. Nous essaierons demain, avec un piège.

– Papa disait que c'est du braconnage. Si on se fait prendre, qu'arrivera-t-il ?

Braconner était encore pire que voler aux yeux de Billy. Lorsqu'elle se redressa, elle vit une calèche arrêtée au bord de la grand-route, une superbe voiture d'un vert brillant avec un monogramme sur la portière et un cocher en uniforme. Un gentilhomme en descendit, courbé pour ne pas faire tomber son haut-de-forme gris. Mon Dieu, pensa-t-elle, qu'il est beau ! Grand, séduisant, à peu près du même âge que son père – mais pas aussi *usé*, il était vêtu d'une redingote lilas sur une veste rayée et un pantalon gris. Sa cravate de soie bleue formait un nœud élégant retenu par une épingle qui étincelait dans la lumière. Il fit un pas vers eux et cria :

– Hé ! Les enfants ! Venez là !

Sarah Jane n'avait pas la moindre intention d'obéir ; elle saisit son frère par la main et l'entraîna vers le boqueteau. Une fois à l'abri, elle observa le gentilhomme resté sur la route.

– C'est Lord Chevington, chuchota Billy. Je l'ai vu un jour que je sortais avec papa. Tu crois qu'il nous voit ?

– Non. Et il va pas salir ses jolis souliers pour venir jusqu'ici, hein ?

Elle avait raison car, au bout d'une minute, il haussa les épaules et remonta en voiture. Les enfants sortirent du couvert.

– Ça, c'est un vrai dandy, dit Sarah Jane. T'aimerais t'habiller comme ça, Billy, et rouler en calèche ?

– Je préférerais monter sur le siège du cocher et conduire. J'aurais un grand chapeau et un manteau avec des douzaines de boutons dorés et des bottes, et je ferais claquer mon fouet et mes chevaux voleraient !

Elle abrita ses yeux du soleil pour observer la calèche qui s'éloignait.

– Moi, je serais à l'intérieur, dans les coussins, avec ma robe de soie tout étalée autour de moi et des bijoux dans les cheveux, et tous les beaux jeunes gens voudraient danser avec moi...

Elle s'interrompit pour ajouter :

– Il s'est arrêté à la porte de la ferme.

Ils regardèrent le cocher descendre de son siège et se hâter vers la maison.

– Il va nous dénoncer ! Partons vite.

Elle saisit la main de Billy et ils se hâtèrent de regagner le pauvre abri devenu leur foyer, se croyant en sécurité. Quand, un peu plus tard, l'imposante silhouette du fermier Cooper se profila à l'entrée de la cabane, ils furent pris au dépourvu. Billy, qui se chauffait les pieds au feu que sa sœur avait allumé et mangeait un œuf dur, leva vers lui sa figure toute barbouillée. Sarah Jane bondit tandis qu'il enfournait le reste de l'œuf dans sa bouche avant qu'on le lui reprenne.

– Que faites-vous ici ? Je vous avais dit d'aller à l'hospice.

– On veut pas y aller. Personne ne peut nous y obliger, on est très bien ici.

– Pas du tout, vous êtes sur une propriété privée. Et ça, c'est quoi ? demanda-t-il en pointant sa canne.

– Un œuf. Du moins, sa coquille.

– Volé, je présume.

Sarah Jane ne répondit pas, indomptable, mais les lèvres de Billy se mirent à trembler. Elle se pencha pour essuyer ses larmes, le barbouillant un peu plus.

– De toute façon, vous ne pouvez pas rester ici. Venez avec moi.

– Où ça ?

– Pas de questions, ramassez vos affaires.

Cooper attrapa Billy par l'épaule.

– Laissez-le ! Vous lui faites peur !

– Mais pas à toi, hein ?

– Non. J'ai peur de personne !

Il se mit à rire.

– Eh bien ! Ma petite demoiselle, peur ou pas, vous venez avec moi !

Il écrasa les flammèches du bout du pied.

– Vous auriez pu mettre le feu et rôtir dans votre sommeil.

Puis il propulsa Billy au-dehors, sachant que Sarah Jane serait obligée de le suivre. C'était un instant décisif. Elle avait essayé, échoué, mais elle avait beau s'en vouloir, elle avait fait tout ce qui était en son pouvoir. Elle ne savait rien d'autre que tenir une maison propre et préparer de bons repas – à quoi cela lui servait-il ? Malgré tout, il aurait peut-être mieux valu s'enfuir ; mais ils n'avaient nulle part où aller et le fermier tenait solidement Billy. Il ne lui restait plus qu'à le suivre jusqu'à la cour de la ferme.

Cooper était de mauvaise humeur ; une vache était sur le point de vêler, il restait des labours à effectuer et voilà qu'il était obligé de servir de bonne d'enfant à ces deux garnements. Sans Lady Chevington, membre du conseil de l'hospice, et Lord Chevington, qui lui avait demandé de s'en occuper, il se serait contenté de les chasser à coups de menaces.

– Pourquoi vous souciez-vous de nous maintenant, lui demanda la fillette, et pas lorsque papa est mort ?

– Monsieur le comte m'a chargé de vous amener à l'hospice. Allez, pas d'histoire !

Sarah Jane se promit que ce ne serait pas pour longtemps ; dès qu'elle aurait trouvé un moyen, ils s'enfuiraient et personne ne les rattraperait. Elle se souvint de la réponse de son père à la sage-femme et répliqua : « Notre famille ne mendie pas. Jamais les Winterday n'ont mendié. »

– Montez là-dedans, vous deux. Plus tôt on y sera, plus vite je pourrai retourner à mon travail.

Avec le même air de défi, mais tremblant au fond d'elle-même, Sarah Jane s'installa au côté de Billy. La route filait droit entre les champs qui s'étendaient, tel un océan, jusqu'à l'horizon brumeux. Elle lui avait paru interminable le jour où elle était allée à Peterborough, mais aujourd'hui il lui semblait voler. Son visage s'assombrissait à chaque tour de roue.

– Où on va ? chuchota Billy. Je veux rentrer à la maison.

Elle lui sourit.

– On va avoir une nouvelle maison. Ça te plaira.

– C'est loin ?

– Au bout de la route, intervint Cooper. À trois kilomètres.

Billy était terrifié par le fermier et n'osait même pas le regarder. S'il n'avait pressenti que quelque chose d'effrayant allait se produire, il se serait réjoui de la promenade. La dernière fois qu'il avait roulé en voiture à cheval, c'était avec son père envoyé en courses par le fermier. Il s'était bien amusé et papa lui avait offert une pomme d'amour au marché. Il y avait longtemps de cela.

Le cabriolet ralentit pour laisser passer une calèche que Sarah Jane reconnut aussitôt. Ils se frôlèrent de si près qu'elle sentit l'odeur des chevaux et vit Lord Chevington assis à l'intérieur. Il semblait encore plus impressionnant, avec ses cheveux noirs, sa main baguée reposant sur le pommeau de sa canne, ses yeux sombres fixés devant lui, soucieux. Un jeune homme dont elle ne distingua pas les traits se tenait à côté de lui.

– Je suis soulagé que Cooper ait trouvé ces deux petits, dit Lord Chevington après avoir répondu au salut du fermier par une brève inclinaison de tête. Les enfants doivent être aimés et soignés, non devenir des sauvages.

– Oui, monsieur.

Lord Chevington songea que, sans lui, Timothy aurait pu être l'un de ces êtres abandonnés, sans argent ni amour, obligé de se battre dans un monde hostile, mais cela ne lui procura aucune satisfaction. Il plaignait le jeune homme, élevé par une succession de gouvernantes ; en dix-sept ans, il n'avait jamais connu l'amour d'une mère et Geoffrey savait que tous les biens matériels dont il l'entourait n'étaient qu'un piètre substitut. À présent, il lui avait acheté une maison dans un village voisin afin qu'il ait un « foyer » à rejoindre pendant les vacances universitaires.

– Je pourrai te rendre visite facilement, avait-il précisé. Il est temps que tu aies une propriété à toi.

Cependant, cela ne lui rendait pas les choses plus aisées ; Timothy était devenu un beau garçon, un vrai fils de gentilhomme, et il était temps de lui apprendre la vérité.

C'est la vue de la fillette au milieu des chaumes qui l'avait décidé. Elle avait fait naître en lui le souvenir d'une autre sauvageonne dont les rires s'étaient transformés en pleurs quand on lui avait retiré son enfant. « Débarrasse-toi de lui ou va-t'en », lui avait-on dit. Mais elle refusait d'abandonner son nourrisson à la porte de l'hospice et était allée supplier Sa Seigneurie – il y avait dix-sept ans de cela, dix-sept ans au cours desquels le sens du devoir qui avait animé Geoffrey s'était transformé en un amour d'autant plus poignant qu'il n'avait pu en parler à personne, pas même à l'enfant.

Le temps des faux-fuyants était terminé mais il ne savait par où commencer.

– La maison te plaît-elle ?

– Oui, monsieur. Vous êtes très généreux.

– Avant d'arriver à Cambridge, j'ai quelque chose à te dire. Marchons un peu, veux-tu ?

Il tapota le plafond avec sa canne et le cocher arrêta la calèche. Ils firent quelques pas dans l'air frais.

– Timothy, ce que j'ai à te dire risque de te choquer, mais le jour est venu où tu dois savoir. Je sais que tu te conduiras en gentilhomme.

Timothy, à dix-sept ans, se considérait déjà comme un homme ; il avait atteint sa taille d'adulte, s'habillait avec élégance et avait découvert les femmes grâce aux domestiques du collège. Il bénéficiait d'une rente qui lui permettait de se divertir : aller aux courses, jouer aux cartes et boire de temps à autre. Il était du genre exubérant et savait comment se faire apprécier, pour autant que ses camarades ne soient pas trop curieux de ses origines. Il était fort susceptible sur ce point, et certains avaient appris que sa générosité avait un prix. Se pouvait-il qu'il obtienne enfin les réponses qu'il espérait ? Il en avait le cœur battant et les mains moites.

– Peut-être t'es-tu demandé pourquoi j'ai accepté d'être ton tuteur ?

– N'est-ce pas mon père qui vous en a prié avant de mourir ?

Lord Chevington eut un sourire gêné.

– Timothy, je ne suis pas seulement ton tuteur mais... ton père.

– Mon père ?

Le jeune homme le regarda, incrédule, durant une bonne minute puis ses pensées s'envolèrent. Il était donc le fils du comte, propriétaire de centaines d'acres à la campagne, d'une maison à Londres et de participations dans différentes entreprises, y compris les chemins de fer. Son fils ! Les conséquences étaient considérables. Lord Chevington, marié depuis de nombreuses années, n'avait pas d'héritier. Jusqu'à aujourd'hui...

Geoffrey étudiait le visage du garçon, si semblable au sien

avec ses traits bien dessinés, son menton volontaire, ses pommettes hautes et ses sourcils arqués. Il y lisait l'étonnement, le ravissement – et une cupidité mal déguisée qui lui fit froid dans le dos.

– J'aurais sans doute dû te le dire plus tôt.

– Pourquoi n'en avez-vous rien fait ?

Timothy ne pouvait cacher son excitation. Hériter la fortune des Chevington, mais aussi leur titre, ça, ce serait quelque chose ! Une belle revanche sur toutes les moqueries qu'il avait supportées au collège. Être un jour Lord Chevington !

– Je voulais être sûr que tu comprendrais bien.

– Mais justement, je ne comprends pas. Si je suis votre fils unique...

– Pour le moment. Assieds-toi près de moi.

Geoffrey souleva les pans de sa redingote et prit place sur une souche. Le jeune homme obéit avec les mêmes gestes.

– Pourquoi est-ce que je ne vis pas au manoir avec vous ?

– Parce que, Timothy, tu n'es pas le fils de Lady Chevington. Tu n'es pas mon héritier. J'ai eu une liaison...

Le jeune homme en eut le souffle coupé. Son rêve s'évanouit et il eut l'impression que son cœur s'arrêtait.

– Je suis un bâtard. Un bâtard sans le sou...

Lord Chevington tenta un sourire.

– Pas vraiment. Tu auras toujours ce qu'il te faut.

Timothy se leva et le regarda de haut.

– En secret ? À la merci de votre charité ? Pourquoi me l'avoir dit alors ? Pourquoi ?

Les larmes ruisselaient sur ses joues, mais c'était la colère qui faisait vibrer sa voix. Geoffrey se leva lentement et lui fit face. Ils étaient de la même taille, mais Timothy avait la sveltesse de son âge et ses cheveux étaient plus noirs.

– Tu es assez grand pour connaître la vérité. Rien n'a changé entre nous.

– Comment pouvez-vous dire cela ? Tout a changé. Vous avez brisé ma vie. Je suis un bâtard...

– Ce n'est pas le mot que j'emploierais.

Mon Dieu, qu'avait-il donc fait ?

– C'est pourtant celui qui convient !

Les arbres renvoyèrent en écho le cri plein de chagrin et d'amertume. Geoffrey posa la main sur son bras mais il la repoussa.

– Je vous ai toujours respecté. Je vous aimais ! Vous étiez mon héros, mon bienfaiteur, quelqu'un incapable de mal agir. Maintenant j'apprends que vous n'êtes qu'un...

Il ne trouva pas d'épithète assez injurieuse.

– J'ai commis une seule erreur et je ne la regrette pas, puisque je t'ai eu, pour ma plus grande joie. As-tu jamais été malheureux ?

L'expression du garçon ne s'adoucit pas. Sa rage était presque tangible.

– Pas jusqu'à présent.

Timothy ressentit une certaine satisfaction à voir son père ciller à cette réponse cruelle.

– Je savais que cette nouvelle te choquerait. J'en suis navré...

– C'est tout ce que vous savez dire ? En une seule phrase vous m'apprenez que je suis votre fils et que vous me déshéritez.

Il avait toujours été étonné de ne pas être invité chez son tuteur ; aujourd'hui encore il s'était demandé, en passant devant les grilles, pourquoi ils n'entraient pas. La raison n'en était que trop claire.

– Tant que Lady Chevington est en vie...

– Sait-elle que...

– Non. Elle croit que tu es le fils d'un vieil ami. Il serait peu sage qu'elle te rencontre car tu me ressembles trop, et je ne sais pas lui mentir.

Cet aveu cachait un grand regret. Il aurait préféré que Constance sache et accepte la vérité, mais sa stérilité était son fardeau. Apprendre que son mari avait eu un enfant d'une autre aurait redoublé sa peine. Il l'aimait trop pour cela.

– Tant qu'il reste la possibilité d'un héritier légitime, la situation ne changera pas, mais tu pourras venir à Chevington quand Mme la comtesse sera à Londres ou à Bath durant l'été.

Son intonation apaisante n'échappa pas à Timothy, qui comprit à quel point il comptait pour son père ; il pourrait en faire ce qu'il voudrait – sauf sur ce qui lui importait le plus.

– Qui était ma mère ? S'appelait-elle Myson ?

– Non, c'est moi qui t'ai appelé ainsi. C'est la première chose qui m'est venue à l'esprit, parce que tu étais *mon fils.* *

Timothy fit la grimace ; même son nom était pure invention. Il n'avait pas d'arbre généalogique, pas de racines.

– Avez-vous aimé ma mère ?

* « My son » signifie « mon fils » (N.d.T.).

Lord Chevington s'en souvenait moins que des larmes qui ruisselaient de son visage sur le châle élimé dans lequel était enveloppé l'enfant. Son angoisse vivait encore en lui. Le nourrisson dormait tandis qu'elle s'était enfuie, laissant Geoffrey contempler, stupéfait, ce petit bout de vie que ses actes inconsidérés avait créé. On n'avait pas le droit d'arracher son enfant à une mère de cette façon ; on n'avait pas le droit de se servir du corps d'une femme avec autant d'insouciance. La culpabilité le hanta bien après que le souvenir de la passion qu'il avait éprouvée pour la jeune fille se fût évanoui.

– Non. Je ne crois pas. Ce n'était qu'une passade.

– Un caprice ! Pas de foyer, pas de parents, pas même de nom. Je ne suis rien ni personne.

Il se souvint alors de l'intérêt de Lord Chevington pour les enfants qui jouaient dans les chaumes et ajouta :

– Je vaux moins que ces garnements. Ils ont un nom et de vrais parents, eux. À moins qu'ils ne soient aussi vos bâtards ?

Geoffrey se retint de réprimander l'insolent.

– Absolument pas. Je ne les ai jamais vus. Je m'inquiète pour eux, c'est tout.

– Vous ne vous êtes pas inquiété de moi au point d'épouser ma mère ! Qui était-elle ? M'aimait-elle ? Sans doute pas, sinon elle ne m'aurait pas abandonné.

– Timothy, cela ne s'est pas du tout passé ainsi...

Geoffrey s'interrompit car son fils lui avait tourné le dos et se dirigeait à grands pas vers la calèche. Il le suivit lentement ; plus tard, peut-être, l'écouterait-il. Ils roulèrent en silence, l'un ennuyé de s'y être si mal pris et l'autre dévoré d'amertume et de haine envers celui dont il dépendait entièrement. Timothy aurait aimé agir avec panache, sortir pour toujours de la vie de son père. Mais se permet-on de prendre de grands airs lorsqu'on risque de se retrouver sans le sou ? En outre, il avait droit à sa part d'héritage, et la seule façon de l'obtenir était de rester en bons termes avec Lord Chevington. Un jour, sa bâtardise ne compterait plus ; il pourrait regarder le monde les yeux dans les yeux et le monde devrait compter avec lui.

Quand ils arrivèrent à Cambridge, Timothy s'était calmé et affichait son plus charmant sourire, celui auquel nul, et surtout pas son père, ne pouvait résister.

– Je suis désolé de m'être mis en colère. J'ai reçu un choc, c'est tout. Je m'y ferai certainement.

Lord Chevington soupira de soulagement et regretta que son fils soit maintenant trop grand pour qu'il puisse l'embrasser.

– Rien n'a changé entre nous. Quand tu auras terminé tes études, il y aura une place pour toi dans ma compagnie de chemins de fer.

Timothy n'était pas certain d'avoir envie de travailler ; il aurait préféré mené la vie libre et insouciante des jeunes Winterday. Mais ils étaient aussi pauvres et sales, et il ne voulait pas de cela non plus. Il n'avait jamais manqué de confort et n'avait pas l'intention de s'en priver. Il suivit son père en imaginant de quelle manière façonner l'avenir à sa guise, et oublia les enfants qui jouaient dans les chaumes.

2

Sarah Jane agrippa la main de son frère et considéra avec défi les trois hommes et la dame qui l'observaient, assis à une grande table ovale. Elle n'avait que trop conscience de sa jupe froissée et poussiéreuse, de ses cheveux peignés avec les doigts. Quant à son frère – dont elle se sentait responsable –, c'était encore pire ; ses vêtements étaient en loques et ses boucles blondes si sales qu'il était difficile de juger de leur couleur. Pas étonnant que les respectables administrateurs de l'hospice aient l'air si dédaigneux.

Pourtant, la dame ne l'était pas, et c'est elle qui attira l'attention de Sarah Jane, avec ses cheveux clairs sous le chapeau à fleurs, ses yeux bleus et son doux sourire. Quant à sa robe, Sarah Jane n'en avait jamais vu de semblable : une énorme crinoline mauve à dentelle plus foncée, de la dentelle autour du col et plus encore sur les manches. Elle en oublia les autres, et même son frère.

– Faites votre révérence devant Lady Chevington, ordonna la principale en la poussant dans le dos.

Cette dernière était une femme imposante, presque aussi large que haute, vêtue d'une robe bleue par-dessus plusieurs jupons amidonnés. Ses cheveux gris étaient serrés sous une coiffe immaculée et on lui voyait une ombre de moustache. À sa ceinture pendait un gros trousseau de clés qui cliquetait à chaque mouvement. Elle terrifiait déjà Billy. Sarah Jane flageola en pliant le genou sans quitter des yeux Lady Chevington, si parfaite, pâle et nette, sans un cheveu déplacé, qu'elle avait l'impression de ne valoir guère mieux qu'un insecte rampant, tout juste bon à être écrasé.

– Eh bien, mes enfants, parlez-nous un peu de vous. Vos noms d'abord.

Sarah Jane tourna son attention vers celui qui s'était exprimé, plus gras et plus jeune que les deux autres, avec un nez en patate et des cheveux carotte, une veste jaune canari et une cravate à pois. Il ressemblait à un perroquet à côté de ses compagnons vêtus de gris ; quant à Lady Chevington, c'était un oiseau de paradis.

– Je suis Sarah Jane Winterday, et voici mon frère Billy.

Elle s'était redressée, le menton haut ; ils n'avaient rien fait de mal et aucune raison de s'humilier.

– Winterday ?

– Oui, m'dame.

– Oui, madame la comtesse, corrigea la principale.

– Peu importe, dit gentiment Lady Chevington, qui précisa aux messieurs : j'ai entendu parler de cette famille par mon époux. N'y a-t-il donc personne, oncles ou tantes, pour s'occuper de vous ?

– Non. Madame la comtesse, ajouta-t-elle devant le regard désapprobateur de la principale.

– Quel âge avez-vous ?

– Treize ans, et Billy sept.

– Nous allons les admettre, dit l'un des hommes en gris à la gouvernante. Envoyez le garçon au pavillon des enfants et trouvez quelque emploi pour la fille.

Elle sortit et revint bientôt avec une très vieille femme au long nez et dont les cheveux blancs s'échappaient en tout sens de sa coiffe. Elle fixa Billy de ses yeux perçants et tendit une main maigre.

– Allez, toi, viens.

Billy se cacha derrière sa sœur, qui repoussa la vieille femme quand celle-ci voulut l'attraper.

– Laissez-le tranquille ! Il n'ira pas.

– Si. Il doit venir avec moi.

Sarah Jane entoura son frère de ses bras et il cacha son visage contre elle.

– Je vous laisserai pas l'emmener.

– C'est ce que nous allons voir, dit la princiaple entre ses dents.

Elle n'allait pas capituler devant cette gamine, surtout en présence des administrateurs. Elle la saisit par le bras avec tant de force que Sarah Jane grimaça.

– Viens avec moi et laisse ton frère avec Mme Hewitt. Elle sait s'y prendre avec les enfants.

– Elle connaît pas Billy. Il restera avec moi !

– Le règlement s'y oppose.

Les deux femmes se mirent à pousser et à tirer pour arracher le jeune garçon à la protection de cette petite furie.

– Cela suffit. Cessez immédiatement !

Lady Chevington avait à peine élevé la voix mais Mme Hewitt lâcha l'oreille de Billy et la principale, prête à gifler Sarah Jane, laissa retomber sa main.

– Votre conduite est inadmissible, reprit Lady Chevington. Approche, Sarah Jane, n'aie pas peur.

– J'ai pas peur.

C'était vrai ; une femme aussi belle ne pouvait pas se montrer cruelle

– J'en suis heureuse. Depuis combien de temps t'occupes-tu de ton petit frère ?

– Trois ans. Maman était malade, vous savez, et papa a été tué, alors le fermier Cooper a dit qu'on pouvait pas rester dans notre maison et qu'il fallait venir ici. On voulait pas mais il a dit que c'est Lord Chevington qui l'exige.

Elle sourit en se rappelant la façon dont Cooper les avait jetés à l'entrée de l'hospice avant de fuir comme s'il avait peur d'y être enfermé aussi.

– Si j'avais su que vous alliez emmener Billy j'aurais pas tiré cette cloche pour entrer.

Jamais elle n'oublierait le son de cette cloche ; il ressemblait au glas des funérailles de son père, payées par Cooper, comme si cette générosité la dédouanait de sa conduite précédente. Elle aurait dû prendre garde à cet avertissement et continuer sa route aussi loin que Billy pouvait marcher.

– Qu'auriez-vous fait ?

– J'en sais rien. Trouvé quelque chose.

Lady Chevington eut un sourire radieux et compréhensif.

– Sarah Jane, crois-tu que tu aurais pu élever ton frère comme ton père l'aurait souhaité s'il avait vécu ?

– J'aurais essayé.

– J'en suis sûre, mais pourquoi ne pas nous permettre de t'aider ? Ici, il apprendra à lire, écrire et compter. Quant à toi, mon enfant, tu sauras bientôt cuisiner, coudre et faire la lessive de façon à trouver un bon travail plus tard. Nous veillerons alors à ce que tu retrouves ton frère.

Sarah Jane prit cela pour une promesse, suffisante pour lui offrir un répit. Si une bonne conduite pouvait la rapprocher de la liberté, alors elle se conduirait bien. Elle pria pour que Billy le comprenne aussi. Lady Chevington se pencha en avant et Sarah Jane huma son parfum semblable aux effluves d'un jardin l'été.

– Tu veux t'améliorer, n'est-ce pas ? Cela nécessite des efforts de ta part. Nous devons travailler pour obtenir ce que nous voulons. Tout le monde a besoin d'un but.

– Même vous ?

– Impertinente ! gronda la principale.

Lady Chevington sourit.

– Même moi. Veux-tu réfléchir à ce que je t'ai dit ?

– Oui, madame la comtesse.

Sarah Jane se tourna vers Billy qui la regardait comme une traîtresse – ce qu'elle était.

– Sois sage, Billy. Je viendrai te voir dès que je pourrai.

Elle l'étreignit puis le poussa vers la vieille femme. Elle n'était pas de taille à se battre contre tout l'hospice, ni à argumenter avec Lady Chevington ; mais elle n'avait pas dit son dernier mot. Oh ! non !

Mme Hewitt sourit au garçon d'un air amical – plus à l'intention de Lady Chevington qu'à la sienne, puis l'emmena. À la porte, il se retourna vers sa sœur. Ses lèvres tremblaient et des larmes roulaient sur ses joues noires de crasse. Elle n'arrivait pas à croire à cette séparation ; c'était pire que tout ce qu'elle avait imaginé. La voix stridente de la principale la fit sursauter.

– Fais ta révérence et remercie Lady Chevington pour sa bonté.

À peine eût-elle obéi que la forte femme la saisit par le poignet et l'entraîna dans la cour où se trouvaient plusieurs groupes de femmes, toutes en robes rayées bleu et blanc avec des tabliers et de lourdes bottes noires. Elles se turent en voyant la principale et s'effacèrent devant elle d'un air maussade. Sarah Jane chercha un visage amical, mais tous les regards demeurèrent neutres et vides. Ces femmes semblaient sans vie, mornes, dénuées de l'étincelle qui leur aurait donné une personnalité ; elle refusait de devenir ainsi. Autant mourir ! Que voulait dire Lady Chevington en parlant de s'améliorer : s'élever au-dessus de sa condition ? Être différente, meilleure ? Quoiqu'il arrive elle ne ressemblerait pas à ces femmes. Elle tenta un sourire dans leur direction.

– Tardera pas à changer de grimace, celle-là ! lança une voix.

La gouvernante chercha des yeux celle qui avait parlé, une fille un peu plus âgée que Sarah Jane, avec de courts cheveux hérissés.

– Lizzie Dunne, approche. Sarah Jane vient juste d'arriver. Emmène-là au bain puis chez Mme Garby pour travailler.

Lizzie sourit et tendit la main à Sarah Jane.

– Viens avec moi.

– Et lave-lui les cheveux aussi. Si tu trouves la moindre bestiole, dis-le moi, que j'appelle le barbier.

– Y'a pas de bestiole dans mes cheveux ! s'écria Sarah Jane, indignée. Et je ne suis pas sale.

– Toutes les nouvelles prennent un bain, sales ou pas. C'est la règle.

Elle l'emmena dans un bâtiment où se trouvaient alignées plusieurs baignoires le long d'un mur blanc. Le sol de pierre était glissant et froid sous les pieds nus de Sarah Jane. Elle eut envie de pleurer mais fit une effort pour sourire ; Lizzie lui dit :

– Voilà, ma petite, t'as trouvé la bonne réponse. Faut rire sinon on pleure et à quoi ça sert de pleurer ? Ça change rien à rien. Allez, enlève tes vêtements. Tu vas pas te baigner tout habillée, pas vrai ?

Sarah Jane secoua la tête ; elle se sentait abrutie. Tout était si nouveau qu'elle ne parvenait pas à réfléchir, sinon à s'inquiéter pour Billy. Qu'avait-on fait de lui ?

– Tu as donné ta langue au chat ? reprit Lizzie en remplissant la baignoire à l'aide de grands seaux de fer blanc. Viens donc, plus vite tu y seras, plus vite ce sera fini.

Sarah Jane ôta son corsage, sa jupe et son jupon, puis sa chemise et ses pantalons bouffants, symboles de son enfance. Ils étaient élimés et elle avait hâte de pouvoir s'en passer. Lizzie lui donna un morceau de savon râpeux et une serviette rêche, puis la laissa.

L'eau était froide, mais il faisait si chaud ce jour-là qu'elle trouva le contraste plutôt agréable et commença à se savonner. Parviendrait-elle à être aussi propre que Lady Chevington, et surtout à le rester ? Mais elle n'avait rien à faire, elle ; on travaillait à sa place.

– Un jour, je serai une dame. Je porterai de la soie et les gens m'obéiront au doigt et à l'œil.

Pourquoi Lord Chevington s'était-il mêlé de sa vie ? Qu'était-elle donc pour lui ? Elle était contente de n'avoir plus à se soucier de trouver un abri et à manger, mais désolée d'avoir perdu sa liberté. Si seulement Billy avait pu rester avec elle ! Lord Chevington savait-il qu'on les avait séparés ? Imaginait-il ce que c'était d'être ainsi arrachés l'un à l'autre ? Billy comprenait-il qu'elle n'avait rien pu faire ? Elle se sentait coupable.

Lizzie revint avec un paquet de vêtements.

– Pour quelqu'un qui voulait pas se laver, tu prends ton temps, remarqua-t-elle en versant de l'eau sur la tête de Sarah Jane. T'en as de beaux cheveux ! Longs et épais. Les miens n'ont jamais bien repoussé après avoir été coupés.

Sarah Jane leva la tête et reçut de l'eau en pleine figure ; toutes deux se mirent à rire. Puis elle se sécha et enfila l'uniforme de l'hospice. Elle le détesta ; la robe était lourde et inconfortable, les bottes trop serrées.

– Faut-il que je les mette ? J'ai l'habitude d'aller pieds nus.

– Bien sûr, il le faut.

– Comment on va chez les enfants ? demanda-t-elle encore en enfilant la coiffe sur ses cheveux humides. Ils ont emmené mon petit frère et il me manque.

– Tu n'as pas le droit. Les hommes, les femmes et les enfants sont séparés. Il va s'habituer. T'auras bien assez à faire pour te...

Une cloche l'interrompit.

– Dépêche-toi, c'est l'heure du déjeuner. Il y a de la viande aujourd'hui, faut faire vite.

Elle entraîna Sarah Jane jusqu'à une grande salle du bâtiment principal, emplie de longues rangées de tables, où les pensionnaires faisaient la queue. On leur donna un bol où flottaient deux ou trois morceaux de viande et de légumes dans une sauce épaisse, du pain et une chope d'eau. À l'autre bout de la salle, la gouvernante était assise sous un dais entre un petit homme barbu au crâne chauve comme un œuf et un autre en redingote d'un noir fané et cravate pourpre, qui avait dû être séduisant autrefois. Deux pensionnaires leur apportaient une soupière en porcelaine.

– Qui est-ce ? demanda Sarah Jane.

– Le chauve est le directeur, le mari de la principale, et l'autre M. Wistonby. C'est pas un officiel, pas un résident non plus. C'est le frère de la principale, il va et vient comme il veut. La grosse à côté de lui, c'est Mme Garby ; elle s'occupe de la blanchisserie et tu iras la voir après manger. Méfie-toi qu'elle ne t'écrase pas de travail.

Sarah Jane parcourut du regard les visages ; tous les pensionnaires engloutissaient leur repas comme s'ils n'avaient pas mangé depuis un mois. Les bols furent saucés jusqu'à la dernière goutte. Toujours aucune trace de Billy.

Ensuite Lizzie se rendit à la salle de couture et Sarah Jane se dirigea vers la blanchisserie, l'endroit le moins apprécié de la maison. On y manquait d'air, cela sentait le lin bouilli et la crasse ; la chaleur était presque insupportable, l'eau ruisselait le long des murs comme la sueur sur le visage des femmes. Sarah Jane, imitant les autres, se pencha sur une cuve de bois et frotta de cristaux de soude une montagne de linge et de draps. C'était trop haut pour elle et l'eau sale coulait le long de ses bras ; elle fut bientôt trempée malgré son tablier de grosse toile.

Quand vint enfin l'heure du dîner, elle avait les mains à vif et tellement mal au dos qu'elle ne pensa plus qu'à se reposer. Elle renonça même au pain et au fromage sec qu'on lui tendait et se coucha, épuisée et déprimée. Allongée sur son matelas de paille dans le dortoir aux lits tous identiques, la douleur se calma lentement et elle tenta de rassembler ses idées. Autour d'elle, les femmes se préparaient pour la nuit ou étaient déjà allongées sous les couvertures rêches, car seule l'infirmerie avait des draps. Elles s'interpellaient, disaient ou non leurs prières, se tournaient et se retournaient, s'endormaient.

Tous les jours se ressembleraient-ils ? Si oui, il valait mieux partir le plus tôt possible. C'était bien d'une grande dame de l'avoir incitée à rester ; ce n'était pas elle qui devait passer la journée devant une cuve bouillante et dormir dans un dortoir bondé loin du seul être qui comptait pour elle. Chez eux, dans leur petite chaumière, elle partageait avec Billy le même lit étroit, la même chaleur, et ils se chuchotaient des secrets bien longtemps après que leurs parents exténués s'étaient endormis. Où était Billy ? Pleurait-il, apeuré sans elle ? Elle ne pouvait pas le laisser sangloter tout seul. Dès que ses compagnes se seraient assoupies, elle partirait à sa recherche.

Un tintement de cloche insistant la tira d'un sommeil si profond qu'elle se demanda où elle était. Puis tout lui revint et elle se leva, malade de remords. Comment avait-elle pu dormir ainsi alors que Billy avait besoin d'elle ? Elle enfila en hâte son jupon.

– Pourquoi tu te dépêches ? demanda la voix ensommeillée de Lizzie.

– Je vais voir Billy.

– Et après ?

Prise de court, elle s'interrompit. Oui, que ferait-elle ? Elle considéra le dortoir – des femmes s'étiraient, d'autres utilisaient leur pot de chambre, se grattaient, s'habillaient sans pudeur. Jamais on ne laisserait Billy partager son lit. Mais il fallait qu'elle lui parle, le rassure.

– Je dois savoir s'il va bien.

– Tu vas te compliquer la vie. Tu dois obéir au règlement, ou le directeur se servira de sa canne sur ton dos et celui de ton frère.

En se rendant au réfectoire, Sarah Jane insista :

– Je dois le voir. Maman se retournerait dans sa tombe si elle savait ce qui se passe.

Lizzie promit de se renseigner. Le téléphone arabe fonctionnait très bien si on savait à qui s'adresser, et elle put donner à Sarah Jane des nouvelles de son frère.

– Il est à la ferme, là où on élève les poules et les cochons. On l'a enfermé dans la porcherie.

– Pourquoi ?

– Il a pissé par terre. Grand-mère Hewitt a dit qu'il était tout désigné pour vivre avec les cochons.

Lizzie se demanda si elle devait lui avouer la suite, puis décida que cela lui donnerait une meilleure idée de ce qui l'attendait.

– Elle l'a oublié. On l'a fait sortir ce matin.

– Il y est resté toute la nuit ? Seul ? s'écria Sarah Jane.

Tout le monde se retourna ; le temps du repas était uniquement consacré à manger et non à bavarder, encore moins à attirer l'attention.

– Ouais, avec la truie et ses porcelets. Quand on l'a retrouvé, il en avait tout l'air lui-même. Et il puait autant. On lui a jeté deux seaux d'eau dessus et on l'a étrillé avec un balai avant de le laisser rentrer.

Lizzie ne put s'empêcher de sourire malgré l'effroi de Sarah Jane qui bondit et qu'elle obligea à se rasseoir.

– T'inquiète pas, Sarah Jane. On l'a baigné et nourri et envoyé à l'école. Il va bien, je t'assure.

Mais elle n'écoutait plus. Elle se précipita au-dehors en abandonnant son repas et se dirigea vers la cour du bâtiment où elle avait repéré des enfants de l'âge de Billy. Elle n'avait qu'une idée, trouver son frère et le tirer des griffes de cette abominable vieille femme. Par la fenêtre, elle le cherchait parmi une trentaine d'élèves penchés sur leur ardoise, quand une main s'abattit sur son épaule.

– Que fais-tu ici, ma fille ?

Elle se tourna avec un air de défi vers la principale.

– Je suis venue voir mon frère, je le lui avais promis.

– C'est impossible, je le crains. Il est heureux parmi ses nouveaux camarades.

– C'est pas vrai. On l'a enfermé dans la porcherie et...

– C'est faux ! Qui t'a raconté ces mensonges ?

Un instant, Sarah Jane hésita : les adultes ne mentent pas, en principe.

– Je veux voir moi-même. Je veux qu'il me dise que tout va bien.

– Il est là, en classe. L'entends-tu pleurer ?

– Non, mais...

– Retourne à ton travail.

– Non ! Je déteste cette maison. C'est horrible ici ! Rendez-moi mon frère...

– Silence ! Tu ennuies tout le monde avec ton raffut.

La principale l'entraîna plus loin de crainte que Billy l'entende et se rebelle à son tour, ce dont elle doutait. Lady Chevington n'approuverait certainement pas les méthodes de grand-mère Hewitt mais elles étaient efficaces : le petit garçon était tout à fait maté.

– Je veux m'en aller !

Elle échappa à la principale et ouvrit la porte de la classe à la volée. Trente paires d'yeux se tournèrent vers elle en silence. Elle parcourut les enfants du regard en s'efforçant de repérer les boucles blondes de Billy, mais elles avaient été rasées par le coiffeur deux heures auparavant ; avant qu'elle ait pu le distinguer, on la rattrapa et la tira hors de la classe.

– Retourne à ton travail, ma fille. Ici, on punit les insolents et les ingrats, mais ceux qui obéissent sont récompensés. C'est une leçon qu'il faut apprendre rapidement. Ton frère la sait déjà.

– Pas moi. Je veux partir avec Billy et ne jamais revenir.

– Et où irez-vous ? Comment vivrez-vous ?

L'imposante principale était tout sourire car elle savait fort bien qu'il n'existait pas de réponse à ces questions. Enragée, Sarah Jane se mit à la frapper à coups de poings, ce qui n'eut pas plus d'effet sur elle qu'une bouffée de vent mais attira une foule de curieux.

– Il suffit !

La gouvernante l'entraîna à travers la cour, loin de Billy qui s'était rendu compte de ce qui se passait et hurlait son nom de toutes ses forces tandis que Mme Hewitt le traînait à sa place.

– Nous allons voir que faire de toi. Tu as beaucoup trop de caractère pour quelqu'un dans ta situation.

Le directeur approchait.

– Alfred, nous avons affaire à une rebelle. Elle m'a attaquée. Comment lui apprendre les bonnes manières ?

– Ma foi, avoir attaqué une personne comme toi, qui est l'essence même de la bonté, ne mérite rien moins que le fouet.

– Non ! répondit vivement la principale, à la surprise de Sarah Jane. Ce serait trop rapide. Je pense plutôt à un séjour dans le grenier. Nous verrons si elle sera disposée à présenter ses excuses demain.

Elle se tourna vers Herring, l'homme à tout faire qui lui servait d'yeux et d'oreilles.

– Emmenez-la. Au pain sec, rien d'autre. Quant à toi, réfléchis et tâche de te repentir.

Sarah Jane résista à la tentation de répliquer et suivit le petit homme dans le bâtiment principal, monta deux escaliers et longea un couloir au bout duquel des marches disparaissaient dans un trou au plafond.

– Grimpe.

– Qu'est-ce qu'il y a là-haut ?

– Rien que le toit. Présente tes excuses demain et tu descendras.

– Non, pas question !

Il se mit à rire.

– On verra. Maintenant, tu montes ou je te dois t'aider ?

Il se pencha vers elle et passa la main sous sa jupe. Elle poussa un cri et escalada les marches pour lui échapper. Elle l'entendit rabattre et verrouiller la trappe, et se retrouva seule dans une minuscule pièce sous les combles.

Elle bouillait de ressentiment et de dépit. C'était trop injuste. Elle s'assit, les genoux contre la poitrine, les paupières serrées pour empêcher les larmes de couler. Elle ne pleurerait pas, non, mais comme elle aurait aimé cacher son visage dans le giron de sa mère pour être consolée ! Or sa mère n'était plus là, ni son père, Billy lui avait été enlevé et elle n'avait personne au monde. Pourquoi avait-elle écouté le fermier Cooper et fait confiance à Lady Chevington ? Elle aurait dû s'efforcer de trouver du travail, se préparer à mendier au besoin, tout pour échapper à cette terrible prison ; ni elle ni Billy ne méritaient un tel sort. Les larmes roulèrent enfin sur ses joues, larmes de malheur, d'apitoiement et de remords. Elle avait failli à sa promesse de veiller sur Billy et ne se le pardonnait pas.

– Oh maman ! Qu'est-ce que je pourrais bien faire ?

Il n'y eut pas de réponse et elle glissa dans un sommeil agité. Au matin, le bruit des loquets tirés la réveilla. Elle vit apparaître la tête de Herring par la trappe. Elle avait déjà décidé de présenter ses excuses. Ce n'était pas tant à cause du froid et de la solitude, mais parce qu'elle ne gagnerait rien à se montrer entêtée ; elle devrait faire preuve de patience, et Billy aussi. Un jour, elle aurait sa revanche. La gouvernante et tous ceux de son espèce seraient obligés de baisser les yeux en présence de Sarah Jane Winterday comme si elle était Lady Chevington en personne. C'est elle qui donnerait les ordres. Pour cela, elle devait agir de façon réfléchie. « Bénis soient les humbles » songea-t-elle en se souvenant d'un texte appris à l'école du dimanche, et elle ajouta avec un sourire amer : « mais pas pour longtemps ».

Le salon de la principale était encombré de petites tables couvertes de dentelle, de chaises en acajou, de buffets vitrés pleins de porcelaine, de tableaux et de plantes en pot. Sarah Jane se demanda comment la forte femme se déplaçait au milieu de tout ces objets sans en renverser la moitié.

– Tant mieux, dit celle-ci quand la jeune fille lui eût présenté ses excuses et promis de se comporter en parfaite pensionnaire. Nous n'aurons donc pas besoin d'alerter Madame la comtesse, qui aurait été fort déçue par ton attitude. Maintenant va travailler. Il sera tenue compte de ta bonne conduite quand ton tour viendra de partir.

Sarah Jane s'accrocha au mot « partir » comme à une bouée de sauvetage. Elle imagina des routes, des arbres, des maisons ; le soleil, le vent, les pieds nus ; et, par-dessus tout, la liberté. L'air joyeux, elle retourna à la blanchisserie, puis à midi s'assit près de Lizzie avec son assiette de soupe.

– Alors, te voilà revenue ?

– Oui. Mais faut que je voie Billy.

Elle voulait lui expliquer sa nouvelle politique de patience, lui donner un peu d'espoir.

– Tu le verras dimanche à l'église. Tu pourras lui glisser un mot.

– Je sais pas écrire. Et lui saurait pas me lire.

– Alors il faudra attendre encore.

Attendre ! Chaque jour passé à l'hospice était un jour perdu, gâché, fastidieux. Elle était prête à travailler dur pour en finir, mais le labeur ne lui apportait rien, ni compliment, ni blâme, ni salaire, rien qui la rapprochât de son but. La gloire et la fortune resteraient loin si elle se contentait de les attendre.

Chaque dimanche, les pensionnaires quittaient l'hospice en file indienne pour se rendre à l'église du village. Sarah Jane se retrouva assise à quelques rangs de Billy ; elle mourait d'envie de le prendre dans ses bras, mais il avait la tête baissée et ne la remarqua pas. À la fin du service, les plus jeunes sortirent en premier et il la vit enfin ; au lieu de tenter de lui parler, il se contenta d'un bref sourire qui lui serra le cœur. Elle avait cru qu'il partageait son désir de liberté, mais il n'avait pas l'air malheureux. Lizzie et la gouvernante avaient peut-être raison : il n'avait plus besoin d'elle.

Les mois suivants ils se virent très peu ; elle l'apercevait de temps à autre dans la cour, au milieu de ses camarades. Il lui faisait un signe indifférent. Il était devenu un étranger. Quelquefois, elle apprenait qu'il avait été puni parce qu'il ne savait pas bien ses leçons et, un jour, qu'il avait été sévèrement battu par le directeur. Elle tenta de le rejoindre mais fut vite ramenée dans ses quartiers.

– Je t'avais prévenue, la morigéna la principale. Veux-tu être de nouveau enfermée ?

– Non, madame.

– Alors, va travailler. Ton frère va bien.

– Pourquoi vous l'avez battu ?

– C'est un garnement et un ingrat qui méritait sa punition. Maintenant, file, ou c'est le grenier et le pain sec.

Furieuse, dépitée, elle s'en alla en se demandant dans combien de temps Billy aurait oublié qu'elle était sa sœur et qu'elle avait promis de veiller sur lui. Quelle promesse vide de sens ! Son seul espoir était de progresser vers le but qu'elle s'était fixé, une ambition qu'elle ne partageait avec personne, pas même avec Lizzie qui se serait moquée d'elle. Comment une pauvre illettrée comme elle atteindrait-elle jamais les hauteurs vertigineuses où évoluaient les grandes dames ? Avant tout, il lui fallait un minimum d'éducation ; qui avait jamais entendu parler d'une lady qui ne savait pas lire ?

Les seuls ouvrages disponibles à l'hospice étaient la Bible, des récits religieux ou édifiants – tellement manipulés, feuilletés, maltraités qu'ils en étaient devenus presque illisibles. Au-delà du côté pratique, Sarah Jane pressentait le plaisir que procuraient les livres. Elle avait remarqué la façon dont celles qui savaient lire profitaient des dernières minutes du jour pour s'absorber dans leur lecture comme si le monde extérieur n'existait plus.

La solution se trouvait à l'infirmerie. On l'y avait envoyée porter un message et elle s'était arrêtée quelques instants pour bavarder avec les patients. Ils étaient plus âgés ou plus impotents que malades, et si heureux de la voir qu'elle y retournait dès qu'elle avait un moment de loisir. Elle écoutait leurs plaintes, l'histoire de leur vie, les réconfortait et leur apportait un peu de tabac ou une chope de bière. Ils l'adoraient et la taquinaient. Son rire apportait le soleil dans leur vie, ils se sentaient de nouveau jeunes et en bonne santé. Les rudes infirmières qui s'occupaient d'eux la laissaient faire.

Elle avait aperçu le frère de la gouvernante, qui les aidait à faire leur courrier. Elle avait l'intention de lui demander une faveur, mais attendait le moment propice ; lui parler était peut-être interdit et sujet à punition. Elle apprenait la ruse et la patience.

3

L'homme couché dans le lit d'hôpital n'avait pas d'âge. Ses joues étaient ridées, sa bouche édentée, l'arthrite déformait ses mains osseuses, et pourtant une lueur dans son regard prouvait qu'il était encore capable d'apprécier une jolie fille de quinze ans telle que Sarah Jane, son long cou et sa poitrine pleine, d'imaginer sa taille souple et ses jambes fines sous la vilaine robe.

– Si j'étais plus jeune...

Sa voix mourut tandis qu'il rêvait à ce qu'il ne serait jamais plus. Elle rit en secouant ses superbes cheveux roux libérés de la coiffe humide qu'elle portait à la blanchisserie.

– Je m'en vais, j'ai du travail.

– Vous reviendrez ?

– Oui.

Elle lissa la couverture et passa entre les lits, inconsciente de l'effet qu'elle produisait, allant de l'admiration au désir non déguisé. Thomas Wistonby, assis près d'un malade avec son écritoire, la regarda avec un plaisir désabusé. Elle se mouvait avec une grâce naturelle, la tête haute et non courbée comme tant de pensionnaires. Elle devenait une vraie beauté et il aurait aimé avoir quelques années de moins, bien qu'à trente-huit ans il ne se sentît pas vieux.

Sarah Jane saisit l'occasion.

– Vous faites quoi ?

Elle le savait parfaitement.

– J'écris une lettre pour ce malheureux.

Elle s'assit au bord du lit de l'homme amputé.

– J'peux vous regarder ? Je voudrais écrire à mon frère. Elles ne me laissent pas lui parler.

– Qui donc ?

– La principale et grand-mère Hewitt. Une fois, elles l'ont enfermé toute la nuit dans la porcherie et nettoyé à coups de balai. Elles avaient pas le droit !

Il sourit car la colère lui rosissait les joues et faisait briller ses jolis yeux verts.

– Que voudrais-tu lui écrire ?

– Que je l'ai pas oublié et qu'on sortira d'ici dès que possible. Je veux savoir pourquoi on l'a battu. C'est pas un mauvais gars et je lui manque sûrement. Dès que je peux sortir, faut que j'y dise pour qu'il vienne avec moi.

Il sourit, incapable de la renvoyer. Il n'avait pas rencontré une telle vivacité chez une femme depuis des années, et ses longs cheveux indisciplinés brillaient tant qu'il éprouva une folle envie de les caresser. Elle possédait l'innocence de la jeunesse et une fougue naturelle qui fit naître en lui des désirs depuis longtemps refoulés ; il en fut délicieusement émoustillé.

– Et tu crois que me regarder t'aidera ?

– Oui.

– Alors tu peux rester. N'est-ce pas, Jacob ?

– Ouais, mais finissons-en.

L'homme continua sa dictée malaisée et Wistonby, reprenant sa plume, écrivit avec des fioritures sans tenir compte des pauses et des changements d'avis de son client. On aurait dit qu'il n'y avait pas de rapport entre eux, mais ils terminèrent en même temps.

– Tenez, dit Wistonby en lui tendant la lettre, faites une marque ici.

L'homme considéra le papier.

– C'est drôlement long.

– Voulez-vous que je raccourcisse ? Dites-moi quels mots vous désirez supprimer.

– Comment il pourrait deviner ce qu'il faut enlever ? intervint Sarah Jane.

Wistonby faisait payer au nombre de mots ; les pensionnaires démunis le réglaient en tabac ou en babioles.

– Juste ou pas, ce sont les affaires. Sans cela, le monde du commerce se grippe, les roues de l'industrie cessent de tourner. Inutile de plaider sa cause. Je dois gagner ma vie et, si je compatis aux malheurs de mes clients, je me ruine.

Elle eut un sourire malicieux.

– Je croyais que vous étiez déjà ruiné, sinon pourquoi vivre ici au lieu de vous promener en calèche, tout bien habillé ?

Il reprit la lettre, apposa un cachet de cire et la mit dans sa besace de cuir.

– Ah ! Peut-être un jour te raconterai-je mon histoire, mais disons simplement que j'ai été trop gentil, que je n'ai pas réclamé mon dû, et voilà où cela m'a mené. Temporairement.

Elle en doutait, mais il aurait été impoli de le faire remarquer.

– Je voudrais faire des affaires avec vous.

– Tu souhaites que j'écrive à ton frère ?

– Non, je veux apprendre à écrire. J'irai nulle part sans ça.

– Et où comptes-tu aller ?

– Quelque part, et me dites pas que c'est pas possible.

– Tu en es capable, dit-il, tandis qu'une idée excitante se formait dans son esprit. Mais ce sera long. On n'apprend pas à lire en une nuit.

– Je sais bien.

– Et ça coûte cher. Comment me paieras-tu ?

– Je travaillerai.

– Où ? Qui te donnera de l'argent, ici ?

Déconcertée, elle retrouva vite son aplomb.

– Vous pourriez attendre que j'aie trouvé du travail ... Dès que je saurai lire et écrire, j'obtiendrai une meilleure place, pas vrai ?

– Cela m'a tout l'air d'un investissement à long terme, dis-moi ? répliqua-t-il en souriant. Cependant, tu pourrais faire quelque chose pour moi...

– Quoi donc ?

Il la prit par le bras et l'entraîna vers la porte, baissant la voix.

– Te montrer gentille envers un vieil homme.

– Mais je suis gentille avec les vieux qui sont ici, vous savez bien. Je leur fais des courses et je m'assois à côté d'eux et je les tiens par la main quand ils le demandent...

– Tiendras-tu la mienne ?

Elle le regarda d'un air si étonné qu'il éclata de rire. Elle n'ignorait pas les choses du sexe, on ne dort pas dans la même pièce que ses parents sans les découvrir, mais il n'avait pas été assez explicite.

– Vous avez besoin qu'on vous tienne la main ?

Soudain sérieux, il répondit :

– Oui, vraiment. Il y a bien longtemps que personne ne l'a fait.

– C'est pareil pour tout le monde, ici. C'est si froid, y'a pas de place pour l'amour.

– Pas d'amour, répéta-t-il en passant son doigt maigre sur la joue de Sarah Jane. Comme tu as raison ! Alors, ma douce, me donneras-tu un peu d'amour en échange de mes leçons ?

– Oh oui !

– Demain, alors. Viens chez moi après la tombée de la nuit. Au premier étage, au-dessus de l'infirmerie. Je laisserai la porte entrouverte.

Elle regagna son dortoir, ravie, et le lendemain se rendit sans hésiter chez lui. Si l'appartement de la gouvernante était un fouillis de bibelots, celui de Wistonby était plein de livres. Une bibliothèque prenait tout un mur, il y en avait sur la table et en piles sur le bureau. Un fauteuil de cuir usé, un sofa élimé recouvert de chintz et un lit aux rideaux fermés complétaient le mobilier. Un bon feu flambait dans l'âtre. Avec l'impression d'entrer dans un autre monde, Sarah Jane s'immobilisa sur le seuil.

– Entre, ma chère, n'aie crainte.

Elle avança lentement.

– Vous avez lu tout ça ?

– Bien sûr, et si tu es attentive, tu le pourras aussi.

– Qu'est-ce que ça raconte ?

– À peu près tout ce qui se passe sous le soleil, mais beaucoup sont des livres de loi.

Il ôta sa redingote, dénoua sa cravate et la jeta sur une table. Il s'était rasé de près, et en manches de chemise il apparaissait bien proportionné, moins âgé qu'elle ne l'avait cru. Son regard pétillait d'humour.

– Viens t'asseoir près de moi.

Il tapota le sofa.

– Vous voulez être payé d'avance ?

Il éclata de rire.

– Es-tu donc pressée d'en finir ?

– Non. Il fait bon et chaud ici.

Il comprit qu'il devait agir avec précaution, mais il n'était pas pressé. L'innocence de la jeune fille était si patente qu'il regrettait presque de la gâcher ; pourtant, il avait besoin d'elle, ô combien ! Elle allait illuminer ses jours, devenus ennuyeux à l'extrême. Il était reconnaissant à sa sœur de lui avoir offert asile mais il manquait de contacts. Et voilà que surgissait cette jeune beauté, intrépide et avide de plaire, dont il avait l'intention de tirer le meilleur profit...

– Tu ne parleras à personne de cette visite, n'est-ce pas ? quémanda-t-il en caressant doucement ses cheveux.

– Sûr que non. Je suis pas idiote.

Il se leva et considéra les étagères chargées de livres.

– Non, en effet ! Alors, par quoi commençons-nous ? Tiens, ceci fera l'affaire.

– Pourquoi vous avez tant de livres, monsieur Wistonby ?

– Appelle-moi Thomas, je t'en prie.

Il fit brusquement demi-tour vers elle en s'apercevant qu'il ignorait son nom.

– Comment te nommes-tu ?

– Sarah Jane Winterday.

– Eh bien, Sarah Jane, j'ai beaucoup de livres parce que je suis un homme de loi et un érudit.

Il revint s'asseoir tout près d'elle.

– Pourquoi vous habitez ici ?

– Pourquoi pas ? C'est paisible ici, cela me convient.

– Paisible !

Elle éclata de rire et il mit un doigt sur ses lèvres en se tournant d'un air inquiet vers la porte.

– Excusez. Mais c'est pas paisible, pour ça non !

– Avant d'apprendre à lire, ma chère, tu devrais apprendre à parler.

– Vous m'aiderez à ça aussi ? Ça sera long ?

Il sourit et dit d'une voix rêveuse :

– Très long.

– Mais c'est que j'ai pas le temps, moi !

– Je « n'ai » pas le temps. Répète : « je n'ai pas ».

Elle obéit et pouffa de rire.

– C'est comme ça que causent les gens chics. Vous pourriez m'apprendre... à être une vraie dame ?

– Une dame ? Voilà autre chose !

Il prit la main de Sarah Jane et la porta à sa joue.

– Comme c'est doux.

– C'est pass'que j'ai toujours les mains dans la lessiveuse. Dites-moi, j'peux devenir une dame ?

– « Parce que », et non « pass'que ».

Il se pencha pour poser un baiser sur sa joue, craignant sa réaction. Mais elle était trop impatiente d'entendre sa réponse pour réagir. Il soupira.

– J'aime ta façon d'être.

– Mais je suis personne.

– Cela a certains avantages.

Il se souvint de Clara, qui n'était pas *personne*. Quoi qu'elle fasse, où qu'elle aille, tout était remarqué et commenté, y compris ses coups de cœur. Sarah Jane le considérait peut-être comme un gentilhomme, mais il existait de nombreux degrés dans la hiérarchie, et un jeune avocat sans le sou, élevé par un oncle célibataire, n'aurait pas dû espérer la main de la fille d'un président de tribunal.

– Comment définirais-tu une dame ?

– Pourquoi vous employez des mots si longs ?

– Sans doute parce que j'ai beaucoup lu. Plus on lit, plus on apprend. Réponds-moi : pourquoi veux-tu devenir une dame ?

– Pass'qu'elles brillent de propreté, et qu'elles sentent bon, et que les gens font tout ce qu'elles disent.

Il sourit ; il avait cru qu'elle lui parlerait de leurs robes élégantes mais il s'aperçut vite qu'elle ne réagissait jamais comme on s'y attendait.

– Quoi, par exemple ?

– Prenez Lady Chevington : tout le monde l'écoute. Si j'étais une dame, je serais comme elle.

– Donc, c'est le pouvoir que tu recherches. Pourquoi ?

– Pour aider Billy. Le directeur ne le battrait plus. Je m'occuperais bien mieux des petits enfants d'ici. Ils auraient une vraie école et des vêtements chauds, du pudding, du pâté et de la viande tous les jours. Les vieux et les femmes aussi.

– Tu ne désires rien pour toi ?

– Sûr que si. Vous croyez que ça me plaît de travailler comme une esclave, sans jamais un merci ni trois sous ?

– Ça coûterait très cher, tout cela.

– Si je serais une dame, j'aurais de l'argent, pas vrai ?

– On peut être une dame sans argent, on peut aussi être riche mais pas titrée, et de toute façon, on naît noble, on ne le devient pas.

– Ça veut dire que j'en serai jamais une ? Même si j'essaie très fort ?

– Tu pourrais passer pour une dame, un jour lointain, mais que Dieu me pardonne, il faudra que tu travailles dur. Crois-tu que ça en vaille la peine ?

– Quel genre de travail ? Ça me fait pas peur.

– Oh ! Ma chère Sarah Jane, je t'adore !

Elle le regarda, confuse.

– Pourquoi vous riez ?

– Parce que tu me rends heureux.

– Vraiment ?

– Vraiment. Maintenant, commençons la leçon.

Il ouvrit le petit livre de récits mythologiques pour enfants qu'il avait choisi et lui montra les lettres. Ce n'était pas un ouvrage fait pour cela, mais Sarah Jane était douée et elle fut bientôt fascinée par les exploits de Pégase et d'Hercule, le cheval de Troie et la toison d'or de Jason. Son visage disparaissait derrière le voile de ses cheveux tandis qu'elle se penchait sur les pages. Au bout d'une demi-heure, il la tourna vers lui, repoussa ses boucles et prit son visage entre ses mains.

– Sarah Jane, tu sais ce que je désire de toi ?

– Que je sois gentille et que je vous tienne la main. Mais c'est vous qui êtes gentil, plus que n'importe qui depuis que maman et papa sont morts et que j'ai dû venir ici. Je sais pas ce que j'ai fait pour le mériter.

Des larmes brillaient dans ses cils. Wistonby comprit qu'il devait refréner son désir pour le moment.

– Tu devrais t'en aller, à présent. Tu en a fait assez pour ce soir. Reviens demain.

– C'est tout ? demanda-t-elle, surprise.

Il aurait pu la posséder tout de suite, satisfaire la soif d'amour qui le tenaillait depuis qu'on l'avait arraché au corps sans vie de Clara. Sarah Jane n'oserait pas se plaindre, et puis son envie d'apprendre n'était-elle pas aussi forte que son désir à lui ? Elle ne se défendrait pas. Mais ce n'était pas ce qu'il voulait, alors qu'il pouvait obtenir beaucoup mieux avec un peu de patience. Il revint vers elle, la prit par le menton et posa ses lèvres sur les siennes. Elles avaient un goût de savon et de sel – elle s'était lavée avec soin avant de venir, et frotté les dents.

– Va-t'en, maintenant. Fais attention et souviens-toi, pas un mot à quiconque.

Il ouvrit la porte et s'assura que le couloir était désert. Elle se glissa dehors et il se laissa tomber sur le sofa en gémissant doucement, la tête dans les mains.

Toute la journée, elle attendit avec impatience l'heure de sa leçon. Lizzie ne fit pas de commentaires sur son excitation ni ses joues rouges, et Sarah Jane, fidèle à sa promesse, ne lui raconta rien, sinon qu'elle allait à l'infirmerie. Elle se rendit chez Wistonby les deux soirées suivantes ; elle en apprit un peu plus chaque fois, et aussi comment payer ses leçons.

Il se montra très gentil, bridant sa propre impatience, lui parlant avec tendresse comme si elle était une biche prête à s'enfuir à la moindre frayeur. Il se mit à la caresser avec lenteur, savourant la douceur de sa peau, ses jeunes seins fermes, son ventre plat, ses chevilles, ses genoux, ses cuisses...

– Mon adorable enfant, sois gentille envers un homme solitaire et égaré...

Elle faisait semblant d'ignorer ce qu'il faisait et continuait d'épeler les mots, en butant parfois et il la corrigeait machinalement, l'écoutant à peine. Cette fois elle lui sourit et l'embrassa sur la joue.

– Pourquoi égaré ?

– À cause de toi. Tu sais que tu es presque une femme ?

– Bien sûr.

– Et que les femmes n'aiment pas de la même façon que les enfants ?

– Comment ça ?

– Elles font l'amour.

– Oh, ça !

Il fut pris de court, mais incapable de se contenir plus longtemps, il repoussa son livre et encadra son visage entre ses mains.

– Sarah Jane, mon petit bourreau. J'ai tant attendu...

Il l'embrassa très doucement sur la bouche, puis avec insistance et cela fit naître en elle un long frisson excitant.

– Ma douce enfant, sauve-moi...

Il déboutonna sa blouse et enfouit sa figure entre ses seins, dont les pointes durcirent sous ses doigts.

– Viens à ma rencontre, ma colombe...

Lentement, il la fit réagir, lui répondre, jusqu'à ce qu'elle frissonne et s'ouvre à lui, l'étreigne et se tende dans l'attente d'elle ne savait quoi. Quand, enfin, il la posséda, elle l'accueillit avec joie ; c'était une union naturelle, une soif mutuelle d'amour. Ils avaient chacun leurs raisons, mais à ce moment le plaisir les submergea. Personne n'avait jamais dit à Sarah Jane que c'était mal ; elle se donna parce que c'était dans sa nature généreuse.

Thomas avait besoin de se prouver qu'il était encore un homme et ce fut pour lui la fin d'une longue souffrance. Ce répit prit le pas sur la culpabilité. Son seul regret était de lui avoir volé sa virginité, mais elle ne semblait pas y attacher grande importance et il se consola en songeant que quelqu'un d'autre n'aurait pas tardé à le faire, avec moins de douceur et de tendresse sans doute – lui-même était surpris de la façon dont il s'était attaché à elle.

Elle ne paraissait pas inquiète et les leçons continuèrent. Il bénissait le ciel parce qu'elle semblait avoir gardé son innocence. Cela faisait partie d'elle et rien ne la gâcherait. Elle le rendait heureux, pour la première fois depuis la mort violente de Clara. Elle s'épanouissait, grâce au plaisir qu'elle éprouvait dans les bras de Thomas et aussi parce qu'elle se sentait de plus en plus sûre d'elle. Non seulement elle savait lire, mais ses connaissances s'enrichissaient – sur la campagne, la ville, le gouvernement, la société, et pourquoi on avait plus besoin d'hospices que d'écoles, pourquoi les gens se comportaient de telle ou telle façon – tout ce que Thomas était capable de lui enseigner. Maintenant, elle comprenait presque la raison du rejet apparent de Billy.

– Il devient un homme, avait expliqué Thomas. Il doit se montrer l'égal de ses camarades et non rester collé aux jupes de sa sœur.

– L'était pas collé à mes jupes, répliqua-t-elle en oubliant ses leçons de diction comme chaque fois qu'elle s'énervait.

Il sourit en levant les mains.

– Je renonce. Ce n'est pas la peine de passer des heures à t'éduquer pour que tu oublies tout dès que quelque chose t'ennuie. Qu'est-ce que tu as ?

– Rien. J'ai croisé Billy, hier, dans la cour, et il m'a à peine regardée.

– Il a sa propre vie à mener. Il est heureux à sa façon, et toi à la tienne. Tu es heureuse, n'est-ce pas, ma colombe ?

– Oh oui, mais Billy n'a pas la chance de vous avoir, lui !

Cette réponse le réconforta.

– Il s'est fait des amis, affirma-t-il.

Si elle apprenait que son frère avait été roué de coups après avoir tenté de s'évader, cela ne ferait qu'exacerber son désir de partir, surtout si elle connaissait le sens de la justice quelque peu pervers du directeur. Le derrière dénudé des rebelles n'était pas seulement frappé, mais utilisé. Thomas eut un bref sourire : selon Herring, Billy avait échappé au pire en urinant sur la main baladeuse du directeur qui, de rage, l'avait laissé partir. Il ne pouvait pas raconter cela à Sarah Jane.

– Il était très jeune en arrivant ici, il s'est habitué plus vite que toi.

– Moi, je m'y ferai jamais. Je me demande comment vous y arrivez.

– Je peux m'en aller quand je le veux.
– Mais vous ne sortez jamais.
– Je n'ai nulle part où aller.
Elle se lova contre lui et posa la tête sur son épaule.
– Vous avez tout ce que vous voulez ici, n'est-ce pas ?
Il posa un baiser sur le sommet de sa tête.
– Oui, ma chérie.
– Avez-vous été marié ?
– Oui, il y a longtemps.
– Que s'est-il passé ?
Comme il ne répondait pas, elle ajouta :
– Vous voulez pas en parler ?
– Non.
– Quand maman est morte, papa ne disait rien non plus, comme s'il s'était enveloppé dans un gros manteau parce qu'il avait froid. J'aurais aimé lui parler parce qu'il souffrait tellement, mais il ne voulait pas.
– Que lui est-il arrivé ?
– Il est mort.
– J'aurais préféré mourir aussi.
– Oh ! monsieur Wistonby – Thomas, dites pas ça.
– Mais je suis mauvais. Je l'ai tuée.
– Tuée ?
– Oh ! Ne prends pas cet air horrifié. Je ne l'ai pas assassinée, je l'ai tuée de honte et de déshonneur.

Il se souvint de ces jours terribles. Afin d'impressionner sa jeune épouse, il avait emprunté. Quand les échéances étaient tombées, il avait jonglé avec les comptes de ses clients, volant Pierre pour payer Paul, convaincu qu'il était assez malin pour s'en sortir sans qu'elle l'apprenne. Mais cela ne pouvait durer et à la fin, incapable d'avouer de vive voix, il lui avait laissé une lettre avant de s'enfuir.

On l'avait poursuivi, bien sûr, son beau-père, ses créanciers, la police, et rattrapé parce qu'il n'avait aucun plan précis. Il avait alors appris que Clara l'avait suivi, elle l'aimait au point de vouloir rester près de lui ; mais, tombée de cheval, elle était morte quelques heures plus tard. Clara, sa bien-aimée, sa femme chérie, était morte par sa faute ! Tandis qu'on mettait de l'ordre dans sa maison et que son beau-père payait ses dettes pour étouffer l'affaire, il était resté paralysé sous le choc, incapable de réagir. Après les funérailles, son beau-père s'était détourné de la tombe ouverte pour lui faire face.

– À présent, monsieur, disparaissez de ma vue. Je ne veux plus jamais entendre parler de vous.

On lui avait fait grâce de la prison pour ne pas souiller l'honneur de la famille ; sa sœur Élizabeth l'avait recueilli à Chevington. L'hospice était devenu sa prison et son refuge. Il le quittait rarement, tentant d'oublier pourquoi il était là et attendant la mort comme une délivrance. Jusqu'à Sarah Jane. Chère enfant, elle méritait mieux que lui, mais il ne pouvait renoncer à elle. Tant qu'elle vivrait là, il profiterait de sa présence.

– Je suis sûre que vous êtes pas aussi mauvais que ça, dit-elle enfin. J'ai été mutée à la cuisine, aujourd'hui.

Il chassa ses idées noires et remarqua :

– Ce n'est pas ici que tu apprendras à cuisiner.

– Oh ! mais je sais déjà. Quand maman était malade, c'est moi qui m'en chargeais, pas des grands dîners avec plusieurs plats, mais de bonnes choses simples. Madame Garby était contente de moi, elle a dit que je pourrai l'aider à préparer le repas des directeurs.

– Je vais voir cela, répondit-il avec gravité. Puisque tu as terminé ton livre, prenons-en un autre. On peut combiner lecture et cuisine, qu'en penses-tu ? Celui-ci appartenait à ma mère, il est pour toi.

– Pour moi ?

Elle le feuilleta ; ce n'était pas un ouvrage imprimé, mais écrit à la main en belles lettres rondes.

– C'était son livre de recettes. Elle aimait beaucoup cuisiner aussi.

Elle lui mit les bras autour du cou et l'embrassa.

– Oh ! Merci, merci ! J'en prendrai grand soin.

– J'espère bien. Cela t'aidera à déchiffrer l'écriture manuscrite. Voyons comment tu t'en sors.

Un jour ou l'autre, leurs relations prendraient fin, il le savait et désirait lui laisser un souvenir auquel il tenait. Sarah Jane, rayonnante de bonheur pour la première fois depuis son arrivée à l'hospice, avait de plus en plus de mal à garder son secret. Il fallait qu'elle parle ou qu'elle explose, et la seule personne en qui elle avait confiance était Lizzie Dunne. D'ailleurs, celle-ci avait remarqué sa nouvelle façon de parler même si, aux dires de Thomas, il n'y avait guère de différence.

– T'es en train de devenir une vraie madame, lui dit-elle un soir. Tu chipotes à table, sans doute qu'à la cuisine t'as les restes de la table des maîtres, et tu minaudes comme une princesse.

– Vraiment ? Je me tiens comme une dame ?
– Ça veut pas dire que t'en es une.
– Non.
Elle resta silencieuse un instant puis sortit son livre de sous son oreiller.
– Regarde ce que j'ai.
– Où t'as eu ça ?
Elle lui raconta tout.
– Ça valait le coup, conclut-elle. C'est un gentil bonhomme et je me suis attachée à lui.
Lizzie, bouche bée, s'exclama :
– Tu veux dire que tu l'as fait plusieurs fois ?
– Oh oui ! Et maintenant, je veux apprendre à écrire.
– Mais tu ne sais donc pas comment on fait les bébés ?
Sarah Jane se mit à rire.
– Sûr que si. N'ai-je pas aidé ma...
Elle s'interrompit pour se corriger.
– N'ai-je pas aidé ma mère quand Billy est né, et aussi l'autre petit qui est mort ?
– Suppose que tu... tu aies un bébé.
– M. Wistonby y a pensé. Il m'a donné quelque chose, une petite éponge qu'on trempe dans le vinaigre.
– Et ça marche ?
– Jusqu'à présent, oui.
– Mais qu'est-ce qui va se passer si le directeur le découvre ?
– Il n'en saura rien si personne ne le lui dit.
– Sarah Jane, mais c'est mal ! On doit pas faire ça avant d'être mariée. Tu le sais donc pas ?
Lizzie hésitait entre l'effroi et l'envie.
– Qu'est-ce que le mariage a à voir là-dedans ?
– Mais tout ! Oh ! Sarah Jane, tu aurais dû te garder pour ton mari ! Les hommes veulent que leur femme soit vierge.
– C'est à dire ?
Lizzie soupira.
– Quand on l'a jamais fait. Tu sais de quoi je parle. Comment tu vas trouver un mari maintenant ?
Comme si celui qui voudrait bien l'épouser lui ferait une faveur ! songea Sarah Jane ; cela prouvait à quel point elles avaient une vision différente de la vie qui les attendait. Elle se demanda si elle n'avait pas eu tort de se confier à Lizzie ; ne l'avait-elle pas épouvantée au point que son secret ne soit plus en sécurité ?

– Promets-moi que tu n'en diras rien à personne. Jure-le !

– Je le jure, dit Lizzie en se signant avec ferveur.

Elle tint parole, mais cela n'empêcha pas Sarah Jane d'être découverte. Près d'un an plus tard, à l'automne, la principale entra chez son frère à l'improviste et découvrit Sarah Jane dans son lit, aussi nue que lui. Son ahurissement était si comique que la jeune fille éclata de rire, ce qui n'arrangea rien.

– Mauvaise fille ! s'écria la principale quand elle eut retrouvé sa voix. Dieu sait ce qui va advenir de toi ! Habille-toi et file au grenier. Tu y resteras jusqu'à ce qu'on vienne te chercher. Tu risquerais de corrompre les autres !

Sans un mot, elle enfila ses vêtements et, ses bottines à la main, s'enfuit. Elle entendit Thomas intervenir :

– Mais, Elizabeth...

– Je ne te blâme pas, Thomas ! C'est une catin et elle doit partir, cela ne fait pas de doute.

On envoya Herring s'assurer qu'elle était bien allée au grenier et il fut chargé de la libérer chaque matin pour sa toilette, avant de l'enfermer de nouveau. Trois jours plus tard, il l'escorta à la porte du salon de la principale.

– Entre, Sarah Jane.

La jeune fille s'attendait à une tirade assortie d'une punition qu'elle n'osait même pas imaginer, et la voix presque amicale de la gouvernante la surprit. Elle entra avec précaution et la découvrit installée devant un service à thé tandis que Lady Chevington portait à ses lèvres une tasse fragile. Le directeur, mal à l'aise, se tenait près de la fenêtre.

– Voici la fille en question.

Sarah Jane fit sa révérence.

– Elle est grande et forte et a travaillé à la blanchisserie, aux cuisines et à l'infirmerie. Elle sait aussi lire et écrire, mais pas assez pour se croire au-dessus de sa condition.

Comme si elle était redevable de ces dernières qualités aux administrateurs de l'hospice ! Sarah Jane eut un petit sourire.

– Viens ici que je te regarde, dit Lady Chevington. Il me semble que je te connais.

– Vous étiez présente quand nous sommes arrivés, mon frère et moi, madame la comtesse, énonça-t-elle avec soin.

– Bien sûr, Winterday, j'aurais dû m'en souvenir. Dieu tout puissant, comme tu as changé ! Tu avais l'air d'un chat sauvage, à défendre ton petit frère contre tout le monde. Comment va-t-il ?

Sarah Jane sauta sur l'occasion tant espérée.

– Je ne lui ai pas parlé depuis notre arrivée. Chaque fois que j'ai essayé, on m'en a empêché...

– Autoriser de telles rencontres les perturbe, madame la comtesse, intervint la principale, peu désireuse que Lady Chevington apprenne la façon dont il était battu. L'enfant s'est bien acclimaté et cela n'aurait pu que le troubler. Nous avons des règles à respecter. Ce n'est pas que nous désirons les séparer...

– Je comprends, murmura Lady Chevington. Mais puisque Sarah Jane est sur le point de partir, je pense qu'il serait bon de les laisser se dire au revoir.

– Bien sûr, madame la comtesse, j'y veillerai.

La gouvernante jeta un regard noir à la jeune fille qui lui retourna un grand sourire, savourant le seul et unique triomphe de son séjour à l'hospice.

– Vous la prenez donc ? demanda le directeur.

Il avait été d'avis de fouetter Sarah Jane mais, connaissant ses vices, son épouse préférait se débarrasser de la jeune fille auprès d'un employeur peu soupçonneux, les Chevington par exemple.

– Oui, je pense qu'elle conviendra parfaitement. Envoyez-la à Chevington House à la fin de la semaine. Merci pour le thé. Je vous donnerai des nouvelles de Sarah Jane quand je viendrai aux réunions de l'hospice. Je pense que vous serez heureuse d'en avoir.

– Oui, en effet. Nous aimons savoir ce que deviennent nos jeunes gens.

– Je vous demande pardon, madame la comtesse, intervint Sarah Jane. Vous aviez dit que vous vous occuperiez de Billy...

– L'ai-je dit ?

– Oui, madame. Vous aviez promis que, lorsque je trouverais un emploi, vous placeriez mon frère avec moi. Vous vous souvenez ?

– Effrontée ! s'écria la principale. Misérable ingrate...

– Je vous en prie.

Lady Chevington leva sa main gantée pour la faire taire.

– Cette jeune fille s'inquiète de son frère et c'est tout à son honneur. Billy n'est pas en âge de travailler, je crois ?

– Non, madame la comtesse, mais...

– Quand il sera en âge, nous verrons ce que nous pourrons faire. Cela dépendra beaucoup de ta conduite et de la place à pourvoir.

Elle prit son ombrelle en souriant.

– Sois patiente, mon enfant. Je dois m'en aller.

Elle se tourna vers le directeur qui bondit pour l'escorter jusqu'à sa calèche. Dès qu'ils furent sortis, la principale s'en prit à Sarah Jane.

– Quelle impudence ! Comment oses-tu parler ainsi à Madame la comtesse ? C'est à se demander comment elle a pu accepter de te prendre après ça ! J'ai cru mourir de honte ! Est-ce que tu te rends compte au moins de ta chance ?

– Oui, madame.

– Tu seras logée, nourrie et blanchie, tu travailleras dur et tu oublieras toute cette histoire.

– Billy... Madame la comtesse a dit...

– Je sais ce que Madame la comtesse a dit ! Tu auras cinq minutes pour voir ton frère le jour de ton départ.

Elle s'interrompit, se demandant si elle allait exposer ce qu'elle avait sur le cœur depuis qu'elle avait surpris la jeune fille dans le lit de son frère.

– Tu ne parleras à personne de ce qui s'est passé, tu m'entends ? À personne.

Elle a peur, songea Sarah Jane. Elle n'a pas donné à Lady Chevington la vraie raison de mon placement, parce que son frère vit à l'hospice sur les fonds destinés aux pauvres et les administrateurs n'en savent rien. Si j'avoue à Lady Chevington que j'ai été séduite... Elle ne voulait pas trahir Thomas, qui s'était montré bon envers elle, mais pour la première fois elle savoura le goût du pouvoir et se permit un petit sourire de satisfaction. Si seulement elle n'était pas obligée d'abandonner Billy – encore une trahison... Mais elle n'avait pas le choix et ne pourrait rien pour lui tant qu'elle resterait à l'hospice.

– Je t'écrirai, Billy, promit-elle quand il vint dans le salon de la gouvernante lui dire au revoir.

Il paraissait si vulnérable, debout au milieu de la pièce encombrée, ses grands yeux bleus voilés d'indifférence !

– Et quand tu seras assez grand pour travailler, tu viendras avec moi.

– Qui a dit ça ?

Il était venu avec réticence, se souvenant trop bien de sa dernière visite et s'attendant à une autre séance de fouet. Loin de penser à sa sœur, il avait été surpris de la voir prête à partir, un panier à ses pieds. Elle s'en allait dans le monde et le laissait là. Cependant, rien ne trahit sa déception sous le masque figé qu'il portait depuis cette nuit dans la porcherie, qui avait sapé sa vitalité, et qui faisait enrager les adultes mais le protégeait contre les blessures.

– Lady Chevington me l'a promis.

Sarah Jane ne reconnaissait pas son frère ; il avait l'air insensible, comme perdu en lui-même. Était-ce parce qu'il avait grandi ? Il avait laissé son enfance derrière lui et elle avait manqué cela ; rien ne rattraperait le temps perdu.

– Tu viendras avec moi quand tu seras en âge de travailler.

Il ne la crut pas ; il ne croyait pas les adultes. Sa résignation lui fit mal et elle l'étreignit avec un bref sanglot. Puis, ne pouvant le regarder plus longtemps, elle saisit son panier et s'enfuit.

4

Elle quitta sans regret les affreux bâtiments qui avaient été son foyer au cours des trois années précédentes. Son petit panier contenait un peu de linge, une brosse à cheveux et le livre de cuisine de Mme Wistonby qui, avec sa robe neuve toute simple et ses bottines, étaient tout ce qu'elle possédait au monde. Elle attendit la diligence au carrefour. Elle se débrouillerait bien dans sa nouvelle vie ; ce serait le premier barreau de l'échelle. Son seul regret allait à ceux qu'elle laissait derrière elle, Thomas à qui elle allait manquer, Lizzie, son amie et sa confidente, Billy. Que faire de plus pour Billy ? Savait-il à quel point elle souffrait de l'abandonner ? La diligence s'arrêta à sa hauteur.

– Chevington House, dit-elle d'un ton joyeux en tendant les six pences qu'on lui avait donnés pour payer son transport avant de s'installer à côté du cocher. Je vais faire mon apprentissage là-bas.

Le cocher sourit en empochant la monnaie. Si elle sortait de l'hospice, pas étonnant qu'elle soit joyeuse. Un groupe de terrassiers des chemins de fer, qui édifiaient un remblai le long de la route, s'interrompit pour les saluer et elle leur répondit avec chaleur.

– Des chemins de fer partout, dit le cocher. Ils vont me ruiner avec leur tarif à un penny le mile.

– C'est tout ce que ça coûtera ?

– Si vous prenez le *Parliamentary*, oui.

– Qu'est-ce que c'est ?

– Un train spécial pour les pauvres. Sûr, en première ou en seconde classe, ce sera plus cher.

– Mais le train ne dépose pas les gens devant leur porte, remarqua-t-elle avec bon sens. Si vous attendez à la gare, vous pourrez les conduire chez eux.

– J'ai mes routes, répondit-il, entêté.

Elle haussa les épaules ; tant pis pour lui s'il refusait d'évoluer avec le progrès. Il la déposa à l'entrée du château. Les hautes grilles étaient flanquées de piliers de brique surmontés de lions de pierre ; au-delà, la longue allée était bordée d'arbres plantés par les Chevington des générations précédentes en une région où l'on en trouvait peu. Le soleil d'automne brillait, le ciel était bleu et les feuilles rouges et or commençaient à tapisser le sol. Elle s'écarta du chemin pour le plaisir de les entendre craquer sous ses pas. Elle avait rêvé de cela durant des années ! Si c'était là sa punition, elle n'était guère dissuasive, d'autant qu'elle n'éprouvait aucun remords. Elle n'avait fait de mal à personne. Thomas avait dit qu'elle avait été bonne envers lui et elle en était heureuse.

Le château l'éblouit. C'était un bâtiment carré dont les centaines de fenêtres réfléchissaient le soleil. Des plantes grimpantes escaladaient les murs et d'énormes grappes de glycine surmontaient la lourde porte de chêne. À un angle, une tour couverte de lierre semblait avoir été ajoutée après coup. Elle la contemplait quand une voix, derrière elle, la surprit :

– Hé, toi ! Passe de l'autre côté avant qu'on te trouve là !

Elle suivit la direction indiquée par le jardinier, entre la maison et un long bâtiment bas abritant les écuries et la sellerie, puis se trouva devant une porte ouverte pour laisser entrer un peu d'air frais dans une cuisine surchauffée.

– Je suis Sarah Jane Winterday. Je viens en apprentissage, dit-elle à la fille qui se présenta.

Âgée de douze ou treize ans, celle-ci louchait tellement qu'on n'aurait su dire si elle vous regardait ou pas.

– Entre, je vais dire à M. Wilkins que tu es là.

Sarah Jane pénétra dans un univers de fourneaux, de bassines et d'éviers ; son enthousiasme tomba quand elle comprit qu'elle avait tout bonnement échangé un travail pénible contre un autre.

– Moi, c'est Tilly Compton, dit la fillette en la précédant vers une pièce attenante à l'office. Tu travailleras avec moi.

Elle frappa à la porte et la poussa à l'intérieur. M. Wilkins, un homme grassouillet aux cheveux gris, en habit et bas noirs, pas très grand mais possédant un air d'autorité indubitable, se tenait le dos à la cheminée. Après quelques questions décousues sur le passé et les compétences de Sarah Jane, il la renvoya en disant :

– Dis à Tilly de te donner l'uniforme de Meg.

La fille de cuisine la conduisit deux étages plus haut.

– Tu la partageras avec moi, dit-elle en ouvrant la porte d'une chambre sous les toits.

Sommairement meublée, elle comportait quand même un placard et une commode surmontée d'un miroir, un meuble de toilette, un lit double avec un matelas de laine. C'était mieux que tout ce qu'elle avait connu.

– Tu peux prendre le tiroir du bas et ce côté du placard. J'ai pas l'impression que tu aies besoin de plus, ajouta-t-elle après un regard au bagage de Sarah Jane.

– M. Wilkins m'a dit de mettre l'uniforme de Meg. Qui est-ce ?

Tilly sortit de l'armoire une robe de lin, un tablier et un bonnet.

– La fille qui était là avant toi. Elle avait à peu près ta taille. Enfile ça et viens à la cuisine. Tu retrouveras ton chemin ?

Elle s'en alla et Sarah Jane s'assit sur le lit, étourdie. La vie ici n'allait donc pas être meilleure qu'à l'hospice ? Au moins là-bas elle avait des amis avec lesquels rire et discuter. Or, ici, il n'y avait pas de Thomas, et elle doutait que Tilly prenne jamais la place de Lizzie. Elle soupira et enfila la robe, trop courte, et la coiffe si empesée qu'elle eut du mal à l'ouvrir pour la fixer sur ses cheveux. Après un coup d'œil peu réconfortant au miroir, elle descendit vers sa nouvelle vie. Ce n'était pas le moment de se décourager. Elle devait saisir toutes les chances qui s'offriraient et en tirer le meilleur parti ; si les occasions tardaient, eh bien ! elle s'arrangerait pour les provoquer.

Le majordome, lui apprit Tilly, était responsable du personnel du sous-sol et de la bonne marche de la maisonnée ; il faisait régner une discipline stricte et personne n'osait lui désobéir. Il venait juste après le régisseur, un personnage dont elle entendrait parler sans le rencontrer et qui transmettait ses ordres par l'intermédiaire de la cuisinière. Celle-ci était très grosse, le teint rouge, et parlait d'une façon haletante comme si elle était toujours pressée. Il y avait beaucoup d'autres serviteurs, mais personne ne prit la peine de se présenter et seule Tilly, dont elle devait partager les tâches, s'occupa d'elle.

Des invités étaient attendus et la cuisine était en effervescence : on rôtissait des poulets, on faisait bouillir des puddings, on épaississait des sauces.

– C'est à croire que la reine vient en personne, grommela Tilly en écossant des haricots, alors que c'est juste M. et Mme Townsend.

Sarah Jane, qui pelait des pommes de terre avec un couteau usé jusqu'au manche, demanda :

– Qui est-ce ?

Elle jeta la pomme de terre dans une marmite et en attaqua une autre.

– Mme Amelia est la sœur de Lady Chevington et M. John Townsend est membre du Parlement. Les messieurs vont discuter chemin de fer toute la soirée et ennuyer leurs dames à mourir.

– Pourquoi les chemins de fer ?

– Parce que M. le comte est devenu très riche grâce à eux.

– Je croyais qu'il l'était déjà.

– C'est vrai. Maintenant, il l'est encore plus.

– Ce doit être très agréable de dépenser de l'argent sans compter.

– Ça ne les empêche pas de se tracasser s'ils ont l'impression de le gaspiller. Par exemple, si tu n'épluches pas tes pommes de terre plus fin que ça.

– Est-ce qu'on va en avoir un peu ? demanda Sarah Jane en indiquant les fourneaux d'où parvenaient de délicieux arômes. J'ai faim.

– Après le dîner des maîtres on aura le nôtre et tu pourras te remplir l'estomac.

Sur le chapitre des repas, elle était certainement mieux lotie ici qu'à l'hospice. Plus tard dans la soirée, elle s'assit à une longue table avec les serviteurs. La nourriture était bonne et abondante, même si elle provenait de la salle à manger des maîtres et avait été réchauffée. Ensuite, Tilly, les bras plongés jusqu'aux coudes dans l'eau de vaisselle, énuméra leurs tâches : nettoyer les cheminées assez tôt chaque matin pour ne pas rencontrer les maîtres à moins qu'ils ne soient somnambules, allumer les feux et s'assurer que les seaux à charbon sont pleins.

– Deux fois par semaine, on doit astiquer les grilles des foyers, avec soin, parce que Wilkins les inspecte après. Et faut que ce soit fini avant que M. le comte descende.

– Sinon ?

– Sinon, gare à toi. On chauffe d'abord la salle du petit déjeuner pour qu'elle soit tiède quand M. le comte arrive, puis le salon du matin pour Madame et ensuite la bibliothèque et le grand salon. Quand c'est fait, on nettoie les seaux pendant que le maître déjeune, puis la cheminée de sa chambre, et on vide le pot de chambre, et on descend les seaux par l'escalier de service jusqu'au tas de fumier dans le potager.

Sarah Jane eut un grand sourire.

– Et, bien sûr, je fais attention qu'on ne me voie pas faire.

Tilly pouffa et la cuisinière renifla de désapprobation.

– Ensuite, tu peux déjeuner.

– Et après ?

– Comme aujourd'hui, dit la cuisinière. Tu travailleras dans l'arrière-cuisine et dans la lingerie, que tu ne quitteras que pour étendre le linge dans le potager ou demander aux jardiniers de ramasser des fruits ou des légumes, et sans traîner. Maintenant va au lit ou tu ne seras bonne à rien demain.

Elle eut l'impression de s'être endormie depuis quelques minutes quand Tilly la secoua. Elle s'habilla et la suivit. Elle voyait mal dans la demi-lumière de l'aube ; sa bougie ne faisait qu'un halo autour d'elle et Tilly n'était pas disposée à la laisser traîner. Un tapis d'orient rouge couvrait toute la longueur du vestibule et des chaises aux pieds grêles s'alignaient le long des murs, entre les portes ouvrant sur d'immenses pièces aux meubles superbes, comportant chacune une cheminée que les deux jeunes filles s'apprêtaient à nettoyer et à allumer. Sarah Jane fut fascinée par la bibliothèque : une très grande pièce avec des centaines de livres plus beaux que ceux de Thomas, mais les livres n'étaient-ils pas conçus pour être manipulés ? Elle ne résista pas à la tentation de longer les étagères, sa chandelle à la main.

– Gare à toi si tu fais tomber de la cire sur le tapis, déclara Tilly.

Elle ne lui prêta pas attention. Parmi de sérieux ouvrages sur la religion, la philosophie, l'histoire et des biographies, son regard fut attiré par des titres qu'elle reconnut : *Robinson Crusoé, les Voyages de Gulliver, le Vicaire de Wakefield*. M. Dickens était bien représenté ainsi que Jane Austen. Elle prit *Monsieur Pickwick* et l'ouvrit.

– Pour l'amour de Dieu, pose ça ! murmura Tilly, horrifiée.

Elle obéit avec réticence. Elle l'avait commencé avec Thomas et l'avait trouvé difficile. M. Dickens employait de longs mots et des phrases compliquées, mais son intérêt pour le sort des personnages l'avait poussée à continuer jusqu'à l'arrêt brutal des leçons.

– Je voudrais...

– Quoi ? Savoir lire ?

– Je sais déjà. Je voudrais emprunter quelques-uns de ces livres.

– Allons donc ! Oublie ça et aide-moi. Je vais pas faire le travail toute seule, dis voir.

En soupirant, elle se laissa tomber à genoux et prit la brosse que lui tendait Tilly. Elle ne tarda pas à s'apercevoir qu'elle ne pouvait pas lui faire confiance ; Tilly rapporta l'incident à la cuisinière, ce qui valut à Sarah Jane une réprimande. Chaque fois qu'elle transgressait les règles – rêver tout éveillée ou s'attarder avec l'aide-jardinier – elle subissait les foudres de cette dernière. Ce fut également Tilly qui, la surprenant dans la lecture de *Monsieur Pickwick* un dimanche après-midi, rapporta à Wilkins qu'elle avait volé un livre. Tandis que Sarah Jane était occupée à cueillir des pommes pour une tarte, il fouilla sa chambre et trouva l'ouvrage emprunté ainsi que le livre de cuisine de Mme Wistonby. Il apporta les deux à M. le comte et Sarah Jane fut convoquée dans la bibliothèque.

Lord Chevington se tenait près de la fenêtre, regardant d'un air rêveur dans le jardin, les mains croisées dans le dos. Il se tourna vers elle quand elle entra. Elle retint son souffle en voyant les ouvrages parmi les papiers étalés sur le bureau et s'inquiéta, non d'avoir été prise, mais qu'on ne lui rende pas le précieux cadeau de Thomas.

– Tu peux prendre l'air étonné. Ne sais-tu donc pas qu'il est mal de voler ?

– Oui m'sieur... le comte. Mais j'ai rien volé du tout.

Comme chaque fois qu'elle était troublée, elle reprenait les mauvaises tournures que Thomas s'était efforcé de corriger.

– On a trouvé ces livres dans ta chambre.

– M. Wilkins a pas le droit de fouiller mes affaires !

– Si, il l'a, quand il te soupçonne de vol. Avec raison, n'est-ce pas ?

– Le livre de cuisine est à moi, monsieur. C'est un cadeau.

Elle s'interrompit pour ne pas mentionner Thomas.

– Et celui-ci ?

Il soupesa *Monsieur Pickwick* dans sa main.

– Je l'ai seulement emprunté. Je comptais le ranger après l'avoir fini et vous ne vous en seriez pas aperçu.

– Pour quelle raison le voulais-tu ? Tu sais lire ?

– Oui, monsieur le comte. Mais si je ne m'entraîne pas, je risque d'oublier.

Elle avait repris ses esprits et était prête à l'affronter.

– C'est donc si important ?

Il ne pensait plus au larcin et la considérait comme s'il venait de découvrir un être réel sous l'uniforme impersonnel.

– Oui. Comment réussir si je ne peux ni lire ni écrire ?

– Tu veux réussir ?

– Bien sûr. Tout le monde le veut.

– Ma foi, Sarah Jane, j'admire ton ambition, mais prendre des livres qui ne t'appartiennent pas n'est certainement pas la bonne méthode. Tu aurais dû demander.

– Demander ? Mais comment, puisque je n'ai pas le droit de vous parler ? Et si je m'étais adressée à M. Wilkins, il aurait refusé, sans aucun doute.

Il reconnut la véracité de ses paroles avec un rire, tout en se demandant pourquoi il avait l'impression de la connaître. Il remarquait rarement ses domestiques, laissant à Constance le soin de les engager.

– Tu es ici depuis peu, n'est-ce pas ? Où étais-tu avant ?

– À l'hospice, monsieur.

– Combien de temps ?

– Trois ans, monsieur. Maman est morte et papa a été tué par le taureau du fermier Cooper. C'est à lui que vous aviez dit de nous emmener là-bas.

Il se souvint brusquement de l'incident, abasourdi du changement de la fillette qu'il avait vue se sauver dans le champ. Il était incroyable de voir ce qu'un peu de savon et une bonne nourriture pouvaient accomplir. Presque une femme à présent, elle était d'une beauté éblouissante et fort assurée pour une personne de sa condition. Il y avait quelque chose de positif en elle, comme si elle était persuadée de surmonter chaque coup du sort ; elle irradiait la vie.

– Trois ans, répéta-t-il.

1841 : il avait commencé à investir dans les chemins de fer, Timothy était entré à Cambridge et il lui avait avoué la vérité. Ces années avaient été bien remplies, mais Constance ne lui avait toujours pas donné l'héritier tant espéré ; cependant, il l'aimait et ne voulait pas la blesser. Timothy devait demeurer en arrière-plan, un secret. Lui aussi avait changé, était devenu un jeune homme un peu aigri ; cet aspect de sa personnalité n'était pas décelable de prime abord, car il demeurait plein de charme et de courtoisie. S'il abandonnait tant soit peu son air indolent, on apercevait l'homme que son père souhaitait qu'il devienne. Ce qu'il lui fallait, c'était une gentille épouse pour le mettre dans le droit chemin. Agacé par ces pensées, Geoffrey regarda la fille de l'autre côté du bureau ; son regard franc semblait comprendre ses tourments. Mais comment l'aurait-elle pu ? Il feuilleta le livre.

– As-tu fini de le lire ?
– Non, monsieur le comte.
– Aimerais-tu le finir ?
– Oh ! oui !
– Tu sais prendre soin d'un livre ? Ne pas le poser pages ouvertes afin de ne pas casser son dos ?
– Jamais je n'oserais faire une chose pareille.
Il prit le recueil de recettes et lui tendit les deux ouvrages.
– Alors, tu peux continuer à emprunter ceux de cette étagère. Ne touche pas aux autres.
– Oh ! merci, monsieur le comte.
Ses yeux verts s'illuminèrent de joie et il pensa brièvement que lui donner du plaisir serait une occupation des plus agréables pour quelque jeune homme chanceux.
Serrant les livres contre sa poitrine, elle courut les ranger avant de retourner à la cuisine affronter la curiosité de Tilly. Elle était trop heureuse de la conclusion apportée à son entretien avec le maître pour lui en vouloir, mais elle ne lui donnerait plus l'occasion de la dénoncer.
Les domestiques avaient droit à deux heures de liberté le dimanche après-midi ; Sarah Jane aurait voulu rendre visite à Billy, mais elle ne pouvait faire le trajet dans le délai imparti. En outre, elle s'était juré de ne pas remettre les pieds à l'hospice ; et tenter de l'apercevoir de l'extérieur serait du temps perdu. Elle n'osait pas demander de quoi lui écrire ; Lord Chevington le lui accorderait sans doute, mais le déranger pour si peu ?
Elle profita donc de sa liberté pour explorer les environs. Lorsque l'hiver tira à sa fin et que le temps se radoucit, elle prit plaisir à s'installer à l'ombre d'un arbre pour lire l'un des livres empruntés. Plus elle lisait, plus elle s'apercevait à quel point elle était ignorante ; chaque bribe de savoir lui donnait le goût d'en apprendre plus. Elle parcourut toutes les étagères, allant de la fiction à la géographie et l'histoire, puis à l'économie et la politique. Elle ne comprenait pas tout, mais, avide de connaissances, s'en imbibait comme une éponge.
Un dimanche, elle découvrit aux limites du domaine un ruisseau qui se jetait dans une rivière. Ses rives verdoyantes, qui descendaient en pente douce vers l'eau claire, étaient une invitation irrésistible en cette chaude journée de juin. Elle commença par ôter ses bottines noires et ses bas, remonta sa jupe et ses jupons pour baigner ses pieds nus. Puis elle les enleva aussi et les jeta

sur la rive pour plonger avec délices, nue, chantant joyeusement, seule entre le ciel bleu, l'herbe verte et l'eau fraîche. Elle n'entendit pas le claquement des sabots sur le chemin au-dessus de la berge et ne s'aperçut pas qu'on l'observait tandis qu'elle se séchait avec son jupon.

En apercevant la jeune fille nue, Timothy arrêta son cheval et la moue qui déformait son beau visage depuis deux heures se changea en sourire. La robe rayée, les dessous de batiste et les bottines noires abandonnés sur l'herbe la désignaient comme une servante à Chevington House, c'est-à-dire une proie rêvée. Que celle-ci ait une allure de déesse et des cheveux couleur de soleil ajoutaient à son attrait, et il descendit de cheval.

Tout occupée à se sécher, elle ne l'entendit pas approcher et cria de surprise quand il s'assit près d'elle. Les yeux écarquillés, elle serra son jupon mouillé contre elle. Il le lui arracha et elle se sentit partagée entre le besoin de se cacher derrière ses mains et d'attraper sa robe non loin.

– Si vous me touchez, je hurle.

En riant, il ramassa la robe rayée et la cacha derrière lui.

– Qui vous entendrait ? Et puis, cela serait-il avisé ? Après tout, c'est vous qui êtes nue et moi tout habillé.

En effet, il portait une tenue d'équitation de prix, des bottes luisantes et une cravate de soie jaune.

– Alors allez-vous en, je vous en prie.

Par les racontars de Tilly, elle était parfaitement au courant des libertés que prenaient les membres de l'aristocratie envers les simples servantes ; de nombreuses filles perdaient leur emploi pour avoir refusé les avances du maître ou de quelque jeune homme de la famille. Elle ignorait s'il était un Chevington, mais elle avait besoin de son travail, seul moyen d'échapper à l'hospice et de continuer à apprendre.

– Vous voulez vraiment que je parte ? Nous venons à peine de nous rencontrer.

Il passa le doigt le long de la colonne vertébrale de Sarah Jane, qui eut un frisson involontaire.

– Je veux m'habiller.

– Et cacher une telle perfection ? Oh non ! Vous n'existez pas vraiment, n'est-ce pas ? Vous êtes une nymphe, Aphrodite sortant de l'onde...

– C'était une déesse.

– En effet, rétorqua-t-il, surpris. La déesse de l'amour, la plus belle de toutes.

Elle se mit à rire.

– C'est ce qu'a dit Pâris, et voyez tous les ennuis qui en ont résulté !

– Quels ennuis ?

Il venait de se disputer avec son père au sujet de sa place dans l'empire Chevington ; celui-ci voulait qu'il débute au bas de l'échelle, dans les bureaux, alors que lui désirait des responsabilités tout de suite. Il avait perdu la partie, se rappelant juste à temps que, pour préserver son avenir à Chevington, il ne devait pas mordre la main qui le nourrissait. Il avait sauté à cheval et galopé pour apaiser son ressentiment ; cette fille offrait une heureuse diversion.

– La guerre de Troie ! Aphrodite lui a promis la plus belle femme du monde s'il lui offrait la pomme d'or, mais c'était Hélène et elle était déjà mariée.

Elle espérait le distraire suffisamment pour attraper ses vêtements et s'enfuir.

– Il n'y a pas de risque de guerre en restant assis à bavarder.

– Je n'en suis pas sûre. Si je ne rentre pas à l'heure, il y aura de la bagarre et c'est moi qui perdrai.

Elle s'exprimait avec soin et il sourit. Jamais encore il n'avait rencontré de servante qui ne se laisse impressionner par ses attentions et soit capable de lui répondre avec intelligence ; fort peu savaient lire, en tout cas pas l'*Énéide*, ni se souciaient de propreté comme celle-ci. Elle était positivement étincelante : ses yeux verts pétillaient, ses cheveux étaient les plus épais, les plus roux, les plus brillants qu'il ait jamais vus. Il écarta les lourdes mèches de ses épaules et prit son sein au creux de la main, le caressant du pouce. Elle frémit.

– Parfaite, murmura-t-il. Tu es parfaite.

Elle voulut ignorer le message que lui transmettait son corps et repoussa le jeune homme.

– Allez vous-en. Je veux m'habiller.

– Pourquoi me priver du plaisir de contempler la plus belle femme du monde ?

Elle se sentit flattée, malgré sa méfiance.

– C'était Hélène. Décidez-vous, il y a une minute vous disiez cela d'Aphrodite.

– Femme, déesse, c'est tout comme.

– Que voulez-vous de moi ? Trouvez-en une de votre espèce.

– C'est-à-dire ?

– La noblesse.

Elle avait touché son talon d'Achille et il se rembrunit.

– Je ne suis pas plus noble que tu n'es une dame.

– Mais vous êtes habillé comme...

– L'habit ne fait pas le gentilhomme. S'il en allait ainsi, nous serions tous égaux.

À la grande surprise de Sarah Jane, il ôta sa jaquette et sa cravate et les jeta sur l'herbe.

– Non, non, je vous en prie ! Laissez-moi rentrer. J'aurai les pires ennuis si je suis en retard.

– Encore une minute.

Il se pencha pour l'embrasser mais elle recula.

– Vous me prenez pour une bécasse ? Si vous pensez à ce que je pense que vous pensez, oubliez-le !

Il se renversa sur l'herbe en rugissant de rire.

– Tu es impayable !

Elle avait espéré trouver une occasion de saisir sa robe, mais à présent il était couché dessus et elle ne pouvait ni se battre contre lui ni rentrer toute nue.

– Aphrodite était une déesse, reprit-elle en essayant de tirer ses vêtements. Si je n'étais pas une simple mortelle, je vous jetterais un sort, je vous rendrais aveugle ou j'exigerais un exploit si difficile que vous ne reviendriez jamais.

– Pourtant j'accomplirais n'importe quoi pourvu que je passe le restant de mes jours avec toi.

– Vous dites des bêtises et vous m'agacez, dit-elle, bien que ses flatteries l'aient amusée et qu'elle ne fût pas vraiment en colère.

Elle se mit à lui marteler la poitrine et le ventre à coups de poing, s'approchant dangereusement d'une partie de son anatomie qui lui causait déjà des problèmes. Il la saisit par les poignets et la renversa sur le dos, les bras immobilisés au-dessus de la tête. Il vit alors ses yeux verts s'emplir de larmes et eut envie de la rassurer.

– Je ne te ferai pas de mal, ma jolie. Je veux seulement....

– Je sais bien ce que vous voulez. J'suis pas stupide, alors allez donc trouver quelqu'un d'autre pour jouer à ça.

– Y'a personne d'autre, répondit-il en imitant son langage. J'ai besoin de toi.

– Je vous en prie...

Elle le suppliait à présent et s'en voulait, d'autant que son corps lui signifiait tout autre chose : le désir naissait et s'il s'en apercevait elle était perdue.

– Si je promets de ne pas te toucher avant que tu le désires, accepteras-tu de bavarder avec moi ?

Cela allait être difficile, mais plus il se contiendrait, plus la conquête serait délectable.

– Oui... si je peux m'habiller d'abord.

C'était mieux que lui céder, même si elle allait devoir trouver une excuse valable pour son retard. Il soupira.

– Très bien.. Prends ta robe.

Elle saisit ses vêtements et se cacha derrière un buisson. Il se mit à rire.

– Pourquoi te cacher, ma chère ? J'ai déjà tout vu !

– Je vous déteste ! Allez vous-en !

Il s'étendit sur le dos en souriant au ciel bleu et aux nuages, sachant qu'elle devrait l'enjamber pour passer. Elle apparut dans sa robe rayée, mais elle n'avait pas remis ses bas et ses cheveux cascadaient sur ses épaules. Cela ne fit qu'enflammer son désir. Il tapota le sol à côté de lui.

– Tiens ta parole et je tiendrai la mienne.

Elle s'assit avec précaution.

– De quoi voulez-vous parler ?

– De n'importe quoi. J'aime le son de ta voix. Comment t'appelles-tu ?

– Sarah Jane. Qui êtes-vous ?

– Moi ? Je ne suis personne, grâce à mon cher père.

– Drôle de réponse. Je veux dire, quel est votre nom ?

– Quand on est personne, on n'a pas de nom.

Elle rit en dévoilant ses jolies dents blanches.

– On doit bien vous appeler par un nom, quand même.

– Donne-moi celui que tu veux. Venant de ta charmante bouche, ce sera parfait.

– Alors je vous appellerai Pâris.

– Pâris et la pomme d'or. Cela ira très bien.

En souriant, il mêla ses doigts aux siens. Seules ses mains trahissaient sa condition : ses ongles étaient cassés et soulignés de noir.

– Quel âge as-tu ?

– Dix-sept ans dimanche prochain.

– Où as-tu appris à lire ?

Il feuilleta négligemment le livre.

– M. Wistonby m'a appris, à l'hospice.

– T'a-t-il appris autre chose ?

– Oui, à m'exprimer comme une dame et à écrire une lettre, et il m'a parlé de Londres, de la politique et ce genre de choses.

– Je me sens déjà jaloux de M. Wistonby !

Elle pouffa de rire.

– Il était vieux. Enfin, plus vieux que moi, mais je l'aimais beaucoup.

– Moi aussi, je suis plus vieux que toi.

– Pas de beaucoup.

– J'ai vingt et un ans, pourtant quelquefois je me sens aussi âgé que Mathusalem.

– Mais beaucoup plus beau !

– Tu me trouves beau ?

Elle hésita, mais elle était toujours sincère.

– Oui.

– Reviendras-tu dimanche prochain ?

– Peut-être.

En se levant elle laissa entrevoir une cheville fort tentante, puis ramassa ses bas, ses chaussures et son livre et ajouta :

– Vous verrez bien.

Il se surprit lui-même en la laissant partir. Il se redressa à son tour, resserra sa cravate et enfila sa veste. Il se sentait vide, comme si une déesse était réellement passée en emportant sa virilité. Pour la récupérer, il faudrait qu'il s'assure qu'elle était bien faite de chair et d'os ; une fois sa passion assouvie, elle redeviendrait une simple servante. Cependant, il devait bien admettre que Sarah Jane n'était pas une fille ordinaire. Avec sa superbe silhouette et ses yeux d'émeraude, elle débordait de vie et il en avait été si bien éclaboussé qu'il avait l'impression de pouvoir déplacer des montagnes.

Le domaine de Chevington était à sa disposition pour la majeure partie de l'été car Lady Chevington résidait à Bath avec sa sœur, puis irait sans doute à Londres. Il n'aimait pas ces compromissions mais était obligé de s'en accommoder. Il sourit : séduire l'une des domestiques de son père ajouterait du piquant à ses visites, une sorte de vengeance secrète. Il sentait entre eux une surprenante affinité, alors que leurs antécédents étaient fort différents ; mais après tout, il n'était pas certain de ses origines, son père refusait d'en parler. Il était peut-être le fils d'une servante comme Sarah Jane.

Il revint vers son cheval qui broutait tranquillement là où son maître l'avait laissé, rênes pendantes. Il avait toujours imaginé que sa mère était issue d'une grande famille elle-même, qu'elle était tombée follement amoureuse de son père que, *noblesse oblige* *, elle n'avait pu épouser. Cela le consolait un peu d'être un bâtard. Un peu seulement.

Sarah Jane passa la semaine à rêver au jeune homme qu'elle avait nommé Pâris, se demandant si elle aurait pu se conduire autrement, tout en reconnaissant que le choix est limité quand on est nue. Il avait eu raison : crier lui aurait attiré des ennuis à elle et non à lui. Elle se posait des questions : qui il était, où il habitait, et s'il savait qu'il était sur la propriété de Lord Chevington. Sans doute ; tout le monde la connaissait. Elle n'osa pas interroger les autres domestiques ni même leur raconter son aventure au risque de subir un contre-interrogatoire qui en aurait gâché la magie. Car cette rencontre avait été magique.

Personne ne lui avait dit encore qu'elle était belle, et même si elle se répétait qu'il n'en pensait rien, elle désirait croire en sa sincérité. Après tout, ne l'avait-il pas laissée s'habiller avant de bavarder ? Depuis qu'elle avait été surprise dans le lit de Thomas, personne ne l'avait embrassée, ne lui avait parlé avec affection. Pour s'allonger dans le foin, elle avait le choix parmi les jeunes valets, mais ce n'était pas ce qu'elle cherchait. Elle avait envie de se sentir valorisée, de donner et recevoir plus que de la sensualité, de partager ses émotions. Elle avait besoin d'aimer et d'être aimée.

Pâris était un gentilhomme malgré ses réponses évasives et les rêves de Sarah Jane s'envolaient aux confins de l'impossible. Elle le voyait arriver à la porte de Chevington House dans un carrosse au moins aussi beau que celui du comte et déclarer : « Je suis venu chercher Sarah Jane. Qu'on aille la quérir tout de suite ! » Puis il l'emmenait vers une vie d'amour et de loisir, où elle n'aurait pas à lever le petit doigt sinon pour appeler une servante. Ils auraient beaucoup d'enfants, Billy viendrait vivre chez eux et ils seraient tous très heureux.

Mais ce n'était qu'un rêve. Il n'était pas question de retourner à la rivière dimanche prochain. Pourtant, le jour dit, elle se retrouva en route, habillée avec soin d'une robe que la cuisinière avait dénichée pour elle dans une malle du grenier, « pour le dimanche ». C'était mieux que l'uniforme rayé, et, ses cheveux brossés jusqu'à étinceler, elle courut vers son destin.

---

* En français dans le texte (N.d.T.).

Elle s'arrêta en voyant le cheval attaché à un arbre ; un pas de plus et elle ferait face à ce qui l'attendait, plaisir ou peine. Elle avait un peu peur, mais, dans une existence si morne, si dénuée d'affection, que craindre sinon la déception ? Elle s'en défendrait en gardant la tête froide. Elle avança lentement et se courba pour passer sous un saule incliné vers la rive.

5

– Sarah Jane !

La voix provenait de la rivière. Une tête sombre émergeait au milieu du courant.

– Viens donc me rejoindre !

Il nagea vers elle et vint s'asseoir dans l'eau, près de la berge, souriant. Il était exactement comme elle se le rappelait : brun, séduisant, aimable, les dents très blanches et les yeux noirs ; ses cheveux bouclaient autour de ses oreilles et retombaient sur son front.

– Êtes-vous... habillé ?

– Ai-je l'air d'être habillé ?

– Non.

– Viens donc, l'eau est bonne !

– Je ne peux pas, ce ne serait pas correct.

– Tu ne vas pas jouer les prudes après ce qui s'est passé la semaine dernière.

– C'était différent. J'étais déjà déshabillée quand vous êtes arrivé.

– Cette fois, c'est moi, nous sommes donc à égalité. Si tu ne le fais pas, je te jette à l'eau tout habillée, et comment expliqueras-tu cela en rentrant ?

Il se dressa, et l'eau dégoulina de sa silhouette mince et musclée, épaules larges et cuisses fermes. Il avait la peau lisse et légèrement bronzée, rien à voir avec Thomas, et elle se sentit plus attirée par lui que jamais. Elle poussa un petit cri et se cacha les yeux, ce qui le fit rire. Il vint se placer en face d'elle.

– Suis-je donc si laid, Sarah Jane, que tu ne puisses me regarder ? Ne conviendrais-je pas à une déesse ?

Elle ouvrit les yeux et vit son regard brûlant fixé sur elle.

– Sais-tu que tu m'as rendu fou toute cette semaine ?

Il la prit dans ses bras, pressa son corps ferme contre le sien, mouillant sa robe, et fit courir ses lèvres de son oreille à sa gorge. Elle frissonna.

– Je n'ai pensé qu'à toi, je ne pouvais pas me concentrer sur autre chose.

– Moi aussi. Je me suis fait disputer parce que je rêvais tout éveillée.

– Ce sont les meilleurs des rêves. La nuit, ils tournent souvent au cauchemar.

Il commença à déboutonner le haut de sa robe.

– Enlève-moi tout ça. Je tremble d'impatience.

– Étais-tu sincère en disant que tu as besoin de moi ? demanda-t-elle soudain, comme si son obéissance dépendait de la réponse.

Il le comprit et pencha la tête pour effleurer ses lèvres.

– Jamais je n'ai eu autant besoin de quelqu'un.

Et c'était vrai ; son corps le prouvait. Il embrassa le visage et le cou de Sarah Jane, puis, lorsque sa robe glissa, enfouit la tête entre ses seins. Il lui enleva ensuite ses autres vêtements, la prit dans ses bras, l'amena à la rivière et la laissa tomber dans l'eau. Ses cheveux flottèrent à la surface et elle réapparut en riant. Il s'agenouilla près d'elle, repoussa ses mèches mouillées.

– Tu es adorable.

Elle lui jeta de l'eau. Ils se mirent à rire et s'embrasser, puis il la ramena sur la berge où ils s'allongèrent côte à côte. Il embrassa son corps humide jusqu'à ce qu'elle lui réponde avec une ardeur qui le surprit. Ni servante effarouchée, ni débauchée sans vergogne, elle était une amante idéale, avec juste la pointe de timidité et de retenue qui, s'il avait été plus expérimenté lui-même, l'aurait averti qu'il courait au désastre. Il se laissa submerger par sa sensualité au point d'en oublier ses disputes avec son père et son insatisfaction : Sarah Jane était à lui et il savourait son plaisir. À sa propre surprise, il se mit à lui murmurer :

– Je t'aime, Sarah Jane, je t'aime.

Quand ce fut terminé et qu'il s'étendit auprès d'elle, il s'aperçut que sa faim n'avait pas été assouvie, et que loin de l'avoir rassasié, la jeune fille n'avait fait qu'exacerber son appétit pour elle. Il désirait sa présence plus qu'une heure ou deux, il voulait du temps pour explorer ce corps charmant, trouver de nouvelles façons de l'aimer, de s'épuiser en elle, de la posséder. Son père ne pourrait rien contre elle car il ne le saurait jamais, et la pensée qu'elle était sa domestique ajoutait au piquant de la chose.

– Est-ce que tu dois rentrer ?

– Tu sais bien que oui.

Elle aurait préféré rester, il la rendait si heureuse. Dans l'euphorie de l'instant, elle cessait d'être une fille de cuisine pour devenir une femme belle, désirable et aimée.

– Mais je veux que tu restes. J'ai besoin de toi.

Elle roula sur le ventre et se souleva sur les coudes pour embrasser les lèvres et les sourcils du jeune homme.

– Et moi, j'ai besoin de travailler.

Elle commença à s'habiller avec lenteur.

– Tu reviendras la semaine prochaine ? demanda-t-il en enfilant sa culotte de cheval et sa chemise.

– Tu le veux ?

Elle paraissait étonnée.

– Bien sûr. Je ne penserai à rien d'autre jusque là.

Il sauta sur ses pieds et courut à son cheval attaché à un arbre. Elle se demandait pourquoi il était si pressé tout à coup quand il revint.

– Tu as dit que c'était ton anniversaire. Je t'ai apporté un cadeau.

Elle s'efforçait de se recoiffer en passant les doigts dans ses cheveux. Frémissante, elle ouvrit la boîte qu'il lui tendait. Tendue de velours, elle contenait un petit œuf d'or.

– Regarde, dit-il en touchant la base de l'objet, il s'ouvre.

À l'intérieur se trouvait une superbe corbeille de platine d'où jaillissaient des anémones de calcédoine blanche aux feuilles vertes translucides.

– Oh, que c'est beau !

Elle leva les yeux et il y vit, avec un sentiment de remords inhabituel, briller des larmes.

– Personne ne m'a souhaité mon anniversaire depuis la mort de maman. Oh, Pâris !

Elle éclata en sanglots. Il essuya ses pleurs du bout des doigts et l'embrassa.

– Ne pleure pas, pour l'amour de Dieu.

– Mais je suis si heureuse !

– Et que fait-on quand on est heureux ?

– Un grand sourire. Mais je ne peux pas accepter cela.

– Et pourquoi donc ?

Il avait apporté le présent pour vaincre son éventuelle réticence, et, bien que ce ne fût pas nécessaire, il s'était résolu à le lui offrir. Il s'était senti comblé pendant quelques glorieuses minutes et, trop orgueilleux pour l'admettre, avait voulu lui donner quelque chose pour qu'elle se souvînt de lui.

– Disons que c'est ma façon d'apprécier tes faveurs. Et l'espoir d'en avoir d'autres...

– Vraiment ?

– En douterais-tu ? Je compte sur toi la semaine prochaine. Tu viendras, n'est-ce pas ?

– Je verrai.

En riant elle mit la petite boîte dans sa poche et se dressa sur la pointe des pieds pour l'embrasser.

– Merci, Pâris, merci !

Puis elle s'en alla en hâte retrouver le monde réel, les cuisines de Chevington House.

Si on remarqua l'éclat de son regard, la légèreté de sa démarche les jours suivants, personne n'en dit mot, et si Lord Chevington s'aperçut que ses goûts littéraires avaient glissé de l'histoire et, de l'économie aux romans d'amour, il n'y vit rien d'extraordinaire. Pâris était devenu une partie indispensable de sa vie et leurs rencontres sensuelles le point culminant de la semaine. Cela n'avait rien à voir avec ce qu'elle avait connu auprès de Thomas : Pâris faisait l'amour avec impatience et une sorte d'extase sauvage qui trouvaient écho dans sa propre avidité. Les livres lui laissaient entrevoir tout un monde romanesque et elle était certaine d'être tombée amoureuse de lui parce que la pensée de ne jamais le revoir l'emplissait d'effroi. Et elle croyait qu'il l'aimait, puisqu'il le lui avait dit et le prouvait avec force à chaque fois. Il n'était jamais rassasié d'elle, ce qui, à son avis, en était la meilleure preuve.

Elle savait bien que les princes n'épousent pas les bergères, mais elle n'était pas sûre qu'il en fût un ; il lui manquait quelque chose que possédait Lord Chevington, le seul aristocrate qu'elle connût. Peut-être, comme elle, Pâris avait-il l'ambition d'être autre que ce qu'il était et ce n'était pas elle qui le lui reprocherait. Il ne lui vint pas à l'idée que, si lui pouvait parvenir à ses ambitions, elle ne serait qu'un obstacle aux siennes.

Le temps leur fut favorable pendant quatre dimanches de suite mais le cinquième il pleuvait, et il l'emmena dans une maisonnette vide au milieu d'un bosquet, où était auparavant logé le garde-chasse.

– Ce n'est pas là que tu habites, n'est-ce pas ? demanda-t-elle en approchant.

Il eut un rire un peu grinçant.

– Non, on m'a offert un peu mieux que cela. Mais c'est tout proche et commode, personne ne nous dérangera.

– Comment le sais-tu, tu n'es pas d'ici ?

– Voilà une question intéressante. Suis-je d'ici ou pas ? Si non, d'où suis-je ?

– Tu parles par énigmes. Dis-moi, où habites-tu ?

– Dans les nuages, surtout quand je suis avec toi.

Le cottage, déserté depuis longtemps, était plein de poussière et de toiles d'araignées. Il ne restait que quelques chaises cassées, une table de cuisine et un sommier sans matelas. Il y faisait froid et l'atmosphère désolée donnait l'impression que des fantômes malheureux rôdaient.

– Partons, dit-elle en frissonnant. Je n'aime pas cet endroit.

– Pourquoi donc ?

Il paraissait tendu et irritable, toute tendresse envolée. Il lui serrait le bras à lui faire mal et avait un ton coupant qu'elle n'avait jamais remarqué.

– Il y a quatre murs et un toit pour nous protéger de la pluie, et même un lit !

Il était différent, amer sans vouloir dire pourquoi, il la détestait d'avoir besoin d'elle autant qu'elle de lui – pour le réconfort. Elle en fut effrayée.

– C'est sale, et, je ne sais pas, je m'y sens mal. C'était la maison de quelqu'un et nous l'avons envahie. J'ai l'impression qu'il nous regarde.

– Quelle bêtise ! Personne ne vit ici depuis des années. Le garde-chasse doit être mort et il y a un nouveau cottage de l'autre côté du bois. Allons, Sarah Jane, nous avons mieux à faire que parler des autres.

Il l'attira contre lui et l'embrassa sans réelle chaleur ; la façon impatiente dont il délaça son corsage l'irrita et elle s'éloigna.

– Arrête.

Elle participait à la destruction de ses rêves les plus chers sans pouvoir s'en empêcher.

– Que se passe-t-il, Sarah Jane ? Tu ne m'as jamais dit cela.

– Tu étais plus gentil. Tu disais que tu m'aimais.

Tout s'effaçait, la sensualité, la tendre passion, la joie d'être ensemble, les espoirs et les rêves.

– Vraiment ? Un homme dit bien des choses dans la chaleur de l'instant.

– Tu m'as donc menti ?

Elle leva des yeux secs sur lui. Les larmes étaient enfouies au plus profond d'elle-même et devaient y rester.

– Non, bien sûr que non.

Son désir d'elle était visible, urgent, et la voir debout là, avec ses yeux verts brillant d'une passion qu'elle tentait en vain de dissimuler, avec son corps parfait qui promettait tant, suffisait à l'enflammer. Il la saisit par les épaules comme pour la secouer, mais se reprit et, la tenant à bout de bras, plongea dans son regard.

– Mon Dieu, Sarah Jane, pourquoi me tourmenter ? Tu es mon Aphrodite, ma déesse. J'ai tant besoin de toi !

Il la renversa sur le lit grinçant et la colère de Sarah Jane disparut. Il savait comment l'émouvoir. Ses lèvres parcoururent son visage, sa main releva ses jupes tandis que du genou il écartait ses jambes. Elle se rendit, vaincue, mais sans retrouver la magie de la rivière. Elle était trop troublée pour se laisser aller et tous deux restèrent déçus. Elle eut beau tenter de retrouver la tendresse qu'ils avaient partagée, elle devina qu'en esprit, il l'avait déjà quittée. L'amour physique, comprit-elle avec une clarté soudaine qui lui brisa le cœur, ne suffisait pas ; elle s'était conduite comme une idiote. Si elle ne le rendait plus heureux, elle ne s'accrocherait certes pas à lui, ne le supplierait pas ; son orgueil l'en empêcherait.

– Je t'attendrai à l'endroit habituel, dit-il avec un baiser d'adieu dénué de passion.

– S'il fait beau, répondit-elle d'un ton léger en sachant déjà qu'il ne viendrait pas. L'été s'achève.

Ses rêves aussi, bien qu'elle ne sût pourquoi. Rien ne s'était réellement passé, ils ne s'étaient pas disputés, et elle savait qu'il la désirait aussi fort qu'avant. Alors, qu'est-ce qui n'allait pas ? Elle ne pouvait deviner, bien sûr, que son attitude était en rapport avec le retour de Lady Chevington.

Elle se rendit à la rivière le dimanche suivant, mais le ciel était chargé de nuages, la pluie menaçait et un vent froid ridait la surface de l'eau ; la magie avait disparu. Elle avait su, au plus profond d'elle-même, qu'il ne viendrait pas. Elle regagna sa chambre du grenier, comptant sur *Oliver Twist* pour oublier le jeune homme au regard intense. Elle revint deux fois encore, mais il n'était jamais là et elle s'en retournait en luttant contre les larmes. «Je le hais», se disait-elle. Il avait pris tout ce qu'elle avait et, quand elle n'avait plus rien eu de neuf à lui offrir, il l'avait abandonnée à sa solitude. Elle aurait préféré ne jamais le rencontrer.

Idiote ! se répétait-elle. Idiote de s'être laissée duper si facilement. Si elle avait été une dame, il ne se serait pas servi d'elle de cette façon. Il lui aurait fait la cour et demandée en mariage ; mais elle n'était qu'une servante, il s'était amusé d'elle comme d'un jouet dont on se lasse. Elle mit longtemps à parvenir à cette conclusion et se jura que jamais plus on ne la traiterait ainsi.

Elle essaya de prétendre que tout cela n'avait été qu'un rêve, mais le petit œuf d'or caché dans le tiroir de sa table de nuit était la preuve du contraire. Au début, elle le sortait quand elle était sûre que Tilly était absente et le caressait, souriant quand elle l'ouvrait pour découvrir la corbeille si blanche, si pure, à l'image de son amour. Elle finit par le délaisser de plus en plus, car elle n'était plus le symbole de quoi que ce soit, sinon de sa crédulité, sans toutefois se résoudre à le jeter. Puis, lorsqu'elle fut malade chaque matin et que son ventre plat commença à s'arrondir, le rêve devint cauchemar.

Elle ne pouvait se confier à personne dans la vaste maisonnée, personne qui puisse l'aider, la comprendre. Elle continua à travailler, transportant de bas en haut seaux de charbon et baquets d'eau sale, se dépensant plus que ses employeurs ne l'exigeaient en espérant que l'épuisement mettrait fin à sa misère. Mais l'enfant grandissait dans son ventre et elle le savait bien vivant car il donnait des coups de pied, si fort quelquefois qu'elle devait poser sa charge. Ses rêves de grandeur diminuaient à mesure qu'augmentait son tour de taille. Elle trouva un vieux corset que la cuisinière avait jeté et le laça si serré qu'elle pouvait à peine respirer. Elle se sentait malade, étourdie, à bout de forces. Elle haïssait celui qui l'avait mise dans cet état : au lieu de réaliser ses rêves, il les avait brisés en mille morceaux, et pour quoi ?

– Reviens sur terre, ma fille ! Je te parle.

Elle se tourna vers la cuisinière en train de peler des pommes ; une épluchure en tire-bouchon pendait au bout de son couteau.

– Viens près de la fenêtre, que je te regarde.

Elle ne ressentit qu'un immense soulagement et obéit.

– Eh bien, ma fille, c'est pour quand ?

– Je ne sais pas, un mois environ.

– Dieu du ciel, un mois ! Pourquoi n'as-tu rien dit avant ? Tu croyais que ça s'en irait tout seul ?

– Non... je ne sais pas... j'espérais...

Comment expliquer à cette femme ce que c'était d'être désirée, aimée ? Mais après tout, il ne l'avait pas aimée, elle n'avait été qu'une idiote. Comment avait-elle pu oublier ses ambitions, son projet de devenir une dame et d'obtenir le pouvoir que seuls position sociale et argent lui donneraient ? Comment être un jour une dame avec un enfant sans père ? Elle regrettait, oh ! comme elle regrettait d'être retournée à la rivière !

– Il faut le dire à Wilkins. Apprentie ou non, tu ne peux rester une nuit de plus sous ce toit.

– Mais où irais-je ?

La question n'était pas nouvelle : elle se la posait depuis des semaines. La cuisinière regarda la jeune fille à peine sortie de l'enfance avec une commisération inattendue. Sarah Jane s'était effondrée sur une chaise, tête basse, ses beaux cheveux tressés sous la coiffe, l'image même du découragement. Pourquoi donc ni sa mère ni les responsables de l'hospice ne lui avaient-ils donné un minimum d'instruction ? La cuisinière posa le compotier et prit la jeune fille par les épaules.

– Qui est le père ? demanda-t-elle gentiment.

– Il ne m'a jamais dit son vrai nom. C'était un gentilhomme, très beau, avec des cheveux noirs bouclés, des yeux sombres et une bouche...

Elle ne pouvait pas décrire cette bouche sensuelle.

– Quel âge ?

– Il a dit vingt-deux ans.

La cuisinière allait suggérer de mettre ce jeune homme devant ses responsabilités, mais elle changea d'avis. Mieux valait ne pas faire de vagues.

– Tu n'as personne chez qui aller ?

Sarah Jane se tamponna les yeux à l'aide de son mouchoir.

– Non. Mon petit frère est trop jeune, et à l'hospice, de toute façon.

Elle pensa à Billy pour la première fois depuis des mois et s'en voulut de l'avoir oublié dans sa poursuite égoïste du bonheur. Comment l'aider à présent, quand elle ne savait que faire elle-même ?

– Tu dois retourner là-bas.

– Ah non ! Je n'irai pas.

Il n'était pas question de renoncer à son peu de liberté et, de plus, les enfants nés à l'hospice en portaient les stigmates toute leur vie. On lui retirerait son bébé pour le placer à la crèche afin qu'elle reprenne son travail ; ce serait pire encore que d'être séparée de Billy car elle s'était aperçue qu'elle tenait à cet enfant. Elle avait été trop confiante, trop sûre d'elle. Elle n'avait pas écouté

Lizzie qui lui conseillait de se garder pour le mariage. C'était trop tard. Thomas, lui, avait fait attention. Que devenait Thomas ? Toujours à l'hospice, à écrire des lettres et prodiguer de bons conseils ?

– Il y a peut-être quelqu'un, dit-elle lentement. Je vais lui écrire. S'il vous plaît, ne dites rien à Wilkins. Laissez-moi un peu de temps.

– Ce ne sera bientôt plus la peine de l'avertir, répliqua la cuisinière en prenant le carnet sur lequel elle notait les menus et les ordres du jour.

Elle lui tendit quelques feuilles avec une plume et de l'encre.

– Tiens, écris donc ta lettre.

Sarah Jane s'exécuta, puis retourna à son travail en attendant la réponse. Si Thomas vivait toujours à l'hospice, il lui répondrait, elle en était sûre. Trois jours plus tard, sa confiance fut récompensée quand il apparut en personne. Elle se jeta dans ses bras avec un cri de joie et l'entraîna à la cuisine.

– Oh ! Vous ne pouvez pas savoir comme je suis heureuse de vous voir.

– J'espère que vous pourrez l'aider, intervint la cuisinière. Elle ne peut pas rester ici et ne veut pas retourner à l'hospice, alors ?

– Pouvez-vous lui accorder quelques instants de liberté ?

– Oui, allez vous promener et prenez une décision. Nous ne pouvons pas garder une femme en couches ici.

Sarah Jane l'emmena dans le parc, vers le bois, évitant la maison du garde-chasse de triste mémoire. Quand ils furent à bonne distance, Thomas s'arrêta et prit ses mains dans les siennes pour mieux l'observer. Sa grossesse la rendait plus jolie que jamais ; elle semblait épanouie, ses cheveux brillaient et ses yeux pleins d'espoir étaient immenses et lumineux.

– Tu es une drôle de petite écervelée, pas vrai ?

Elle hocha la tête et il reprit :

– Raconte-moi tout, et n'oublie rien.

Au lieu de la réprimander quand elle lui eut fait son récit, il pouffa. C'était bon de l'entendre rire et elle en fit autant, même si la situation n'avait rien de drôle.

– Tu ne t'es donc pas souvenue de mes conseils, mieux vaut prévenir que guérir ?

– J'avais laissé mon éponge dans votre chambre, je n'avais rien. Et puis c'était différent.

– Comment cela ?

– Je ne sais pas comment expliquer. Il était beau et brillant comme un sou neuf...

– Un gentilhomme ?

Elle eut un sourire amer.

– Non, mais... j'avais l'impression de compter pour lui. Il disait qu'il m'aimait.

– Un parfait séducteur, autrement dit. Sarah Jane, comment t'es-tu ainsi laissée avoir ?

Mais il savait bien comment ; elle ne voyait que le bon côté des gens, non par crédulité, mais, droite et honnête, elle s'attendait à ce que tout le monde agisse de même. La vérité devait lui paraître bien amère. Il aurait voulu la prendre dans ses bras, connaître de nouveau la joie et la douleur de la posséder, tout en sachant qu'il était une figure paternelle pour elle et qu'elle ne partageait pas ses sentiments. Elle lui avait rendu la jeunesse et le goût de vivre ; il lui avait apporté réconfort et affection. Il avait aussi espéré lui avoir donné de l'ambition. Maudit soit celui qui avait tout gâché !

– Il faut le retrouver.

– Mais j'ai essayé ! Je ne connais même pas son vrai nom. Et puis, à quoi bon ? Il ne m'épousera pas.

C'était la première fois qu'elle reconnaissait le fait, le plus pénible de tous.

– Je le déteste. Je pourrais le tuer de mes propres mains !

– Tu te sens blessée et déçue, mais ne cherche pas à te venger, Sarah Jane. Tu as besoin de lui.

Il avait pris soin de la préserver et de la traiter comme la dame qu'elle désirait tant être, et ce freluquet avait tout compromis. Il le ferait payer, et cher. Il le trouverait et le persuaderait de faire face à ses responsabilités financières.

– Maintenant, il faut décider de ce que nous allons faire. D'abord, sois une bonne fille et retourne à l'hospice pendant que je trouve une solution.

– Non, pas question ! Je croyais que vous m'aideriez mais si c'est tout ce que vous avez trouvé, j'aurais mieux fait de ne pas vous écrire !

Il la prit par les épaules et la regarda droit dans les yeux.

– Sarah Jane, les enfants doivent naître à l'abri et l'hospice vaut mieux qu'un chemin creux.

– Mais ils me prendront mon bébé !

– Non, j'y veillerai. Je demanderai à ma sœur de te prêter ma chambre jusqu'à mon retour.

Elizabeth n'accepterait jamais mais il fallait persuader Sarah Jane.

– Elle ne voudra pas.

– Si, car je vais lui dire que nous allons nous marier.

– Nous marier ?

Elle eut une telle expression de surprise qu'il éclata de rire.

– Pourquoi pas ? Ce serait la solution à tous tes problèmes. Je promets de venir te chercher dès que possible et de trouver un autre endroit pour vivre. Je pourrais même reprendre mon métier d'avocat. Nous pourrions être heureux, toi, moi et le petit.

Il se disait qu'il se montrait pratique et logique, essayant d'ignorer son excitation à l'idée de l'avoir de nouveau dans son lit, en toute légalité cette fois.

– Vous deviendriez le père de mon enfant ? Pourquoi feriez-vous cela pour moi ?

– Parce que je t'aime beaucoup, et te voir dans une telle situation m'attriste fort.

Elle se jeta dans ses bras en sanglotant.

– Oh ! Thomas ! Je ne mérite pas votre gentillesse !

Il l'embrassa.

– Alors, tu es d'accord ?

Elle hésitait encore. Quelque chose en elle regrettait Pâris, le bonheur qu'ils avaient connu ; il lui avait laissé entrevoir un autre monde qu'elle désirait intensément connaître. Épouser Thomas serait renoncer à ses rêves et placer son avenir entre ses mains ; elle l'aimait beaucoup, mais n'était pas sûre de désirer cela, tandis que son bon sens lui dictait qu'il serait fou de refuser. Elle devait penser à son enfant, sinon à elle-même. Et Thomas était un vrai gentilhomme, malgré ses drôles de manières.

– Il faut donc que j'aille à l'hospice ?

– Oui, jusqu'à ce que j'aie retrouvé ton amant volage. Il doit payer pour son plaisir et tes rêves brisés. Crois-moi, Sarah Jane.

Il reprit le chemin de la maison comme s'il n'y avait plus rien à dire.

– Je vous crois, s'écria-t-elle, honteuse de son ingratitude. J'irai à l'hospice si vous dites que c'est mieux.

– Tu es une bonne fille. Je demanderai à ma sœur d'autoriser ton frère à te tenir compagnie, veux-tu ? Quand nous serons mariés, Billy viendra vivre avec nous.

Il savait bien que tout cela dépendrait de la générosité de son amant. Sarah Jane l'estimait riche, mais ses critères n'étaient peut-être pas très fiables et bien des jeunes gens donnaient l'apparence de l'aisance sans rien posséder. Il eut un sourire amer, se souvenant des prétentions de sa jeunesse. Il aurait été préférable d'être sûr, avant de faire toutes ces promesses, mais il souffrait trop de la voir malheureuse.

– Va chercher tes affaires, je t'accompagne à la diligence.

– Aujourd'hui ?

Elle était désolée de partir. Vivre à Chevington House lui avait donné un aperçu du mode de vie des membres influents de la société et lui en avait appris plus que les leçons de Thomas, mais il ne servait à rien de s'attarder sur ses ambitions déçues ; mieux valait compter avec ce qu'elle avait : un ami. La façon dont Thomas avait pris la situation en main la soulageait grandement et elle se sentait revivre. L'avenir ne pourrait pas être pire que le passé auquel elle avait survécu. Mais comme elle aurait préféré qu'il soit différent !

Elle fit son baluchon et retrouva Thomas à la cuisine. Il lui donna le mot qu'il avait écrit pour sa sœur.

– Viens, ma chérie, l'avenir nous attend.

Ils passèrent les grilles surmontées des lions de pierre et, moins d'une demi-heure après, le martèlement des sabots des chevaux annonça l'arrivée de la diligence. Thomas l'aida à monter et lui donna le prix de la course.

Elle avait parcouru cette route presque deux ans auparavant et bien peu de choses avaient changé, sinon le chemin de fer qui s'étirait à travers la campagne. Il courait dans les plaines marécageuses du Norfolk, divisant les champs. Les ouvriers étaient partis, se déplaçant avec le chantier, passant à travers les villages, contournant les villes, creusant des tunnels dans les collines et lançant des ponts sur les vallées ; ils avançaient sans regarder derrière eux. Elle devait en faire autant. Mais en apercevant la sévère bâtisse au croisement des routes, elle se souvint de l'été, depuis longtemps enfui, où elle avait été obligée de prendre une cruelle décision. Elle ignorait alors ce que cela allait entraîner, mais à présent, comment le supporter de nouveau ? Qu'arriverait-il si Thomas ne tenait pas sa promesse ? Des années et des années de labeur dans cette terrible maison, sans espoir ni amour, sans aucune liberté, jusqu'à ce qu'elle soit vieille et ridée... Le courage lui manqua.

– Arrêtez-vous ! cria-t-elle au cocher en se levant. Je veux descendre.

Il haussa les épaules et tira sur les rênes. Elle tourna résolument le dos à son seul refuge et se dirigea vers l'ouest, consciente de se priver non seulement d'un abri, mais de Thomas. Il ne méritait pas cela, or elle ne pouvait pas s'en empêcher. Pardonne-moi, Thomas, se dit-elle. Je ne peux pas retourner là-bas, je ne peux pas t'épouser. Ce ne serait pas bien. Je dois prendre en main mon destin, mes propres décisions, bonnes ou mauvaises, et élever librement mon enfant.

Elle n'avait qu'une idée, mettre la plus grande distance entre elle et l'hospice, et elle marcha jusqu'à la tombée du jour. Le temps était doux, une haie suffirait pour la nuit ; le plus ennuyeux était la faim qui grondait en elle car elle n'avait rien mangé depuis le matin. Elle enfonça ses doigts dans son estomac pour chasser la douleur. Elle revint aussitôt avec une telle force qu'elle fut bien obligée de reconnaître qu'il s'agissait d'autre chose. Elle se souvint du dernier accouchement de sa mère, de ses cris déchirants et de l'enfant mort-né, si beau, si froid.

De la fumée s'échappait des arbres d'un bosquet devant elle. Elle s'immobilisa en attendant que passe une seconde contraction puis courut entre les arbres en trébuchant, sans prendre garde aux branches basses qui lui griffaient les mains et le visage. À travers ses larmes de douleur et d'effroi, elle distingua des gens autour d'un feu de camp, entendit des voix et des rires.

– Aidez-moi, je vous en prie ! Aidez-moi ! supplia-t-elle en apparaissant au milieu d'eux.

– Dieu du ciel ! dit une grosse femme en robe brune. Elle est sur le point d'accoucher. Amenez-la ici et laissez-nous. James, ravive ce feu et remet la marmite dessus ! Daisy, trouve quelque chose pour langer l'enfant, un vieux châle ou une couverture, quelque chose de doux !

Ils l'allongèrent sur un lit de fougère à l'écart des flammes, puis la femme s'agenouilla et écarta les mèches emmêlées du visage de Sarah Jane.

– Mais tu n'es qu'une enfant toi-même, dit-elle gentiment. Es-tu à terme ?

– C'est presque un mois trop tôt. C'est grave ? Est-ce que...

Elle grimaça quand un autre spasme la parcourut. La femme sourit.

– Tout ira bien. Allez, sois courageuse et pousse quand je te le dirai, ça sera plus très long.

Sarah Jane ouvrit la bouche pour crier et elle lui mit une pièce de harnais entre ses dents.

– Mords là-dedans. On va pas effrayer les p'tiots, hein ?

La douleur reflua et Sarah Jane sourit faiblement.

– Je suis désolée... désolée de vous causer tant d'ennuis...

– C'est rien, ma petite. Attention, prépare-toi, je vois déjà sa tête. Tiens-moi fort et garde ton souffle pour pousser.

Sarah Jane eut l'impression qu'on déchirait son corps en deux puis, tout à coup, ce fut terminé et elle se laissa tomber en arrière, épuisée. Il y eut un silence soudain dans la clairière, comme si tous, hommes et bêtes, retenaient leur respiration. Un vagissement retentit.

– C'est un beau p'tit gars, dit la femme en le lavant de ses mains expertes. Pas gros, mais vigoureux.

Elle l'enveloppa dans un châle et le tendit à Sarah Jane.

– Tiens, ma belle, fais-lui un câlin.

Elle prit l'enfant au creux de son bras, observant avec étonnement ses cheveux si doux, presque blancs, son visage plissé et ses doigts minuscules, submergée d'amour. Ce petit être était le sien, sa chair et son sang, né d'elle et de Pâris. Que dirait-il s'il savait que leur amour avait enfanté cette innocente créature ? Elle pria pour avoir la force de le garder près d'elle, de veiller sur lui, jour après jour, de le voir devenir un homme, grand et droit, avec fierté et amour. Pour lui elle saisirait tout ce que la vie offrirait, joies et douleurs, et elle réussirait. Elle ne le trahirait pas comme elle avait trahi Billy ; il passerait toujours en premier, avant mari, amant, frère ou quiconque. Elle se le jura.

Elle n'avait pas pensé au nom qu'elle lui donnerait, mais murmura « Jason », comme si elle l'avait toujours su. « Jason. Pour toi ta maman trouvera la toison d'or. » Elle glissa son doigt dans la petite main et il s'y agrippa fermement, ce qui la fit rire de plaisir. Il souleva les paupières et elle vit qu'il lui rappellerait constamment l'homme qui le lui avait donné : il avait hérité de ses grands yeux noirs.

Pendant que la sage-femme improvisée nettoyait autour d'elle, Sarah Jane s'assit en tenant son enfant, encore stupéfaite par la merveille de sa naissance.

– Il est à moi, n'est-ce pas ? chuchota-t-elle. Il est tout à moi.

– Tu t'en apercevras bientôt, quand il te tiendra éveillée toute la nuit parce qu'il fera ses dents, répondit la femme en riant. Et quand il commencera à marcher et à faire des bêtises, tu n'auras plus de doute !

C'était à la fois terrifiant et délicieux ; ni Pâris ni Thomas ni personne à l'avenir ne le lui prendraient. Jason était à elle, sa pénitence et sa bénédiction, sa honte et sa fierté. Son fils.

6

Ces gens étaient sans doute installés dans la clairière depuis un jour ou deux, car il y avait un certain ordre parmi les grossières tentes de toile qui les abritaient, et le repas était prêt sur la table près du feu. Quand ils firent cercle pour voir le bébé et se présenter, elle comprit qu'ils formaient deux familles, les McBryde et les Barnaby. James McBryde, le plus âgé et le plus fort des hommes, tenait lieu de chef. Il portait des pantalons de velours, une veste aux tons criards et un chapeau blanc. La femme replète qui avait si bien aidé Sarah Jane était son épouse, Maggie. Ils avaient un fils, Ned, âgé d'une dizaine d'années, dégingandé mais vigoureux, et une petite fille, Célia, aux boucles brunes et au regard joyeux. Joseph Barnaby ressemblait à James, sa femme Daisy était plus mince que Maggie, et leurs jumeaux Ben et John plus jeunes que Ned.

Sarah Jane tenta d'exprimer sa gratitude.

– Je ne sais pas ce que je serais devenue sans vous. Mais je n'ai pas d'argent pour vous payer...

– Doux Jésus, nous ne voulons pas d'argent. Nous aurions fait la même chose pour n'importe qui.

– Je ne possède que ça.

Elle fouilla dans son baluchon et sortit la boîte contenant le petit œuf d'or. Elle n'en avait plus besoin pour se souvenir des jours heureux et d'un homme dont la parole s'était envolée aux quatre vents ; elle avait son fils.

– Prenez cela, je vous en prie. Ça ne vaut sans doute pas cher, mais c'est tout ce que j'ai.

Maggie prit la boîte et s'exclama :

– Comment as-tu obtenu ça ?

– Je ne l'ai pas volée. Elle m'a été offerte par... par le père de Jason.

– Es-tu sûre que ça ne vaut rien ? Je jurerais que c'est de l'or.

Maggie tendit l'objet à James, qui le rendit à Sarah Jane.

– Garde-le, ma fille. Tu en auras peut-être encore plus besoin dans le futur que maintenant.

– Mais je veux vous remercier de m'avoir aidée.

– Inutile. Fais-nous plutôt part de tes projets. Nous travaillons pour les chemins de fer, comme tu l'as peut-être deviné. Par ici c'est terminé et on cherche de l'embauche. Notre fils Duncan est allé se renseigner ; quand il reviendra on se remettra en route avec lui.

Elle fut saisie de frayeur. Elle s'était retrouvée parmi ces gens par la grâce du destin, mais ils parlaient déjà de s'en aller ; elle aussi devait partir, car Thomas ne manquerait pas de la rechercher. Il pouvait se montrer très persuasif mais, elle le sentait, l'épouser serait une erreur. La pitié ne dure pas. Retourner à l'hospice signifiait faire un pas en arrière, or, elle voulait aller de l'avant, toujours de l'avant. Mais dans quelle direction ?

– Il est parti depuis une semaine, ajouta Maggie. On l'attend d'un jour à l'autre.

– Veux-tu qu'on aille chercher quelqu'un ? Le père du petit ?

Elle refusait de penser à Pâris et à leurs étreintes insouciantes près de la rivière, plus lointaines qu'un rêve ; qu'avait-il dit au sujet des rêves qui tournent au cauchemar ? Il avait raison, et cela aurait pu être pire encore sans ces gens réunis dans la clairière. Leur sympathie lui donnait l'impression de tricher, mais elle ne pouvait pas tout leur expliquer.

– Je... je ne sais pas où il est. Il a... disparu.

– Et où allais-tu comme ça ? demanda Daisy.

– Chez... chez des amis. Je ne pensais pas que le bébé naîtrait si tôt.

Elle baissa les yeux sur son petit fardeau, enveloppé dans un châle de Maggie et langé dans un morceau de vieux jupon. Il lui faudrait des vêtements, de la nourriture, plus tard aller à l'école. Comment obtiendrait-elle tout cela ?

– Ils vont s'inquiéter, alors ? dit James.

– Non, ils ne m'attendaient pas. Pourrais-je rester jusqu'à l'arrivée de votre fils ? Je me sens un peu faible.

– Bien sûr, ma belle. Duncan t'accompagnera chez tes amis. Maintenant, tâche donc de nourrir ce petit-là car je vois qu'il s'agite beaucoup. On te laisse tranquille.

La clairière s'emplit soudain des cris du nourrisson affamé et chacun s'éloigna pour vaquer à ses affaires. Sarah Jane ouvrit son corsage et tourna l'enfant vers son sein qu'il trouva bientôt. Elle le regarda téter en souriant.

– Mon petit chéri, qu'allons-nous devenir ? Où aller ?

La seule réponse, c'était l'hospice. Elle avait été folle de ne pas saisir l'offre de Thomas ; au moins auraient-ils eu un toit et un soutien. Maintenant, elle se retrouvait seule. Les larmes qu'elle refusait de laisser couler lui piquèrent les yeux. Mais non, elle avait quelqu'un : Jason. Inutile de se complaire dans le malheur. Elle pencha la tête, posa un baiser sur son crâne et le tourna pour qu'il prenne l'autre sein. Jason lui donnait une raison de vivre, de travailler, elle s'y tiendrait. Elle savait lire et écrire, cuisiner et blanchir le linge ; il y avait bien un endroit où l'on aurait besoin de ses maigres talents. Et si elle restait en compagnie des ouvriers jusqu'à ce qu'ils aient retrouvé du travail ? Où qu'ils aillent, cela vaudrait mieux que l'hospice et, où que ce ce soit, elle saisirait sa chance.

Le lendemain matin, dès le réveil, le rituel du petit déjeuner se mit en place. Les femmes allèrent se laver à la rivière, tandis que les hommes ramassaient du bois pour le feu. Au retour, elles préparèrent le repas et appelèrent Sarah Jane ; celle-ci se leva, flageolante, laissant Jason dormir dans la chaleur de sa paillasse. Elle se sentait plus légère qu'une brindille, à peine née elle-même à une vie nouvelle, moins sombre que la précédente. Tout était brillant et neuf, et elle, prête à recommencer.

Mais, trois jours plus tard, son optimisme tomba quand elle découvrit le nouvel arrivant : Duncan McBryde, une réplique de son père, aux cheveux dorés, plus mince, avec les mêmes sourcils arqués et des yeux bleu myosotis.

– Duncan est de retour, lui annonça Célia d'un air triomphant.

Elle se tourna vers son frère, occupé à démonter les tentes et à charger leurs biens dans la charrette à âne.

– Voici Sarah Jane, qui vient d'avoir un bébé.

Il lui tendit la main en souriant.

– Oui, j'ai entendu parler de vous.

– Ravie de vous rencontrer, murmura-t-elle. Votre famille a été très gentille avec moi.

– Je crois que vous ne leur avez pas laissé le choix !

Presque vexée, elle remarqua la malice dans son regard et lui rendit son sourire.

– En effet !

– Où alliez-vous ?

– Voir des amis.

– Seule ? Et à pied ?

Il était très grand ; la tête de Sarah Jane atteignait à peine son épaule. Elle décela de l'humour dans ses yeux, de la compréhension, et quelque chose d'indéfinissable qui lui réchauffa le cœur. Elle avait l'impression de lire en lui ; il savait qu'elle mentait mais ne lui en voulait pas.

– Duncan, interrompit la voix impérieuse de sa sœur, dis-lui qu'elle peut rester avec nous.

– Elle n'en a peut-être pas envie ?

– Mais si, n'est-ce pas Sarah Jane ?

– Oui, c'est vrai.

C'était réellement ce qu'elle désirait le plus au monde ; ils semblaient heureux, en paix avec eux-mêmes. Elle n'avait pas connu cela depuis la mort de sa mère.

– Et vos amis ?

– J'ai menti. Je n'ai pas d'amis.

– Ni parents ?

– Non. J'ai pensé qu'avec vous je pourrais trouver du travail, n'importe lequel.

Maggie, portant une pile de couvertures qu'elle venait de plier, s'arrêta près d'eux.

– Elle veut venir avec nous, lui dit Duncan.

– Ah bon ? Pourquoi ?

– Pour avoir de la compagnie, répondit Sarah Jane. Jusqu'à ce que je trouve du travail.

– On doit partir tout de suite, intervint James, sinon d'autres prendront nos places.

– Je suis prête. Je peux marcher aussi loin et aussi vite que vous.

– Et si le bébé tombe malade ?

Daisy en savait quelque chose : elle avait mis cinq enfants au monde et seuls les jumeaux avaient survécu. Sarah Jane posa son séduisant regard vert sur Duncan.

– Il est fort et en bonne santé, il ne tombera pas malade. S'il vous plaît, emmenez-moi avec vous. Au moins jusqu'à la prochaine ville.

Ils rirent et Maggie lança :

– Dieu du ciel, ma fille, nous n'allons pas en ville ! C'est dans la campagne qu'on construit les chemins de fer.

– Désolée, je n'aurais pas dû vous le demander, dit Sarah Jane en serrant le nourrisson contre elle. Je suis désolée de vous importuner autant. Merci pour tout.

Après un regard désespéré à Duncan, elle se dirigea vers la route.

– Attendez !

Elle s'arrêta et retint son souffle. Duncan se tourna vers ses parents.

– Si elle part, on n'en dormira plus à se demander ce qu'elle est devenue, ne dites pas le contraire. Laissons-la venir, je m'occuperai d'elle.

– Toi, mon garçon ?

– Oui, pourquoi pas ?

Partagé entre l'admiration et la pitié, Duncan espérait ne pas avoir à regretter son mouvement impulsif, mais le regard de Sarah Jane lui avait brisé le cœur. Il possédait tant, et elle n'avait rien.

– Merci ! s'écria-t-elle. Vous ne le regretterez pas, je vous le promets.

– Inutile de remercier. Maman ne vous aurait pas laissée partir, quoi qu'elle en dise.

La décision prise, elle installa Jason sur un lit de vêtements dans un coin de la charrette et Célia monta près de lui. Ils firent leur baluchon et se mirent en route, suivant la voie de chemin de fer vers le nord-ouest – loin de Chevington, de l'hospice, de Pâris, de Thomas et de Billy. Sarah Jane sentait, de toute la force de son intuition, de sa peur, qu'elle ne devait pas retourner à l'hospice, non seulement parce qu'elle haïssait cet endroit, mais parce que sa destinée était ailleurs. Sans doute pas avec les ouvriers non plus, mais elle devait aller pas à pas.

– Je dois suivre mon propre chemin, murmura-t-elle en marchant près de la charrette sans quitter Jason des yeux. J'y parviendrai, tu verras.

En compagnie de ses nouveaux amis, elle reprit espoir. Elle allait pieds nus, tête nue, mais plus de grilles à gratter ni de seaux à vider ; elle avait ôté ses bottines pour sentir l'herbe douce sous ses talons comme lorsqu'elle était petite. La vie, pour un instant, était de nouveau bonne à vivre.

On fit halte à midi et tout le monde se reposa en mangeant du pain, du fromage et des saucisses froides. Sarah Jane nourrit Jason, observée par la curieuse Célia, et moins d'une demi-heure plus tard, ils étaient repartis. En un sens, elle aurait préféré ne pas s'arrêter : ses membres s'étaient raidis et la lassitude la submergea. Or elle avait promis de suivre, et elle suivrait. Bientôt ses mouvements se firent automatiques, un pas après l'autre, douloureux, comme ceux d'une somnambule.

– Fatiguée ? demanda Duncan tandis qu'ils marchaient entre la voie et la rivière, suivant le plus court trajet.

Elle aimait bien son doux accent écossais, sa gentillesse, sa force tranquille.

– Un peu.

– Vous vous habituerez, vous verrez. Deux jours sur la route et vous serez endurcie, comme nous tous.

– Je l'espère.

Elle devait le croire ou bien elle abandonnerait ici même.

– Parlez-moi de vous, demanda-t-il en essayant de lui faire oublier la marche.

Elle hésita. Il n'aimerait pas certaines choses, pourtant elle lui devait la vérité. Elle parla donc de ses parents et de Billy, qui l'avait sûrement oubliée, de son éducation auprès de Thomas Wistonby, de Chevington House et du beau jeune homme qui avait conçu Jason. Elle raconta sans émotion, sans détour et il l'écouta sans l'interrompre.

– Vous savez tout. J'aurais dû avouer tout cela avant que vous m'emmeniez, mais je craignais votre refus.

Le sourire de Duncan étoila la peau tannée autour de ses yeux, les rendant encore plus bleus.

– Ça ne change rien. Le passé est le passé, il faut l'oublier.

– Alors pourquoi m'interroger ?

– Parce que ça m'aide de savoir. On peut pas vous offrir une vie facile, on en est loin, faudra faire votre part de travail. On est ensemble et on s'entraide.

– Est-ce que vous direz tout aux autres ?

– Non.

Ils parcoururent une trentaine de kilomètres avant de s'arrêter pour la nuit et sombrèrent dans le sommeil après un dîner frugal. Ils n'étaient pas loin d'une ville dont on distinguait les clochers et les cheminées de l'autre côté des champs, mais personne ne parla d'y laisser Sarah Jane et elle en fut heureuse. Elle n'aurait pu se résoudre à quémander de nouveau.

Le lendemain, ils se remirent en route et, décidée à ne pas se plaindre, elle suivit sous la protection de Duncan. Ils laissèrent les champs noirs du Norfolk derrière eux pour traverser collines et vallées. Les rails traçaient une voie apparemment sans fin, reflétant le soleil sur des kilomètres. Elle savait qu'ils ne s'arrêteraient pas avant d'avoir atteint leur but et n'était pas pressée. Elle avait acquis un rythme de marche qui l'aidait à continuer, le temps était au beau fixe et son fils se portait à la perfection. Les deux familles l'avaient acceptée comme l'une des leurs, malgré la réserve de Maggie qui protégeait Duncan. Sarah Jane savait qu'elle attirait les regards, mais elle avait d'autres soucis en tête à présent qu'elle était mère et elle prenait soin de n'offenser personne. Tant qu'ils étaient sur la route, elle était à leur charge ; elle avait bien l'intention de remédier à cette situation à la première opportunité. Pour l'instant, elle les payait de leur bonté en se montrant prête à exécuter tout ce qu'on lui demandait. Elle aidait à charger et décharger, à dresser les abris, à préparer la soupe, surveillait Célia autant que Jason et divertissait les garçons avec ses légendes des anciens Grecs. Arrivée à destination, elle chercherait du travail pour payer son entretien ; quand elle aurait économisé assez, elle partirait.

Ils atteignirent Scarside cinq jours plus tard et leur tranquillité disparut. Ici, tout résonnait du vacarme, des claquements et du remue-ménage d'un chantier – remorques, brouettes, sonneries, cordes, chaînes, traverses, rails, wagons et chevaux, hommes et garçons.

Sarah Jane et Duncan, qui marchaient en tête, firent halte pour regarder des ouvriers travailler dans le sillage de ceux qui construisaient un remblai et préparaient le terrain. Une équipe disposait de lourdes traverses de bois tandis qu'une autre ajustait les rails qui, avec la précision d'une manœuvre souvent exécutée, tombaient à leur place exacte.

– On les appelle les hommes de fer, dit Duncan en les désignant du doigt. Après viennent ceux qui mettent les pointes de fer qui relient les rails aux traverses, puis ceux qui les vissent à fond et verrouillent les joints. Et voici ceux qui vérifient que les rails sont parfaitement en ligne.

– Votre métier est-il de poser les rails ?

– Je peux faire pas mal de boulots, répondit-il sans forfanterie. Mais surtout des travaux de percement.

– Qui décide de la direction de la ligne ?

– Les ingénieurs et les contremaîtres, mais en fait c'est une question d'économie et d'investissements. Tout dépend de qui veut le train, où et pourquoi.

– Et les investisseurs espèrent récupérer très vite leur argent ? Elle se souvenait des cours d'économie de Thomas, qui n'avaient pas eu beaucoup de sens à l'époque mais s'éclairaient à présent.

– Bien sûr.

– Vous allez travailler ici ?

– On va essayer. On dirait que ça marche bien. Ils travaillent en rythme, personne ne traîne ou n'est ivre, personne ne se bat.

– Ça arrive ?

– Si la paye est mauvaise ou la bière coupée d'eau, un jour ou l'autre ça tourne à la bagarre.

– Pourquoi est-on mieux payé à certains endroits que d'autres ?

Il eut un grand sourire.

– Quelle curiosité ! Pourquoi toutes ces questions ?

– Si je dois vivre parmi vous, je veux savoir à quoi m'attendre.

– Vous n'avez pas à craindre de voir rentrer papa ou Joseph ivres, ni moi !

– Je ne pensais pas à ça. Pourquoi les propriétaires ne traitent-ils pas tous les hommes de la même façon ?

– Parce qu'il y a des bons et des mauvais patrons et que certains travaux sont plus durs que d'autres. Creuser la roche est difficile et faire des tunnels ressemble de fort près à l'enfer ; construire des viaducs est dangereux. On est payé selon certains barèmes. Le patron emploie des entrepreneurs qui font de la sous-traitance. Le sous-traitant convient d'un prix avec le chef d'équipe, qui le répercute sur le salaire des hommes.

– Qui est le chef d'équipe ici ?

Il désigna l'endroit où des chevaux hissaient des wagons pleins de déblais provenant d'une tranchée plus éloignée.

– C'est celui qui dirige les garçons qui conduisent les wagons.

Elle observa le cheval de tête, monté par un jeune homme qui le fit soudain galoper le long de la voie. Elle poussa un cri, certaine que monture et conducteur couraient à la mort, mais au dernier moment le garçon fit glisser le harnais et pivoter le cheval, tandis que le wagon continuait sur sa lancée pour buter contre une traverse en bout de ligne et déverser proprement son contenu.

– C'est dangereux !

– Ici, tout est dangereux.

Sous la direction de leur chef, les ouvriers descendirent aplanir la montagne de remblais. Dans la chaleur du jour, ils travaillaient torse nu et leur dos bronzé luisait de sueur.

– Ne s'arrêtent-ils donc jamais ? demanda Sarah Jane impressionnée par ces muscles puissants.

Se tenant tout près de Duncan, elle percevait la chaleur qui émanait de son corps et se surprit à penser qu'il devait être superbement bâti ; elle eut un frisson inattendu et agréable et refréna la tentation de le toucher. Il sourit, inconscient de la réaction qu'il provoquait.

– Ils doivent boire et manger, bien sûr, mais le travail continue ; c'est chacun son tour. À la nuit tombée, on rentre chez soi.

– Où est-ce, chez soi ?

– Oh ! N'importe où. Quelques-uns vont dans les baraques de chantier que l'on voit là-bas. D'autres ont leurs propres cabanes le long de la voie, ou logent dans les villages alentour, mais c'est souvent trop cher et trop loin.

– Que font les femmes ?

– Elles s'occupent de leur homme, cuisinent, lavent, toutes les choses habituelles. Certaines sont employées à la boutique ou à la taverne.

– Est-ce que je pourrais faire ça ?

Il lui jeta un regard perçant.

– Certainement pas !

– Pourquoi ? Je dois travailler pour vous rembourser...

– Votre bébé vous occupera bien assez. Et vous aidez maman.

– Mais ça ne suffit pas. J'ai besoin d'un salaire.

– On verra ça plus tard. Votre petit n'a qu'une semaine !

Lorsque le reste de la compagnie les rejoignit, ils se tenaient face à face, le bras de Duncan autour des épaules de Sarah Jane comme si c'était tout à fait naturel. Ils se dirigèrent vers le chantier, conduits par l'aîné des McBryde.

– Nous sommes trois bons travailleurs et trois jeunes hommes costauds, dit-il au chef d'équipe. Nous avons entendu dire qu'il y a du travail ici.

– D'où venez-vous ?

– De l'*East Fen*. On a de l'expérience et les garçons s'y connaissent en chevaux.

– Je peux vous embaucher pour quelques mois, sans rien promettre pour plus tard. On paie deux livres et six shillings par jour, la moitié pour les jeunes.

Ils se serrèrent la main pour conclure le marché et se mirent en devoir de trouver un abri. Il n'existait pas de bâtiment permanent car la voie était tracée droit à travers la campagne, aussi allèrent-ils de porte en porte dans les baraquements déjà bondés.

– Y'a de la place pour un homme, leur répondit-on ici.

Et là :

– On peut prendre un couple mais pas d'enfants.

Refusant d'être séparés, ils retournèrent vers une grotte qu'ils avaient remarquée en arrivant au chantier. Un simple trou dans le rocher, cela semblait hors de question pour Sarah Jane ! Mais James décida :

– Ça ira.

Elle allaita Jason en regardant chacun vaquer à ses tâches sans plus tarder : Daisy balaya la grotte, Maggie alluma un feu avec le bois ramassé par les enfants et bientôt la marmite fut pendue au-dessus, tandis que les hommes redescendaient la colline.

– Viens m'aider, demanda Maggie quand elle eut reboutonné son corsage. Pose le bébé, Célia va le surveiller.

Elle installa l'enfant sous un abri de branchages et participa à la préparation du repas.

– Les hommes sont déjà au travail ?

Maggie se mit à rire.

– Non, ils sont allés chercher les bons d'échange.

– Qu'est-ce que c'est ?

Maggie lui tendit une cuillère et un pot.

– Tiens, tourne ça. Tu apprendras vite que la vie sur un chantier est fondée sur le crédit. On dépense ses gages avant même de les avoir gagnés. Le chef donne des bons aux hommes en avance sur leur salaire et ils doivent les dépenser dans les boutiques du chantier, qui appartiennent à l'entrepreneur. Duncan est allé avec son père et Joseph chercher des bons pour acheter du bois, des marteaux, des clous et de la toile et, si possible, une miche de pain et un peu de thé.

– Vous ne pouvez pas acheter ailleurs ?

– Si on a assez d'argent et si on trouve un magasin pas loin, pas de problème, mais ça fait beaucoup de « si ».

– Je pensais trouver du travail ici, dit Sarah Jane en hochant la tête. Vous avez tous été si bons envers moi et je ne sais pas comment vous remercier, mais Duncan refuse.

Maggie lui jeta un regard perçant.

– Nous t'aimons tous beaucoup, tu le sais ?

Elle s'interrompit, décidée à parler avec franchise. Le passé de la jeune fille, l'identité du père de son enfant, l'inquiétaient. Seul un homme riche pouvait lui avoir offert un bijou tel que l'œuf d'or et il ne l'aurait pas donné à une quelconque servante renversée dans le foin ; il devait y avoir autre chose. Elle savait que Duncan était en train de s'amouracher de Sarah Jane, alors que se passerait-il si l'autre réapparaissait ?

– Sarah Jane, je t'en prie, fais attention. Duncan est jeune et il n'a jamais eu de bonne amie. Je ne voudrais pas qu'il soit malheureux.

– Jamais je ne lui ferai de mal, ni à lui ni à vous !

Peut-être n'était-ce pas très correct de tirer avantage de sa rencontre avec Duncan, mais la vie était ainsi faite ; une fille seule devait se débrouiller, surtout avec un enfant à élever. Elle comptait sur Duncan pour cela, mais sans pour autant vouloir le faire souffrir.

– On ne t'a jamais posé de questions, pas vrai ? Mais c'est sûr que t'es pas une oie blanche. Et Duncan est trop jeune pour se retrouver avec une famille toute faite. Il est grand et fort en apparence, mais à l'intérieur, c'est un tendre, prêt à gober n'importe quel conte.

– Je lui en ai pas conté, je lui ai dit toute mon histoire sans rien cacher. Et on a pas convenu qu'il s'occuperait de moi et de Jason, ni de rien. On est juste des amis, comme vous et les Barnaby, et j'suis prête à travailler pour vivre. Je vous l'ai déjà dit, mais si vous me croyez pas, je pars.

Comme toujours, l'élocution soignée que Thomas lui avait inculquée lui échappait parce qu'elle s'énervait. Ignorant les protestations de Maggie, elle courut prendre Jason et descendit la colline vers les baraquements. Elle avait été folle de croire qu'ils allaient la garder ! Elle n'était pourtant pas prête à partir, pas encore. Duncan avait raison, son bébé était trop petit, mais elle n'allait pas quémander de nouveau. Elle était une Winterday, et son père avait dit : « Ma famille ne mendie pas ». Elle avança en trébuchant parmi le désordre du chantier sans savoir où elle allait, puis tenta de se repérer.

– Eh ben, qui c'est-y donc là ?

Elle se retourna face à deux femmes qui l'examinaient de la tête aux pieds, l'une maigre comme un clou, l'autre petite et grosse. Leur châle de laine négligemment drapé sur leurs épaules et leur robe était usagée, de couleurs criardes. L'une portait un chapeau noué avec un mouchoir et l'autre une énorme capeline avec une plume. Leurs chaussures avaient connu des jours meilleurs et leurs bas étaient pleins de trous, mais ce fut leur visage violemment maquillé qui amusa le plus Sarah Jane. Elle ne put cacher son sourire en répondant :

– Qu'est-ce que vous voulez ?

– D'où que tu viens ? demanda la maigre.

– De Chevington, si ça vous intéresse.

– Qui c'est ton homme ?

– Qui dit que j'en ai un ?

Elles rirent et la plus grosse lui enfonça un doigt dans les côtes.

– T'en as sûrement eu un y'a pas longtemps !

– Ça vous regarde ?

– Sûr que ça nous regarde. Essaie donc de nous prendre nos hommes et tu apprendras vite que...

– Qu'est-ce que j'en ferais ? À en juger par votre allure, je n'ai rien à y gagner.

– On est sur not' terrain ici, personne marchera sur nos platesbandes. Va, fiche le camp tant que tu le peux.

Bien qu'elle ne comprenne pas ce qu'elles voulaient dire, leurs menaces la vexèrent et elle ne bougea pas.

– Pour qui vous prenez-vous ? J'irai où je voudrai.

La plus grande la saisit par les épaules et Jason se mit à crier. Sarah Jane baissa la tête pour le calmer et sentit un terrible coup au bas du dos. Elle tomba en avant, évitant de justesse d'écraser Jason. Furieuse, elle le posa dans l'herbe à l'écart et se tourna vers les deux femmes, oubliant toute prétention à se conduire en dame.

– Vous voulez faire peur à mon petit ? J'voudrais voir ça !

Elle fonça sur elle en battant des bras comme des ailes de moulin et bientôt toutes les trois frappaient, donnaient des coups de pied, tiraient des cheveux, griffaient, encouragées par les badauds rassemblés. Soudain Sarah Jane se trouva propulsée dans les airs et remise sur pieds. Elle brûlait de colère et ne pouvait voir qui la retenait, la figure recouverte par ses cheveux.

– Lâchez-moi ! cria-t-elle en se débattant.

– Laisse-la donc faire, mon gars, lança un spectateur. Je m'suis pas autant amusé depuis l'enterrement de ma vieille grand-mère.

– Calmez-vous, Sarah Jane, calmez-vous. Qu'est-ce que vous faites là ?

C'était la voix de Duncan.

– C'est elles qui ont commencé.

– Vous ne devez pas vous battre contre ce genre de femmes. Ni vous battre du tout.

Elle cessa de lutter et regarda avec fureur ses adversaires qui se relevaient en s'époussetant. Elle fit volte-face vers Duncan, qui retenait son sourire. Elle en fut encore plus mortifiée.

– Je dois trouver du travail, s'écria-t-elle en rejetant ses cheveux en arrière, révélant son visage plein de griffures. Et ça n'a rien de drôle !

– *Ce* genre de travail ?

Il hocha la tête vers les femmes qui s'éloignaient au bras de deux ouvriers.

– Je ne leur ai rien fait. Elles m'ont agressée sans raison, se sont moqué de moi et m'ont fait tomber avec Jason... Je n'ai pas à supporter ça.

Il se pencha pour prendre le bébé qu'il cala avec soin au creux de son bras.

– Tenez-vous à l'écart d'elles, compris ?

– Pourquoi ? Qui sont-elles ?

– Des catins.

– Qu'est-ce que c'est ?

Elle se souvint que la gouvernante de l'hospice avait employé ce mot en la découvrant dans le lit de Thomas. Elle ne l'avait pas compris et, n'ayant personne à interroger, l'avait oublié. Duncan eut un sourire indulgent.

– Sarah Jane, vous êtes si naïve quelquefois. Ce sont des femmes qui satisfont un certain besoin chez les hommes et se font payer pour ça, mais on ne doit pas les fréquenter, vous comprenez ? Tenez-vous à l'écart ou on vous mettra dans le même panier.

C'était donc cela ? Mais elle n'était pas une prostituée ! On ne l'avait jamais payée – même si Thomas lui avait donné des leçons en échange...

– Votre mère me prend pour l'une d'elles ?

– Qu'est-ce qui vous fait croire ça ?

– Elle a dit que je n'étais pas une oie blanche. C'est vrai, mais ça ne veut pas dire que je suis comme elles, n'est-ce pas ?

Elle comprenait que c'était son sentiment de culpabilité qui l'avait fait réagir avec tant de violence aux propos de Maggie.

– Certainement pas.

– Maggie croit que je vais vous faire du mal, mais j'ignore de quelle façon. Je ne ferai rien qui puisse vous blesser. Je vous dois trop.

La façon dont il la regardait lui rappelait Thomas, prêt à braver la colère de sa sœur tant il la désirait, et aussi Pâris qui lui avait offert un bijou en échange de ses faveurs, et le jardinier de Chevington qui l'attirait à l'ombre des écuries pour lui voler un baiser. C'était le même regard, avec de la timidité, mais, bien qu'il soit moins sûr de lui que les autres, le message était clair. Elle en fut stupéfaite.

– Un homme ne se laisse avoir que s'il le veut bien, dit-il en riant. Je mesure un mètre quatre-vingts et elle me prend toujours pour un enfant au maillot !

– Mais vous n'en êtes plus un, n'est-ce pas ?

– Quelle question ! Il y a un temps pour tout. Venez.

– Je dois trouver du travail et un logement.

– On n'en parle plus, rétorqua-t-il en la prenant par le bras. Et puis, qui s'occuperait du bébé ? Vous restez tous les deux avec nous, point final.

C'était la première fois qu'elle le voyait irrité et elle frémit sous sa large poigne – non de crainte, mais de désir. Il fallait résister ; cela lui avait coûté cher, deux fois déjà, elle n'allait pas prendre de nouveaux risques.

– Rentrons chez nous.

Il lui sourit de toute sa hauteur. Elle était mi-femme mi-enfant elle-même, innocente sur certains points, avertie quelquefois, balançant d'un extrême à l'autre. Elle ressemblait à la rivière dont ils avaient suivi la berge : face à un obstacle, l'eau bondissait pardessus ou le contournait et poursuivait sa route, ses rives étaient obscurcies par des racines, des mares stagnantes ou des détritus jetés par les hommes, mais en son centre elle bouillonnait, claire et vive. Sans se poser trop de questions, Duncan alla droit à la conclusion : Sarah Jane avait le cœur pur et il l'aimait déjà.

– Chez nous ? répéta-t-elle.

C'était une musique bien douce à ses oreilles.

– Pour autant que vous le vouliez.

Elle se mit à rire comme si elle venait de découvrir que le monde était merveilleux. Elle glissa sa main dans la sienne et ils remontèrent vers la grotte.

Après un repas hâtif, James et Joseph assemblaient les matériaux qu'ils venaient d'acquérir pour construire un abri. Duncan rendit Jason à Sarah Jane et se joignit à eux. Ils fixèrent des parois de bois au sol et y clouèrent de la toile afin de créer un vaste séjour à l'entrée de la caverne, le fond servant de chambre. Ils tendirent de la bâche goudronnée en guise de toit ; cela ne suffisait pas à arrêter les courants d'air, mais procurait un abri. Tout le monde s'y réfugia aux premières gouttes de pluie.

On pouvait trouver le bonheur dans des endroits aussi singuliers, conclut Sarah Jane, et quand on y s'attendait le moins. Chevington semblait fort loin ; elle y avait bénéficié d'un vrai toit, de vêtements chauds et d'une bonne nourriture, mais n'aurait pour rien au monde échangé sa situation passée avec la présente. Elle allait écrire à Billy et à Thomas ; celui-ci lui avait appris à saisir sa chance, il comprendrait. Mais s'il trouvait Pâris, et que celuici réclame Jason ? Le pourrait-il ? Elle se battrait jusqu'à son dernier souffle pour le garder, mais si elle perdait ? Elle n'était personne et l'amour n'avait aucun poids contre le pouvoir… Elle écrirait à Thomas parce qu'il le méritait, mais sans lui dire où elle était.

7

Ces derniers temps, Geoffrey avait l'impression de passer la moitié de sa vie en train. Il s'installa dans le compartiment de première classe qui devait le ramener à Chevington House. Cela devenait fort déplaisant d'être astreint aux horaires publics ; il avait envie d'acheter son propre train. Après tout, si les chemins de fer devaient constituer sa principale entreprise, il pouvait bien posséder un wagon et une locomotive personnels. Il l'appellerait le *Lady Chevington* – Constance apprécierait cela.

À l'origine, en soutenant la compagnie des Chemins de fer de l'Est, son intention avait été de limiter ses activités à son voisinage immédiat et, une fois la ligne achevée, de vendre ses actions pour reprendre sa vie de gentilhomme. Mais il s'était mis à apprécier le monde des affaires, qui ajoutait du piment et un but à son existence. Quand l'occasion de s'engager dans la Compagnie de l'Ouest se présenta, il la saisit avec enthousiasme. Cette ligne s'était bientôt révélée aussi rentable que la première et, à présent, Jack Miller, l'ingénieur, suggérait une autre extension ; cela signifiait piocher dans les bénéfices déjà réalisés, or Geoffrey n'était pas certain de la sagesse d'une telle entreprise. Selon Miller, les ennuis actuels provenaient de l'inefficacité et de la malhonnêteté d'un sous-traitant qui avait vendu des marchandises de mauvaise qualité dans les boutiques de chantier. Les hommes s'étaient révoltés, avaient mis le feu aux magasins et détruit les tracés ; l'entrepreneur n'avait plus les fonds nécessaires pour tout remettre en route.

– Réparez les injustices et donnez-leur des salaires équitables, ils se calmeront, conseillait Miller.

Lord Chevington leva les yeux du rapport de l'ingénieur vers les maisons, les fermes et les champs qui défilaient, sans vraiment les voir, absorbé dans le souvenir de la conversation passée.

Devait-il suivre cet avis ? Les roues de fer roulant sans heurt sur les rails faisaient écho à ses questions. Devait-il ou non s'engager ? Si tous ses bénéfices étaient engloutis, ce ne serait pas grave, il lui resterait sa demeure et ses propriétés. Mais quel défi ! Et qui profiterait à son fils, car si Timothy s'intéressait à ses affaires, il pourrait faire son chemin et compenser sa déception relative à ses origines. Cependant, Geoffrey n'ignorait pas qu'il s'agissait plus que d'une simple déception : le jeune homme ne s'était jamais remis du coup que lui avait porté la vérité sur sa naissance. Geoffrey soupira. Il aurait mieux fait de garder le secret, mais il n'y pouvait rien à présent, sinon se montrer compréhensif.

Il avait tenté sans relâche de faire la paix avec son fils ; il avait passé du temps en sa compagnie, augmenté sa rente, lui avait loué un petit appartement à Londres, acheté des chevaux, une calèche, une garde-robe digne d'un dandy et l'avait encouragé à s'intéresser aux chemins de fer. Timothy avait tout ce qu'il pouvait désirer, sauf la reconnaissance officielle de sa filiation. Geoffrey évitait ce point délicat car la discussion finissait toujours par une dispute qui le déprimait.

Il aurait aimé amener le jeune homme à Chevington House et le reconnaître. Légalement, c'était possible, mais il ne se résolvait pas à en parler à Constance, même pour faire plaisir à Timothy. Il trouvait curieux qu'elle n'ait jamais manifesté de curiosité à son égard et s'en tienne à la version d'un devoir à accomplir envers un ami défunt. Elle s'intéressait beaucoup plus aux enfants de l'hospice.

Il se leva comme le train entrait dans la petite gare de Chevington, construite tout exprès pour lui et ses hôtes. Il y avait un unique employé, chef de gare, porteur et guichetier, qui se précipita pour prendre le bagage de sa Seigneurie en le voyant descendre du wagon. La vie de Geoffrey était réglée comme une horloge ; une routine infaillible lui assurait de trouver un véhicule à chaque arrivée. Chacun de ses désirs était satisfait au moindre claquement de doigt. Pourquoi alors avait-il l'impression qu'il lui manquait quelque chose ? Quoi qu'il entreprenne, il avait envie de risquer toujours plus, de travailler plus que ses pairs. Sa femme ne le comprenait pas davantage qu'il ne se comprenait lui-même ; c'était difficile à expliquer.

Constance était demeurée une très belle femme, aussi désirable qu'aux premiers jours. Il ne regrettait que sa stérilité et de devoir lui cacher son propre fils. Il ne craignait pas sa colère, mais sa peine. Du moins pouvait-il l'entretenir de ses affaires.

– Les deux sections du Norfolk sont achevées, annonça-t-il au cours du dîner.

Constance était assise à côté de lui, et non à l'autre extrémité de la table, séparée par des mètres de bois verni ; il pouvait la toucher s'il en avait envie.

– Il reste quelques voies de raccordement et une gare ou deux à construire, mais, en gros, la région est convenablement desservie. C'est une entreprise qui s'est révélée fort profitable, même sans compter les bénéfices annexes.

– J'en suis ravie. Peut-être pourrons-nous retrouver une vie normale ?

– Normale, ma chère ?

Il haussa les sourcils, mais il avait très bien compris.

– Vous êtes un aristocrate, Geoffrey, pas un commerçant. Vous devriez laisser ces soucis à ceux que vous payez pour veiller sur vos intérêts, au lieu de courir vous-même la campagne. Je ne comprends pas ce qui vous pousse à agir ainsi.

Il avait pourtant déjà tenté de le lui expliquer. Il lui sourit. Elle portait une robe de lourde soie verte assortie à un collier d'émeraudes qui mettait en valeur ses épaules.

– Quand nous avons eu un surplus de lait et que j'ai entendu parler des nouvelles expériences de conservation et de déshydratation, j'ai décidé de m'y intéresser, mais avant que la ligne de chemin de fer atteigne Chevington il était impossible d'acheminer le lait frais jusqu'aux conserveries. Le train procure d'autres avantages : le transport du grain aux minoteries, du bétail aux abattoirs, qui arrive en meilleure condition que par la route. Et celui des voyageurs, bien entendu. Moi-même, je ne serais pas revenu si vite si j'avais dû prendre la diligence.

Penchée vers lui, prête à porter à sa bouche un morceau de poisson nappé de sauce, elle était parfaitement inconsciente de l'effet qu'elle produisait sur son mari. Il leva son verre.

– Je comprends fort bien, mais cela ne répond pas à ma question.

Il avait oublié la question, et, s'il ne continuait pas à parler, il allait la prendre ici même, sur la table. Cette idée le fit sourire.

– Le train permet des liaisons plus rapides entre les fermes, les usines et les villes, ce qui profite à tout le monde. Constance, une révolution sans violence est en train de se produire dans notre pays, l'ordre ancien change. Je veux y participer.

– Mais cela ne convient pas à un gentilhomme, répliqua-t-elle en agitant la sonnette pour que l'on serve la suite.

– Je pense étendre mes activités. Il y a une autre ligne de chemin de fer...

– Étendre vos activités ! Geoffrey, vous allez trop loin. Sans compter que je ne sais comment justifier votre conduite auprès de nos amis, vous risquez de vous surmener.

– Sottises, ma chère. Acheter la ligne ouest du Norfolk est une excellente affaire. Je contrôlerai la majeure partie des Midlands et cela aura de l'importance dans l'avenir.

– Mais vous pouvez sûrement investir sans travailler vous-même ? Siéger à la Chambre des Lords, par exemple.

– Il ne s'agit pas seulement d'investir, mais de s'impliquer dans le processus, depuis les premiers projets sur le papier. J'ai choisi de travailler et ce n'est pas une mauvaise chose. Il y a bien assez de membres de la famille en politique.

– Alors occupez-vous des affaires locales. Pourquoi avez-vous renoncé à votre magistrature ?

– Je ne me sentais pas en droit de juger mes semblables. « Que celui qui n'a jamais péché... »

– Oh ! Geoffrey, que vous pouvez être exaspérant quelquefois ! Il faut bien que quelqu'un se soucie de justice et de charité. Nous ne pouvons pas nous laver les mains de toute la méchanceté de ce monde.

Il la regarda se servir d'une cuillerée de légumes dans l'un des nombreux plats qui accompagnaient le rôti de bœuf. Si seulement elle avait des enfants elle-même, elle n'aurait pas besoin de se dévouer si frénétiquement pour les autres.

– Vous en prenez soin admirablement à l'hospice, ma chère. Donnez-moi donc les dernières nouvelles de ce temple de la méchanceté humaine.

– Vous êtes injuste ! Les pauvres connaîtraient un sort bien pire sans cela, bien que je sois parfois déçue par leur conduite après tout ce que nous faisons pour eux. Sarah Jane Winterday, par exemple...

– N'est-ce pas l'une de nos domestiques ?

– Wilkins a dû la renvoyer. Elle était dans... une situation intéressante.

Il sourit devant cet euphémisme.

– L'un des valets ?

– C'est possible, elle n'a rien dit.

– Vous ne devriez pas la condamner sans savoir. Il faut être deux, vous savez.

– J'irai à l'hospice jeudi et j'essaierai de savoir qui est le père.

– Elle est retournée là-bas ?

Il se souvenait de la jeune fille dans la bibliothèque, tête haute, de ses yeux verts pleins de vie. Une fille si différente des autres, gracieuse et belle, intrépide. Elle s'exprimait en son propre nom et avait ri de sa surprise en apprenant qu'elle savait lire. Bien peu de domestiques se souciaient de lecture pendant leurs heures de loisisr. Maintenant, quelqu'un avait tout gâché, et il eut soudain pitié d'elle.

– Était-ce donc nécessaire ?

– Où aurait-elle pu aller ? Nous ne pouvons pas cautionner une conduite aussi immorale. Si elle avait consenti à donner le nom du père, on aurait pu régulariser mais, en l'état actuel des choses, elle doit payer pour sa faute. On s'occupera d'elle et du bébé à l'hospice.

Elle posa sa serviette et se leva.

– Je vous attends au salon. Ne soyez pas trop long.

Elle le laissa devant son verre de vin au cristal délicatement gravé, songeant à leur mode de vie, chacun intéressé par des sujets différents. C'était leur première vraie conversation depuis des mois et il s'était senti plus proche d'elle ; mieux encore, il avait envie d'elle. Il ne prit qu'un seul brandy avec son cigare et se hâta de la rejoindre.

Elle était assise avec une tapisserie qu'elle comptait bien terminer, mais qui finirait sans doute parmi ses autres ouvrages abandonnés en cours. Elle avait peu de patience pour les occupations de mise pour une dame de sa position, broderie et bavardages sans fin, visites de courtoisie, promenades en calèche pour faire admirer sa dernière robe et son nouveau chapeau. Comme son mari, elle préférait les activités rentables, mais à aucun moment n'aurait pensé à se comparer à lui.

Elle lui sourit.

– À propos de l'hospice, j'ai reçu une curieuse visite aujourd'hui.

Il s'assit à côté d'elle et lui ôta la tapisserie des mains.

– Pourquoi curieuse ?

– C'était un avocat. Du moins le prétendait-il, et il parlait avec distinction, mais semblait fort négligé.

Geoffrey prit un air ennuyé.

– Constance, je sais que vous rencontrez toutes sortes de gens à l'hospice, mais êtes-vous obligée de les recevoir quand je ne suis pas là ?

– Il ne venait pas me voir, mais vous demandait, vous, et a paru déçu de votre absence.

– Que voulait-il ? A-t-il donné son nom ?

– Il a dit s'appeler Thomas Wistonby et venir de l'hospice, où il aide les pensionnaires sur le plan juridique. Je lui ai dit de se présenter demain à dix heures.

Il se leva et lui tendit la main.

– Fort bien. À présent, si nous oublions l'hospice et les affaires pour aller nous coucher ? Je vous aime, Constance, et, si j'oublie parfois de vous le dire, je m'en repens.

Elle rougit de plaisir et se laissa conduire à l'étage. Il renvoya son valet et la femme de chambre, fort vexés, et ferma la porte derrière eux.

– Geoffrey, vous les avez choqués. Et je peux m'occuper moi-même de mes boutons.

– Je ne suis pas tout à fait incapable, répliqua-t-il. Tournez-vous.

Ils se mirent à rire et il farfouilla parmi les minuscules boutons de son corsage, puis les lacets de ses jupons, puis la cage d'osier de sa crinoline, et enfin elle se retrouva en jupons et chemise.

– Pourquoi faut-il que les femmes aient tant de sous-vêtements ?

– Pour nous protéger du froid, répondit-elle en gloussant comme une jeune fille. Et d'assauts tels que celui-ci. Il faut être très déterminé pour vaincre toutes ces défenses.

Elle était nue et les flammes l'illuminaient de la tête aux pieds.

– Je suis déterminé.

Il se dévêtit et la porta doucement sur son lit.

– Maintenant, j'attaque les défenses.

– Je n'en ai pas, murmura-t-elle. Pas contre vous.

Ce fut terminé trop vite, tant il avait eu envie d'elle. Elle allait être déçue et croire que son unique but était d'engendrer un fils. Mais c'était faux ; ce soir il l'avait désirée comme tout homme désire une belle femme. Il l'embrassa avec tendresse.

– Nous devrions faire cela plus souvent.

– Cela ne tient qu'à vous, cher Geoffrey. Vous êtes si souvent absent...

– J'en suis navré. J'essaierai d'être plus à la maison.

Elle se lova contre lui et il huma le parfum de ses cheveux.

– Vous avez si peu changé en vingt-deux ans. Vous êtes toujours l'impatient jeune homme que j'ai épousé et je suis toujours aussi amoureuse de vous.

– Et moi de vous. Les années ont passé vite, ne trouvez-vous pas ? Il me semble que c'est hier que vous m'apparaissiez dans votre magnifique robe de mariée, moi brûlant d'amour et de fierté. Quel beau parti vous étiez !

– Pas si beau que cela. Je n'ai pas su vous donner un héritier.

– Il est encore temps. Ce soir peut-être...

– Non, Geoffrey, il est trop tard. J'aurais tant aimé être mère, tenir mes enfants dans mes bras, les voir grandir... J'aurais tout donné pour cela.

Il se souleva sur un coude et la regarda.

– Comme j'ai été égoïste ! Je ne me suis pas rendu compte à quel point cela comptait pour vous. Aimeriez-vous en adopter un ?

– Non ! s'écria-t-elle avec véhémence.

Puis elle ajouta plus doucement :

– Non, j'ai passé l'âge de veiller sur un petit enfant.

– Un adolescent alors ?

– Non, Geoffrey, ce ne serait pas juste envers les autres. En un sens, tous les enfants de l'hospice sont les miens, comprenez-vous ?

Il se demanda si elle se montrait volontairement obtuse. Comment pouvait-elle s'imaginer qu'il pensait à un orphelin de l'hospice ? Saurait-il la persuader que Timothy était à eux deux, que sa mère n'avait été qu'un substitut d'elle ? Non. Il la berça entre ses bras en lui disant que cela n'avait pas d'importance, qu'elle était tout pour lui. Pauvre chère Constance, comment pouvait-il la tromper à ce point ? Et comment faire autrement ?

Le lendemain matin, quand le valet de pied introduisit le visiteur dans la bibliothèque, Geoffrey songea que Constance avait eu raison de le trouver négligé, bien qu'il ait fait un effort de présentation. Son pantalon était bien repassé et sa cravate, d'un rouge affreux, soigneusement nouée, mais ses chaussures étaient éculées et ses cheveux bien trop longs. Geoffrey, déterminé à écourter l'entretien, ne lui proposa pas de s'asseoir.

– Bonjour, monsieur Wistonby. Lady Chevington m'a dit que vous vouliez m'entretenir d'une affaire urgente. Vous auriez dû vous présenter à mon bureau.

– Il s'agit d'une affaire personnelle, monsieur le comte.

Il est venu mendier, se dit Geoffrey.

– Je vous écoute.

– Il s'agit de votre fils.

– Vous faites erreur, monsieur. Lady Chevington et moi n'avons pas d'enfant.

Thomas sourit à ce demi-mensonge.

– Pardonnez ce lapsus, monsieur le comte. Je voulais dire votre protégé, M. Timothy Myson.

– Eh bien ?

– Cela concerne également une demoiselle... Je sais que les jeunes gens ont des caprices, qui les en blâmerait ? Mais la pauvre fille est désespérée...

– Quelle jeune fille mon filleul aurait-il compromise ?

– Sarah Jane Winterday, monsieur le comte. Elle était employée dans votre demeure.

– Oh ! je vois !

Comment Timothy avait-il fait sa connaissance ? Était-il venu malgré l'interdiction ? Constance l'avait-elle vu ?

– Si vous êtes venu me dire qu'elle attend un enfant, je le sais déjà. Mon épouse m'a informé qu'elle avait été renvoyée à cause de cela.

Il ne doutait pas un seul instant que Timothy était l'amant de la fille et ne l'en blâmait pas, mais que cet avocat vienne réclamer de l'argent et menace d'un scandale était fort embarrassant. Malgré son envie de l'envoyer au diable, il devait protéger Constance ; de plus, cette jeune fille ne lui avait pas semblé aguicheuse. Ah ! Timothy ! Ne pouvais-tu donc te montrer prudent, au lieu de compromettre Sarah Jane, qui méritait mieux ?

– Comment savez-vous que mon filleul est responsable ? Sarah Jane l'a-t-elle nommé ?

– Pas exactement, monsieur le comte, mais la description qu'elle en donne correspond tout à fait. De plus, j'ai parlé à d'autres personnes...

– Tout cela ne constitue pas une preuve. Quelles personnes ?

– Je ne peux pas les citer, monsieur le comte.

Il n'allait pas dénoncer Tilly, à laquelle il avait extorqué l'histoire à l'aide de quelques sous et verres de gin – une piètre compensation si elle était renvoyée.

– Commérages, monsieur Wistonby. Je ne m'en contenterai pas.

– M. Myson a été vu, à l'époque correspondante, emmener Sarah Jane dans les bois. Madame la comtesse était absente et tout le monde sait qu'en ce cas M. Myson passe beaucoup de temps ici, sans toutefois pénétrer dans la maison.

Le sous-entendu était évident et Geoffrey le regarda avec acuité.

– En quoi êtes-vous concerné par ce qui arrive à cette jeune fille ?

– J'ai fait sa connaissance à l'hospice, où j'aide quelquefois les pensionnaires. Je l'ai remarquée parce que c'est une brave fille, serviable. Elle passait beaucoup de temps auprès des malades qui lui en étaient fort reconnaissants. Je lui ai appris à lire et écrire, à parler correctement, aussi quoi de plus naturel qu'elle demande mon soutien ?

Lord Chevington n'était pas idiot, mais Thomas comptait sur son désir d'étouffer l'affaire. Il eut un sourire plein d'assurance.

– Votre Grâce est connue pour son sens de la justice, aussi ne refusera-t-elle pas assistance à une malheureuse fille dans son droit.

– Son droit, monsieur Wistonby ? Serait-ce à dire qu'elle est entièrement innocente ?

– Non, certes, mais quand une jolie fille est séduite par quelqu'un d'une position sociale si clairement supérieure à la sienne, quel choix a-t-elle sinon d'obtempérer ? Cela est arrivé un nombre incalculable de fois, mais Sarah Jane n'est pas une servante ordinaire, monsieur le comte. Elle est intelligente et ambitieuse. Tout sera gâché si elle reste à l'hospice. Et elle se fait beaucoup de souci pour son enfant ; vous n'êtes pas sans ignorer qu'il lui sera retiré. Votre petit-fils naîtra dans un hospice et ne connaîtra jamais l'amour dont bénéficient les enfants, disons... plus fortunés.

Il parlait de bâtards plus fortunés, de toute évidence. Il n'aurait pu s'exprimer mieux pour amener Geoffrey à capituler. Cependant, comment agir ? Veiller sur l'enfant comme il l'avait fait sur Timothy ? Il repoussa cette idée, impraticable. Un deuxième protégé à l'insu de Constance, c'était trop.

– L'enfant de mon filleul ne serait pas mon petit-fils, monsieur Wistonby, répondit-il avec calme.

– Non, monsieur le comte, pas officiellement, mais...

Voilà donc le chantage. Il n'aurait pas cru Sarah Jane capable de cela ; l'avocat l'y avait sans doute poussée.

– Je dois d'abord demander à Timothy s'il est réellement le père, puis nous aviserons.

Il se souvint brusquement que Constance avait l'intention d'aller à l'hospice vendredi. Il ne pouvait prendre ce risque.

– Présentez-vous à mon bureau de Londres après-demain et amenez Sarah Jane. J'aimerais m'entretenir avec elle.

Il prit une bourse dans sa poche et tendit deux guinées à Thomas pour l'assurer qu'il avait bien compris.

– Voici de quoi payer votre déplacement jusqu'à mon bureau. Il n'y aura rien de plus jusqu'à notre prochain entretien. Au revoir, monsieur Wistonby.

Thomas s'en alla avec un air de grande satisfaction qui irrita fort Geoffrey. Ce n'était pas l'argent ni d'avoir à entretenir l'enfant de Sarah Jane qui le souciait, mais le fait que son secret n'était plus à l'abri à cause de l'imprudence de Timothy. Il commanda la voiture qui le conduirait à la gare et chercha Constance. Il se sentait coupable d'avoir à repartir si vite sans pouvoir lui expliquer pourquoi. S'il s'avérait que son fils n'avait rien à voir dans cette histoire, il serait fort en colère d'avoir ainsi perdu son temps.

Il arriva tard à son bureau, situé tout près du terminus des lignes de chemin de fer venant du nord. Un employé était encore affairé au milieu de livres, de cartes et de plans. Une maquette de locomotive ornait le dessus de la cheminée, surmontée d'un tableau de Geoffrey jeune. La ressemblance avec Timothy était frappante. Il décida de le remplacer par un portrait de Constance.

– Monsieur Myson est-il là ?

L'employé avait bondi.

– Non, monsieur le comte. Il est allé à la Chambre des communes et a dit qu'il rentrerait directement ensuite.

Chaque projet devait recevoir l'aval du Parlement ; on votait des centaines de lois et la *Gazette de Londres* publiait un supplément quotidien pour les annoncer toutes. Chaque plan devait être dessiné et déposé dans les contrées à traverser, avec les terrains concernés, le nom des propriétaires et la date limite d'achat. Cela entraînait beaucoup de négociations et de dédommagements. Assister aux débats de la Chambre était un bon moyen pour Timothy de se tenir au courant des projets des concurrents, telles la *Great Northern* ou la *Midland*, et des créations de lignes dans tout le pays.

– J'irai l'attendre à Kensington, en ce cas. Appelez-moi un fiacre et rentrez chez vous, il est tard.

Geoffrey arriva en même temps que le jeune homme.

– Père ! Je vous croyais à Chevington.

– J'ai à te parler.

– Au sujet de la nouvelle ligne ? Jack m'en a dit deux mots. Je crois que vous devriez y participer. J'ai appris quelque chose aujourd'hui même.

Un domestique leur ouvrit et prit leurs manteaux tandis que Timothy continuait à parler, mais Geoffrey avait l'esprit ailleurs.

– Si Georges Hudson, le prétendu « roi du chemin de fer », est partant, soyez-le aussi. Avec le projet d'Ashley Green...

– Comment es-tu au courant ?

– Miller m'en a parlé. Ensuite il y aura Hailey Common. Cela ferait de nous les plus gros entrepreneurs de l'est. En cas d'échec des concurrents, nous pourrions les racheter et avoir encore plus de pouvoir que Georges Hudson.

Ainsi donc, c'était de pouvoir qu'il rêvait – Geoffrey ne le lui reprocherait pas, mais la jeune Sarah Jane ne s'insérait guère dans ce schéma. Quant à son enfant... En soupirant, il le suivit dans le salon.

– Nous ?

– Vous et moi. Vous m'avez promis une plus grande participation aux bénéfices et aux responsabilités.

– Sois patient, Timothy. Tu es jeune et tu as besoin d'expérience avant d'occuper un poste de dirigeant.

– J'ai appris tout ce dont j'ai besoin en vous observant. Laissez-moi m'occuper de la section d'Ashley Green. Je ne vous décevrai pas.

Timothy avait lutté contre son indolence naturelle en se répétant dans quel but il devait travailler : se rendre indispensable à son père. Depuis Cambridge il s'était découvert un talent de négociateur : il parlait facilement avec tout un chacun, depuis les financiers les plus influents jusqu'aux modestes ouvriers, et possédait un sens du détail presque maniaque. Il se tenait informé auprès des ingénieurs et des entrepreneurs, s'intéressait au prix de la terre, au coût des traverses et des rails, marchandait âprement. À sa propre surprise, il avait découvert qu'il prenait plaisir à tout cela ; il éprouvait une joie presque sensuelle à observer la capitulation d'un adversaire, la défaite sur sa figure, l'effroi dans son regard. Plus dure était la chute de l'ennemi, plus intense la satisfaction de Timothy.

– Nous ne l'avons pas encore acquis et je ne suis pas venu pour cela. Nous en parlerons au bureau.

Timothy sourit comme s'il était certain de sa victoire et désigna une carafe et des verres.

– Servez-vous pendant que je vais me changer.

– Je préférerais te parler d'abord.

Il se retourna, surpris.

– Cela ne peut pas attendre ? Alors, commençons par prendre un verre.

Il versa deux généreuses rations de whisky.

– Asseyez-vous, père, vous aurez l'air moins sévère.

– Ai-je l'air sévère ? Cela tient sans doute à ce que j'ai à te dire.

– Vraiment ?

Le jeune homme se laissa tomber dans un fauteuil, les jambes sur l'accoudoir. Geoffrey résista à l'envie de le réprimander sur sa tenue.

– Tu es venu à Chevington l'été dernier, je crois ?

– Oui, vous le savez bien. Mme la comtesse étant absente...

– Et tu as eu une aventure avec une fille nommé Sarah Jane, c'est cela ?

Sarah Jane. Timothy l'avait désirée dès le premier instant, incapable de résister à son magnétisme, sa sensualité lumineuse de femme-enfant, incarnation de l'innocence et de la séduction. Il se souviendrait à jamais de ces quelques semaines de passion. Il était fort dommage que cela se soit terminé de façon aussi abrupte.

– Vous semblez bien informé.

– On me réclame de l'argent.

– Comment est-ce possible ? J'ai pris grand soin de ne pas lui dévoiler mon nom. En outre, elle n'était pas du genre à extorquer de l'argent pour quelques heures de plaisir.

– Même si de ce plaisir va naître un enfant ?

– Un enfant ?

Il se redressa avec un sursaut.

– Oui, selon mon informateur, un certain Wistonby qui prétend la défendre. Le connais-tu ?

– Non, mais elle m'en a parlé. Je crois qu'ils ont été amants.

Geoffrey se demanda pourquoi il était choqué ; il avait cru que Timothy était le premier.

– Elle te l'a dit ?

– Oui. Est-elle retournée avec lui ?

Timothy éprouva une brusque colère, comme si Sarah Jane l'avait trompé.

– Non. On l'a renvoyée à l'hospice et Lady Chevington est décidée à connaître la vérité.

– Oh ! Je vois !

Le jeune homme sourit. Son père était soumis à un chantage, ce qu'il avait déjà envisagé lui-même. Il n'avait pas besoin de cela pour obtenir ce qu'il désirait – mais si Geoffrey se montrait trop réticent à l'associer à ses affaires, il pourrait faire une tentative, habilement, bien sûr, pour ne pas se l'aliéner.

– Je ne veux pas que mon descendant naisse dans cet horrible endroit, reprit Geoffrey. J'ai demandé à voir la fille au bureau, afin d'être certain que l'enfant est de toi.

– Il n'y a aucun moyen d'en être certain, mais, s'il a été conçu en juillet ou en août, c'est possible.

– Timothy, pourquoi as-tu déshonoré l'une de mes domestiques ? Pourquoi ?

Le jeune homme se souvint de la jolie rieuse aux yeux verts.

– Parce qu'elle était belle et me plaisait fort – raison suffisante.

– Pourquoi l'avoir abandonnée dans son état ?

– Je l'ignorais, et de plus, Lady Chevington revenait.

– Ah !

Inutile de remettre ce sujet sur le tapis. Geoffrey ajouta :

– Si cette jeune fille porte ton enfant, tu devrais peut-être réparer en l'épousant.

Timothy ne considéra cette solution que le temps de se souvenir de ses ambitions et de conclure que Sarah Jane n'y avait pas sa place. Elle serait une merveilleuse maîtresse, mais en aucun cas une épouse.

– L'épouser ? C'est ridicule ! Elle n'était pas vierge, vous savez, mais fort expérimentée, ce que vous auriez appris en interrogeant votre informateur. Elle n'est qu'une servante, après tout.

– Cela ne t'a pas empêché de coucher avec elle.

– Grands dieux ! Tous les gentilshommes s'amusent avec ce genre de filles sans les épouser pour autant.

Geoffrey savait bien qu'il avait raison, mais refusait de mettre Sarah Jane dans le lot.

– Ce n'est pas à toi de la toiser. Ta propre mère n'était...

Il se tut brusquement.

– Oui, père ? Qui était ma mère ? Ne croyez-vous pas qu'il est temps de me l'apprendre ?

Geoffrey n'avait pas l'intention de le lui dire, mais, agacé, il vida son verre et répondit :

– Une bohémienne.

Timothy eut l'air horrifié.

– Je ne vous crois pas, dit-il enfin.

– Et alors ? Bohémienne ou fille de cuisine, quelle différence ? Tu veux connaître la suite ?

L'attitude de son fils le décevait tellement qu'il avait envie de lui faire mal. Timothy aurait voulu hurler « Non ! », mais une fascination morbide l'en empêcha.

– Racontez-moi tout.

– J'avais entendu dire qu'une tribu de gitans s'était installée près de la ferme du château et j'étais allé les chasser. C'est alors que je la vis en train de laver des casseroles dans la rivière et m'arrêtai pour lui parler. Elle me parla de leurs difficultés à trouver des endroits où faire halte. N'entrons pas dans les détails, veux-tu ? Je ne sus qu'elle avait eu un enfant que lorsqu'elle m'envoya un message pour la retrouver dans l'ancienne maison du garde-chasse. Tu étais avec elle, âgé de deux semaines.

Timothy se souvint du cottage festonné de toiles d'araignée. Sarah Jane était convaincue qu'il était hanté et que des yeux invisibles les observaient. Ceux de son père. Les yeux noirs de sa mère gitane. Il frissonna.

– Qu'est-il arrivé... à ma mère ?

– Je ne l'ai jamais revue. Je pense qu'elle a épousé quelqu'un de sa tribu. Elle avait sa vie à mener, et moi la mienne.

– Pas étonnant que vous désiriez garder le secret vis-à-vis de Madame la comtesse, répliqua Timothy avec amertume. Comment lui avouer un adultère avec une... bohémienne ! Croyez-vous qu'elle vous pardonnerait ? Que lui diriez-vous ? Que vous étiez tombé follement amoureux ?

– Ce n'était pas cela...

– Non ? Alors expliquez-moi pourquoi je suis ici.

– Ta mère t'a confié à moi. Sa famille ne voulait pas de toi... moi, oui. À présent, le sujet est clos et nous n'en parlerons plus. C'est de Sarah Jane dont il est question, et de ton dilemme.

– *Votre* dilemme, père.

Geoffrey ignora le sarcasme.

– Je pense que la meilleure solution consiste à t'allouer une somme supplémentaire afin que tu accomplisses ton devoir envers elle. Cet avocat s'en occupera. Je ne serais pas étonné qu'il l'épouse lui-même.

– Vous voudriez que je le paie afin de me débarrasser d'elle et qu'il élève mon enfant ?

Pour quelque mystérieuse raison, l'idée lui déplaisait.

– Pourquoi pas ? Elle mérite la respectabilité.

– Je doute fort qu'elle se soucie de cela. Souhaitez-vous ma présence vendredi ?

Puis il se mit à rire et but d'une traite. Pourquoi Sarah Jane n'accepterait-elle pas l'inévitable, tout comme lui ? Il la prendrait comme maîtresse. L'idée de renouer leurs relations l'émoustilla.

– Je pense que ce serait préférable.

– Et nous discuterons d'Ashley Green ? Après avoir résolu le problème Sarah Jane...

Geoffrey comprit fort bien. Il capitulait ou Constance apprendrait tout. Il eut l'impression d'être pieds et poings liés, étouffant sous une épaisse couverture.

– Nous verrons, répliqua-t-il tout en sachant qu'il n'avait pas le choix.

8

Les ouvriers du chemin de fer travaillaient dur, plus dur encore que les paysans, mais ils n'avaient ni maison ni jardin à cultiver pour leur propre usage, et, parce qu'ils allaient où allait le train, ils ne pouvaient jamais s'installer quelque part. Nomades ils étaient : ils accomplissaient leur travail, touchaient leur salaire et passaient leur temps libre en célébrations diverses – anniversaire, mariage ou veillée mortuaire, ou simplement jour de paie. L'argent leur brûlait les doigts. Quelquefois, une bande se rendait en ville faire du grabuge ; alors, les boutiquiers vidaient leurs magasins de toute marchandise de valeur et n'y laissaient que la pacotille, attendant l'assaut. Il arrivait que Duncan se joigne à eux, mais il tenait parole : en six mois de cohabitation avec les ouvriers, jamais Sarah Jane ne l'avait vu ivre.

Bien que plus grand et plus fort que n'importe qui, il était aussi doux et bon. Elle n'avait jamais connu une telle gentillesse depuis la mort de ses parents, pas même avec Thomas, dont les attentions étaient liées à ses besoins affectifs. Duncan ne demandait rien en retour. Cependant, Sarah Jane ressentait toujours, enfouis avec ses secrets, l'ancien désir, la passion inassouvie d'être quelqu'un d'autre. Elle n'avait pas entièrement renoncé à son rêve de devenir une dame et, parce que ce rêve était plus éloigné que jamais, elle se mettait parfois à sangloter. Duncan baisait ses larmes et la suppliait de ne plus pleurer ; alors, soudain, elle changeait d'humeur, prenait ses mains dans les siennes et l'entraînait en riant dans une ronde. Ils étaient comme des enfants et leur amour en avait l'innocence. Elle aurait quelquefois aimé plus qu'un baiser fraternel, tout en étant heureuse qu'il n'en fasse rien. L'amour physique aurait menacé sa fragile sécurité, comme dans le passé. La famille l'avait acceptée comme une fille, une sœur, et c'est ainsi que Duncan la considérait. Elle se répétait qu'elle était satisfaite. Personne ne la brutalisait, n'abusait d'elle. Elle accomplissait sa tâche volontiers, comme à Chevington House, mais avec moins de gratifications, car ici on ne profitait pas des restes des somptueux repas des maîtres ni de livres pour compléter son éducation.

Et puis, elle avait son fils chéri. Jason était d'une beauté extraordinaire, les cheveux clairs, de grands yeux noirs. Il reposait heureux dans le berceau que Duncan lui avait fabriqué et souriait en montrant deux petites dents qui la mordaient cruellement quand elle lui donnait le sein. Elle commençait à le sevrer, mais plus longtemps elle aurait du lait, mieux ce serait, car ensuite il serait une bouche de plus à nourrir et Duncan s'en tenait à sa décision de ne pas la laisser travailler. Elle acceptait volontiers car elle n'avait pas la moindre envie de laisser Jason aux soins d'une autre.

Son existence même était une source d'émerveillement, et elle refusait de penser à Pâris comme si cela suffisait à nier ce qui était arrivé. Elle voulait oublier qu'elle avait été assez sotte pour donner son amour et sa confiance à quelqu'un qui n'avait même pas eu le courage de lui dire que leur aventure était terminée, oublier qu'elle avait souhaité se venger. La vengeance ne faisait pas partie de la philosophie de Duncan.

Jason lui rappelait plutôt Billy, toujours enfermé à l'hospice de Chevington, loin des bois, des champs et du ciel qu'elle aimait. Elle lui avait grandement failli ; qu'il n'ait pas répondu à sa lettre n'était pas une excuse. C'était bientôt Noël, le temps de la famille. Résolue à faire amende honorable, elle acheta papier, encre et plume et se rendit à la grotte pour écrire à son frère, laissant Maggie et Daisy à leurs courses et leurs bavardages. Absorbée dans sa tâche, elle n'entendit pas arriver Ned, rentré un peu plus tôt que les autres.

– Qu'est-ce que vous faites ?

Elle lui sourit.

– J'écris à mon frère. Je lui raconte combien je suis heureuse avec vous tous, et que j'aimerais qu'il soit ici avec moi.

– J'aimerais bien savoir lire et écrire.

– Personne ne t'a appris ?

– Duncan est allé à l'école avant que nos parents ne deviennent cheminots, et après on a pris la route, alors...

Il s'interrompit. Ce n'était pas la faute de ses parents s'ils ne pouvaient gagner leur vie dans leur village d'Écosse. Les ouvriers avaient grand besoin d'écoles ; même les enfants des hospices recevaient une meilleure éducation. Sarah Jane eut un sourire. Duncan lui interdisait de travailler, mais elle avait une idée.

– Moi aussi j'aimerais ça, intervint Célia, assise sur le sol et chatouillant Jason.

Le gazouillis du bébé emplit Sarah Jane de tendresse envers eux tous.

– Je vous apprendrai, à Ben et à John aussi, si ça les intéresse. Une heure de leçon par jour, si vos parents sont d'accord. J'achèterai des livres.

Des livres ! Elle s'était promis de s'en procurer dès qu'elle aurait du travail – et voilà que Ned avait le même désir. Et combien d'autres ? Combien de parents seraient disposés à verser quelques sous pour que leurs enfants sachent lire et écrire ? Duncan lui avait dit que si elle voulait des livres il lui en trouverait, mais elle refusait de le voir dépenser son argent durement gagné en frivolités, du moins selon l'opinion des autres. Or, maintenant, son ambition latente se réveillait. Elle avait quelque chose à faire, après tout. Elle apprendrait tout ce qui concernait les chemins de fer, l'argent nécessaire pour les matériaux, les salaires, les bénéfices qu'en tiraient les propriétaires, les lois qui régissaient tout cela, justes ou injustes. De cette façon, elle aurait les moyens d'aider ceux qui avaient été si bons envers elle.

– Lisez-nous ce que vous avez écrit, demanda Ned.

Elle s'exécuta, syllabe par syllabe, en les pointant du doigt pour qu'il saisisse bien. Il voulait tout savoir sur Billy ; il ne comprenait pas qu'il ne soit pas avec elle. Pour lui, la famille était indivisible.

– Pourquoi ne l'envoyez-vous pas chercher ?

– Il n'y a pas de place pour lui ici. Peut-être plus tard.

Elle cacheta sa lettre et la mit dans sa poche. La grotte se remplit de conversations et de rires quand tout le monde rentra dîner. Elle attendit que les plus jeunes soient couchés pour aborder le sujet des leçons.

Elle aimait l'heure où finissait la longue journée de travail, quand s'apaisait le vacarme des machines, des chevaux, des femmes qui s'interpellaient d'une cabane à l'autre. De leur poste d'observation, elle voyait les lumières scintiller aux fenêtres sans rideaux, mais était trop loin pour entendre autre chose qu'une porte claquée ou un hennissement isolé.

– Ned voudrait que je lui apprenne à lire, annonça-t-elle, appuyée contre Duncan, à la veillée, devant le feu.

Maggie, tout près des flammes pour pouvoir coudre, les regarda par-dessus ses lunettes cerclées de métal et laissa retomber son ouvrage sur ses genoux.

– Tu es d'accord, ma fille ?

– Bien sûr. Ce serait une façon de vous remercier de votre bonté. Vous voulez bien ?

– Je n'y vois pas d'objection, dit James.

– Bien.

Elle respira avant de continuer :

– Je me demande combien d'autres sur le chantier ne savent ni lire ni écrire.

Duncan rit.

– La plupart, je dirais.

– Est-ce qu'ils me paieraient pour leur apprendre ? Un penny par leçon, quelque chose comme ça.

– Peut-être bien. Mais pourquoi veux-tu faire ça ?

– Vous ne voulez pas que je travaille comme tout le monde, mais là, vous me laisseriez faire ? Répondez-moi.

Elle leva des yeux implorants. Duncan capitula.

– Après vous voudrez une salle de classe ! Et des ardoises, des livres et une cloche pour appeler les élèves !

Il plaisantait, mais elle décida de le prendre au sérieux.

– Une chose à la fois, Duncan. D'abord, je dois trouver assez d'élèves et un endroit où nous installer.

Ils mirent une annonce dans la boutique du chantier et payèrent six pence au patron pour qu'il la lise à ceux qui montreraient de l'intérêt. Deux jours après, un petit groupe composé d'enfants et de deux adultes vint après la pause de midi. Sarah Jane commanda des livres et des ardoises au colporteur ; une semaine plus tard, elle commença à enseigner dans la grotte, tranquille durant le jour car Daisy et Maggie préféraient laver et cuisiner dehors.

L'école se révéla un grand succès, mais les autres tâches ne lui étaient pas épargnées et elle devait toujours apporter leur repas aux hommes à midi. Elle se frayait un chemin dans la boue en portant une grosse marmite de soupe, six tasses de fer blanc et du pain enveloppé dans un linge, jusqu'à l'endroit où ils remplissaient des wagonnets de terre. Elle ne cessait de s'émerveiller de leur force, du mouvement fluide de leurs muscles, de la façon dont chaque pelletée de terre retombait précisément sur la précédente. Ils remarquaient à peine le changement de saison, si ce n'est qu'en hiver ils devaient redoubler d'effort pour maintenir le rendement malgré les jours plus courts. Leur seule concession à la rigueur du climat consistait à garder leur chemise, tandis qu'elle portait des bottines et un châle de laine que Duncan lui avait achetés.

À quelque temps de la nouvelle année, elle les trouva en train de discuter avec un petit homme qui portait un baluchon au bout d'un bâton.

– Comme ça vous venez d'Ashley Green ?

– Ouais, mais je me suis pas arrêté. Y'avait une sacrée bagarre là-bas, jamais vu ça.

– Que se passe-t-il ? demanda Sarah Jane en servant la soupe.

L'homme se tourna vers elle. Quelle beauté celle-là, avec ses cheveux flamboyants, ses yeux verts et sa poitrine voluptueuse sous le corsage ! Ceux-là avaient de la chance ; lui n'avait pas eu de femme depuis un an, il avait presque oublié ce que c'était.

– L'entrepreneur s'est tiré avec l'argent de la paie et le gouverneur a appelé la milice.

– Les soldats ! s'exclama Ned. J'en ai vu une fois, des highlanders avec leurs cornemuses, leurs tambours et leurs kilts. C'était des highlanders là-bas ?

– Non, mon gars, de simples fermiers en uniforme d'opérette, sans une once de bon sens.

Cette conversation revint à Sarah Jane, plus tard dans la journée, quand elle alla quérir de l'eau. La rivière coulait de la colline jusqu'à la vallée où se trouvait le chantier, et elle devait remonter ses rives pour trouver de l'eau propre. Elle se retrouva seule sur le flanc aride ; une crécerelle planait au-dessus de sa tête en guettant les pentes couvertes de joncs. Elle l'observa qui plongeait soudain puis remontait, un petit animal entre ses serres. Bientôt l'oiseau ne fut qu'un point minuscule dans le lointain, libre. Elle aussi était libre de rester ou de s'en aller ; rien ne la retenait, sinon son propre choix. Ici, dans les collines, à l'écart du campement, elle rêvait en secret. Loin des regards qui la surveillaient, surtout ceux de Maggie et de Daisy, elle se laissait aller aux images qui l'avaient aidée à supporter l'hospice. Bien sûr, c'était puéril et inutile, puisque Duncan lui offrait un foyer aussi longtemps qu'elle le souhaitait...

Des éclats de rire interrompirent sa rêverie et elle aperçut Ned et les jumeaux qui gambadaient sur la colline au-dessus d'elle.

– Ned ! les garçons ! Où allez-vous ?

Elle posa ses seaux et courut derrière eux, mais ils ne l'entendirent pas. Elle les suivit sans pouvoir les rattraper. La nuit était tombée quand ils atteignirent la crête au-dessus du site d'Ashley Green. La moitié des cabanes brûlait, les portes et les fenêtres des autres étaient défoncées. Des wagons étaient retournés et leur contenu répandu ; femmes et enfants couraient avec des seaux d'eau, tentant vainement d'éteindre les flammes. Les garçons disparurent dans la mêlée et elle se jeta derrière eux, à travers une cohue d'hommes en colère armés de pelles, de pics, de barres de fer et de couteaux. Quelqu'un cria :

– Ils arrivent !

Les miliciens se dirigeaient vers eux, en uniformes bleu et blanc, armés de mousquets et menés par un officier et un civil à cheval. Les deux groupes s'immobilisèrent, face à face, dans un silence hostile. Sarah Jane, haussant la tête parmi les ouvriers qui l'entouraient, remarqua l'élégant jeune homme à côté de l'officier. Le temps d'un battement de cœur et elle fut transportée au bord de la rivière par une chaude journée d'été. Elle entendit des rires heureux et des éclaboussements, sentit des baisers sur son cou tandis qu'on lui murmurait : « Je t'aime, Sarah Jane, je t'aime ! » Incapable de bouger, elle le contemplait, l'esprit en déroute. Elle avait essayé de l'oublier, de prétendre qu'il n'avait pas existé, mais il était là, dominant la foule sur son superbe cheval, tel un nuage d'orage menaçant son bonheur. Pourtant, ce n'était pas le jeune homme rieur qui l'avait aimée avec passion ; son regard était dur, comme si la haine avait remplacé l'amour au point de s'imprimer sur son visage. Il se tenait avec arrogance, regardant de haut les hommes qui s'assemblaient comme des fourmis à écraser – mais elle devinait, à sa mâchoire serrée et ses mains crispées sur les rênes, qu'il avait peur. Ces ouvriers, ces hommes rudes, brutaux, pouvaient le détruire. Ce fut une révélation pour elle : elle l'avait cru invincible, comme les héros de la mythologie.

– Qui est-ce ? demanda-t-elle à son voisin.

– Ce salaud-là ? C'est Timothy Myson, le chouchou du patron. Il aboie beaucoup mais ne mord pas.

– Timothy Myson, répéta-t-elle lentement. Que fait-il ici ?

L'homme eut un rire rauque.

– Il vient voir ses jolis petits soldats à l'œuvre.

– Et la paie ? cria quelqu'un. On a fait notre boulot, on veut être payé !

Un bref sourire se dessina sur les lèvres de Timothy.

– Et les dégâts, qui va les payer ? Il faut remplacer ces rails, ces wagons. Et la marchandise des boutiques. Tout cela coûtera plus cher que ce qu'on vous doit !

– Et l'entrepreneur, lui, il est libre ?

– Non. Nous allons le poursuivre.

Un éclat de rire accueillit cette réponse.

– Trouve autre chose, monsieur le grand seigneur !

Prisonnière de la foule, Sarah Jane fut entraînée dans son mouvement, quand l'un des hommes s'écria :

– Allons-y, les gars, ils tireront pas ! Montrons-leur qui dirige ici !

L'officier considéra le mur d'hommes en colère qui descendait vers lui et se tourna vers son compagnon. Timothy hocha la tête, l'officier donna un ordre et les soldats portèrent leurs mousquets à l'épaule. À cet instant, Sarah Jane aperçut Ned, les yeux écarquillés, perché sur un arbre ; son soulagement tourna à l'horreur quand la fusillade éclata au-dessus de la foule et que Ned, les bras écartés, tomba la tête la première.

– Ils ont tiré ! Ils ont tué un innocent !

À présent, rien ne pouvait retenir les insurgés.

– Assassins !

Sarah Jane, ballottée, sans défense, se retrouva à genoux près de Ned étendu. La foule les dépassa, menaçant d'engloutir la milice. Sans pouvoir, ou vouloir, tirer de nouveau, les soldats tentèrent de se replier en ordre et firent demi-tour en hâte. Leur officier partit au galop derrière eux en criant et Timothy sembla hésiter comme s'il voulait mater les ouvriers à lui seul, puis il changea d'avis et s'enfuit sous les huées.

Sarah Jane n'avait pas le temps de se soucier de lui, Ned requérait toute son attention. La balle lui avait perforé le bras au-dessus du coude, déchirant chair et muscles. Elle savait ce qu'il fallait faire, car elle avait vu soigner un pensionnaire de l'hospice, qui s'était pris la main dans la machine à faire la pâtée des cochons. Elle déchira l'ourlet de son jupon, en fit des bandes qu'elle noua sur le bras et serra à l'aide d'un bâtonnet. Le saignement ralentit, mais comment ramener Ned chez lui ? Où étaient les jumeaux ? Elle regarda autour d'elle, terrifiée à l'idée qu'il leur soit arrivé malheur et soupira de soulagement en apercevant les cheveux emmêlés de Ben, qui apparaissaient derrière un wagon renversé. Il se redressa lentement, tremblant et tout pâle, suivi de

John accroché à sa chemise. Elle leur prit la main et eut un sourire rassurant

– Ned a été blessé. Pouvez-vous courir chercher son père ou Duncan pour le transporter ?

Ben hocha la tête, les yeux agrandis par la peur.

– Et vous ?

– Je reste ici m'occuper de lui. Allez aussi vite que possible, d'accord ?

Ils partirent à toute allure ; s'ils allaient assez vite, les secours seraient là dans moins de deux heures.

– Restez ensemble ! leur cria-t-elle.

Les ouvriers révoltés revenaient en discutant, pas certains d'avoir gagné la partie. Mettre la milice en déroute ne réparait pas les torts et ne leur rendait pas leur paie. De plus, ils étaient fous de rage à cause de l'enfant blessé. L'un d'eux apporta une couverture sale qui sentait la fumée. Sarah Jane enveloppa Ned dedans.

– Ton papa va arriver.

– J'étais venu voir les soldats, murmura-t-il. Je faisais pas de mal...

– Je sais.

Elle prit sa main entre les siennes dans l'espoir de lui transmettre sa force. Ses yeux brillaient de fièvre dans son visage tout pâle ; même ses lèvres étaient décolorées.

– Sois gentil, ne parle pas. Reste tranquille, je vais te raconter une histoire. Il était une fois un roi nommé Midas...

Une heure plus tard, elle entendit une galopade et leva la tête vers James et Joseph haletants.

– Dieu merci ! Vous avez fait vite.

– Nous étions à mi-chemin quand nous avons rencontré les garçons.

James tomba à genoux près de son fils.

– J'aurais tellement voulu les rattraper avant qu'ils n'arrivent ici, dit Sarah Jane.

De cette façon, elle n'aurait pas revu Pâris et se serait épargné des souvenirs indésirables. « Le chouchou du patron. » Elle l'avait pris pour un gentilhomme et ne s'était pas posé de questions sur la source de ses revenus ; à présent, elle comprenait : il faisait partie de ceux qui s'enrichissent sur le dos des travailleurs, se soucient peu de leurs souffrances, pourvu qu'ils en tirent profit. Elle s'était lovée dans ses bras, avait porté son enfant et, que Dieu lui pardonne, l'avait aimé. Elle se sentait personnellement atteinte, comme s'il l'avait visée.

Il faisait presque jour quand ils arrivèrent à la grotte. Maggie et Daisy ne dormaient pas, mais attendaient en silence près du feu entretenu par Duncan. Maggie les aperçut la première et s'élança à leur rencontre. James, qui avait confié son fils à Joseph pour le dernier kilomètre, l'entoura de son bras.

– Ne t'en fais pas. Il a pris une balle dans le bras mais ce n'est pas aussi grave que ça en a l'air. Rentrons.

Les jumeaux, qui avaient dîné dès leur arrivée avant de se coucher, se pressèrent sur le seuil. Daisy les chassa pour laisser passer Joseph tandis que Sarah Jane, son devoir accompli, s'éloignait vers un bosquet de pins qui surplombait le chantier.

Les hommes étaient déjà au travail. Des roues grinçaient, des chaînes cliquetaient, des chevaux hennissaient. Les garçons manqueraient à l'appel aujourd'hui, même les jumeaux, trop fatigués par leur aventure. Quant à Ned, personne ne pouvait dire quand il reprendrait le travail. Infirme d'un bras, il ne deviendrait jamais un ouvrier à part entière et devrait gagner sa vie en faisant des petits travaux, à la charge de sa famille. Le seul autre choix était l'hospice et elle savait ce que cela signifiait. Elle se mit à pleurer, pour Ned, pour Billy, pour tous ceux que cette vie condamnait à la pauvreté. Elle pleura parce que la tranquillité dont elle bénéficiait n'était qu'un leurre, et la réalité effrayante. Les images de la nuit la hantaient : Ned gémissant de douleur, les foyers d'incendie, les ouvriers en colère, et l'homme sur son cheval. Pâris. Timothy Myson. Étrange qu'il lui ait fallu deux ans pour connaître son nom. Elle l'avait aimé et il provoquait toujours en elle de puissantes émotions. Quelque chose entre eux ne mourrait jamais, un lien rendu plus solide encore par l'existence de Jason. Elle se répétait que c'était de la haine, tout en sachant qu'il n'en était rien. Et s'il venait à Scarside ? Si Duncan apprenait qui il était ? Que se passerait-il pour Jason ? Il ne l'avait pas vue, ne l'aurait sans doute pas reconnue et ne désirait certainement pas entendre parler de son fils, mais cela ne la rassura pas. Elle se sentait menacée.

– Sarah Jane, que faites-vous là ? demanda la voix douce de Duncan derrière elle.

– Rien. Je réfléchissais.

Elle s'essuya les yeux d'un revers de main. Il mit les bras autour de ses épaules et elle posa la tête sur sa large poitrine, réconfortée par sa présence.

– Vous avez accompli un miracle, dit-il en lui caressant les cheveux. Ned va guérir, il n'y paraîtra plus. Ne vous désolez pas, mon amour.

– Je ne suis pas désolée. Je suis furieuse. Cela n'aurait jamais dû arriver. Sans cette révolte, les garçons ne seraient pas allés là-bas et Ned n'aurait pas été blessé.

– C'est vrai, mais ne soyez pas injuste. Les soldats ont tiré en l'air. Comment auraient-ils su que Ned était perché dans un arbre ?

– Ils n'auraient pas dû tirer du tout. Pourquoi les patrons ne paient-ils pas les ouvriers normalement ? Pourquoi ne s'assurent-ils pas de l'honnêteté des entrepreneurs avant de leur confier la paie ? Avec tout l'argent qu'ils ont, pourquoi faut-il qu'ils exploitent encore les gens avec les boutiques, au lieu de les payer en liquide ?

– C'est juste, mais on a besoin du travail et les patrons le savent. On ne peut rien y changer.

– Partons, Duncan. Allons ailleurs, loin de tous ces problèmes.

– Il n'y a pas de problèmes ici, mon amour. C'est un bon chantier.

– Mais quand la ligne va joindre celle d'Ashley Green, que se passera-t-il ? Tout peut arriver. Si Jason...

Duncan se mit à rire.

– Jason ? Mais c'est un enfant au maillot !

Ne pouvant lui confier ses craintes, elle demanda :

– Vous n'avez pas envie de progresser ?

– Bien sûr que si.

– Mais ici, il n'y a aucune chance, n'est-ce pas ?

– C'est vrai. Mais l'école ? Ça ne vous suffit pas ?

– Daisy ou Maggie s'en occuperont et puis je peux en ouvrir une autre. Il devrait y en avoir sur tous les chantiers.

– Vous êtes donc malheureuse ici ?

Il avait l'air blessé.

– Non, Duncan, non. Je vous aime, vous le savez. C'est seulement que... Oh ! je ne sais pas comment dire !

Elle éclata en sanglots.

– Ma chérie, chuchota Duncan en essuyant ses larmes, ne pleurez pas, je vous en prie.

Il attendit qu'elle se calme et prit son visage entre ses mains.

– Sans vous, ma vie ne vaut rien. Si vous voulez retourner d'où vous venez...

– D'où je viens ?

– Oui, là où vit le père de Jason.

Comme il était étrange qu'il ait pensé à cela ! Elle aurait voulu lui dire que le père de Jason n'avait existé que dans ses rêves, mais l'enfant était une preuve tangible du contraire. Ne venait-elle pas de le voir, et d'en éprouver une telle émotion qu'elle ne savait comment la juguler ? Duncan n'aurait pu comprendre tout cela, elle le comprenait à peine elle-même.

– C'est vous que je veux.

– Je peux rester avec vous un instant ?

Elle acquiesça et s'assit le dos à un tronc, en lui faisant signe d'en faire autant. Il la prit contre lui et attira sa tête contre son épaule d'une main douce et forte. Elle leva les yeux sur lui. À côté, Timothy Myson était un nain, sinon au physique, du moins au moral, incapable de tirer des autres le meilleur d'eux-mêmes par sa simple présence. L'humanité de Duncan était universelle, quand celle de Timothy ne concernait que Timothy. Duncan faisait partie de ces rares êtres humains heureux de ce qu'ils ont et qui ne languissent pas après ce qu'ils ne peuvent avoir. Il s'entendait bien avec ses compagnons, était respecté du contremaître et ne s'énervait pas sans un bon motif. Il n'était pas couard pour autant, mais prompt à se défendre ; il exposait son avis sans peur, mais ses ambitions se limitaient à ce qu'il était possible de réaliser. Cela faisait de lui un homme facile à vivre, difficile à mettre en colère.

Il méritait mieux qu'elle ; il lui fallait une femme qui marche à son pas toute sa vie, aussi pure et bonne que lui. Sarah Jane n'était pas pure, même en pensées, car tout ce qu'elle désirait en cet instant c'était faire l'amour avec lui, lui montrer ce qu'elle ne savait comment exprimer, mêler la tendresse à la passion. Duncan était trop bien pour elle ; s'il s'en apercevait et la rejetait, elle serait perdue. Elle l'aimait, non pas à la façon impétueuse dont elle avait aimé Pâris, mais avec douceur et confiance. La joie qu'il lui donnait lui était rendue au centuple, dix baisers pour un, une journée pleine de rires pour un sourire, un regard d'adoration qui valait mieux que tout un discours. C'était trop merveilleux, trop surprenant, et elle ne craignait rien tant que le perdre.

– Je vous aime aussi, dit-il.

Le baiser qu'il lui donna n'avait plus rien de fraternel, mais exprimait un désir qui la surprit. Elle répondit de la seule manière qu'elle connaissait, en l'attirant vers elle, en lui promettant silencieusement d'oublier le passé, ses ambitions. Doux et attentionné, il caressa ses cheveux, ses joues, son cou, la réconforta et raviva son énergie, chassa la fatigue de la nuit jusqu'à faire jaillir la passion. Il n'y avait plus ni passé ni futur, mais un instant unique qui leur appartenait à tous deux.

Maggie les découvrit une heure plus tard, endormis dans les bras l'un de l'autre, et comprit qu'en sauvant l'un de ses fils elle avait perdu l'autre.

– J'ai bien envie d'aller à Hailey Common, annonça Duncan deux semaines plus tard.

– Pourquoi ? demanda sa mère.

Il s'attendait à la discussion et était prêt.

– Je veux progresser. Je refuse d'avoir le même salaire toute mon existence. Je veux devenir chef d'équipe, peut-être contremaître. Je dois y parvenir, pour Sarah Jane et pour Jason, pour leur faire une meilleure vie.

– Jason n'est pas ton fils.

– Maintenant, si.

Sarah Jane éprouva un sentiment de triomphe mais intervint :

– Duncan, si tu fais cela à cause de moi...

– Mais c'est ce que tu veux, non ? Et c'est ce que je souhaite aussi.

Il se tourna vers les autres :

– À Hailey Common un homme peut se faire sa place au soleil. C'est à quelques kilomètres de Derby. On construit une ligne qui va passer par Manchester.

– Quand pars-tu ? demanda James en tirant sur sa pipe.

– Demain.

– Demain ! Pourquoi si vite ? s'exclama Maggie.

– Il y en a d'autres qui courent après les bons boulots, je ne veux pas rater ma chance. Si tout va bien, je vous enverrai un mot pour vous dire de venir.

– Dans ce cas, il n'y a pas de temps à perdre, déclara Maggie.

Elle savait bien qu'elle avait perdu toute influence sur son fils depuis le jour où Sarah Jane était arrivée. Elle avait du mal à l'accepter, à cause du petit œuf d'or. Seul Duncan connaissait l'entière vérité mais il avait éludé ses questions maladroites, lui avouant seulement que Sarah Jane avait été abusée. Si le père de Jason revenait, l'attrait de l'or ne serait-il pas trop fort ? Elle soupira. Duncan était un homme, il devait prendre ses propres décisions. Il aurait pu tomber plus mal ; Sarah Jane était d'une propreté rigoureuse, travailleuse et capable de cuisiner un repas appétissant à partir des ingrédients les moins prometteurs. Elle possédait toutes les qualités requises pour être une bonne épouse – sauf la virginité. Elle jeta un regard à Sarah Jane qui lui sourit, nerveuse, avant de se tourner vers Duncan.

– Qu'est-ce que ça veut dire ?
– Maman pense qu'on devrait se marier. Je suis d'accord si tu l'es aussi.
Elle n'avait pas envisagé le mariage, mais Duncan n'était pas du genre à s'en passer. En l'épousant elle devrait museler ses mécontentements, renoncer à ses rêves, oublier ses grands projets et ne penser qu'à lui. Il n'y aurait ni chevalier en blanche armure, ni superbe maison où déployer son bon goût et régaler ses hôtes de sa délicieuse cuisine, ni chevaux ni calèche. Mais lui dire non le blesserait profondément. Il attendait sa réponse.
– Oui. Oui, je suis tout à fait d'accord.
– Disons demain alors, avant votre départ, dit Maggie en s'efforçant de dissimuler ses craintes.
– Demain ? Comment est-ce possible ? demanda Sarah Jane, la tête pleine de volées de cloches et de vœux solennels.
James rit.
– Ce sera un mariage d'ouvriers, pas une grande cérémonie à l'église, mais un vrai tout de même, du moins pour nous.
– J'ai une robe qui fera l'affaire et Daisy prêtera sa meilleure coiffe, ajouta Maggie. On y mettra des fleurs, Célia ira en cueillir. Allons-y !
Elle prit un baluchon qu'elle conservait au fond de la grotte, et en sortit une robe fleurie à longues manches avec un volant dans le bas.
– Il faudra l'ajuster un peu, dit-elle en la secouant.
Se tournant vers les hommes qui regardaient d'un air amusé, elle s'écria :
– Dehors, vous autres ! On n'a pas besoin de ricaneurs ici.
James se levant en riant.
– On va raconter ça aux autres autour d'une bière.
Ils laissèrent les femmes à leur essayage. Plus tard, celle-ci leur confia :
– Vous allez me manquer, tous.
– Et tu nous manqueras, ma fille, répondit Daisy à la place de Maggie, trop émue par le prochain départ de son fils. Dors maintenant, une longue journée t'attend demain.
Il lui sembla avoir à peine dormi quand Maggie la réveilla.
– Viens, Duncan veut partir de bonne heure. Il t'attend à la boutique.
Tout le chantier était là, devant les baraquements, et l'on poussa des cris en son honneur quand elle apparut escortée par Daisy, Maggie et Célia qui tenait un bouquet de fleurs. Duncan,

les cheveux brossés et un foulard neuf autour du cou, avança et la prit par la main pour la conduire près d'un balai de bouleau posé entre deux tréteaux bas.

– Tout ce que tu as à faire, c'est sauter avec moi, chuchota-t-il. Tiens ta robe pour ne pas tomber.

– C'est tout ?

– Oui. On y va ?

Elle s'accrocha à sa main et releva ses jupes de l'autre, tandis que les ouvriers commençaient à taper dans leurs mains, de plus en plus vite. Ils sautèrent ensemble la barrière improvisée et se retrouvèrent dans les bras l'un de l'autre en riant sans retenue. Célia jeta les pétales de son bouquet sur eux, on ouvrit un nouveau tonneau de bière et un violoneux entonna une danse. Sarah Jane leva son visage vers Duncan pour qu'il l'embrasse.

– Ainsi nous sommes mariés ?

– Eh oui, jusqu'à ce que la mort nous sépare ! Un jour je t'achèterai une bague et je te dirai cela dans une église.

– Ça n'a pas d'importance, répondit-elle, le cœur plein à éclater. Ce mariage a autant de valeur pour moi qu'un autre. Et je ne t'échangerais pas contre une centaine de maris certifiés par l'Église !

Elle baissa les yeux sur sa robe toute simple et sourit. L'important, c'était l'amour que Duncan et elle se vouaient. Il tiendrait à travers l'eau et le feu, la joie et la peine, la vie et au-delà, elle n'en doutait pas. Leur foyer, où et quel qu'il soit, serait un château parce qu'il y demeurerait, et si elle devait marcher au lieu d'aller à cheval, quelle importance ? Elle ne pleurerait pas ses rêves perdus.

– Je vais travailler pour ça, reprit-il. Et aussi pour une vraie maison et tout ce dont tu auras envie.

– Tout ce dont j'ai envie, c'est toi, pour toujours.

– Que Dieu vous entende, dit Maggie en les embrassant.

Elle tendit à Duncan un bagage qu'elle avait confectionné pour les aider à démarrer, contenant quelque vaisselle, du linge, un peu de nourriture. Il se pencha vers elle et elle enfouit sa figure dans son manteau afin qu'il ne voie pas ses larmes.

– Dieu vous bénisse, murmura-t-elle.

James les rejoignit avec deux verres de bière.

– Un toast avant votre départ !

Il attira sa femme contre lui d'un air protecteur, sachant ce qu'elle ressentait. Ils burent en leur honneur et à celui des ouvriers du monde entier, dansèrent un peu, puis Duncan prit Sarah Jane à l'écart.

– Nous allons les laisser faire la fête, ça va durer toute la journée.

Puis il se rendit chez l'entrepreneur pour toucher sa paie et payer ses dettes, tandis qu'elle courait se changer à la grotte. Elle remit sa robe de laine brune et son châle à franges et revint dire au revoir.

– Nous écrirons, dit-elle en pleurant, comme Duncan prenait Jason, âgé d'un an, des bras de Daisy. Si vous recevez une lettre de mon frère, vous me la ferez suivre ?

– Bien sûr, ma belle.

Ils s'éloignèrent, côte à côte, vers les collines lointaines, se retournant de temps à autre pour agiter la main vers ceux qui demeuraient dans la vallée, jusqu'à ce que la pente les cache. Puis ils avancèrent tout droit, pleins de l'optimisme des jeunes mariés.

9

Ils atteignirent Hailey Common en fin d'après-midi le lendemain, ayant passé leur nuit de noces dans une auberge. Au centre d'une vallée, entre deux collines, se trouvaient une douzaine de cabanes entourées de machines et de chariots, de piles de rails et de traverses. Des hommes attendaient avec patience à la porte de l'un des bâtiments. Duncan les rejoignit et Sarah Jane s'installa à l'écart, sur un carré d'herbe, avec son fils et leurs paquets. Elle chatouilla les pieds de Jason et rit avec lui.

– Tiens donc, viens voir ce que le chat nous a apporté.

Sarah Jane ne vit d'abord que deux paires de chaussures éculées, surmontées de bas de soie filés et de crinolines de taffetas, avant de découvrir les visages fardés des prostituées avec lesquelles elle s'était battue un an auparavant.

– Où est ton homme ? demanda la plus grande.

– Mon mari, rétorqua Sarah Jane en savourant le mot, ne va pas tarder.

– Mon mâri ! répétèrent-elles en imitant son intonation raffinée. Viens donc pas nous faire ta mijaurée, ou t'auras affaire à nous ! Qu'est-ce qu'elle se croit pas, celle-là !

Mais elles reculèrent lorsque Duncan arriva, admirant sans se cacher ses larges épaules et ses longues jambes musclées.

– Si ta mijaurée te cause des ennuis, dit la grosse en le regardant droit dans les yeux, tu sais où nous trouver !

Elles s'éloignèrent en ricanant. Sarah Jane se leva, Jason dans les bras.

– Oh ! Pourquoi faut-il qu'elles viennent tout gâcher ?

– Elles suivent les hommes là où il y a du travail. Ne t'occupe pas d'elles. Si elles voient qu'elles t'agacent, elles reviendront à la charge. Viens, on a du pain sur la planche.

– Tu es engagé ?

– Oui, dès demain. Aujourd'hui, j'aide à monter des cabanes.

– On aura la nôtre ?

– Pas tout de suite, j'en ai peur. Ça coûterait trop cher et ce serait trop long. Il faudra partager pour commencer.

Ici, il n'y avait ni maisons ni grottes, rien que les cahutes construites par les ouvriers avec du bois, des bâches et de vieilles portes vendues par la boutique du chantier. Elles s'élevaient comme des champignons sur tout le site. Duncan en désigna une.

– Va voir celle-ci et dit que Charlie Bender nous envoie. Je te rejoindrai dès que j'aurai fini ma journée.

La responsable des lieux était un petit bout de femme mal embouché nommée Emmy. Elle n'avait que la peau sur les os, des cheveux raides, le regard terne et un nez qui aurait paru énorme même chez un homme. Sa tenue résultait de l'assemblage hétéroclite de plusieurs robes mendiées chez les riches : jupe bleu ciel, corsage rouge vif avec l'une des manches gigot beige et l'autre verte. Elle ressemblait au personnage d'une farce, mais Sarah Jane apprit bientôt qu'il ne fallait pas rire à ses dépens. Elle fronça les sourcils à la vue de la jeune femme en serrant entre ses dents cassées une pipe à l'horrible odeur.

– M. Bender a dit que vous aviez de la place pour nous. Mon mari viendra plus tard.

Emmy retira sa pipe.

– Un shilling la nuit et de l'aide pour le boulot. Au moindre problème, dehors.

– Il n'y aura pas de problème, assura Sarah Jane. Mon mari veillera sur nous.

– Alors, entrez et installez-vous.

Elle ramassa ses paquets et pénétra dans son nouveau foyer. La cahute était divisée en trois ; l'unique porte conduisait à la pièce principale, baptisée « salon » mais qui, à en juger par les paillasses encombrant le plancher, servait aussi de dortoir. À gauche se trouvait une petite pièce contenant trois lits superposés, deux commodes et une chaise ; à droite, une autre pièce tenait lieu de cuisine et de lavoir, abritant un fourneau où repas et linge sale bouillaient côte à côte. Du bacon et des quartiers de viande pendaient aux solives. Les clefs d'une rangée de placards de bois fermés par des cadenas cliquetaient à la ceinture d'Emmy. Un grand tonneau de bière, fermé lui aussi, se trouvait dans un coin. Il fallait puiser l'eau à la rivière, à cinq cents mètres de là, aussi n'était-il pas étonnant que tous, y compris les enfants, boivent de la bière.

Sarah Jane déposa le contenu de ses ballots sur l'un des lits de la grande pièce – deux couvertures, leurs vêtements, de la vaisselle, du savon noir et des vivres emballés dans du papier, tandis qu'Emmy l'épiait avec malveillance et tripotait ses affaires comme un oiseau de proie.

– Les hommes vont bientôt rentrer affamés, dit-elle en hochant la tête vers la cuisine. Faut leur faire à manger.

Sarah Jane vit la marmite noircie et la fumée qui s'échappait par le trou pratiqué dans le toit.

– Que faites-vous cuire ?

– Y'a du bœuf pour Joe le Bagarreur et un peu de bacon pour le gros Bill, les autres ont des saucisses. Viens faire bouillir ce que t'as apporté.

Sarah Jane prit le morceau de mouton qu'elle gardait pour leur dîner et suivit Emmy. L'ajouter au reste ne lui plaisait guère, mais ce n'était pas le moment de faire des manières.

Bien plus tard, Duncan arriva avec une dizaine d'ouvriers et la cabane s'emplit de voix qui montaient et descendaient autour d'elle comme des vagues. Elle avait eu envie de crier. Les hommes pêchèrent leur dîner à même la marmite et s'assirent autour de la table pour l'avaler tout en parlant. Leurs manières étaient déplorables ; ils mangeaient comme des porcs. Elle détestait déjà cet endroit : aucune atmosphère familiale ici, pas d'intimité comme à Scarside, où elle avait apprécié sa petite niche à l'intérieur d'une communauté. Pourquoi donc avait-elle encouragé Duncan à partir ? Qu'est-ce qui lui avait fait croire qu'il serait capable de changer le sort des ouvriers des chemins de fer, alors qu'il n'aspirait qu'à suivre ses habitudes ?

Elle trouva leur morceau de mouton au fond de la marmite et le posa avec quelques pommes de terre sur une assiette qu'elle tendit à Duncan. Elle n'avait jamais vu repas si peu appétissant de toute sa vie, même à l'hospice, et en eut honte.

– Je suis désolée pour le dîner, lui chuchota-t-elle.

Il la regarda en souriant.

– On est ensemble, c'est ce qui compte, pas vrai ?

– Ensemble ? Comment vivre ainsi ? Manger, dormir et élever Jason dans cette cabane à lapins, sans aucune intimité ? Tout le monde verra quand...

– Je n'ai pas non plus envie de t'embrasser en public. Je verrai dès demain ce que je peux faire. Pourras-tu patienter un peu ?

Le lendemain, il fit de son mieux en montant une cloison pour isoler leur coin de pièce et acheta un lit, deux chaises et une commode à un colporteur. Sarah Jane savait bien qu'ils n'avaient pas d'autre choix et s'efforça de s'en satisfaire. Elle était femme d'ouvrier à présent, rien n'était plus éloigné de l'état de grande dame auquel elle aspirait, et les railleries d'Emmy et des deux prostituées, Alice et Kate étaient là pour le lui rappeler. Le surnom de mijaurée lui collait maintenant à la peau, quoi qu'elle fasse ; et, puisqu'il en était ainsi, elle se conduirait de façon aussi raffinée que possible. Chacun de ses mots, chacun de ses gestes irait en ce sens. Mijaurée elle serait.

Il était presque impossible de rester propre, il n'y avait ni eau ni endroit pour prendre un bain, mais elle ne s'avoua pas vaincue ; elle se baigna à la rivière avec Jason, lava leurs vêtements dix fois plus souvent que n'importe qui. Parmi les habitants du chantier, elle brillait comme une étoile solitaire dans la nuit. Quelquefois, tout en travaillant, elle imaginait ce qu'elle ferait si elle devenait soudain riche. Elle s'occuperait des enfants qui erraient sur le site, toujours sales, incultes parce qu'il n'y avait pas d'école, mal nourris et rudoyés. Ils étaient beaucoup plus nombreux qu'à Scarside. Leurs parents avaient sans doute été attirés par l'espoir de meilleures conditions de travail dont elle ne voyait aucun signe. Si elle avait de l'argent, elle supprimerait les boutiques de chantier et créerait des magasins bien propres où l'on trouverait de bonnes choses à bas prix. Elle installerait une école, un magasin et une laverie sur chaque site, et une pension convenable pour les hommes seuls. Elle ne comprenait pas pourquoi tout cela n'avait pas déjà été fait, le besoin en était tellement évident !

Si elle était riche, si elle devenait une dame... Les glissements d'un rêve à l'autre étaient sans fin et il lui arrivait d'en parler à Jason.

– Un jour, nous aurons une jolie maison. Grande, avec de beaux meubles si bien lustrés qu'on se verra dedans.

Elle riait devant son étonnement et décrivait le manoir de Chevington, les sofas rembourrés et les chaises à pieds fins, les rideaux de velours, les tapis, les figurines de porcelaine et de cristal taillé, les livres reliés de cuir, les pendules françaises et les portraits encadrés de générations de Chevington le long du grand escalier.

– Des lords et des ladies nous rendront visite et nous aurons des domestiques... des domestiques pour la moindre petite chose ! Tu auras une gouvernante... et puis non. Ta maman s'occupera toujours de toi, disait-elle en le serrant dans ses bras.

– Et papa ?

C'est le premier mot qu'il avait su dire et Duncan en était aux anges.

Duncan était son mari et le père de Jason, et si un jour ses rêves devaient se réaliser, ce serait à travers lui. Ce qui ne l'empêchait pas de rêver à un foyer qu'ils n'auraient pas à partager. D'ailleurs Duncan n'appellerait pas ses parents avant d'en avoir un, par orgueil sans doute. Il était parti pour voir s'améliorer son sort et ne les ferait pas venir avant d'avoir réussi.

– Ils ne pourraient pas vivre dans cette cabane. Il faut attendre d'avoir construit la nôtre.

Elle ne pouvait pas, pour les mêmes raisons, donner de leçons ; Emmy et les autres ne l'auraient jamais admis. Ni demander à Billy de les rejoindre. Elle était donc obligée de se contenter d'un mode de vie à l'opposé de celui dont elle avait rêvé pour elle et son fils. D'ailleurs Jason n'en souffrait pas ; du moment que sa mère était là et le gâtait, il était heureux.

Au cours d'un été brûlant qui transforma les cahutes en fours, puis d'un rude hiver où la terre gelée donna du mal aux ouvriers, Sarah Jane seconda Emmy, dont la cabane abrita jusqu'à onze hommes le printemps suivant. Bientôt le chantier ressembla à une petite ville sans eau, sans égouts, sans police. Elle appartenait à Lord Hailey, qui vivait dans un manoir à quelques kilomètres de là, et était dirigée par Charlie Bender et ceux qu'il décidait de promouvoir.

Duncan fut nommé chef d'une équipe chargée des percements du chantier. Lui et ses hommes creusaient les collines avec ardeur, ménageant d'énormes cavernes jusqu'à ce la voûte menace de s'effondrer ; alors l'un d'entre eux grimpait au sommet et surveillait les fissures pour avertir les autres en cas de danger. Ils semblaient prendre plaisir à s'enfuir au dernier moment et, la première fois que Sarah Jane vit s'écrouler des tonnes de rochers, laissant la caverne à ciel ouvert, elle poussa un cri et ferma les yeux, persuadée que Duncan et son équipe avaient été ensevelis.

– C'est la façon la plus rapide de procéder, lui expliqua Duncan en riant. Ensuite il n'y a plus qu'à déblayer.

Il prit le repas qu'elle lui avait apporté et lui tapa gentiment sur le derrière.

– Retourne à ton travail et laisse-moi au mien. On sait ce qu'on fait, crois-moi.

Avec le temps, elle apprit à moins s'inquiéter, mais ne cessa d'espérer qu'on l'affecte à un travail moins dangereux ; or il était venu là pour obtenir de l'avancement comme elle le désirait et il ne servait à rien de grommeler. D'autres s'en chargeaient, car les conditions de travail et les salaires étaient des causes de mécontentement suffisantes. Comme elle manquait de livres, elle s'instruisait sur la conduite du chantier en observant et en posant des questions et, bien que l'on se moquât d'elle – pourquoi donc une femme voulait-elle connaître ces choses ? –, elle acquit lentement des connaissances qui lui serviraient un jour, elle en était certaine. Mais personne ne semblait savoir quand ni comment les chemins de fer avaient été fondés et quels profits en tiraient les actionnaires ; c'était le domaine exclusif du propriétaire et de ses agents. Or les ouvriers avaient besoin de connaître tout ceci lorsqu'ils revendiquaient de meilleurs gages. Duncan souriait, sans l'encourager ni la critiquer ; il ne voulait pas la peiner en lui disant qu'elle perdait son temps. Tant que son dîner était prêt et son linge lavé, il continuerait de gagner leur pain quotidien.

Il n'y avait guère de moyens de rendre les repas plus appétissants, et Sarah Jane ne parvenait pas à satisfaire tous les goûts. Ceux d'Emmy, jamais. Les ouvriers se plaignaient surtout par habitude ; ils n'espéraient guère obtenir d'amélioration de leur quotidien, leur seul plaisir durant leurs heures creuses semblant consister à provoquer Sarah Jane jusqu'à ce qu'elle se fâche. Elle tentait pourtant de se contrôler, parce que les dames ne se mettent pas en colère ; mais aucune dame n'aurait supporté ce qu'elle devait endurer.

– Ils se goinfrent comme des bêtes, dit-elle un jour à Duncan. Ils ne laissent rien de leur repas, alors ce ne doit pas être si mauvais ! Et puis ils savent bien que je suis la meilleure cuisinière du chantier.

– Sûr, ma chérie. Ils te taquinent, c'est tout.

Qu'avait-elle fait pour mériter un tel homme ? Elle ne devrait pas se plaindre autant, il prenait tout à cœur. Il était malheureux de ne pouvoir lui offrir ce à quoi elle aspirait. Elle se sentait coupable et cherchait à lui faire plaisir, à lui faire comprendre qu'elle était navrée, non seulement pour ses repas, mais aussi de l'avoir arraché à ses parents, de le pousser à économiser tout ce qu'il gagnait sans jamais s'offrir une petite compensation, de se faire désirer comme la première fois ; elle s'était servi de lui. Elle s'était mise à l'aimer avec une loyauté passionnée mais ne savait comment le lui dire, sinon en continuant à se montrer enjouée, à cuisiner et à laver pour lui, et à s'accommoder des pensionnaires d'Emmy. Dès qu'elle eut servi à Jason son petit déjeuner et fait le ménage, elle posa un châle sur ses épaules pour se protéger du vent froid et se rendit à la boutique du chantier. L'enfant était en sécurité dans son lit, à jouer avec une poupée de chiffon que lui avait donnée Célia.

La boutique était une cabane semblable à celle où elle vivait, avec le logement de Charlie Bender à l'arrière. Ancien ouvrier lui-même, il avait fait preuve d'ambition et économisé assez pour devenir sous-traitant. L'entrepreneur principal fournissait tout le matériel, et lui était responsable des wagons, outils, rails, chevaux. Il déambulait, plein d'importance, savourant le pouvoir d'engager et de renvoyer, appréciant sa mainmise sur la boutique qui rapportait gros, à l'entrepreneur, comme à lui.

C'était un petit homme maigre au crâne en pain de sucre, chauve sur le devant mais avec de longs cheveux raides et gras dans la nuque. Il avait un nez crochu, de petits yeux et une moustache tombante. Pour quelque raison incompréhensible à Sarah Jane, il se croyait apprécié des femmes et elle n'aimait pas aller à la boutique à moins d'être sûre de la présence de Mme Bender. Il se conduisait alors de façon irréprochable. Son magasin était un véritable fouillis mêlant paquets de farine, sucre, fromages, thés, viandes et jambons couverts de mouches, jarres et boîtes diverses alignées sur des étagères le long des murs. On y trouvait aussi des seaux, des balais, des lampes, des bougies, des cordes, deux rouleaux de calicot grossier, des théières et des bibelots de toutes sortes.

Ses bons à la main, Sarah Jane poussa la porte puis hésita sur le seuil car Charlie était en train de servir Alice et Kate, qui ne manqueraient pas de la tourmenter ; mais se retirer aurait été un aveu de faiblesse. Elle entra donc et fit mine d'examiner un morceau de fromage sur le comptoir.

– Tiens, si c'est pas la mijaurée ! fit Alice avec une révérence moqueuse. Bonjour, milady, passez donc avant moi.

– Je peux attendre, rétorqua-t-elle.

– Mais peut-être qu'on doit parler à Charlie en privé ?

– C'est une boutique ici, non ? Et c'est ouvert ? Si vous voulez parler en privé, allez ailleurs.

– Allons, mesdames, allons, intervint Charlie en levant les mains. Je vous servirai chacune à votre tour.

Les prostituées ricanèrent à la plaisanterie involontaire puis hurlèrent de rire quand Sarah Jane répondit :

– C'est tout ce que je demande.

Elle se mit à inspecter un quartier de bœuf qui pendait au-dessus de sa tête, infesté de larves de mouches.

– Oh ! t'occupe donc pas de la mijaurée ! siffla Kate. Elle vaut pas mieux que nous autres. Les onze hommes de sa piaule en savent quelque chose.

C'en était trop ! Sarah Jane leur fit face avec une férocité glacée qui les prit de court. Elles n'eurent pas le temps de souffler que Charlie Bender, consterné, voyait voler bouteilles et jarres, puis une caisse de thé à demi vide. Il se jeta à genoux en essayant de ramasser le thé à pleines mains, puis renonça pour tenter de mettre fin à la bagarre.

– Mesdames, je vous en prie !

Il essayait de les attraper l'une par la manche et l'autre par le bras.

– Mesdames, pas ici !

Personne ne remarqua Mme Bender mais les adversaires sentirent le poids de son balai sur leur dos.

– Dehors ! cria-t-elle. Dehors avant que je vous chasse du chantier !

Les prostituées saisirent leurs achats et s'enfuirent, laissant Sarah Jane assise par terre, se frottant le bras.

– Debout, s'il vous plaît. Rentrez chez vous si vous ne voulez pas d'un autre coup de balai !

À quatre pattes pour récupérer ses bons, Sarah Jane ne l'écoutait pas. Sans eux, elle ne pouvait rien acheter.

– C'est ça que vous cherchez ? demanda Mme Bender en les lui tendant, couverts de farine.

– Oui, merci, répondit la jeune femme en se levant.

Charlie commença à nettoyer et sa femme ajouta :

– Je suis rentrée à temps ! Quant à vous, c'est votre homme qui devra payer les dégâts.

– Mais ce n'est pas ma faute !

– C'est vous qui avez commencé. Dites-lui que je veux le voir ce soir.

– Non ! S'il faut payer, je paierai. Ce n'est pas la peine d'avertir Duncan.

Mme Bender sourit :

– Ça, je comprends, tout ce que vous obtiendriez c'est une bonne raclée. Mais comment comptez-vous rembourser ?

– Ça me regarde. Donnez-moi un peu de temps.

– Disons jusqu'à la fin de la semaine.

Elle partit en hâte. Comment trouver l'argent sans mettre Duncan au courant ? Il ne possédait que ses économies destinées à la construction de leur cabane. Pourtant, il existait une solution ; la seule, en réalité.

Elle alla droit à sa commode et fourragea dans un tiroir jusqu'à ce qu'elle trouve la petite boîte qui renfermait l'œuf d'or. Elle s'assit en le tenant au creux de sa main et, l'espace d'un instant, se retrouva près de la rivière. Elle fut surprise de s'entendre rire. Depuis combien de temps n'avait-elle pas ri ainsi ? Maintenant encore, elle se souvenait de la chaleur de la main de Pâris tandis qu'il lui offrait ce cadeau, reçu avec tant de gratitude. Il l'avait achetée, tout comme les ouvriers achetaient Alice et Kate. Pas de quoi être reconnaissante ! Mais si Maggie avait raison et si c'était de l'or, elle pourrait rembourser les Bender et acheter un peu de viande ; elle aviserait plus tard sur l'explication à donner à Duncan.

Alertée par du bruit dans la cuisine, elle empocha l'écrin et se leva, pensant que Jason avait besoin d'elle. Il se tenait debout au milieu de la cuisine, le pouce dans la bouche, observant Joe le Bagarreur – surnommé ainsi à cause de sa propension à se battre les jours de paie – à genoux devant le placard où elle conservait ses provisions. Farine, sucre et thé étaient répandus sur le sol. Elle expédia Jason dans l'autre pièce avant d'interpeller l'ouvrier.

– Qu'est-ce que vous fabriquez dans mon placard ?

Après l'histoire chez les Bender, voilà que ses provisions étaient gâchées. Joe paraissait saoul.

– Je cherche mes tickets de bière.

Elle l'attrapa par l'épaule en essayant de le tirer en arrière ; il se débattit et elle tomba sur Jason revenu voir ce qui se passait. Plus effrayé que meurtri, il se mit à pleurer. Furieuse, Sarah Jane se releva, prit Joe par les épaules et lui lança un coup de pied dans le bas du dos ; il gémit, se dressa et la saisit par les poignets.

– Alors, on veut se battre ?

Il la frappa au visage à plusieurs reprises, jusqu'à ce que la tête lui tourne.

– Où sont mes tickets ? Salope ! Voleuse !

Les mains prises, elle ne pouvait répliquer qu'à coups de pieds et de morsures, ce dont elle ne se privait pas, et n'entendit pas crier Emmy. Puis elle s'aperçut que le gros Bill lui prêtait assistance ; d'autres hommes s'en mêlèrent, d'un parti ou de l'autre, et bientôt la cahute fut le théâtre d'un chaos général, meubles brisés, nourriture renversée et lits retournés. Plus personne ne s'intéressait à l'origine du conflit. C'était une belle bagarre. Sarah Jane parvint à ramper vers Jason qui risquait fort de voler à travers la pièce avec le reste et se dirigea vers la porte avec lui. L'un des ouvriers attrapa une lampe, la lança à toute volée sur une pile de vêtements qui prit feu. Aussitôt tout le monde courut vers la seule sortie et Sarah Jane se trouva propulsée à l'extérieur comme le bouchon d'une bouteille. Elle tomba en sanglotant dans les bras de Duncan, qui avait vu les flammes s'élever en revenant du chantier et couru tout le long du chemin, craignant le pire. Soulagée de la voir indemne, il la conduisit à l'abri et la fit asseoir sur l'herbe avec Jason avant de rejoindre le gros Bill et Joe, qui frappaient les flammèches à l'aide de leurs manteaux, leur querelle oubliée.

Le ciel s'assombrit sur les collines, mais le village était animé comme en plein jour, les gens couraient en tout sens, venaient regarder le feu lécher les fenêtres de la cabane. À l'intérieur c'était un enfer, on ne pouvait rien sauver. Les murs de bois secs et les vieux meubles brûlaient allégrement, le toit de bâche goudronnée se mit à fondre et s'effondra comme de la glu noire. Les combattants abandonnèrent la lutte pour se tourner vers les autres cahutes ; il n'y avait pas d'eau, aussi grimpèrent-ils sur les toits avec des couvertures et des brosses pour étouffer les débuts d'incendie, se brûlant les mains et s'écorchant les genoux.

Au petit matin, le feu s'était éteint de lui-même lorsqu'il commença à pleuvoir sur les poutrelles encore chaudes. Bientôt ce fut un déluge et les cendres se transformèrent en boue noirâtre. Les hommes levèrent le poing en jurant.

– Trop tard !

Ils ne pouvaient plus rien faire et reprirent leurs pioches pour aller travailler, laissant Emmy accuser Sarah Jane de la perte de sa maison. La jeune femme s'était réfugiée sous un wagon abandonné et pleurait doucement, son fils serré contre elle à l'abri du voile de ses cheveux. C'est là que Duncan les trouva.

– Ah ! vous voilà ! Je vous ai cherchés partout.

Il lui prit le menton dans la main pour l'obliger à lever la tête vers lui et, malgré les circonstances, sourit.

– Qu'y a-t-il de si drôle ? demanda-t-elle en reniflant.

– Toi, ma douce. Tu es plus noire qu'un charbonnier et tes sourcils sont tout brûlés.

Elle rit à travers ses larmes.

– Tu ne vaux guère mieux. La pluie a laissé des traces sales sur toute ta figure.

Elle posa un baiser sur sa joue et ajouta :

– Comment peux-tu rire de tout ça ?

– Ça vaut mieux que de pleurer, Sarah Jane.

– Mais c'est ma faute, j'ai pas pu garder mon calme. Qu'est-ce qu'on va faire, Duncan ? Où va-t-on vivre ?

Il eut le sourire las d'un homme qui travaille dur et n'a pas de repos, et lui pinça doucement la joue.

– On n'a qu'à tout recommencer. On a de la chance, j'ai trouvé nos économies dans leur boîte de métal au milieu des décombres. La boîte est abîmée mais le contenu est sauf.

– Il va falloir racheter des vêtements et des draps et...

Elle éclata en sanglots. Il se pencha vers elle, essuya ses larmes et plongea son regard dans ses yeux rougis par les pleurs, la fumée et la fatigue.

– Ça aurait pu être pire. Tu aurais pu brûler vive avec Jason et je remercie Dieu de vous avoir épargnés. Le reste n'a pas d'importance. Avec quelques bons d'échange de plus, on s'en sortira.

Elle se souvint de l'argent qu'elle devait à Charlie Bender. Allait-il refuser de faire crédit à Duncan jusqu'à ce qu'elle l'ait remboursé ?

– On n'en a pas besoin, dit-elle en sortant l'écrin de sa poche. J'ai sauvé ça. On peut le vendre.

– Non !

– Pourquoi ? Ça ne signifie rien pour moi.

– Je ne veux pas en entendre parler. Tu ne me crois pas capable de m'en sortir sans cette babiole ? Je n'ai pas besoin de la générosité d'un autre pour veiller sur ma femme et mon fils.

D'un coup sec, il fit tomber l'écrin de sa main et elle sourit malgré son chagrin. On aurait dit qu'il avait oublié que Jason n'était pas son fils. Et il était jaloux !

– Justement, ce n'est qu'une babiole. Je m'en moque, et si ça peut nous aider à...

– J'ai dit non et je le répète. N'en parle plus.

Il se leva et se dirigea vers la boutique. Elle le regarda partir – il était son homme, grand, fier – et elle souhaita de toutes ses forces remonter le temps. Elle s'était servi de ce gentil géant, elle ne lui avait donné que son corps et pourtant il l'aimait tendrement, elle le savait, même s'il ne le disait pas. Il pensait à elle avant tout, se tournait vers elle quand il avait une décision à prendre. La vie serait insupportable sans lui, et malgré tout elle se montrait encore trop impulsive. Elle n'aurait pas dû se mettre en colère contre les prostituées ni contre Joe, et elle n'aurait pas dû parler de l'œuf d'or. Il était aussi orgueilleux qu'elle.

Il revint avec une brouette chargée de bois et de bâches, une porte et deux fenêtres. Elle soupira de soulagement : Charlie n'avait rien dit, mais son projet d'échapper au cercle vicieux des bons d'échange était à l'eau, à moins qu'elle ne vende l'œuf d'or. Elle le suivit le long de la colline, à quelque distance des masures où il se mit en devoir de construire une nouvelle cabane.

– Je peux t'aider ?

– Plus tard, quand je poserai le toit. Fais manger Jason et trouve un endroit pour dormir une heure ou deux.

Il n'était pas en colère, mais pas heureux non plus. Elle se moquait bien des accusations d'Emmy, mais la déception ou la tristesse de Duncan lui faisaient aussi mal que des coups de couteaux et elle ne désirait que son pardon.

– Duncan... Je suis tellement désolée.

Il soupira.

– Moi aussi, ma belle, moi aussi.

Elle se rendit d'un pas lent à la boutique où Charlie l'accueillit avec un sourire patelin.

– Pourrai-je vous accompagner à Derby quand vous irez en carriole ?

Il jeta un coup d'œil à sa femme et prit un ton mesuré.

– Je n'y vois pas d'inconvénient. Que voulez-vous y faire ?

– Obtenir l'argent que je vous dois.

Elle savait quelles conclusions ils en tireraient ; pour eux, une femme n'avait qu'un seul moyen de gagner rapidement de l'argent. Mme Bender haussa les épaules.

– Emmène-la si ça sert à nous payer.

– J'y vais tantôt. Je dois fournir de quoi remplacer ce qui a été brûlé hier.

Sarah Jane baissa les yeux sur son fils ; elle ne pouvait ni l'emmener ni le laisser à la garde de n'importe qui.

– Pourrez-vous veiller sur Jason pendant mon absence, madame Bender ? Il est très sage.

La femme hésita, puis acquiesça.

– D'accord, mais revenez aussi vite que possible et ne faites pas attendre Charlie.

– C'est promis. S'il vous plaît, ne dites rien à Duncan.

Une heure plus tard, elle retrouva Charlie au croisement du pont et de la route. Il eut un grand sourire tandis qu'elle montait à côté de lui.

– Je dois faire mes courses d'abord. Mais après je connais une taverne où on sert un bon pâté et de la bière. On va s'amuser un peu, n'est-ce pas ?

Elle ne répondit pas. Elle ne pensait qu'à ce qu'elle allait faire. Plus tôt ce serait terminé, mieux cela vaudrait.

Dès qu'ils eurent quitté la zone du chantier les travaux avaient défiguré le paysage, la campagne se révéla magnifique. Collines arrondies, vertes vallées, bétail, fermes s'égaillaient de chaque côté de la route comme dans un tableau. Le soleil brillait sur les arbres encore mouillés et faisait étinceler leurs bourgeons, l'air avait un parfum enivrant. En d'autres circonstances, elle se serait réjouie de la promenade, mais une inquiétude sourde excluait tout plaisir. Et si le bijou ne valait rien ? Et si Duncan se fâchait au point de la chasser ?

Derby était une jolie ville animée qu'elle remarqua à peine. Charlie arrêta sa carriole près d'un grossiste.

– J'y vais. À tout à l'heure, dit-elle en descendant.

– Pas besoin d'aller loin, alors que vous pouvez payer votre dette là, tout de suite.

Elle savait fort bien de quoi il parlait.

– Et qu'en dirait Mme Bender ? Je parie qu'elle préférera de l'argent liquide.

– Vous avez raison, mais ça nous empêche pas de prendre un peu de bon temps, pas vrai ? Je vous attends à l'auberge de l'Ours-Noir dans une demi-heure.

La vanité du bonhomme était incroyable, songea la jeune femme en se hâtant pour trouver un magasin où on lui donnerait un bon prix pour l'œuf d'or. Le problème était qu'elle n'avait pas la moindre idée de l'endroit où se rendre. Elle se retrouva dans une ruelle pavée, bordée de boutiques, dont l'une arborait les trois boules dorées d'un prêteur sur gages. Elle entra dans une pièce sombre et basse de plafond, emplie de vêtements, de chaussures et de chapeaux, de meubles et d'instruments de musique. Une vitrine renfermait des bijoux et des montres. Un petit homme replet la regarda par-dessus une minuscule paire de lunettes.

– Bonjour, mademoiselle.

Elle posa l'écrin sur le comptoir, bien décidée à marchander puisque le prix qu'il lui offrirait serait de toute façon inférieur à la valeur réelle.

– Que me donneriez-vous pour cela ?

Il soupesa l'objet dans sa paume, l'ouvrit et étudia la corbeille de platine avec ses anémones de calcédoine. Il leva ensuite les yeux sur elle et elle y lut la cupidité qu'il tentait en vain de cacher.

– Où avez-vous eu cela ?

– C'est un cadeau d'un... admirateur.

– Un admirateur qui appréciait vos charmes à la valeur de l'or ?

– Ça me regarde. Dites-moi ce que vous m'en donnez.

– Ce n'est pas du vrai, mais c'est joli. Dix livres, et je suis généreux.

Sarah Jane retint son souffle, ravie, mais répliqua :

– Pas question. Je sais que ça vaut bien plus.

Il leva de nouveau les yeux et devina son manque d'assurance.

– Allons, mademoiselle. N'essayez pas de m'avoir. Ça ne valait pas le coup de la voler.

– Je ne l'ai pas volée.

– Alors c'est que celui qui vous l'a donnée n'avait pas aussi haute opinion de vous que vous le croyiez.

Elle se représenta Pâris en train de la lui offrir ; sa valeur n'avait d'importance que pour ce qu'elle pourrait payer maintenant : les Bender et quelques bonnes choses.

– Vous pouvez faire mieux que dix livres.

– Douze. Pas un sou de plus.

– Très bien.

Elle refusait de penser qu'elle vendait ses rêves pour douze livres. Non, se défaire de l'objet n'était pas un déchirement. Qu'étaient les rêves, sinon du vide ? Duncan, lui, était bien réel, tout comme les pièces qu'elle tenait au creux de sa main et ce qu'elle achèterait avec : elle n'aurait pas de regrets.

Elle se retourna avant de sortir et vit le petit homme faire de la place au milieu de la vitrine pour y déposer l'écrin ouvert sur un coussin de velours ; l'éclat de l'œuf d'or éclipsa toutes les pacotilles alentour.

10

– Où est Charlie ? s'enquit Mme Bender quand Sarah Jane arriva avec ses achats – un morceau de bœuf, des vêtements pour Jason et un pantalon pour Duncan, une robe de coton pour elle, du tissu à fleurs pour deux petites fenêtres, du papier à lettres, une plume et de l'encre, un lot de livres d'occasion, une demi-douzaine d'ardoises et de la craie.

– Il n'est pas là ? demanda-t-elle en feignant la surprise.

Elle avait préféré faire à pied les dix kilomètres depuis Derby plutôt que le retrouver à l'auberge ; heureusement un charretier lui avait proposé de monter en route et elle avait accepté avec joie.

– Je l'ai manqué après mes courses. J'ai cru qu'il était rentré sans moi.

Mme Bender avait bien une idée de l'endroit où était allé Charlie, mais savoir Sarah Jane loin de lui la radoucit.

– Vous avez fait ce que vous vouliez ?

– Oui.

Elle posa ses paquets et chercha dans sa poche ce qui restait des douze livres.

– Voilà de quoi rembourser vos pertes et racheter nos bons. Et ce n'est pas la peine d'informer Duncan de mes ennuis avec les prostituées.

– Il est venu, il y a une heure. Il voulait savoir où vous étiez. J'ai répondu que vous étiez à Derby. J'allais pas lui mentir, hein ?

Elle lui tendit ses bons avec réticence ; les gens qui ont payé leurs dettes n'étaient pas si faciles à manipuler.

– Non, bien sûr. Où est-il ?

Mme Bender tendit le doigt en direction de la cabane que Duncan finissait de construire, fixant la bâche du toit à grands coups de marteau.

– Vous feriez mieux d'aller faire la paix, si c'est possible.

Jason sur un bras, ses paquets dans l'autre, elle le rejoignit. Il la regarda approcher avec une impatience enfantine, devinant ce qu'elle était allée faire. Il posa son marteau et descendit du toit.

– Alors, Sarah Jane ? Tu ne m'as pas écouté, tu l'as vendue ?

Elle lui fit un grand sourire pour le désarmer.

– Oui. J'ai remboursé tes bons et acheté ce dont nous avions besoin.

– Je vois.

– Tu n'es pas fâché, n'est-ce pas ?

– Tu savais ce que j'en pense et tu l'as fait quand même.

– Allez, Duncan, ne sois pas grognon. Je n'en voulais plus, de cet œuf ridicule.

Elle déposa Jason qui entra inspecter son nouveau foyer encore dépourvu de porte.

– À qui l'as-tu vendu ?

– À un prêteur sur gages, pour douze livres.

– Il t'a donné un reçu ?

– Non, pour quoi faire ?

Sans reçu, le prêteur sur gages pourrait le vendre à qui il voudrait.

– Un jour, on aurait pu la reprendre.

Elle se mit à rire.

– Jamais. On va faire notre chemin dans le monde, Duncan McBryde. On n'a pas besoin de ce genre de camelote, sauf pour nous sortir d'une mauvaise passe...

Il eut un sourire fatigué.

– Une mauvaise passe ?

– Oui, rien de plus. Ce serait étonnant que nous n'en ayons jamais ! On la surmontera, si tu n'es ni entêté ni trop fier pour voir que je t'aime plus que tout au monde.

Il l'enlaça.

– Oh ! Sarah Jane ! Mais qu'est-ce que je vais faire de toi ?

– Rien du tout. Prends-moi comme je suis, la plus aimante, la plus reconnaissante et la plus satisfaite des épouses que tu puisses imaginer.

– Satisfaite ? Voilà qui ne te ressemble pas.

Il la souleva dans ses bras et lui fit passer le seuil.

– C'est vrai, mais c'est juste parce que je voudrais le meilleur pour toi et pour Jason, et que je me battrai jusqu'à mon dernier souffle pour l'obtenir.

Il l'embrassa et la reposa par terre.

– Tu ne peux pas le désirer plus que moi. Bon, il faut que je finisse ce toit avant la pluie. Regarde Jason, il prend un bain de boue !

Avec un cri, elle fit sortir son fils de la flaque où il pataugeait, puis commença à balayer la maison.

– Et comme meubles ?

– Il y a des planches dans la charrette. Je les assemblerai quand je pourrai. Entre-temps, on se débrouillera.

C'est ce qu'ils firent. Épuisés, ils se couchèrent dans la cahute vide, mais c'était leur foyer, un havre contre le monde des ouvriers, leur grossièreté, leurs voix rudes, leur promiscuité. Duncan avait gravé les mots « Le Refuge » sur un morceau de bois cloué au chambranle.

– Comme on est bien ! s'exclama-t-elle en se lovant contre lui sur la paillasse à même le sol. Pas de gros Bill qui ronfle, pas de Joe qui braille, pas d'Emmy pour les injurier comme une poissonnière et apprendre de vilains mots à Jason. C'est si tranquille qu'on entendrait tomber une aiguille.

– Oui, si tu cessais de bavarder.

– C'est ce que nous aurions dû faire depuis longtemps.

– On n'avait pas ce qu'il fallait, maintenant non plus, d'ailleurs. Les dettes, ça se rembourse.

– Mais c'est fait. Tu m'en veux encore ?

– Je suis furieux !

Mais son intonation démentait ses paroles.

– Ce n'est pas vrai. Tu es au chaud et à l'aise, et ravi d'être débarrassé de la troupe d'Emmy.

– Ce sont de braves types.

– Comme compagnons de travail peut-être, pas pour dormir avec !

– Tu as raison, mais on gardait le bibelot en cas de pépin.

Elle rit en s'inclinant, ses seins nus tout près de lui.

– Il me semble que c'en était un, hier !

Il leva les yeux jusqu'à son visage encadré par ses cheveux luxuriants. Elle était belle, avec son regard à la fois malicieux et plein d'amour ; elle brillait comme une lampe dans l'obscurité et il ne cesserait jamais de remercier Dieu de l'avoir connue. Elle changeait l'ennui en rire, le travail en plaisir, chassait la colère.

– Tu penses toujours à lui ?

– Qui ça ?

Les yeux de Duncan reflétaient le clair de lune.

– Le père de Jason. Tu as toujours envie de le retrouver ?

– Jamais ! Comment peux-tu penser cela ? C'est toi mon mari et je t'aime. Sans toi, je ne suis rien ni personne.

– Tu ne peux pas être personne, avec ou sans moi, mais c'est vrai, ensemble nous déplacerons les montagnes.

Elle rit en pensant aux travaux de terrassement.

– En effet !

– Tu sais ce que je veux dire. On ne restera pas toujours au bas de l'échelle, et, à chaque barreau, la vie sera meilleure pour nous et ceux qui dépendent de moi. Mais si je devais te perdre au profit de tes rêves...

Il baisa ses lèvres.

– Mes rêves sont à toi. J'ai oublié la vie que je menais avant de t'avoir rencontré.

Elle caressa sa poitrine et son ventre musculeux et il demeura immobile, essayant vainement de contrôler ses réactions.

– Et je fais le vœu de ne plus me mettre en colère désormais. Je serai une dame, je le jure. Je tiendrai ma langue quoi qu'on me dise et nous vivrons bien tranquilles, ici... Tiens, je te croyais trop fatigué...

Il rit et l'attira contre lui. Sa lassitude s'envola. Puis, rassurée d'avoir été pardonnée, Sarah Jane s'endormit très vite, tandis que Duncan restait longtemps éveillé.

Cet œuf d'or avait été une épine dans sa chair tant que Sarah Jane le possédait, mais devoir profiter du produit de sa vente était une plaie insupportable. Il faudrait qu'il le récupère, ne serait-ce que pour prouver qu'ils n'en avaient pas besoin. Peut-être un jour comprendrait-elle sa jalousie et son orgueil, son désir forcené de lui offrir une maison et non une cahute, le respect de la communauté. Elle voulait être une dame, elle l'avait dit pour rire, mais il ne l'avait pas oublié. Il obtiendrait pour elle ce qu'elle désirait, même s'il fallait travailler comme dix. Demain, il fabriquerait quelques meubles ; il commença une liste mais le sommeil le prit avant la fin.

Charlie Bender se présenta, peu après le départ de Duncan, avec un gros morceau de fromage, du thé, du bacon et un paquet de biscuits. Il les mit dans les mains de Sarah Jane, prolongeant le contact plus que nécessaire.

– C'est pour qui ?

– Pour vous. Un petit cadeau.

– Je ne veux rien.

Elle lui rendit le paquet.

– Vous étiez pourtant bien contente d'accepter mon aide hier, ma belle ? Je vous ai emmenée à Derby et vous m'avez laissé tomber.

– J'ai cru que vous étiez déjà rentré.

– Je suis patient, ma petite, très patient.

– C'est-à-dire ?

– Rien. Vous avez payé vos dettes, mais Mme Bender a réussi à sauver un peu de ce qui avait été renversé et à le vendre, alors j'équilibre.

– C'est pour me dire ça que vous êtes venu ? Vous ne pouviez pas attendre que j'aille à la boutique ?

– Mme Bender n'aurait pas compris, répliqua-t-il avec son sourire onctueux. Prenez-les, ma chère, et gâtez un peu votre mari. Ce sera notre petit secret.

– Un secret ?

– C'est vous qui ne voulez pas que Duncan McBryde soit au courant de votre petite bagarre, non ?

Elle n'aurait pas accepté un cadeau de prix, mais, si Mme Bender l'avait roulée, alors ce n'était que justice. Elle décida d'ignorer les sonnettes d'alarme dans sa tête et fit passer en premier son envie de plaire à Duncan avec un bon repas. Elle le regarda s'éloigner entre les cabanes et les wagonnets et se dit : « Oublions cet idiot. J'ai mieux à faire. » Munie des livres et des ardoises qu'elle avait achetés la veille, elle prit Jason par la main et l'emmena à l'ombre d'un sapin dont elle aimait l'odeur de résine et le vert brillant. « Les rêves ne se concrétisent que si l'on travaille à leur réalisation, alors le plus tôt sera le mieux. »

En revenant dîner, Duncan la trouva avec Jason, la tête penchée sur un livre.

– Il est trop jeune, ma chérie ! Il n'a pas quatre ans. Il préférerait jouer.

– Il veut apprendre, je le sais. Les autres enfants aussi. La fille de Mme Macnamara était là aussi tout à l'heure.

– Par curiosité.

– N'est-ce pas ainsi qu'on apprend ? Je lui ai dit qu'elle pouvait revenir demain avec ses amis. Ça ne t'ennuie pas ?

– Bien sûr que non, du moment que les mômes se conduisent bien.

Il avait deviné pourquoi elle avait acheté des livres et des ardoises ; il ne la découragerait pas, mais se demandait ce que les autres femmes en penseraient. Hailey Common ne ressemblait pas à Scarside et les gens n'avait pas accepté Sarah Jane parce qu'elle était différente. Il savait qu'on l'appelait la mijaurée; elle ne semblait pas s'en soucier, mais au contraire s'en glorifier. Elle coupa une tranche de pain et du fromage de Charlie.

– Les enfants sont moins bien traités ici qu'à Scarside. Leurs parents se moquent bien de leur apprendre les bonnes manières ou la lecture...

– Sans doute parce qu'ils n'en ont pas les moyens.

Elle se tourna vers lui, assis sur l'une des caisses retournées qui leur servaient de sièges, la tête penchée et les mains pendantes entre les genoux, exténué. Elle s'approcha de lui et attira sa tête contre elle, posa un baiser sur son front.

– Je suis désolée, Duncan.

Il la prit par la taille.

– Pourquoi désolée ?

– De te causer tant de soucis.

Il éclata de rire et lui donna une tape sur le derrière.

– Tu ne me causes aucun souci, Sarah Jane. Mais le boulot, c'est autre chose.

Les ouvriers creusaient un tunnel dont la roche était très dure. Il fallait miner chaque bloc, charger les décombres sur des wagons, puis les acheminer hors du site. Elle entendait les explosions précédées de l'appel du clairon; la façon dont le sol tremblait l'effrayait, mais Duncan l'assurait qu'il n'y avait pas de quoi s'inquiéter.

– Que se passe-t-il ?

– Les hommes ne parviennent pas à respecter les cadences imposées et se plaignent des prix pratiqués chez Charlie Bender – vingt pour cent plus élevés qu'à Derby, et pour de la mauvaise marchandise encore. On parle de grève. Le gros Bill les excite.

Avec ses discours, le gros Bill essayait d'enrôler les ouvriers depuis des années, sans succès. Tout en approuvant ses idées syndicalistes, ils continuaient de chercher du travail là où il y en avait et acceptaient ce qu'on leur offrait. Quand ils étaient ivres, les jours de bagarre, ils se révoltaient contre leur situation d'esclaves et auraient lynché n'importe quel patron assez fou pour s'aventurer parmi eux, mais, une fois dessoûlés, ils reprenaient le travail comme si de rien n'était. Or, si l'insurrection menaçait à Hailey Common, le gros Bill aurait des auditeurs. Duncan était contre l'arrêt du travail. Personne, affirmait-il, ni les ouvriers ni les patrons, ne serait gagnant.

– Pourtant il a raison ?

– Non, ma belle. Ce serait pire. Des rumeurs disent que la compagnie risque la faillite si la ligne n'est pas terminée avant que les investisseurs réclament leurs intérêts. Si les hommes font la grève, ils perdront tout. Lord Hailey arrêtera le chantier et ils ne toucheront même pas la paie à laquelle ils ont droit.

– Charlie Bender sait de quel côté tu es ?

Elle sentit soudain son cœur se serrer.

– Oui, mais il ne fera rien tant que le travail continue. Il a trop à perdre lui-même.

– Tu devrais leur parler. Ils t'écouteront.

– Seulement si ça leur convient. J'ai essayé de les calmer, mais pourquoi m'écouteraient-ils ? Je n'ai rien à leur promettre. Et puis je suis l'un des leurs, pas vrai ? Je ne peux pas leur dire que je les laisse tomber parce que je veux m'en sortir d'abord ! Si je me mets du côté des patrons, je serai considéré comme un jaune. Et pourtant, je suis sûr que la grève n'est pas une solution, au contraire. Ne sois pas si inquiète, mon amour. Il n'arrivera rien si je peux l'empêcher. Continue avec tes leçons, et moi avec mon tunnel.

Elle le regarda prendre Jason et le lancer au-dessus de sa tête, ce qui le fit rire et réclamer « Encore ! », puis il le reposa sur le sol et partit. Si quelqu'un pouvait calmer les esprits, c'était bien lui ; il était aimé et respecté et, sans le gros Bill, tout irait bien. Elle ne s'inquiétait pas pour les propriétaires, mais, s'ils faisaient faillite, ils entraîneraient tous les ouvriers avec eux.

– J'ai entendu dire que la ligne avait été vendue, lui annonça Duncan quelques semaines plus tard, tandis qu'ils se reposaient à la porte de leur cahute. Quels que soient les acheteurs, ils auront besoin d'un sous-traitant plus compétent que Charlie Bender.

Le soleil ressemblait à un gros ballon rouge au sommet des collines, incendiant le ciel. Elle ne se lassait jamais de ce spectacle. Elle sourit.

– Tu crois que tu ferais mieux que lui ?

– J'en suis sûr. Pour commencer, je...

Il s'interrompit en se rendant compte qu'elle le taquinait.

– ... J'empêcherais les femmes de poser des questions stupides, reprit-il en riant et en se levant, main tendue. Viens, mon amour, il est temps d'aller au lit. Le travail est de plus en plus dur, je dois me reposer.

Le lendemain, Charlie vint le trouver au moment où il partait.

– Je veux que vous veniez avec moi à Derby au bureau de la compagnie. La carriole sera prête dans une demi-heure.

– Pourquoi ? Je n'ai pas de temps à perdre en ville.

S'il espérait que Duncan le soutienne pour demander des cadences accrues aux ouvriers, il allait être déçu ; ce n'est pas parce qu'il votait contre la grève qu'il se rangeait du côté des patrons.

– Vous ne perdrez pas votre temps, je vous le promets. On a un nouveau patron et un nouveau directeur qui veut vous parler personnellement.

Duncan haussa les épaules et obéit, mais, une heure plus tard, en pénétrant dans le bureau de l'entrepreneur, tout ce qu'il vit ce fut l'œuf d'or qui brillait, posé sur un tas de papiers, à côté de l'encrier et d'un coupe-papier à manche de corne. On aurait dit qu'il était vivant et l'accusait. Il se tenait entre lui et ses espoirs, se moquait de lui. Il avait tenté de le racheter ; il était allé trouver le prêteur sur gages un jour de paie, mais celui-ci lui avait affirmé que son propriétaire l'avait réclamé.

– J'ai dû le rendre ou il appelait la police. Si bien que vous me devez douze livres plus mon bénéfice, vous ou la fille, je m'en moque.

Réunir l'argent lui avait pris des semaines ; il n'avait pas osé discuter de peur que Pâris ne soit averti. Il se le représentait comme un personnage menaçant et en était jaloux ; lui n'avait pas grand-chose à offrir à Sarah Jane, sinon sa volonté de travailler. Il avait rendu plus de quinze livres au prêteur sur gages et était revenu les mains vides auprès de Sarah Jane, qui n'en avait rien su.

– Lord Chevington a acheté la ligne de Hailey Common, disait Timothy, et il va y avoir quelques changements.

Duncan s'obligea à l'écouter et à fixer ces yeux qui étaient ceux de Jason, il n'en doutait pas.

– Oui, monsieur.

– Pas tout de suite, vous le comprendrez, mais les travaux ne seront plus dirigés de loin. Lord Chevington m'a nommé directeur et j'ai l'intention de faire avancer les choses rapidement.

Il se pencha pour prendre l'œuf d'or qu'il fit passer d'une main à l'autre, d'un geste machinal.

– Si des changements se révèlent nécessaires, ils devront avoir lieu. C'est l'une des raisons pour lesquelles j'ai installé ce bureau à Derby, de façon à être sur place.

L'autre raison concernait-elle Sarah Jane ? Que ferait-il s'il la retrouvait ? Que ferait-*elle ?* Duncan se secoua comme un chiot mouillé ; il ne devait pas penser à cela, mais se concentrer sur les paroles du directeur.

– Vous n'êtes pas d'accord avec moi ?

– Si, monsieur. Les choses doivent changer.

Il attendit que Timothy précise de quels changements il s'agissait. Si seulement il pouvait laisser cet œuf tranquille !

– L'un des problèmes concerne la longueur du tunnel. Il en résulte un manque d'air et une trop forte quantité de poussière. Il faut faire des forages, ménager des cheminées de ventilation à intervalles réguliers à travers la roche. Vous comprenez ?

– Oui, monsieur.

– On vous a recommandé à moi comme étant un bon chef d'équipe. Pensez-vous être capable de vous en charger ?

En d'autres circonstances, Duncan aurait été ravi. C'était la promotion qu'il espérait, le premier barreau de l'échelle. Mais si Timothy Myson se rendait sur le chantier, il remarquerait Sarah Jane à coup sûr ; elle tranchait sur les autres comme un flambeau, non seulement à cause de sa chevelure rousse, mais par ses manières, son allure, sa façon de parler. Devaient-ils s'en aller ? Pourrait-il la convaincre de partir très vite ? Elle voudrait savoir pourquoi et il ne pourrait pas le lui avouer.

– Alors ? reprit Timothy. Vous n'avez pas l'air sûr de vous.

– Si, j'en suis capable.

Il s'inquiétait peut-être pour rien ; Timothy avait pu acheter l'œuf d'or n'importe où, juste pour s'en servir de presse-papiers, cela ne signifiait pas qu'il était l'ancien amant de Sarah Jane. Mais ces yeux... tellement semblables à ceux de Jason, noirs et profonds, comme s'ils pouvaient vous extorquer tous vos secrets. Il devrait lui en parler. Mais quand ? Et que deviendrait-il s'il la perdait ? Il n'y avait pas de réponse et il cessa de se torturer avec ces questions, bien que l'envie le démangeât de jeter l'œuf d'or par la fenêtre et de donner un bon coup de poing sur le nez de ce jeune homme.

– Les machines arriveront dans moins d'une semaine. Il faudra les assembler sur place. Votre premier travail sera de choisir vos hommes. Il faut de bons ouvriers, qui n'aient pas peur de travailler dur.

– Ils seront payés à la pièce ?

– Bien sûr. Ce sera à vous de négocier avec M. Bender.

Il ferma le couvercle de l'œuf avec un claquement sec et la reposa sur le sous-main.

– Monsieur, le tarif proposé par M. Bender...

Timothy sourit.

– Je sais, les hommes râlent, mais Bender suit la loi du marché, comme tout le monde. Les forages devraient rendre le travail plus facile, c'est donc à vous de voir. Avant de vous plaindre, rappelez-vous que c'est lui qui vous a recommandé. Au revoir, monsieur McBryde.

Il prit une pile de papiers pour bien signifier que l'entretien était terminé. Duncan ouvrit la bouche pour dire qu'on ne pouvait pas l'acheter aussi facilement, mais il n'était pas sûr de garder son sang-froid. S'il refusait ce travail, un autre le prendrait sans se soucier du sort des hommes et de leurs familles. Il grommela « Au revoir » et tourna les talons, suivi par un Charlie Bender épanoui.

Timothy se rendit à la fenêtre et regarda Duncan monter en carriole ; le garçon avait paru sur le point de chercher la bagarre, mais il savait où était son intérêt et ferait ce qu'on lui dirait. Il était grand et fort, capable, selon Bender, d'entraîner les hommes. Timothy savait qu'ils ne pourraient suivre les cadences imposées et demanderaient un nouvel accord, mais il n'avait pas l'intention de leur donner satisfaction. Il avait besoin d'hommes forts et reconnaissants comme ce Duncan McBryde pour que la ligne devienne rentable – ainsi qu'il l'avait promis à son père. Jack Miller les avait avertis, voilà plusieurs mois, que Lord Hailey aurait des difficultés à la terminer en temps voulu.

– La liaison entre Ashley Green et Hailey Common est vitale, mais de la façon dont ils s'y prennent ça n'ira pas tout seul.

– Quel est le problème ?

– Le terrain est composé de roche très dure et ils ont choisi la plus mauvaise route. Il faut creuser des tunnels à soixante mètres de profondeur, droit à travers les collines. Ils prennent du retard et courent à la faillite.

– Est-ce Lord Hailey qui vous l'a dit ?

– Non. Il s'y intéresse fort peu. Il en laisse le soin à l'entrepreneur, qu'on voit rarement. La ligne a été tarifée à vingt mille livres le kilomètre, mais le budget sera dépassé, sauf si on nomme un directeur un peu plus attentif.

– Pensez-vous qu'il soit temps de nous montrer ?

– Je crois que quelqu'un doit partir en reconnaissance.

Lord Chevington avait délégué Timothy qui, outre la pomme d'or, rapporta un compte-rendu favorable, peut-être influencé par son désir de revoir Sarah Jane, cette fille perdue au visage d'ange qui faisait l'amour avec une passion dévorante ; son ventre se contractait encore à ce souvenir.

Il revint à son bureau et étendit une carte qu'il maintint à l'aide de l'encrier et du socle de l'œuf d'or. On y voyait des entrelacs de lignes de chemin de fer, certaines achevées, d'autres en cours de construction ou à peine commencées, parcourant tout le pays comme une immense toile d'araignée. Bientôt, chaque ville de quelque importance serait reliée à sa voisine, sans qu'il n'y ait encore de réseau national. Il fallait souvent prendre la route pour passer d'une ligne à l'autre. La rivalité de centaines de compagnies, qui doublaient certaines voies et laissaient de vastes étendues vides, freinait les progrès. Seuls quelques hommes plus clairvoyants, tels Lord Chevington ou George Hudson, avaient pensé à les relier. La carte était piquetée de marques aux armoiries des Chevington ; l'année suivante ils combleraient l'espace entre Hailey Common et la *Midland Company* d'Hudson. Tout se déroulait selon les vœux de Timothy et, sous peu, il obtiendrait enfin tout ce qu'il désirait – son héritage et le nom de Chevington.

L'achat massif d'actions au cours des semaines précédentes avait donné à Lord Chevington le contrôle total de la ligne de Hailey Common, mais Lord Hailey en avait conservé assez pour être gênant. Invité huit jours au manoir de Hailey, Timothy avait réussi à acquérir les parts restantes – et il avait rencontré Caroline Hailey. À dix-sept ans, elle avait la joliesse d'une poupée, avec une bouche en bouton de rose et des bouclettes blondes retombant sur les oreilles.

– Je suis contente que vous soyez venu, dit-elle en battant des cils. On s'ennuie terriblement dans ces campagnes et papa ne pense qu'aux chemins de fer ou à la chasse. Moi, je préfère monter à cheval sans une meute autour de moi, et vous ? Nous pourrons peut-être nous promener ensemble lors de votre séjour ?

Un éclair de malice dans son regard surprit Timothy. Il commençait à s'amuser. Ils abandonnèrent le reste de la compagnie le lendemain matin pour s'éloigner à cheval vers les landes. Là, il mit pied à terre et la souleva pour l'aider à descendre. Il se rendit compte qu'elle s'attendait à ce qu'il l'embrasse, tête levée vers lui et yeux clos. Ce qu'il fit, sans obtenir ni refus ni réponse. Il eut l'impression d'embrasser une poupée de porcelaine. S'il en était de même au lit, que Dieu lui vienne en aide ! Mais sa famille était l'une des plus anciennes et des plus respectées du pays, elle ferait une parfaite épouse. Il était temps qu'il se marie ; même si, au plus profond de sa mémoire, personne, absolument personne n'avait jamais égalé la jeune beauté aux cheveux roux et aux yeux verts qu'il avait connue un été. Inconsciemment, il lui comparait chaque fille, bien qu'il ait cru l'avoir oubliée jusqu'au jour où il avait vu l'œuf d'or dans la vitrine du prêteur sur gages. Depuis, le souvenir de leur amour sensuel le tourmentait sans relâche. Il lui fallait garder l'esprit libre pour poursuivre ses buts – argent, pouvoir, un bon mariage. Ce dernier, surtout, était important car il assurerait son entrée dans la haute société, mais l'argent aussi l'était, car sans lui aucune femme de ce milieu ne le remarquerait. S'il s'était appelé Chevington au lieu de Myson, tout aurait été bien différent. Ce nom-là suppurait comme une plaie.

Il s'assit et saisit l'œuf d'or. Qu'est-ce qui lui avait pris de le racheter, et deux cents livres encore, vingt de plus que ce qu'il avait déboursé la première fois ? Le prêteur sur gages, interrogé, avait dit que la fille qui l'avait apporté était seule et mal habillée, qu'elle venait sans doute du chantier. Si elle vivait avec un ouvrier, désirait-il réellement la retrouver ? N'était-il pas préférable de se la rappeler jeune, belle et gracieuse ? Il ne devait rien rester de tout cela, les ouvriers salissaient tout ce qu'ils touchaient. S'il la revoyait aujourd'hui dans cet environnement dégradant, peut-être le dégoût effacerait-il son souvenir ? Mais l'enfant ? Élevé par un semblable de ce McBryde, que pourrait-il avoir en tête sinon la paie, les bagarres et les femmes ? Les femmes... Il n'y en avait bien qu'une seule qu'il ne parvenait pas à chasser de son esprit.

11

Les sabots du cheval résonnaient comme le tonnerre dans ses oreilles, et le cavalier qui se dressait au-dessus d'elle semblait avoir deux têtes, l'une souriante, l'autre menaçante. Elle se réfugia dans un coin en serrant son fils contre elle. L'homme se pencha et la tira par les cheveux, lui arracha Jason et s'éloigna avec un rire de triomphe. En sanglotant, elle s'élança derrière lui mais une crevasse s'ouvrit sous ses pieds. Elle se sentit tomber. Une main apparut hors du néant, elle tenta de s'y accrocher mais la main disparut. Ses cris terrifiés la réveillèrent et elle se retrouva assise dans son lit, les bras de Duncan autour d'elle.

– Il a emmené Jason, dit-elle en pleurant. Il a emmené Jason...

– Qui ?

Il repoussa ses cheveux avec douceur. Elle ne pouvait pas répondre, surtout après l'incident de l'œuf d'or ; il serait blessé de savoir que Pâris lui apparaissait encore en rêve, même si cela tournait au cauchemar.

– Tu as rêvé, reprit Duncan. Regarde, Jason dort tranquillement. C'est une chance que tu ne l'aies pas réveillé.

Elle frissonna.

– C'était si vrai ! Il l'emmenait sur son cheval et je te perdais. Je ne te trouvais plus.

– Je suis là, et Jason aussi. Dors, maintenant.

Il la serra contre lui. Il craignait de lui parler de sa visite à Derby ; un cauchemar semblable le hantait. Est-ce que, inconsciemment, elle souhaitait que le rêve fût vrai, que Pâris les emmenât, elle et son fils, vers une vie meilleure ? Était-elle secrètement déchirée entre l'amour qu'elle lui vouait peut-être encore et la reconnaissance qu'elle éprouvait pour Duncan ? Ce n'est pas sa gratitude qu'il voulait, mais son amour. Il l'adorerait jusqu'à son dernier souffle mais le spectre de ses rêves se tenait entre eux, loin d'être aussi inconsistant qu'elle le croyait. Il aurait voulu lui dire de rester avec lui, plutôt que de courir après les mirages qu'on lui offrirait. Mais, si le père de Jason le réclamait, Sarah Jane n'hésiterait pas : elle suivrait son fils. Puis Duncan se morigéna ; il était fou, car rien ne prouvait que Myson courait après elle. À ses yeux elle n'était pas belle ni désirable, mais une femme d'ouvrier mal habillée avec laquelle on s'amuse, tout comme il jouait avec l'œuf d'or... Il se faisait du souci pour rien.

– Je t'aime, Sarah Jane.

– Je sais, et je t'aime aussi. Personne d'autre ne compte, Duncan McBryde. C'est toi mon amour et mon époux.

Il l'embrassa tendrement ; elle était bien trop sensée pour laisser se rallumer ce qui s'était passé entre elle et le mythique Pâris ; le passé était le passé. Il devrait plutôt se moquer de Timothy Myson et du bibelot en or, ils en riraient tous les deux ; mais il ne put s'y résoudre. Elle s'était endormie et, au matin, il avait de nouveau changé d'avis. Au lieu d'aller travailler au tunnel, il acheta du bois et se mit à construire une annexe à la cabane. Entendant les coups de marteau, Sarah Jane sortit voir ce qu'il faisait. Son cauchemar s'était évanoui.

– Il y a de la place pour construire ici, fit Duncan en désignant l'espace autour d'eux.

– Pourquoi ? La cabane est assez grande.

– Plus maintenant. Une nouvelle compagnie a racheté la ligne. On va travailler au-dessus du tunnel et je suis nommé chef de la première équipe.

– Oh ! Duncan ! Tu le mérites bien, après avoir encouragé les hommes à rester au travail. Pourquoi ne me l'as-tu pas dit hier soir ?

Le moment était venu de lui parler, sinon il n'en ferait jamais rien. Il prit ses mains dans les siennes et la regarda bien en face, mais le courage lui manqua.

– Je voulais réfléchir.

Elle parut ébahie.

– Pourquoi ? N'est-ce pas ce que tu as toujours voulu ? La meilleure façon d'aider les ouvriers ?

– Oui, c'est un pas dans la bonne direction. En économisant, je ferai un pas vers la sous-traitance, et nous serons sur la voie du progrès, mon amour.

Elle était enchantée.

– Tu seras quelqu'un d'important un jour, n'est-ce pas ? Un gentilhomme et moi une dame.

Elle le taquinait, mais il avait du mal à plaisanter sur ce sujet après avoir rencontré Timothy Myson.

– Un pas après l'autre, ma chérie.

– Un jour on m'a dit qu'on naissait noble, qu'on ne le devenait pas. Mais moi si. Je ne te ferai pas honte quand tu deviendras propriétaire du chemin de fer !

Elle rit et l'embrassa.

– Tu es déjà ma chère, mon adorable lady, je ne t'échangerais pas pour une comtesse.

Il se demanda si elle l'échangerait contre un comte, ou un simple gentilhomme – Timothy Myson, par exemple –, mais repoussa cette pensée.

– Avant tout, je dois en finir avec ce maudit tunnel. J'ai besoin d'hommes comme papa et Joseph...

– Sais-tu où ils sont ? Il y a bien quatre ans qu'on ne les a pas vus.

– Un journalier m'a dit hier qu'il les avait croisés vers Birmingham.

– C'est loin ?

– Assez, mais ils viendront si je leur envoie un message.

– Oh ! comme ce serait bien de les revoir !

Il sourit à son enthousiasme. Il avait craint qu'elle n'élève des objections à partager de nouveau leur refuge.

– Ça ne t'ennuierait pas ?

– Bien sûr que non, gros bêta. Est-ce qu'on pourrait faire de la place pour quelqu'un d'autre ?

– Qui donc ? Tu n'es pas...

Il avait pris grand soin à ne pas agrandir leur famille, car, dans leur situation précaire, un enfant de plus aurait été bien difficile à élever.

– Non ! Je parle de Billy. Moi j'ai tant, tant d'amour et de bonheur, et lui rien. Il pourrait apprendre à manœuvrer les chevaux comme les autres garçons.

– Bien sûr, ma chérie, mais il n'a pas répondu à ta dernière lettre. Il n'est peut-être plus à l'hospice ?

– Il attend sans doute que je l'envoie chercher.

– Écris-lui encore, alors. Dis-lui que nous lui enverrons de l'argent pour son billet de train.

Elle se jeta dans ses bras et le couvrit de baisers.

– Oh ! merci Duncan, merci !

Le message envoyé à ses parents n'apportant pas de réponse deux semaines plus tard, et les machines de forage étant arrivées, Duncan fut obligé d'embaucher des étrangers et Sarah Jane se retrouva avec des pensionnaires. En dépit de ses efforts, ils n'étaient jamais contents. Ils se plaignaient de la nourriture, de la promiscuité, des trous dans leurs vêtements, des outils qu'on leur fournissait, des machines et des patrons ; les criailleries et le vocabulaire d'Emmy avaient réussi à les calmer, mais Sarah Jane pleurait souvent de colère. Elle savait cependant que leur mauvaise humeur servait de soupape de sûreté à leurs terribles conditions de travail, et elle aurait dû s'y habituer.

Son école était sa seule évasion. Son enthousiasme et sa sincérité évidente avaient conquis la plupart des parents, heureux d'être soulagés de leur progéniture quelques heures par jour. Tout en les éduquant, Sarah Jane s'éduquait elle-même ; lentement mais sûrement, elle gagnait en assurance, devenait moins prompte à la colère. Duncan finissait par admirer sa détermination. « Ensemble nous soulèverons des montagnes ! » lui avait-il dit. Comme elle aurait voulu que ce soit possible en effet ; mais cette montagne-là lui semblait inébranlable. L'automne approchait et les jours plus courts ralentiraient la progression du travail. Duncan s'inquiétait à propos des hommes : il voyait leur niveau de vie baisser de jour en jour, leurs femmes de plus en plus négligées, leurs enfants en loques. L'assiduité à l'école tomba de moitié ; le penny par jour que demandait Sarah Jane était employé ailleurs. Et Charlie Bender n'était d'aucun secours.

– S'ils veulent plus d'argent, qu'ils transportent plus de pierres, répondit-il à Duncan.

Les progrès dans la construction du tunnel se comptaient en centimètres et non en mètres ; au lieu d'une douzaine de wagons par jour et un bon salaire, les ouvriers travaillaient avec acharnement pour une maigre pitance. Les exhortations de Duncan n'amélioraient pas leur moral et ne leur faisaient pas creuser une pelletée de plus.

– Je ne fais pas de miracles, reprit Bender.

– Eux non plus.

– J'en ai assez de leurs récriminations. Et vous, plus que tout autre, vous devriez vous montrer reconnaissant envers ceux qui vous ont placé là où vous êtes.

Tout allait de travers et Bender était à bout. Si Lord Chevington s'était occupé lui-même du chantier, il aurait pu négocier quelques primes, mais son protégé, avide de se faire un nom et une fortune, refusait de payer des suppléments pour des difficultés de terrassement non prévues au contrat.

– Il n'y a pas que la reconnaissance, rétorqua Duncan en le suivant dans le tunnel plein de poussière.

Ils pataugèrent dans des flaques d'eau sale, phénomène nouveau qu'ils examinèrent avec inquiétude.

– De l'eau de source, dit Duncan.

Dépassant des wagons poussés par des ouvriers en sueur, ils se hâtèrent vers la paroi rocheuse où s'escrimaient les hommes. Des torches fixées au mur fumaient en éclairant le rocher, où l'eau jaillissait d'une fissure à deux mètres de hauteur. Claire et pure, elle cascadait sur les épaules des hommes avant de s'écouler, boueuse, le long du tunnel. On manquait d'eau sur le chantier ; toute source aurait été la bienvenue, mais certainement pas à cet endroit-là. Charlie en resta bouche bée.

– L'eau coule depuis combien de temps ? demanda Duncan.

– C'est arrivé avec la dernière explosion, répondit un ouvrier.

Ses yeux brillaient dans la pénombre, mais sa voix était dénuée d'expression.

– Bon Dieu, pourquoi n'avoir rien dit ?

– Ce n'est qu'un filet, intervint Bender.

– Qu'est-ce que vous en savez ? Ça peut être une rivière souterraine ou même un lac, quelque chose d'énorme qui...

Les ouvriers, qui n'avaient aucune confiance en Charlie Bender, se groupèrent autour de Duncan.

– Ils le savent donc pas, les ingénieurs ? lança l'un d'eux. Ils font leurs plans en dormant, ou quoi ?

– Vous ne croyez pas qu'il est temps d'avertir l'ingénieur ? demanda Duncan à Bender.

– Je vais avoir M. Myson sur le dos si j'arrête le chantier. Il râle déjà parce qu'on n'avance pas.

– Mais il ne peut quand même pas jouer avec nos vies !

– Vous croyez qu'il se soucie de nous ?

– Il s'en souciera s'il y a accident et enquête. C'est vous qui serez le bouc émissaire, pas lui.

Charlie reconnut la véracité de ces paroles. Il se tourna vers les ouvriers.

– J'envoie chercher M. Myson. Quand nous aurons dégagé les gravats, sortez de là et attendez les ordres.

– Et nos gages ? On ne peut pas se permettre d'arrêter.

– Je verrai ce que je peux faire mais je ne promets rien. Vous avez des bons supplémentaires pour...

– Qu'est-ce qu'on en fera ? C'est de l'argent qu'on veut, un vrai salaire, on en a assez de crever de faim. Va trouver ton Lord Machinchose et dis-le lui. On veut un salaire, c'est plus important qu'un filet d'eau.

Charlie fit demi-tour mais le gros Bill, qui dépassait tout le monde de la tête et des épaules, l'attrapa par le col et le souleva de terre.

– Si tu veux garder ton gagne-pain et tout ce qui va avec, tu as intérêt à t'occuper de nous, ou je ne réponds pas des conséquences. On en a par-dessus la tête de se crever pour des prunes, avec nos femmes et nos mômes obligés de manger les saletés que tu leur vends à prix d'or. Va rapporter tout ça au patron, aux ingénieurs et à qui tu voudras. Ne reviens pas sans rien, ou c'est la grève générale. Quant à toi, Duncan McBryde, tu ferais mieux de décider de quel côté tu es avant d'intervenir de nouveau.

– Venez, McBryde, dit Bender, on va chercher M. Myson.

Charlie Bender était heureux de l'avoir à ses côtés car il n'aurait pas fait le poids face à une douzaine d'ouvriers en colère. Quand ils émergèrent à l'air tiède d'une soirée de septembre, Duncan vit arriver son père, sa mère et les Barnaby, avec Célia perchée sur la charrette tirée par un âne. Il abandonna Charlie pour se précipiter vers eux, embrasser sa mère et sa sœur et serrer la main des autres. Il s'apercevait maintenant à quel point ils lui avaient manqué.

– Venez, allons à la maison.

Sarah Jane, qui venait de terminer la classe, les accueillit avec joie.

– Comment allez-vous ? Vous restez avec nous ? Il y a du travail ici, Duncan vous l'a dit. Oh ! racontez-moi tout !

– Attends un peu ! Ils viennent juste d'arriver, laisse-les reprendre leur souffle.

Il versa à chacun une chope de bière tandis que Sarah Jane couchait Jason, puis se mettait à ses fourneaux pour confectionner un ragoût des plus honorables que tout le monde attaqua avec plaisir. Quand ils eurent mangé, elle s'assit sur un tabouret et prit Célia sur ses genoux, comme avant, mais elle n'était plus l'étrangère, la nouvelle venue. Elle était chez elle ici, avec Duncan, c'est elle qui offrait l'hospitalité. Elle avait appris la vie du chantier et se considérait comme l'une des leurs, ce qui était agréable.

– Vous m'avez tant manqué, dit-elle. Comme les garçons ont grandi ! Ce sont presque des hommes.

– Combien de temps êtes-vous restés là-bas après notre départ ? demanda Duncan à son père.

– Deux mois, puis nous sommes allés à Ashley Green. Les choses avaient changé, Lord Chevington y avait veillé.

– Lord Chevington ? s'exclama Sarah Jane.

– Oui, la ligne lui appartient maintenant. Pourtant ici, il n'y a guère d'amélioration.

Tout en parlant, Duncan remarqua le silence songeur de Sarah Jane. Le « chouchou du patron », c'est ce que l'homme avait dit du responsable des travaux, mais elle ignorait qui était ce patron.

– Tu ne me l'avais pas dit.

Il haussa les épaules.

– Je ne pensais pas que ça t'intéressait.

– Bien sûr que si, comme tout ce qui concerne les chemins de fer. Je croyais que Lord Chevington était un homme bon et qu'il aurait tenté d'améliorer notre sort.

Duncan ne spécifia pas que la mouche du coche était Timothy Myson. Savait-elle qu'il était le protégé de Lord Chevington ? Il se tourna vers son père.

– Et ensuite ?

– Au bout de deux mois, on nous a renvoyés. On a repris la route, mais le travail se faisait rare et on est allés vers le nord. Je crois bien que les chemins de fer, c'est terminé, il faudra trouver autre chose pour gagner notre vie.

Il alluma une petite pipe garnie de tabac bon marché qui emplit la pièce de son arôme. Duncan se mit à rire.

– Non, c'est pas encore la fin ! À la cadence où on avance ici, ce ne sera jamais terminé.

– J'ai entendu parler de retard.

– Tu peux le dire. Vous verrez ça demain. Ce soir, on fait la fête. J'achète un tonneau de bière et j'invite les amis.

En revenant de la taverne pour dire à Duncan qu'il n'avait pu joindre M. Myson, Charlie Bender n'en crut pas ses yeux. Quelques heures plus tôt, tout le monde était sombre et déprimé, et voilà qu'on s'amusait sans souci. Il haussa les épaules et s'éloigna ; il verrait demain.

Il se leva tard le lendemain et se rendit au tunnel, où l'équipe du jour se préparait à travailler. Au milieu des protestations, il demanda aux ouvriers d'attendre Duncan.

– C'est beaucoup de bruit pour rien, commenta le gros Bill. Rien qu'un filet d'eau de rien du tout ! Ça m'est souvent arrivé de creuser avec de la flotte jusqu'aux genoux sans que personne s'en inquiète. Ça veut dire qu'il y a des sources partout dans ces collines.

– Pas sûr, répliqua un autre. Faut pas prendre de risques.

– Comme si on n'en prenait pas tous les jours ! s'exclama un Irlandais. Et Bender, il se couvre, c'est tout, en attendant de voir ce que va faire McBryde. Le contremaître nous remettra au boulot vite fait bien fait.

– Pour que toute la colline s'effondre sur le tunnel, et qu'on ait travaillé toute une année pour rien ? s'écria un autre. Le patron serait ruiné, et nous, pas payés.

– En voilà assez ! cria Joe le bagarreur. Qu'est-ce qu'on a à perdre ? Moi, je dis : on continue.

Ils en vinrent à discuter pour savoir s'il fallait faire sauter la paroi rocheuse sans savoir ce qu'il y avait derrière. D'autres se joignirent à eux, même des femmes qui, voyant que leurs hommes ne travaillaient pas, venaient aux renseignements. Pas question de les laisser se bagarrer ; c'était bon les jours de paie et elles s'y mettaient elles aussi parfois, mais pas en milieu de semaine, quand les bourses et les placards à provisions étaient vides. Pourtant, en apprenant de quoi il était question, elles se joignirent au débat et s'enflammèrent tout comme leur mari. Joe, perdant patience, cria au-dessus de la mêlée :

– Tout ça ne sert à rien ! Je vais faire sauter la paroi. Qui vient avec moi ?

Sans attendre la réponse, il se dirigea vers la maison de l'entrepreneur que Bender avait imprudemment laissé ouverte, prit un bâton de dynamite et des détonateurs, et retourna au tunnel. Un ou deux hommes firent mine de le suivre puis renoncèrent, incertains. La charrette du brasseur grimpait la colline ; ne trouvant personne à la boutique, le conducteur continua sa route jusqu'au rassemblement.

– Hé ho ! Qu'est-ce qui se passe ?

On se retourna et on s'aperçut soudain qu'on avait soif. Les tonneaux furent descendus et ouverts sans que le conducteur n'ait son mot à dire.

– Où est Charlie ? C'est lui qui devra payer !

Mais ils s'en moquaient bien. Ils burent avec avidité et, tandis que le soleil se dégageait des nuages, s'égaillèrent, à moitié endormis, ayant oublié l'urgence du travail. Plus haut sur la colline, un brouillard de chaleur enveloppa la plate-forme métallique où Duncan surveillait le forage en cours.

En arrivant près de lui, Charlie s'essuya les sourcils d'un revers de manche et l'observa avec envie. Le jeune Écossais ne connaissait pas les insomnies, les cauchemars et le doute sur ses capacités. Pour lui, tout allait bien, il tenait ses hommes et connaissait son travail. Si Charlie Bender pouvait détruire cette assurance, il le ferait ; le seul moyen de l'atteindre, c'était Sarah Jane. Il en voulait à l'ouvrier de la rendre heureuse, d'être un bon chef d'équipe, de posséder cette assurance et cet enjouement, mais il avait besoin de lui. Il ne savait combien de temps encore il parviendrait à laisser Sarah Jane tranquille, car elle lui paraissait de plus en plus désirable. Un jour, quand le tunnel serait terminé et qu'il aurait gagné assez d'argent, il la mettrait dans son lit. Elle n'était pas différente des autres et quelques cadeaux suffiraient à gagner ses faveurs. N'en avait-elle pas déjà accepté ?

– Salut, Duncan McBryde ! Comment allez-vous par cette belle journée ? Content d'avoir vos parents avec vous ?

– Oui.

– Il n'y aura pas de travail pour eux si le tunnel n'avance pas, vous le savez. Vous avez trouvé de l'eau ?

– Non, mais on n'est pas encore au fond. Si on arrive à ce niveau on saura ce qu'il y a derrière la paroi.

– C'est possible. Ou alors, ce sera pire. Les hommes voulaient y retourner mais je les en ai empêché. Ils sont de mauvaise humeur. Si le tunnel se révèle dangereux, vous pourrez les tenir tranquilles, pas vrai ?

C'était presque une supplique.

– Vous avez vu Myson ?

– Non. En tout cas, dans le tunnel, ce n'est pas pire qu'hier.

– Alors pourquoi perdre du temps à venir ici ? Allez donc chercher M. Myson, il est sûrement à son bureau ce matin.

– Et les hommes ? Ils s'énervent.

L'indécision de Bender irritait de plus en plus Duncan.

– Je m'en occupe.

Il descendit la colline à grands pas ; il passerait prendre son père et Joseph, qui se reposaient à la maison. Leur bon sens et leur expérience lui seraient fort utiles, et si Bender ne se montrait pas plus efficace, il prendrait les choses en mains. Il fallait bien que quelqu'un s'en charge.

Quant à Charlie, il était bien content de se décharger de ses responsabilités sur le jeune Écossais et, soulagé de son fardeau, trouva un coin tranquille dans les buissons pour faire un somme tandis que Duncan envoyait un messager, monté à cru sur l'un des chevaux, à Derby. Le garçon trouva le bureau fermé et aucun signe de M. Myson.

Timothy, invité permanent au manoir, faisait à Caroline Hailey une cour des plus assidue. La jeune fille ne cachait pas le plaisir qu'elle y prenait et il en était venu à la conclusion qu'il serait fort opportun, sinon agréable, de l'épouser. Toutes les portes s'ouvriraient alors devant lui – exceptées les plus importantes, celles de Chevington House. Or, son père serait bien obligé de le reconnaître, une fois marié. Le reste suivrait tout seul, nom et héritage. Timothy Chevington. Il en savourait la sonorité. On n'est pas un bâtard quand on se nomme Timothy Chevington.

Aujourd'hui, toute la famille était partie en pique-nique. Lord Hailey l'avait encouragé à faire galoper son cheval et Caroline l'avait suivi malgré les cris de sa mère. Ils ne s'arrêtèrent pas avant de se retrouver loin de tout, sur la lande. Là, ce n'était que végétation sauvage et moutons. Il n'y avait âme qui vive. Il mit pied à terre près d'un petit arbre et fit descendre Caroline. Il ôta sa redingote et sa cravate.

– Il fait trop chaud !

Elle fut choquée.

– Monsieur Myson...

Il leva un sourcil noir.

– Allons, il fait tellement chaud pour la saison. Pourquoi ne pas vous mettre à l'aise ?

Son regard intense la faisait frémir.

– Oh ! non, je ne peux pas !

Il s'assit contre le tronc et lui tendit la main.

– Enlevez au moins votre chapeau et asseyez-vous près de moi.

Elle hésita. Que disait maman au sujet des jeunes gens qui vous courtisent ? « Il faut se conduire avec bienséance, les encourager légèrement, mais pas trop. » Elle enleva lentement son petit chapeau aux plumes retombantes et sa jaquette, révélant un corsage de soie blanche boutonné jusqu'au menton. Timothy sourit.

– C'est mieux, non ? Venez près de moi.

Elle obéit avec un sourire tremblant. Elle avait l'impression délicieuse de se conduire très, très mal. Elle ne l'empêcha pas de poser le bras sur ses épaules, et pouffa de rire quand il l'embrassa sur la joue. Il aurait préféré qu'elle se taise au lieu de glousser stupidement, il n'avait pas pour habitude de séduire des écolières !

– Maman et papa auraient une crise d'apoplexie s'ils nous voyaient.

C'était vrai, mais il n'avait pas l'intention de leur demander leur fille avant d'y avoir goûté.

– Qui le leur dira ? Nous sommes seuls ici.

– Ce n'est déjà pas bien.

– Tu n'aimes pas qu'on t'embrasse ?

– Je... je ne sais pas.

Il feignit la surprise.

– Vraiment ? Personne ne t'a jamais embrassée ? Je n'en crois rien. Une aussi jolie fille a sûrement beaucoup d'admirateurs.

– Oui, mais j'avais toujours un chaperon...

– Pas de chaperon aujourd'hui. Tu devrais me donner un baiser, personne n'en saura rien.

Elle faisait cela tous les jours : elle embrassait sa mère, ses sœurs, ses amies et même son père, qui était un homme comme Timothy. Elle leva son visage vers lui et eut le choc de sa vie. Il écrasa ses lèvres contre les siennes, les força à s'entrouvrir, faisant naître en elle un frisson inconnu. Quand il releva la tête, il s'aperçut qu'elle était terrifiée et il en éprouva une grande satisfaction : il aimait qu'on ait peur de lui. Mais il devait se montrer prudent. Avec adresse, il défit les deux premiers boutons de son corsage.

– Tu as moins chaud ainsi, n'est-ce pas ?

– Ou... oui.

Elle pouvait à peine parler tant elle était en émoi. Il rit et se laissa glisser sur l'herbe en l'attirant contre lui.

– Détends-toi, ma jolie.

Il défit le troisième bouton, qu'elle voulut aussitôt refermer. Il saisit sa main avec fermeté.

– Oh, monsieur... Timothy... que faites-vous ?

Il avait rapidement ouvert son corsage et promenait sa langue dans le sillon entre ses seins. Elle frissonna.

– Arrêtez !

Il leva la tête.

– Arrêter, ma chère ? Réellement ?

– Ce n'est pas... pas convenable.

Il soupira.

– Si tu te soucies de cela lorsque nous sommes seuls tous les deux, nous ne ferons jamais connaissance.

– Vous voudriez me connaître ? Êtes-vous sérieux ?

– Bien sûr que je suis sérieux. Est-ce que j'aurais envie de t'embrasser sinon ? J'ai une très haute opinion de toi.

Il ne pouvait se résoudre à lui dire qu'il l'aimait.

– Mais si vous êtes prêt à... à...

Elle ne savait à quoi il était prêt et fit une faible tentative pour le repousser. Il se redressa, l'air blessé.

– Tu n'as pas confiance en moi ?

– Si, mais je suis sûre que maman et papa...

Il se mit à rire et prit l'un de ses petits seins dans sa main, sentit durcir sa pointe.

– Cela n'a rien à voir avec maman et papa, c'est entre toi et moi. Notre secret.

Il embrassa ses seins l'un après l'autre. Rien ne l'arrêterait plus désormais.

– Fais-moi confiance, murmura-t-il. Je ne te ferai pas de mal. Jamais. Je veux seulement te montrer à quel point j'ai besoin de toi, te prouver que nous sommes faits l'un pour l'autre. Tu le crois aussi, n'est-ce pas ?

– Oui.

Il avait relevé ses jupes et glissé sa main entre ses cuisses, et elle retenait son souffle dans l'attente de ce qui allait se passer.

– Tu es très belle.

– Oh ! Timothy !

Quand il la prit, ce fut pourtant sans passion et il sut qu'il la laissait effarée et cruellement déçue. Bien fait pour elle, pensa-t-il. Durant toutes ces semaines elle l'avait aguiché comme s'il l'avait déjà demandée à son père. Eh bien, il faudrait s'y résoudre maintenant. Dommage qu'elle soit si passive ; il avait plus de plaisir avec les prostituées. Ou Sarah Jane.

Pourquoi lui revenait-elle en mémoire ? Ne parviendrait-il donc jamais à chasser son fantôme ? Pourquoi ces yeux verts et ce corps gracieux le hantaient-ils encore ? Elle était plus jeune que Caroline quand il l'avait connue, et si différente ! Bien plus femme, capable de le satisfaire – ils étaient comme deux moitiés d'un tout. La désirait-il encore ? Furieux après lui-même, il se rhabilla en hâte et s'éloigna. Caroline le suivit en pleurnichant.

– Vous ai-je déçu ?

Il s'obligea à prendre un ton léger.

– Bien sûr que non. Venez, marchons un peu.

Il prit un mouchoir et lui essuya les joues.

– Ce sera notre secret, n'est-ce pas ?

Comment garder le secret quand la culpabilité se lisait sur son visage ? Elle eut un brusque sourire de triomphe. Timothy serait obligé de l'épouser car ils étaient restés seuls une éternité. Il était beau, intelligent et riche ; il lui passerait tous ses caprices, ce que son pauvre papa ne pouvait se permettre en ce moment, avec ses mauvais investissements et trois filles à marier. Elle glissa sa main sous le bras de Timothy et tous deux marchèrent vers le sommet de la colline. De là-haut, ils dominaient le chantier de Hailey Common.

La ligne avait été tracée entre les collines puis s'arrêtait net au pied d'une pente abrupte où les ouvriers avaient commencé le tunnel. Tout le bric-à-brac d'un chantier se trouvait là, wagons, chevaux, cahutes branlantes, traverses de bois, rails neufs et brillants. Maintenant que c'était à lui d'en tirer le succès qu'il escomptait, Timothy considérait tout cela avec orgueil, comme s'il faisait corps avec les hommes qui y travaillaient. Pourtant il n'en connaissait aucun par son nom, sauf le sous-traitant et ce grand costaud de McBryde ; il n'avait visité les lieux qu'une seule fois, à la demande de son père, et n'avait éprouvé ni l'envie ni le besoin d'y retourner. À moins... à moins que Sarah Jane ne s'y trouve. Il devrait la découvrir ; il aurait besoin d'elle pour alléger l'ennui d'être l'époux de Caroline Hailey.

– Ils ne travaillent pas, remarqua-t-il soudain. Personne ne tient un outil.

– Ils sont probablement en grève. Papa dit qu'ils ne font preuve d'aucune coopération, ce qui me paraît idiot. S'ils veulent être payés, ils doivent travailler, alors pourquoi se mettre en grève ?

Sa voix le fit sursauter ; il avait oublié qu'elle était là.

– Rejoignons les autres, dit-il en revenant vers les chevaux.

Il ne tenta pas de lui expliquer pourquoi les ouvriers cessaient parfois le travail ; les grèves étaient faites pour être brisées, si les propriétaires – dont il faisait partie à présent – voulaient obtenir des bénéfices. Il enverrait chercher Charlie Bender dès son retour au bureau, et il essaierait entre-temps de se conduire en amoureux transi.

12

La journée, d'un calme inhabituel, convenait bien à l'humeur de Sarah Jane. Elle avait laissé Jason en train de jouer avec Célia et était heureuse d'être seule, car elle gardait une légère migraine après les libations de la veille. Elle se sentait trop léthargique pour faire autre chose que se reposer dans la colline, au-dessus des travaux. C'était sa retraite préférée ; elle y venait parfois avec ses élèves, loin des distractions du chantier, ou bien avec Jason, et rêvassait tandis qu'il s'amusait.

En face, près d'une grue de fer dressée, telle un géant décharné contre le ciel, à l'emplacement des premiers forages, elle distinguait les silhouettes des hommes de Duncan et son cœur se gonfla de fierté. Ils travailleraient, tous les deux, à une vie meilleure, pour eux-mêmes, leurs compagnons, leurs enfants. Elle ne laisserait personne lui gâcher cela, ni Pâris ni Charlie Bender, ni les méprisables Alice ou Kate. Son ambition d'être une dame s'accomplirait à travers Duncan car jamais elle ne le quitterait. Elle remarqua à peine que Charlie Bender se frayait un chemin dans sa direction, entre les rochers, et ne fit pas mine de se lever à son arrivée.

– Bonjour, Sarah Jane. Fait chaud, hein ? lança-t-il en s'asseyant à son côté.

– Que faites-vous ici ? Ne devriez-vous pas plutôt être à la boutique ou au chantier ?

– La patronne s'occupe de la boutique et Duncan est allé dans le tunnel à ma place.

Tenté d'effleurer sa cheville, il jugea le geste prématuré et laissa retomber sa main.

– Pourquoi ? Quelque chose ne va pas ?

– Rien de grave, un incident avec les hommes. Pas de quoi inquiéter votre jolie frimousse.

Cela sonnait faux ; le travail de Duncan était au forage. Elle leva les yeux en direction du tunnel en se protégeant du soleil, mais elle était trop loin pour distinguer quelque chose de précis.

– Pourquoi Duncan ? Vous ne pouvez pas vous en occuper vous-même ?

– Sûr, mais c'est la première chance que j'ai de me retrouver seul avec vous depuis Derby...

– Je ne vois pas ce que vous voulez dire.

– Oh Sarah Jane ! Ne jouez pas l'innocente. Vous savez très bien ce que je veux – ce que nous voulons tous les deux. Je suis fou de vous et je suis sûr qu'il en va de même pour vous.

– Vous vous trompez complètement, monsieur Bender.

Il eut un grand sourire plein d'assurance.

– Vous dites ça pour me taquiner, mais je sais que vous n'hésitez pas à vendre vos charmes quand le besoin s'en fait sentir. Vous êtes une femme généreuse et vous ne me rejetterez pas, moi qui vous ai fait pas mal de faveurs. Je suis fou de vous. Je n'en dors plus.

Il posa la main sur sa cheville et remonta à son genou.

– Vous m'avez assez tourmenté, Sarah Jane. Vous serez à moi. Tout de suite.

– Certainement pas !

Furieuse, elle voulut se lever mais il la renversa et sa tête heurta le sol. Étourdie, elle essaya de lutter contre lui mais bien qu'il ne soit pas grand, il était fort et déterminé.

– Duncan vous tuera, gronda-t-elle. Il vous mettra en charpie.

– Mais il n'en saura rien, hein ? Qui irait le lui dire ?

Ses petits yeux brûlaient d'un feu qu'aucun argument n'éteindrait.

– D'ailleurs vous n'êtes qu'une traînée, tout comme Alice et Kate qui, elles, ne prétendent pas être autre chose. Duncan McBryde est un idiot s'il ne le sait pas.

– Laissez-moi partir ! Ôtez vos sales pattes !

Il évitait ses coups et la repoussait en arrière.

– Et pourquoi croyez-vous que je vous ai donné tous ces cadeaux ? Par bonté d'âme ?

Il l'écrasa de tout son poids, lui coupant le souffle, et commença à déboutonner son pantalon.

– Vous m'avez dit que Mme Bender avait triché, et j'ai été assez folle pour vous croire !

Il rit et se pencha sur elle. Elle secoua la tête pour l'éviter, l'appelant de noms fort peu convenables. Il la lâcha juste le temps de la gifler en sifflant :

– Je t'aurai. Tu n'es qu'une traînée et vous m'êtes redevables, toi et ton homme. C'est moi qui l'ai embauché, qui l'ai fait chef d'équipe, et qui peux le virer...

Un court instant, elle cessa de lutter. Comment se sortir de cette situation ? Il en profita pour la clouer au sol par les poignets, prêt à la prendre. Révulsée, elle se dit qu'elle préférait mourir que lui céder. Si Duncan et elle devaient être renvoyés, qu'il en soit ainsi ; ils trouveraient du travail ailleurs. Elle mordit Charlie Bender à l'oreille de toutes ses forces. Il cria et lâcha une de ses mains ; elle lui donna un coup de poing dans le ventre et il gémit.

– Laissez-moi tranquille, espèce de salaud ! Vous me dégoûtez !

Une explosion soudaine fit trembler le sol sous eux et résonna à travers les collines. Cela ne ressemblait pas aux charges de dynamite soigneusement calculées pour ébouler un pan de rochers, auxquelles elle s'était habituée. Pour Sarah Jane, c'était le bruit même du destin.

– Duncan ! hurla-t-elle sans savoir pourquoi.

L'onde de choc avait suffisamment détourné Charlie de ses intentions pour qu'elle puisse le repousser et se lever. Elle n'avait jamais cessé de s'inquiéter du danger que couraient son mari et ses compagnons, même s'ils en riaient. Une petite voix accusatrice lui susurrait que, cette fois, quelque chose de grave s'était produit. Sans une pensée de plus pour le méprisable petit homme qui se reboutonnait en hâte, elle dévala la colline jusqu'aux baraquements qu'un épais nuage de poussière enveloppait. Qu'est-ce qui avait sauté ? Où était Duncan ?

Elle dépassa plusieurs femmes qui se dirigeaient vers le tunnel. Puis, à vingt mètres, elle s'immobilisa, incrédule : il ne restait plus qu'un monceau de rocs, des tonnes et des tonnes de pierres. Elle se souvint de ses craintes et du rire de Duncan : « On sait ce qu'on fait ». Mais ceci n'était pas délibéré, elle en était sûre. Charlie Bender l'avait envoyé là-dessous ! Savait-il ce qui allait se passer ?

Quelques ouvriers, tout à fait dégrisés, commençaient à dégager les débris à mains nues, frénétiques. Elle se fraya un passage dans la foule qui s'assemblait pour les rejoindre.

– Où est Duncan McBryde ? Où est mon mari ?

Ils la regardèrent et indiquèrent en silence l'énorme tas de terre et de rochers avant de se remettre à fouiller. Elle le considéra, bouche ouverte en un cri muet ; elle n'arrivait pas à croire que Duncan soit là-dessous.

– Non ! hurla-t-elle enfin. Il est là-haut, au forage.

L'un des ouvriers la prit par le bras.

– Non, il est descendu dans le tunnel, avec Joe et un autre type, il y a moins d'une demi-heure.

– Ce n'est pas possible.

L'homme haussa les épaules et se pencha pour ramasser un énorme caillou.

– C'est pas le moment de discuter.

Elle demeura là, incapable de bouger, de détacher ses yeux de l'amas de roches. Il faudrait une armée pour dégager tout cela. Mais ils formaient déjà un bataillon et d'autres arrivaient. Pouvait-il y avoir des survivants ?

– Mon Dieu, pria-t-elle, faites que Duncan sorte de là, faites qu'il soit sain et sauf !

De toute la force de sa volonté, elle souhaita qu'il apparaisse dans le petit espace que les hommes dégageaient, pierre par pierre. Elle tomba à genoux.

– Mon Dieu, je vous le jure, je ferai tout ce que vous demanderez...

– Écartez-vous, madame. Vous nous gênez.

Un autre la prit par le bras.

– Rentrez chez vous, madame McBryde. On va les faire sortir.

– Qui est avec lui ?

– Le vieux avec un chapeau blanc. Il a suivi Duncan quand il est allé voir Joe. Ils sont trois là-dedans...

– James... Mon Dieu, pas James ! Où est Maggie ?

– Je suis là.

La voix de Maggie lui parut lointaine, alors qu'elle était à son côté.

– Viens, Sarah Jane, laissons-leur la place. Ils vont les retrouver. C'est incroyable ce qu'ils peuvent accomplir quand il le faut. J'ai déjà vu pire et ça s'est bien terminé. Allons attendre à la maison.

– Non ! Je dois les aider !

Sarah Jane retourna en courant et commença à fouiller dans les pierres et la terre à mains nues. Mais quelqu'un la fit reculer avant qu'un autre éboulis ne vienne recouvrir ce qu'ils avaient déjà dégagé.

– Emmenez-la.

Maggie la tira par le bras, espérant qu'elle allait se reprendre. Sa conduite ne faisait qu'aggraver la situation.

– Viens ma fille, tu les gênes. Il faut garder confiance en Dieu et prier.

– Comment pouvez-vous rester si calme ? Moi, je ne peux pas, je souffre et je suis en colère, j'ai envie de hurler !

Les larmes ruisselaient sur son visage.

– Hurle si ça peut te soulager, mais je ne crois pas.

Elles rentrèrent au *Refuge* et les deux familles attendirent en silence pendant des heures. Joseph, l'un des premiers à s'être rendu au tunnel, quand ses mains furent trop écorchées pour continuer revint épuisé et couvert de terre. Il leur raconta ce qui s'était passé d'une voix lasse.

– On se disputait pour savoir s'il fallait reprendre le travail ou pas. L'un des types a alors emporté de la dynamite dans le tunnel et Duncan a voulu l'en empêcher. James les a suivis...

– Est-il possible qu'ils aient survécu ? demanda Daisy.

– Oui... Ça dépend de l'endroit où ils étaient lors de l'explosion. Il y a peut-être une cavité, de quoi respirer. On va creuser jusqu'à ce qu'on soit sûr.

Une fois ses mains bandées, il but une tasse de thé et repartit.

Les hommes harnachèrent les chevaux pour tirer les plus gros rochers mais la plupart du travail se fit à mains nues, sans que personne ne pose de questions sur l'origine de l'explosion ou la nécessité de continuer. Quand il fit sombre, ils apportèrent des torches. Au petit jour, ils s'acharnaient toujours. Son fils sur les genoux, Sarah Jane ne parvenait pas à croire que tout cela était vrai. Duncan avait tant de vitalité, tant à donner encore ! Il façonnait sa vie comme il l'avait désiré, pour elle, pour Jason et sa famille, pour tous les ouvriers. Dieu ne savait-il pas à quel point il était bon, généreux, combien il se souciait des autres ? Cela ne comptait donc pas ? Cela ne compensait-il pas sa culpabilité à elle ? Bien sûr que si ! Duncan McBryde n'en avait pas fini avec la vie ! Il allait émerger de là en riant et elle dirait : « Oh ! Duncan, comme tu m'as fait peur. » Mais pourquoi mettaient-ils autant de temps ? Il faisait jour à présent, le cauchemar devait prendre fin...

En milieu de matinée des cris résonnèrent soudain jusqu'à la cahute où les McBryde et les Barnaby attendaient, blêmes de fatigue. Debout en un éclair, ils se précipitèrent vers le chantier. Les hommes se pressaient à l'entrée du tunnel, torse nu, en sueur et souriant, leurs dents blanches se détachant au milieu de leurs lèvres craquelées et leurs figures noircies. Ils entouraient quelqu'un qui se dirigea bientôt vers les femmes anxieuses : James.

– Dieu soit loué ! s'écria Maggie en se jetant dans ses bras.

Elle pleura pour la première fois, appuyée sur son épaule, s'apercevant qu'il était couvert de plaies et d'écorchures, son manteau en loques.

– Ma chérie, disait-il en lui caressant les cheveux, ma chérie.

Les hommes reprirent les fouilles. Elle demanda :

– Duncan ?

Sarah Jane retint son souffle. Il ne répondit pas mais secoua lentement la tête, sans lâcher sa femme du regard pour qu'elle comprenne sans qu'il soit besoin de mots. Il ne pouvait pas lui raconter qu'il avait vu son fils mis en pièces à cause de l'inconscience d'un ouvrier stupide qui n'aurait jamais dû avoir en mains une caisse de dynamite. James avait vu Duncan et Joe commencer à se battre, mais il était trop loin pour intervenir. L'instant d'après, il était soulevé de terre tandis que le tunnel explosait avant de retomber sur lui. Quand le tumulte avait cessé, James s'était retrouvé recroquevillé dans un espace minuscule sous un gros rocher en équilibre. Il avait passé des heures à guetter, craignant qu'en creusant on ne fasse s'effondrer son toit précaire. Il avait crié pour prévenir et Dieu merci, on l'avait entendu. Ces heures passées sous l'amas de roches rempliraient ses cauchemars durant des années.

– Pas d'espoir ?

– Non.

Sarah Jane l'entendit et le sens du mot pénétra lentement ses prières désespérées. Elle devint livide et ses yeux verts parurent immenses et étincelants.

– Non ! hurla-t-elle. Non !

Elle s'effondra à terre, répétant sans fin le nom de Duncan comme pour le sommer de revenir, d'où qu'il soit. Ils la regardèrent, impuissants, sangloter de désespoir.

– Duncan ! Reviens, Duncan. Ne m'abandonne pas. Duncan...

Elle releva la tête vers Maggie et James.

– Dites-moi que ce n'est pas vrai. Il ne peut pas être parti, il ne peut pas. Dites-le moi !

Ils ne répondirent pas, submergés par leur propre chagrin. Ce furent Daisy et Joseph qui la relevèrent et la ramenèrent au *Refuge*. Quelqu'un lui mit un verre de brandy dans la main qu'elle ne pensa pas à boire. Des gens allaient et venaient, leurs voix ne l'atteignaient pas, leurs mots n'avaient pas de sens, leurs visages pas de traits. Elle assit Jason sur ses genoux et enfouit son visage dans ses cheveux. Sa vision de cauchemar lui avait menti : ce n'était pas Jason qu'on lui avait arraché, mais Duncan.

Plongée dans son chagrin, elle ignora que Timothy était arrivé sur le chantier avec Lord Chevington et elle n'y aurait porté, de toute façon, aucun intérêt.

Les ouvriers s'efforçaient toujours de déblayer le tunnel alors qu'il n'y avait plus d'espoir. Timothy exprima sa peine de savoir que des hommes avaient été tués, et son souci d'apprendre que le chantier était arrêté. Si on ne pouvait poursuivre, ce serait un désastre financier qui risquait d'engloutir l'empire Chevington. Lui-même perdrait tout. Lord Hailey devait rire sous cape. Il s'était débarrassé de la compagnie, laissant les Chevington payer la note et rassembler les morceaux. La pilule était d'autant plus amère que, la veille, sa demande en mariage avait été acceptée.

– Si les ouvriers n'avaient pas été poussés à bout, ceci ne serait pas arrivé, dit son père.

– C'est un reproche ?

– Je ne blâmerai personne tant que je n'aurai pas toutes les preuves, et étudié tes plans de travail.

– Je n'ai pas vu de raison de modifier ceux de Lord Hailey.

– Donc, tu n'as fait que perpétuer les problèmes qu'il avait rencontrés. Je t'aurais cru plus avisé.

– Les forages que j'ai mis en route allaient tout changer. Il suffisait aux ouvriers d'être patients.

– La patience ne remplit pas les ventres vides, Timothy, et nous n'avons pas à faire des bénéfices au dépens de vies humaines.

– Ce n'est pas moi qui dois être tenu pour responsable. M. Bender...

– Tu savais qu'il était incompétent. Tu aurais dû le renvoyer dès ton arrivée.

– Pourquoi ? Je n'avais aucune raison de douter de ses capacités et...

– Il ne te coûtait pas cher, et il a apparemment préféré s'esquiver. Mais ce n'est pas le moment de récriminer. Demande à l'un de ces ouvriers d'aller chercher l'Écossais. Je veux savoir ce qui s'est passé dans le tunnel.

James fit son récit d'une voix monocorde et Lord Chevington l'écouta sans l'interrompre, tandis que Timothy songeait à ses projets, qui étaient en train de s'effondrer. Son père le jugeait responsable de l'accident, ce qui lui laissait un goût amer, mais aussi renforçait sa détermination de terminer la ligne, quels qu'en soient la durée et le coût.

– Ces hommes ont accompli un effort surhumain, dit Lord

Chevington lorsque James eut terminé. Je sais qu'ils continueraient si l'espoir subsistait, mais si vous êtes sûr...

– Certain, monsieur le comte.

– Alors abandonnons les recherches et attendons M. Miller, qui sera ici dans une heure ou deux. Votre fils était un brave. Que puis-je faire, monsieur McBryde ? Ces deux hommes avaient-ils une famille ?

– Joe le bagarreur était célibataire, quant à mon fils, il n'était pas marié comme vous l'entendez, mais...

– Je vois. Il avait mis la charrue avant les bœufs, c'est cela ?

– Oui, monsieur. Sa femme n'est pas sortie de chez elle depuis l'accident, elle ne parle pas. Mais la vie doit continuer, il faudra qu'elle se reprenne, ne serait-ce que pour son fils.

– Ah... Ce sont toujours les enfants qui souffrent le plus. Transmettez-lui mes plus sincères condoléances et, s'il s'avère que votre fils n'avait rien à se reprocher, vous recevrez un dédommagement.

James regarda les deux hommes s'en aller, puis rentra au *Refuge* raconter son entretien.

Après avoir sangloté tout son saoul, Sarah Jane ne pleurait plus ; elle se sentait vidée de toute émotion, amour ou haine, désir de vengeance. Qui était à blâmer, sinon elle ? Tout ce qu'elle ressentait, c'était de la culpabilité. Elle allait et venait dans la cahute, les yeux secs et la parole rare car tout ce qu'elle aurait voulu dire était : « C'est ma faute. Je me suis servie de lui, je l'ai poussé à faire ce dont il n'avait pas envie. Si je n'avais pas accepté les cadeaux de Charlie Bender, si je n'étais pas allée seule sur la colline, si j'avais gardé mon sang-froid, si... » Mais elle ne pouvait rien dire, car maintenant que Duncan n'était plus là, personne d'autre n'était en mesure de comprendre.

Nul ne savait comment la consoler, Maggie et James moins que tout autre, mais ils insistèrent pour qu'elle les accompagne à la messe dite à sa mémoire deux jours plus tard, dans la petite église de Hailey. Elle ne voulait pas y aller, car alors elle serait obligée d'accepter la disparition de Duncan : jamais plus il ne la tiendrait dans ses bras, ne l'appellerait « mon amour ». Il avait été toute sa vie cinq années durant. C'était peu, si peu contre un avenir entier sans lui. Après le service funèbre, ils revinrent au chantier où Jack Miller était arrivé pour faire son enquête. Il grimpa sur une table et s'adressa aux ouvriers, femmes et enfants assemblés.

– D'abord laissez-moi vous dire à quel point je suis navré par cette tragédie, et vous donner l'assurance que M. le comte fera tout son possible pour aider les familles des disparus.

Il parle de Lord Chevington, songea Sarah Jane, incapable de faire le lien entre cette affreuse vallée et Chevington House. Que savait-il des disparus ?

– Nous avons l'intention d'établir les causes précises de l'accident...

– On les connaît, les causes, cria quelqu'un dans la foule. Les hommes sont obligés de travailler dangereusement pour un salaire de misère pendant que les salauds de patrons s'enrichissent. Ce qu'on veut, c'est savoir comment vous comptez remédier à ça.

L'ingénieur leva les mains pour apaiser les murmures.

– Je suis ici pour voir s'il est possible de déblayer le tunnel, mais je dois vous avertir qu'une première inspection semble exclure la poursuite de cette section dans l'immédiat. Vous feriez donc mieux de chercher du travail ailleurs. Je crois qu'on construit en Écosse...

– C'est bien ce que je disais, dit Joseph à Sarah Jane. Retour au pays pour nous autres...

– Et notre paie ?

– Tous les salaires seront versés en fin de semaine prochaine.

Cette générosité ne les impressionna pas et les récriminations reprirent : on achetait leur silence, les patrons craignaient que leurs conditions de travail ne soient étalées au grand jour. Ils grondaient de colère.

Jack Miller leva de nouveau les mains.

– Que ceux qui ont quelque chose à dire sur la catastrophe attendent que je leur ai parlé. Je voudrais surtout m'entretenir avec M. Bender. Quelqu'un sait-il où il se trouve ?

– Demandez donc à la mijaurée !

Dans un silence surpris, tout le monde se tourna vers Alice, assise sur un ballot dans une charrette à âne.

– Demandez à Sarah Jane où était Charlie quand son homme est mort. Elle le sait, elle !

Les regards se portèrent sur Sarah Jane, qui ne comprenait pas.

– Je l'ai vue revenir de la colline après l'explosion, continua la femme. Charlie était juste derrière, à remonter son pantalon. Je l'ai vu de mes propres yeux. Vous avez envoyé Duncan McBryde à la mort, toi et Charlie Bender, pour forniquer à l'aise !

Les mots stridents pénétrèrent enfin l'esprit de Sarah Jane, mais elle ne put sortir un son. Qu'elle ait repoussé les avances de Charlie ne servait à rien ; elle méritait ces accusations. Elle se le répétait sans cesse. Elle s'aperçut que tous l'observaient.

– Où est Charlie ? Tu vas le retrouver plus tard, c'est ça, et partager nos gages avec lui, hein ?

– Non ! Je ne sais pas où il est et je m'en moque. S'il est parti avec vos salaires, c'est le problème du patron.

– Tout de même, reprit Jack Miller, si vous savez où se trouve Charlie Bender...

– Je n'en sais rien.

Maggie la saisit par le bras et l'obligea à lui faire face.

– Est-il vrai que tu trompais Duncan ?

Elle la regarda sans répondre.

– Dis-nous seulement que cette femme a menti, ajouta James, et nous oublierons tout.

– Comment pourrez-vous oublier ? Vrai ou faux, le doute est semé, quoi que je dise !

– Tu ne le nies pas, alors ? s'écria Daisy. Tu étais infidèle à Duncan après tout ce qu'il a fait pour toi et ton fils. On devrait te rosser...

– Oui, oui, rossons-la !

La foule était folle de rage. S'ils ne pouvaient avoir l'ingénieur et ses maîtres, il leur fallait trouver quelqu'un d'autre sur qui déverser leur frustration.

– Chassons la traînée du chantier ! criaient les femmes sans se soucier de Jack Miller qui tentait de rétablir l'ordre. La mère Bender, c'est toi l'offensée, qu'est-ce que tu as à dire ?

Mme Bender connaissait son mari mieux que personne. Il était et serait toujours un débauché, mais c'était son époux, elle devait le défendre. Elle savait qu'il lui ferait connaître l'endroit où il se cachait afin qu'elle lui apporte l'argent des salaires, car c'est elle qui l'avait, dissimulé dans une boîte de fer-blanc sous son lit.

– Elle mérite d'être punie, mais...

On ne la laissa pas finir. Les femmes collectèrent pots et casseroles, pelles et bidons, n'importe quoi qui fasse du bruit, et s'assemblèrent pour la cérémonie traditionnelle. Sarah Jane l'avait déjà vue infligée à d'autres femmes qui avaient transgressé les lois et savait combien c'était humiliant, terrifiant.

– Sauve-toi, ma fille ! la pressa James. Je vais chercher Jason et je te l'amène. Cours !

Elle se précipita à sa cabane, entassa ses vêtements et ceux de Jason, ainsi que son livre de recettes, dans une couverture dont elle noua les quatre coins. Puis elle prit une casserole et un peu de provisions et regarda une dernière fois sa masure, les meubles bon marché, le miroir fêlé, les tapis de lirette aux couleurs vives. Ce n'était pas un palais, mais le foyer qu'elle avait partagé avec Duncan. Ils l'avaient construit ensemble, avec amour, pour qu'il dure... Et il aurait duré, si Duncan avait vécu. Lui n'aurait jamais douté d'elle ; il n'aurait pas eu besoin de lui poser de questions. Il était sûr de sa loyauté. Elle s'essuya les yeux du dos de la main et sortit.

Les femmes l'attendaient en criant des injures et des obscénités. Dans un vacarme assourdissant, elles s'acharnèrent sur elle et, sous une pluie de coups, elle dut se frayer un chemin au milieu de la foule en colère. Il n'y avait pas d'échappatoire, elle devrait endurer cette ignominie dans le simple but de leur donner satisfaction. Et, d'une étrange façon, elle songeait que, si elle le supportait avec stoïcisme, sa culpabilité en serait atténuée. Elle acceptait volontiers la punition.

Meurtrie et vacillante, elle parvint au bout de la rangée et courut, libre, sans se retourner. Quelques-unes tentèrent de la poursuivre puis renoncèrent, et revinrent près de leurs camarades pour commenter les événements et emballer leurs affaires. Sarah Jane descendit toute la colline et ne s'arrêta qu'à la rivière, à l'abri d'un bosquet. James, Jason perché sur ses épaules, la découvrit là une demi-heure plus tard, effondrée et sanglotant.

– Ça va ? demanda-t-il, sachant qu'il n'y avait pas plus féroce qu'une bande de femmes sûres de leur bon droit. Rien de cassé ?

Elle eut un petit sourire en prenant Jason dans ses bras.

– Non, ça va, juste quelques bleus. Je m'en vais.

– Où cela ?

Elle se leva.

– Je n'en sais rien. Chez moi, peut-être.

Mais où était-ce, chez elle ? Son seul foyer était la cabane qu'elle venait d'abandonner. Elle ajouta :

– Ne vous inquiétez pas pour moi.

Il lui mit un petit sac de pièces dans la main.

– Maggie t'envoie ça. Tu pourras voir venir.

– Mais vous en avez besoin vous-mêmes...

– Non. Je suis encore fort et en bonne santé, je peux travailler. Et puis, c'est à toi. Les hommes ont fait une collecte et l'ont confiée à Maggie. Elle a dit : « Je veux que Sarah Jane l'accepte en mémoire de Duncan ». Ne refuse pas, tu en auras besoin.

Cela ne signifiait pas que Maggie lui avait pardonné, simplement qu'elle agissait au nom de son fils. Elle posa un baiser sur la joue de James.

– Merci à vous deux. Qu'allez-vous faire maintenant ?

– On retourne dans les Highlands. Tu peux venir si tu veux, j'en parlerai aux autres.

– Merci beaucoup, mais je ne pense pas.

– Surveille les résultats de l'enquête et va voir Lord Chevington, qui a promis un dédommagement. C'est un homme intègre, Sarah Jane. Il ne parlait pas en l'air.

– Je ne veux rien de lui ! Sans lui et ceux qu'il emploie, Duncan serait encore en vie. Je ne veux pas de son sale argent.

– Tu n'es pas juste, ma fille. Il ne contrôle pas la ligne depuis très longtemps et...

– Vous m'étonnez, James McBryde. Vous, entre tous, lui trouver des excuses !

Il sourit.

– La haine et la vengeance ne sont pas de bon conseil, Sarah Jane, et ne ramèneront pas Duncan parmi nous. Ne gâche pas son souvenir avec de mauvaises pensées.

Il la prit par les épaules et posa un baiser sur son front.

– Bonne chance, et que Dieu soit avec toi. Pars vite, il n'est pas exclu que quelqu'un juge que tu n'as pas été assez punie.

Elle retint un sanglot, prit Jason par la main, ramassa son baluchon et s'en fut, sans savoir où ses pas la menaient.

13

Sarah Jane et Jason cheminèrent au hasard à travers champs, cueillant des marguerites et des coquelicots, pataugeant dans les ruisseaux, se reposant à l'ombre d'un arbre. Elle lui parlait du cottage où elle avait vécu avec ses parents et Billy. La mort tragique de Duncan avait réveillé de vieux souvenirs et la nostalgie de son enfance, le sourire de son père et la tendresse de sa mère. Elle ne tenait pas compte des années qui avaient suivi ; l'hospice, Chevington House et la naissance de Jason la ramenaient inexorablement à Duncan et elle préférait enfouir ces images au plus profond de sa mémoire. Et pourtant il ne la quittait pas, elle sentait sa présence à son côté et ne s'éloignait guère.

Elle perdait le sens de l'orientation et ils se retrouvaient souvent au même endroit que le matin ; de toute façon elle n'avait pas de but. Elle allumait un feu, préparait un repas et étendait la couverture pour une nouvelle nuit à la belle étoile. Elle rêvait beaucoup, de Billy, toujours âgé de sept ans car elle n'imaginait pas ce qu'il avait pu devenir, de Thomas Wistonby dans ses vêtements noirs, agitant un doigt réprobateur ; de Tilly ricanant sottement. Et de Duncan. Elle rêvait toutes les nuits de Duncan et s'éveillait en larmes. Elle voyait aussi le beau jeune homme menaçant qui était le père de Jason et s'éveillait en tremblant. Elle se calmait, se préparait pour une autre journée de vagabondage et disait à Jason : « Dépêchons-nous ou nous n'arriverons jamais. »

Troublé par l'absence de son papa, il ne demandait pas où ils devaient arriver ; une masure abandonnée, une cabane le long de la voie, une haie ou une clairière dans les bois, là où ils seraient à la tombée de la nuit.

Un soir, marchant sans idée, elle se retrouva sur le chantier de Hailey Common déserté. L'herbe commençait à pousser là où des centaines de bottes avaient piétiné dans la boue ; les baraquements tombaient déjà en ruines. Pleine d'angoisse, elle observa l'entrée du tunnel effondré comme pour essayer de voir ce qui gisait au-delà, puis se fraya un chemin entre des morceaux de ferraille vers son ancienne maison. Elle s'assit sur le lit de fer grinçant, fatiguée de voyager sans but, de ne pas savoir ce qu'elle faisait, là ou ailleurs. Elle s'éveilla de bonne heure et, incapable de se rendormir, s'assit sur les marches du perron. La lune, très brillante, formait des ombres profondes entre les cahutes silencieuses et les rails tordus, abandonnés.

– Duncan, que vais-je faire ? Où aller ? Je suis perdue sans toi.

En esprit, elle vit des lampes s'allumer derrière les fenêtres noires, des flaques de lumière par les portes ouvertes. Elle entendit des voix, l'écho des pelles et des pioches contre le rocher, le tintement des harnais et le grondement des wagons, des chants et des rires... le rire de Duncan, sa voix douce à son oreille.

– Ne pleure pas pour moi, Sarah Jane. Tant que je vivrai dans ton cœur, je ne disparaîtrai pas. Tu dois continuer ton chemin, mon amour, avec courage et espoir. Ne crains pas l'avenir. Prends la vie à pleines mains et modèle-la comme tu le souhaites. Je serai toujours à tes côtés.

Le visage baigné de lune, elle se sentit en paix avec elle-même. Duncan lui avait donné l'amour, le plus précieux des biens, pour qu'elle devienne la femme qu'elle désirait être. Il avait été fort, endurant, elle le serait aussi. Elle venait de traverser un long tunnel pour émerger dans une autre vie ; derrière elle, l'amour de Duncan ne mourrait jamais, devant elle s'offraient plusieurs choix, de nouvelles chances, d'autres buts à atteindre. Pour l'amour de Jason, pour la mémoire de Duncan, elle continuerait.

Le lendemain fut exceptionnellement chaud pour la saison et ils déjeunèrent dehors, assis sur une poutre, tournés vers les collines qui moutonnaient contre le ciel. C'est là qu'elle se tenait lorsque Duncan avait trouvé la mort ; elle ne se sentait plus coupable désormais : elle n'était pas responsable de cette tragédie. Quant à la bêtise d'avoir accepté les cadeaux de Charlie Bender, Duncan, qui la protégeait, lui avait pardonné, elle en était sûre.

– Maman, regarde !

Elle vit le renard en même temps que Jason. Il zigzaguait entre les baraquements, museau au sol, la queue tendue derrière lui, cherchant une issue. Il traversa la rivière et disparut entre les éboulis de l'autre côté, puis la paix du jour fut troublée par une cacophonie insupportable : un cor de chasse, une meute excitée, des cavaliers presque aussi rouges que leurs vestes, lancés à la poursuite du renard terrifié et suivis par deux retardataires plus occupés d'eux-mêmes que de la chasse. La jeune fille portait un luxueux habit vert soulignant sa taille fine, et son visage semblait de porcelaine sous le chapeau assorti, orné d'une longue plume tombante. Mais c'est son compagnon qui retint l'attention de Sarah Jane. Il tira sur les rênes et s'arrêta à quelques mètres d'elle. La jeune fille stupéfaite se rangea à son côté.

– Que se passe-t-il, chéri ? Qui est cette... personne ?

Comme il ne répondait pas, elle s'adressa à Sarah Jane :

– Qui êtes-vous et que faites-vous ici ? Vous êtes sur une propriété privée.

Tremblante, Sarah Jane se leva et posa la main sur l'épaule de Jason.

– Je suis madame McBryde. C'était ma maison ici.

Elle sourit à la grimace de dégoût de la jeune fille.

– McBryde, dites-vous ? intervint Timothy. N'est-ce pas le nom de...

– L'ouvrier mort dans le tunnel, si. C'était mon mari.

Elle le dit avec fierté.

– McBryde, votre mari ?

Elle avait beau être déguenillée et échevelée, les yeux cernés et inquiets, il ne voyait que la belle fille aux cheveux roux, au regard vert pétillant de malice, nue près de la rivière, avec ses lèvres si douces contre les siennes.

– Oui, répliqua-t-elle en levant le menton.

– Chéri, les autres sont loin, dit la jolie poupée près de lui, impatiente de partir, d'éloigner Timothy de cette fille.

Ils se dévisageaient d'une façon qui lui faisait froid dans le dos. Timothy l'ignora et regarda l'enfant qui se tenait bien droit près de sa mère et le considérait de ses yeux noirs et pénétrants. Était-ce possible ?

– Et ce garçon ?

Allait-elle répondre : « C'est votre fils » ? Il aurait été amusant de voir sa réaction et celle de sa compagne, mais cela ne valait pas la peine de prendre le risque de révéler à Jason que Duncan n'était pas son père bien-aimé.

– Jason est mon fils et celui de Duncan McBryde.

Timothy sourit : voilà qui était bien dans le style de Sarah Jane d'avoir ainsi nommé son enfant, avec son goût pour les mythes et les légendes.

– Jason. J'aime bien ce nom.

– Allons-nous en, dit Caroline.

Timothy l'ignora de nouveau.

– Que faites-vous ici ?

– Je suis venue sur la tombe de mon mari. Là.

Elle tendit le doigt vers le tunnel effondré.

– Oh ! Avez-vous l'intention de rester par ici ?

Elle haussa les épaules en feignant l'indifférence.

– Peut-être, peut-être pas.

Il ne savait pas pourquoi il le demandait. La désirait-il encore ? Il fit la moue devant ses vêtements sales et ses cheveux emmêlés. Il avait eu raison de penser que le fait de vivre avec les ouvriers l'avilirait. L'ancienne Sarah Jane aurait été une merveilleuse maîtresse, mais celle-ci...

– Vous n'avez rien à faire ici, Madame McBryde, rien.

Puis il fit tourner son cheval et rejoignit Caroline. Elle le regarda s'éloigner, étonnée de ne ressentir qu'une sorte de torpeur, comme si une longue souffrance venait de s'achever. C'était l'homme de son cauchemar, mais il n'avait pas emmené Jason, qui l'observait avec une curiosité enfantine. Au sommet de la colline, le cavalier se profila un instant contre le ciel puis disparut.

De retour à sa cahute, elle prit le miroir. Elle paraissait plus âgée que ses vingt et un ans. Il n'y avait nulle gaieté dans ses yeux, nul sourire sur ses lèvres. Timothy Myson n'avait pas vu celle qu'il avait connue un été près de la rivière, mais une femme d'ouvrier ordinaire, une paysanne négligée qu'on méprise et dont on rit. Où était son orgueil ? Comment avait-elle pu se laisser aller ainsi ?

Elle emplit une bassine d'eau glacée et se lava entièrement ; elle enfila une robe propre, puis brossa ses cheveux jusqu'à ce qu'ils soient secs et brillants comme des copeaux de cuivre dans le soleil.

– Maintenant je me sens mieux, dit-elle tout haut.

Elle fit subir le même sort à Jason, malgré sa réticence. Son deuil, marqué par le laisser-aller et les errances, était terminé. Elle allait ranimer ses ambitions perdues, construire un avenir pour elle et son fils. Et si, par un coup du sort, elle croisait de nouveau le chemin de Timothy Myson, il ne la regarderait plus de haut : elle serait son égale.

Elle partit d'un pas vif, laissant dans l'herbe, étincelante de rosée sous le soleil matinal, une trace qui allait droit au sud, vers les marais de son enfance, vers Billy. Ils auraient dû rester ensemble depuis le début, partager les joies comme les peines. Il ne se trouvait sans doute plus à l'hospice, mais c'était le seul endroit où elle pourrait obtenir de ses nouvelles.

Elle atteignit Chevington en dix jours, les deux derniers sous la pluie. Les prés se transformaient en marécages, les ruisseaux en rivières, mais Sarah Jane continua obstinément, encourageant un Jason fatigué et pleurnicheur.

– Nous sommes presque arrivés, mon chéri.

Il avait déjà entendu cela, mais cette fois sa mère semblait avoir un but précis. Ils marchaient comme si le temps lui-même s'était mis de la partie. Jason avait mal aux pieds mais elle ne le portait pas.

– Tu es trop lourd maintenant, répondait-elle quand il lui tendait les bras. On sera bientôt à Chevington.

Il connaissait ce nom sans trop savoir ce qu'il signifiait, ni pourquoi ils devaient se dépêcher. Sarah Jane fit halte au carrefour familier. C'est ici que ses ennuis avaient commencé. Elle était arrivée là, main dans la main avec Billy ; plus tard elle avait fui plutôt qu'y mettre son enfant au monde et ne l'avait jamais regretté. Elle remerciait la providence pour les cinq années de bonheur, même harassantes, qu'elle avait vécues. Son seul regret était d'avoir abandonné Billy. Elle était prête à y remédier. S'il n'était plus là, il faudrait repartir, mais cette nuit elle avait besoin d'un abri contre la pluie. Elle prit une profonde inspiration et avança d'un pas ferme jusqu'à la porte, où pendait toujours la corde de la cloche que Billy ne pouvait pas atteindre lorsqu'il avait sept ans. Elle souleva Jason comme elle l'avait fait pour son frère.

– Tire sur la corde, Jason.

Il rit en entendant la cloche.

– C'est ici Chevington House ?

– Non !

Quelle drôle d'idée ! Mais bien sûr il ne pouvait connaître la différence, n'ayant connu que des cahutes. Mais tout allait changer, elle ferait ce qu'il fallait et ils auraient une vraie maison de brique et de mortier... On tira les verrous de l'autre côté. Elle cala son fils sur son bras et se redressa. La porte fut ouverte par un gamin maigre qui ressemblait tant à Billy qu'elle en eut l'estomac retourné. Rien au monde n'aurait pu la faire entrer à cet instant mais une main surgit de nulle part et attrapa l'enfant au collet.

– Tu croyais pouvoir te glisser au-dehors, hein ? Retourne d'où tu viens ou je t'envoie chez le directeur.

Elle avait reconnu la voix. Il n'avait pas changé, sinon qu'il était un peu plus gros et chauve, plus élégant aussi. Il portait une redingote bien coupée, une chemise immaculée et une cravate de soie bleue.

– Bonjour, Thomas.

Ses yeux s'illuminèrent en la reconnaissant.

– Que Dieu me pardonne, si ce n'est pas Sarah Jane !

Il considéra ses épais cheveux roux tout mouillés, ses traits réguliers, ses grands yeux verts, l'allure gracieuse qui lui avait tant plu, l'enfant dans ses bras et se souvint. Comme il l'avait désirée, comme elle lui avait redonné le goût de vivre ! Et elle s'était sauvée, le laissant seul à maudire son ingratitude. Il avait ruminé sa colère et son amertume pendant des semaines, puis s'était rendu compte que ce mariage n'aurait jamais marché, même si Timothy Myson s'était montré généreux ; édifié sur des bases aussi instables, l'édifice se serait effondré au moindre souffle. Il aurait été bien fou de croire qu'il en serait autrement ; en la voyant trempée, l'enfant endormi dans ses bras, il ne put s'empêcher de compatir.

– Veux-tu être admise ici ? Tu en es donc arrivée là ? Oh ! ma chère enfant, j'en suis désolé !

– Non non, je ne veux pas entrer. Je suis venue chercher mon frère. Billy est toujours là ?

– C'est tout ce que tu as à me dire, Sarah Jane, après tout ce temps ? N'as-tu aucune pensée pour moi, qui ai toujours cherché à t'aider ?

– Je suis désolée. J'ai essayé de vous expliquer dans ma lettre...

– Quelle lettre ?

– Je vous ai écrit dès que Jason est né.

– Je n'ai rien reçu. Je ne savais ni où tu étais, ni avec qui. J'ai eu beaucoup de peine, Sarah Jane, de voir que je comptais si peu pour toi.

– Je suis vraiment désolée que vous n'ayez pas reçu ma lettre, Thomas. Je l'ai adressée ici, sûre qu'elle vous parviendrait.

– Sans Lady Chevington, je ne serais pas resté ici.

– Quel rapport avec Lady Chevington ?

– Avec toi, aucun, si ce n'est qu'elle aussi a eu l'impression que tu l'avais laissée tomber. Mais, grâce à ses bons offices, je ne dépends plus de ma sœur et on me paie pour mes services. Je m'occupe des comptes de l'hospice, des aspects légaux, du placement des garçons et des filles.

– Vous avez trouvé une place pour Billy ?

– Non. Billy s'est sauvé il y a des années.

– Vous savez où il est ?

– Non, pas vraiment.

Il s'aperçut à quel point il se montrait peu coopératif. Elle paraissait épuisée, transie. Depuis combien de temps marchait-elle ? Il aurait voulu tout savoir.

– Il faut que nous parlions. Où vas-tu passer la nuit ? Veux-tu un lit ici ?

– Non, je vais à l'auberge.

– Je t'y retrouverai à dix-huit heures.

Ponctuel, il la rejoignit dans la salle commune où elle se tenait, seule, dans une alcôve. Elle ne le vit pas tout de suite et il l'observa : elle avait à présent la beauté d'une femme mûre et assurée. Elle portait une simple robe de coton gris, brodée à l'encolure, et avait relevé ses cheveux sur la nuque. Son visage portait les traces d'un chagrin récent, mais il y avait une certaine force en elle, une façon de se tenir qui la singulariserait toujours dans une foule, même si elle avait l'air d'avoir dormi tout habillée. Son dos était droit et son menton levé.

– Thomas !

Il s'assit face à elle et commanda deux brandys, puis entama un interrogatoire serré sur les années passées. Elle répondit de bonne grâce puis, impatiente d'obtenir des réponses à ses propres questions, demanda :

– Assez parlé de moi. Dites-moi ce que vous savez sur Billy.

Il avait demandé au garçon, alors âgé d'une dizaine d'années, s'il savait où Sarah Jane avait pu s'enfuir, mais il ne lui avait été d'aucun secours.

– Peu de choses. Il n'a dit à personne ce qu'il comptait faire.

– On ne l'a pas recherché ?

– Non. Il était en âge de travailler, alors à quoi bon ? J'ai entendu dire...

– Quoi ?

Elle se pencha vers lui et posa la main sur son bras ; brune et abîmée par le travail, elle avait cependant des ongles propres et bien coupés.

– Dans une taverne de Walton, un fermier disait avoir découvert un jeune garçon endormi dans l'un de ses cottages vides.

– Qu'est-ce qui vous fait penser que c'était mon frère ?

– La description correspondait. Le fermier l'a présenté à un ramoneur de Londres et ils sont partis ensemble. Je suppose que Billy est devenu ramoneur.

– Mais on n'a pas le droit de faire grimper des enfants sur les toits ?

– Non, mais ça ne les en empêche pas. Ils les font passer pour des apprentis et prétendent qu'ils transportent les outils.

– Oh ! c'est affreux ! Pauvre Billy. Je dois aller à Londres.

– Autant chercher une aiguille dans une meule de foin. Londres est une grande ville et Billy est trop grand maintenant pour passer par les cheminées.

Il finit son verre en observant la déception qui se peignait sur son visage. Que faire pour elle ? Il appela le serveur.

– Pourquoi ne m'as-tu pas fait confiance et t'es-tu sauvée alors que je ne désirais que t'aimer et prendre soin de toi ? Tu n'as donc pas du tout pensé à moi ? Je suis rentré à l'hospice après avoir tout arrangé. C'était si facile.

– Quoi donc ?

– Trouver le père de ton enfant. Cela ne m'a pris qu'une journée et tu aurais eu tout ce qu'il te fallait, j'avais obtenu sa promesse...

– Quelle promesse.?

– Celle de Lord Chevington. Le père de ton enfant est son fils.

– Son fils ? Le fils de Lord Chevington ?

Elle était stupéfaite. C'était incroyable !

– Il ne l'a pas reconnu publiquement parce que Lady Chevington n'est pas sa mère, mais ils sont très proches l'un de l'autre.

– Le chouchou du patron. C'est ainsi que l'appelaient les ouvriers.

Tout se mettait en place : sa présence sur les terres de Chevington House mais pas au manoir, à Ashley Green au moment de l'émeute, à Hailey Common après l'explosion. Elle se secoua ; inutile de s'attarder sur le passé, elle s'était promis de le laisser derrière elle.

– Quelle différence cela fait-il pour moi ?

– Chouchou ou pas, il a de l'argent et de l'influence. Il profite de tous les avantages d'être un fils de comte...

Elle se souvint des remarques singulières de Pâris : « Je ne suis personne, grâce à mon cher père. »

– Sauf la légitimité ! C'est pour cela qu'il est si amer. Je ferai tout pour éviter à Jason de souffrir ainsi. Il vaut bien mieux qu'il croie que son père est mort. Timothy Myson l'a vu, il y a un mois, à Hailey Common.

– Et tu ne lui a pas demandé d'aide ?

– Je ne veux rien de lui, pas plus sa charité que son mépris. Jamais plus il ne me traitera de haut.

– Il ne s'agit pas de charité, Sarah Jane, mais de ton droit en tant que femme séduite et abandonnée...

– Séduite ? Non. Comme vous me l'avez dit vous-même, il faut être deux pour faire un enfant et j'aurais pu refuser. Ce qui est mal et injuste, c'est que l'incompétence de ceux qui dirigeaient les travaux du chemin de fer ait entraîné la mort de Duncan. L'appât du gain m'a valu d'être veuve.

– Une veuve d'ouvrier ? C'est ainsi que tu te vois ? As-tu oublié que tu voulais être une dame ?

– Non, mais ce n'était qu'un rêve d'enfant. Et ce n'est pas Timothy Myson qui m'aidera à le réaliser.

– Tu es donc prête à sombrer en entraînant ton fils.

– Certainement pas. Je ne suis plus la fille ignorante à qui vous avez appris à lire, Thomas, et j'ai encore un long chemin à parcourir, mais ce sera vers le haut, pas vers le bas, je vous le jure. Il y a des droits à rétablir, des coupables à punir et des innocents à aider. Je sais que je ne peux pas réaliser ce rêve idiot, mais je peux devenir un autre genre de dame, celle qu'on regardera avec respect pour ce qu'elle aura accompli.

Il fut impressionné.

– Duncan était bon, reprit-elle, non seulement parce qu'il prenait soin de moi et de Jason, mais parce qu'il était fort et fidèle, attentif et généreux. Il aurait réussi s'il avait vécu. Nous aurions réussi ensemble. Je veux poursuivre son œuvre.

– Tu ne veux rien pour toi-même ?

– Bien sûr que si. Croyez-vous qu'il me plaise d'être pauvre et vêtue ainsi ?

Elle désigna sa jupe grise, tendit le pied, révélant ses bottines éculées.

– J'aimerais mieux porter des escarpins, Thomas.

– Comment y parviendras-tu seule ?

– J'y parviendrai, vous verrez, et de mon propre chef.

– Mais l'argent aide bien, tu sais. C'est le seul moyen d'élever ton fils correctement, de retrouver Billy, d'avoir quelque chose à lui offrir. Sarah Jane, Timothy Myson s'est servi de toi, autrefois, pourquoi ne pas te servir de lui maintenant ? Il a de l'ambition, plus que toi, et il ne veut pas s'encombrer d'un enfant illégitime, surtout quand il sera marié. Je devine qu'il fera tout ce qu'il faut pour le garder caché...

– Thomas ! Ce serait du chantage !

– Le même qu'il exerce sur son père. Ce n'est pas tant du chantage qu'une façon de tirer parti de la situation. Laisse-moi m'occuper de lui, tu ne le regretteras pas.

– Non, Thomas, répliqua-t-elle d'une voix tranchante. Je ne veux rien demander à Timothy Myson, c'est compris ? Rien. Jason est le fils de Duncan, point final. Je me débrouillerai sans demander de faveurs à quiconque.

Il se pencha et prit sa main.

– Sarah Jane, je...

Il s'interrompit. Il n'était pas fou au point de lui demander de redevenir sa maîtresse...

– Nous aurions pu nous marier, j'aurais peut-être été un bon époux. Comme tu es jeune et très belle, je ne t'aurais sans doute pas gardée longtemps, alors c'est sans doute mieux ainsi. Je t'ai rendue heureuse un temps, comme Timothy Myson et Duncan McBryde, à leur façon.

– Duncan ? Il était différent. Il était...

Elle ne put et ne voulut pas continuer, tant son chagrin était encore vif.

– Il y en aura d'autres.

– Non. Tout ce que ce que je désire, c'est retrouver Billy. Je me suis mal conduite envers lui et rien n'ira bien tant que je n'aurai pas réparé mes torts.

– Sottises et superstitions ! Tu ne feras qu'aggraver tes problèmes en le retrouvant : je doute fort qu'il gagne convenablement sa vie, et il a dû t'oublier.

– Peut-être, mais je dois le savoir.

Elle était lasse, l'atmosphère de la pièce était si étouffante qu'elle avait du mal à respirer.

– Merci pour votre aide, Thomas.

Elle se leva en lui tendant la main. Il fit de même, avec réticence. Il l'avait aimée, l'aimait encore, mais ne pouvait la garder près de lui. Cependant, cette fois il ne perdrait pas sa trace.

– Où habiteras-tu, à Londres ?

– Je n'en sais rien, je trouverai.

– J'ai une amie qui tient une pension – ce n'est pas luxueux, mais propre et bon marché. Tiens, prends ceci et dis à Madame Grainger que je t'envoie.

Au moins il saurait où elle vivrait. Il lui tendit l'adresse écrite sur un morceau de journal.

– Merci encore, Thomas. Vous êtes un véritable ami.

Elle posa un baiser sur sa joue et s'éloigna. Il la suivit, caressant sans y penser l'endroit où ses lèvres l'avaient touché.

– Si tu changes d'avis, pour Timothy Myson...

– Je n'en changerai pas. Bonne nuit, Thomas.

Il la regarda monter l'escalier, et retourna à l'hospice en soupirant.

Sarah Jane se rendit à Londres en compagnie du gros Bill et d'un groupe d'ouvriers qu'elle retrouva à la gare de Chevington le lendemain matin. Ils allaient chercher du travail dans la capitale et elle considéra cette rencontre comme un signe de chance. Ils embarquèrent à bord du *Parliamentary*, le train quotidien chargé, par décret, de transporter les pauvres. Après six heures inconfortables, serrés comme du bétail dans un wagon à ciel ouvert, ils arrivèrent au terminus, au milieu de la célèbre purée de pois londonienne.

Derrière eux, ils n'entendaient que des bruits de moteur, des sifflets et des voix et, devant, paraissant venir de loin mais en réalité tout proches, le claquement des sabots des chevaux, les tintements des roues et les exclamations des gens qui se heurtaient les uns aux autres. De peur de se perdre dans le brouillard, ils entrèrent dans un hôtel à proximité, qui affichait complet. Le gros Bill se fraya un chemin jusqu'au comptoir et annonça leur intention de passer la nuit là, même par terre dans le hall s'il le fallait.

– Ça vous coûtera trois pence chacun.

Le directeur ne voyait aucun inconvénient à profiter d'une situation qui déposait à sa porte des hordes de passagers décontenancés. Cela ne lui coûtait rien de les laisser dormir à même le sol ; il réveillerait son personnel de bonne heure et ferait du bénéfice avec des petits déjeuners bienvenus après une mauvaise nuit.

Exténuée, Sarah Jane pouvait à peine garder les yeux ouverts mais elle craignait d'être détroussée pendant son sommeil. Ce qui restait du petit sac de pièces que James lui avait donné constituait toute sa fortune et elle ne voulait pas prendre de risques. Elle demanda au directeur de le mettre en sûreté puis, soulagée, se coucha près d'une plante en pot, Jason dans les bras, tira son vieux manteau sur eux et s'endormit.

Quand elle s'éveilla, les ouvriers étaient partis. Elle était seule avec Jason, tandis que le personnel balayait. Elle n'avait aucune idée de l'endroit où ils avaient pu aller. Elle se leva, courbatue, rassembla ses affaires et prit Jason par la main pour demander à voir le directeur.

– Il est occupé, répondit celui qui supervisait le ménage.

– Je n'en doute pas, rétorqua-t-elle de sa voix la plus distinguée, mais moi aussi j'ai à faire et vous m'obligeriez en lui disant que je veux le voir.

– Très bien.

Il revint bientôt.

– M. Dawkins vous fait dire de revenir plus tard.

– En ce cas j'attendrai.

Elle s'installa près d'une porte battante qui menait aux cuisines, par où allaient et venaient des serveurs avec des plateaux. Personne ne la déposséderait de ses économies ; elle attendrait toute la journée s'il le fallait.

La matinée passant, on s'affairait de plus en plus. Elle jetait des coups d'œil aux cuisines, qui lui rappelaient celles de l'hospice, mieux équipées et mieux approvisionnées. Les tables étaient chargées de viandes et de légumes. Les gens bavardaient et se disputaient bruyamment. Elle vit le chef en coiffe blanche se pencher pour prendre un plat dans le four et se souvint qu'elle n'avait pas mangé. Une femme faisait bouillir quelque chose devant le fourneau ; le chef passa en la bousculant, elle lâcha la casserole et hurla tandis que le liquide brûlant coulait sur sa main. Il y eut un grand remue-ménage et un serveur appela :

– Monsieur Dawkins !

Sarah Jane se leva. La cuisine était sens dessus dessous ; de l'agneau rôti et de la sauce étaient répandus sur le sol, la cuisinière ébouillantée s'était évanouie et tout le monde s'affairait autour d'elle.

– Reste ici et attends-moi, dit Sarah Jane à Jason.

Elle enjamba la sauce renversée et ordonna :

– Laissez-la respirer, pour l'amour de Dieu ! Donnez-moi un bol d'eau froide et un linge propre.

Personne ne savait qui elle était mais son autorité tranquille les poussa à obéir. Elle desserra les vêtements de la femme évanouie, plongea son bras déjà plein de cloques dans l'eau et déchira le linge en bandelettes pour panser les plaies.

– Emmenez-la à l'hôpital.

– Qui êtes-vous ? demanda le directeur accouru.

– Peu importe, cette femme a besoin d'un médecin.

On envoya le portier chercher une voiture. Sarah Jane considéra le désordre autour d'elle. Une saucière bouillait en débordant, une poêle à frire fumait et un chat se régalait de la nourriture renversée.

– Je n'ai jamais vu une telle négligence, murmura-t-elle en ramassant une casserole. Pas étonnant qu'il y ait des accidents.

Le directeur haranguait le personnel.

– Nettoyez-moi tout ça. Jetez ce qui est brûlé, mettez des poulets à cuire. Chef, les clients seront là dans une demi-heure. Madame, à qui ai-je l'honneur ?

– Madame McBryde. Je vous ai attendu toute la matinée.

– Nous nous sommes déjà vus ?

Il en avait une vague impression. Une cliente ? Il aurait préféré qu'elle n'ait pas vu dans quel état étaient les cuisines. Ce n'était pas une très bonne recommandation pour l'hôtel.

– Vous avez mis ma bourse dans votre coffre la nuit dernière.

– Ah oui ! Suivez-moi.

Elle n'était donc qu'une pauvre voyageuse. Soulagé, il lui rendit son sac. Décidée à saisir sa chance, elle commença :

– Je cherche du travail.

– Non, désolé, il n'y a rien.

– Je suis une excellente cuisinière et vous venez de perdre la vôtre, n'est-ce pas ?

C'était vrai. Il avait aussi un banquet sur les bras et ne voyait pas comment s'en sortir.

– Et le petit garçon, que va-t-il faire si je vous embauche ?

– Il reste avec moi. Il sera très sage.

– Très bien. Aujourd'hui, alors. Et uniquement pour le couvert.

– Merci.

Ce n'était pas une solution, mais un pas après l'autre – d'abord manger, se loger et trouver du travail, puis chercher Billy, dans l'ordre. À vingt heures, comme elle se préparait à partir, épuisée après une journée passée à éplucher pommes de terre et choux, on lui dit de revenir le lendemain si elle voulait.

– Madame Dove ne sera pas de retour avant au moins une semaine, dit M. Dawkins. Vous pouvez prendre sa place pendant ce temps.

– Et le salaire ?

– Deux shillings par jour, payables à la fin de la semaine, si vous avez bien travaillé. Démarrage à cinq heures et demie, on s'en va quand le dernier client a fini.

Elle valait mieux que cela mais ce n'était pas le moment de discuter.

– Très bien.

Jason s'était endormi sur son baluchon dans un coin.

– Viens, mon fils, et tâchons de trouver cette pension.

C'est en s'efforçant de trouver l'adresse donnée par Thomas qu'elle se rendit compte à quel point Londres était vaste, combien de rues, d'avenues et d'allées recelait la ville, combien de jardins et de places, de boutiques et de marchés. Thomas avait raison : chercher Billy revenait à chercher une aiguille dans une botte de foin et elle mettrait plus de temps que prévu. Avant tout, il lui fallait un vrai travail ; il lui restait fort peu d'argent.

Elle demanda son chemin à plusieurs reprises et trouva enfin l'immeuble de quatre étages sur Denmark Place. Une femme d'une cinquantaine d'années lui ouvrit.

– Madame Grainger ?

– Oui.

– Je cherche une chambre. J'ai une lettre d'introduction.

La femme la lut, observa Sarah Jane et Jason, renifla et dit :

– Par ici.

Elle les conduisit à une très petite pièce à l'arrière de la maison, meublée de deux lits étroits, d'un lave-mains et d'un placard, assez propre dans l'ensemble. Il y avait une minuscule cheminée avec des cendres froides. Trop lasse pour critiquer, Sarah Jane demanda :

– Combien ?

– Un shilling la nuit, et uniquement parce c'est M. Wistonby qui vous envoie.

Sarah Jane lui tendit sept shillings. À présent, il ne lui en restait que deux.

– Voilà pour une semaine. Si nous restons plus longtemps, je compléterai.

Dès que Mme Grainger fut partie, elle posa son baluchon et ouvrit la fenêtre à guillotine. Elle se retrouva devant une mer de toits. Londres n'était donc composé que de rues mouillées et de toits gris ? Où était Billy dans ce dédale ? Comment diable allait-elle le trouver ?

14

Son travail à l'hôtel tenait la faim à distance et payait le loyer, mais, plus encore, les louanges du chef, lorsqu'elle obtint la permission de composer un plat d'après son livre de recettes, réveillèrent ses ambitions latentes. Elle se ferait un nom en tant que cuisinière. Les gens afflueraient à l'hôtel pour goûter sa cuisine et, lorsqu'elle aurait économisé, elle ouvrirait son propre restaurant. Elle apprit tout ce qu'elle put, simplement en écoutant et observant : comment acheter des produits frais, quels ustensiles utiliser, la méthode pour apporter les plats à table au moment exact, le coût des choses et le profit à en tirer. Mais un mois plus tard, ses espoirs furent anéantis quand la cuisinière guérie revint.

– Madame Dove m'a toujours donné satisfaction et je ne vais pas la renvoyer au profit d'une inconnue qui sort de nulle part, aussi douée soit-elle, dit froidement M. Dawkins.

Il n'y eut pas moyen de le faire changer d'avis et Sarah Jane se retrouva à la rue avec dix shillings, en poche et un sac de restes donné à contrecœur. Son optimisme dura le temps de comprendre que personne n'engagerait une cuisinière sans référence et encombrée d'un enfant. Jour après jour, elle parcourut les rues pour revenir à sa mansarde, épuisée et découragée. Jason seul lui donnait la force de continuer ; sans le besoin impératif de le nourrir, elle aurait abandonné. Elle se tourna vers les pensions bon marché, qui n'avaient pas besoin de cuisinières mais de bonnes à tout faire, prêtes à travailler pour un salaire de misère. Personne ne voulait de Jason. Son minuscule pécule diminua jusqu'au jour où elle dépensa ses derniers sous pour un peu de viande, de graisse et de farine afin de confectionner une tourte. Elle devait payer son loyer le lendemain ; à défaut, Mme Grainger la jetterait dehors.

Anéanties, ses grandes idées et ses ambitions ! Thomas l'avait prévenue, à juste titre. Devait-elle lui écrire, c'est-à-dire accepter la défaite et faire chanter Timothy Myson ? Non, il n'en était pas question. Elle se vendrait plutôt elle-même. L'intendante de l'hospice et Charlie Bender l'avaient traitée de prostituée, Alice et Kate l'avaient prise pour l'une des leurs. Durant ses semaines d'errance dans Londres, des hommes l'avaient approchée et elle les avait renvoyés avec colère, mais cela l'avait fait réfléchir. Y avait-il quelque chose en elle qui la faisait passer pour une fille des rues ?

Dès que Jason fut endormi, elle se mit nue devant le miroir ébréché de sa chambre. Elle avait maigri car elle ne mangeait que le strict nécessaire, mais sa silhouette restait fort satisfaisante : longues jambes, peau douce. Son corps était son seul capital et, plus tôt elle l'exploiterait, mieux ce serait. Sans Duncan, elle aurait dû s'y résoudre plus tôt. Cher Duncan. « Ne les fréquente pas ou bien on te mettra dans le même sac », avait-il dit. Que penserait-il en la voyant parader devant son miroir, prête à tout ? Elle baissa les yeux sur Jason. Il n'avait jamais eu ni faim ni froid, mais demain...

Elle se lava, s'habilla et brossa ses cheveux de cuivre jusqu'à ce qu'ils brillent en cascade sur ses épaules. Puis elle s'enveloppa d'un châle aux couleurs vives, jeta un dernier regard à son fils endormi et sortit dans les rues populeuses de Londres, convaincue qu'en ne pensant qu'à Jason elle supporterait tout. Mais le courage lui manqua. Elle fut incapable d'aborder les passants ou d'adopter l'attitude des prostituées. Lorsqu'un homme s'adressa à elle, elle le renvoya, furieuse. Elle n'était pas douée pour la prostitution et n'en ressentit qu'un grand soulagement. Elle se mit à mendier parmi la foule bruyante et joyeuse qui sortait du théâtre de Covent Garden.

Cela non plus n'était pas facile, elle était trop fière pour demander de l'argent qu'elle n'avait pas gagné et n'obtint que quelques piécettes. Elle insista jusqu'à ce que les derniers spectateurs soient partis et reprit le chemin de la pension. Et ensuite ? Elle pourrait supplier Mme Grainger de lui accorder un délai, mais cela ne les nourrirait pas. L'hospice serait-il l'étape suivante ? Non, jamais ! Elle essaierait de nouveau, mais pas ce soir.

– Faites attention, mademoiselle.

Absorbée dans ses pensées, elle venait de heurter un passant fort bien habillé, mais ivre.

– Désolée. Je ne regardais pas où j'allais.

– Pas si vite, grommela-t-il. Vous êtes juste ce dont j'ai besoin.

– Vous, c'est d'un bain froid et d'un café fort dont vous avez besoin.

Il trébucha contre elle et se retint à son épaule.

– Vous aiderez bien un pauvre homme en dé... en détresse, non ? Vous m'avez l'air bien gentille.

– Laissez-moi tranquille ! Pour qui me prenez-vous ?

– Pour une belle de nuit, pardi ! Et tout ce que je veux c'est... un peu de réconfort.

Son haleine chargée d'alcool la fit presque vomir quand il tenta de l'embrasser. Outre qu'il était trop ivre pour y parvenir, elle comprit qu'il était aussi néophyte qu'elle à ce jeu. Elle devrait donc supporter cela ? C'était révoltant.

– Je ne suis pas qui vous croyez !

Elle s'essuya la bouche d'un revers de main. Pas ce soir, mon Dieu, pas ce soir. Demain, peut-être.

– Oh ! je vois, je me suis trompé.

Il devait se concentrer sur ses propres paroles, tout en louchant sur le réverbère qu'il voyait en double exemplaire.

– Comment m'ex... m'excuser ? Mais une dame ne devrait pas se promener si tard la... la nuit. J'ai cru...

– Je sais.

Il fit un effort héroïque pour s'exprimer clairement.

– Laissez-moi faire amende honorable. Permettez-moi de vous raccompagner. Si je n'avais pas... bu un coup de trop, j'aurais vu que vous étiez une dame respectable.

Il tanguait en l'entraînant avec lui. Il essaya de la regarder de près mais ne distingua que les yeux les plus magnifiques qu'il ait jamais vus.

– Et très belle, ajouta-t-il doucement en soulevant son chapeau. Henry Carter, madame, à votre... service. Je suis un peu gris et, pour être honnête, un peu perdu...

– Vraiment ?

– Oui, et de plus d'une façon. Je ne connais pas ces rues. Mais je vais vous escorter pour plus de... sécurité.

Le sort semblait offrir une autre chance à Sarah Jane, et, bien qu'ivre, l'homme était propre et bien élevé. Elle posa la main sur son bras avec un rire léger.

– Très bien, mais je ne vous fais aucune promesse.

Devinerait-il son inexpérience ? Peut-être devrait-elle lui en faire part, il lui donnerait un ou deux shillings et la laisserait partir.

– Où comptiez-vous aller ? demanda-t-elle tout en marchant.

– En vérité, je n'en sais rien. J'aurais bien réussi à rentrer chez moi, une fois retrouvé mes... mes esprits. J'ai le cœur brisé. Je pensais... que si je rencontrais une gentille fille...

Elle rit.

– Comme un gamin qui s'est écorché les genoux et veut se faire consoler ?

– Vous me prenez pour un enfant ?

Elle s'arrêta et se tourna vers lui.

– Tous les hommes sont des enfants. Voilà, nous sommes arrivés.

– S'il vous plaît, ne me laissez pas. Je ne peux pas encore rentrer chez moi. J'ai besoin d'être consolé, c'est vrai.

Elle prit une profonde inspiration.

– Alors venez.

– Vous ne m'avez pas donné votre nom.

– Sarah Jane McBryde. Je suis veuve.

Il pénétra dans le vestibule derrière elle juste au moment où Mme Grainger descendait, une bougie à la main et des papillotes dans les cheveux.

– Madame McBryde, sachez que cette maison est un établissement respectable. Les visites masculines ne sont pas autorisées.

– Madame, intervint Henry en soulevant son chapeau, Mme McBryde et moi sommes des amis d'enfance et nous avons eu la chance de nous rencontrer ce soir. Vous n'allez pas nous empêcher de discuter un peu ?

Il n'était pas encore très solide sur ses jambes, mais l'ivresse l'abandonnait.

– À cette heure de la nuit ? Allons donc.

– Venez, Henry, dit Sarah Jane, impatiente de mettre un terme à l'interrogatoire. Je vais vous faire une tasse de thé et nous parlerons du bon vieux temps dans ma chambre.

Elle commença à monter.

– Je vous donne jusqu'à demain pour faire vos paquets, et uniquement parce que vous avez un enfant, lui cria Mme Grainger. Je ne laisserai pas ma pension devenir un bordel !

– En a-t-elle vraiment l'intention ? s'enquit Henry en suivant Sarah Jane dans sa chambre.

– Oh ! Certainement !

Elle ôta son châle, alluma une bougie et vérifia que Jason dormait avant de se tourner vers son invité. Âgé d'une quarantaine d'années, pas plus grand qu'elle, il avait un visage plaisant : ses yeux gris étaient tristes en dépit de l'aspect joyeux que lui donnaient ses joues rouges et ses favoris.

– Enlevez votre manteau et asseyez-vous. Je fais du thé.

– Je suis navré, je n'aurais pas dû vous suivre de cette façon... Je voulais m'excuser, vous expliquer pourquoi j'étais si saoul.

– J'ai vu pire, répondit-elle en riant pour cacher son désespoir.

Où iraient-ils, Jason et elle ? Où trouver un logement sans argent ? Le spectre de l'hospice se dressa devant elle et elle s'absorba dans la préparation de son précieux thé.

– Alors, racontez-moi pourquoi vous cherchiez une femme dans les rues de Londres ?

– Je me suis trompé de chemin. Je voulais aller du côté de Piccadilly pour trouver des... distractions.

– Vous êtes trop ivre pour ça. Allez, buvez votre thé, ça vous dessaoulera.

– Je n'ai pas envie de dessoûler. Auriez-vous une goutte de...?

– Non. Vous feriez mieux de manger quelque chose, plutôt.

Elle sortit du placard sa tourte à la viande, tout ce qui lui restait. Son invité ne mourait certes pas de faim, mais elle n'avait rien d'autre à lui offrir.

– Tenez, mangez cela.

Il mordit dedans sans y penser.

– Ma... ma femme m'a quitté. Sans prévenir. Elle est partie avec un type rencontré dans une soirée. Elle m'a juste laissé un mot. Je ne me doutais de rien, absolument de rien.

Les larmes ruisselaient sur ses joues.

– Comment est-ce possible ? Les femmes se trahissent toujours.

– Je sais, mais je la laissais seule très souvent. Je suis un homme d'affaires, vous comprenez, je travaille beaucoup mais elle semblait le comprendre et être heureuse à la maison, avec notre fils. Elle allait au concert, à des conférences... C'est là qu'ils se sont rencontrés... Oh ! Pourquoi l'ai-je encouragée ?

– Quels genres d'affaires faites-vous ?

Ses déboires conjugaux ne l'intéressaient pas.

– J'ai des magasins dans Bond Street et Oxford Street, et d'autres quartiers moins chics. On y vend de tout, des épingles à cheveux aux bois de lit, des théières aux timbales en argent, de la batiste à la soie la plus fine.

Il s'était animé et elle comprit que ses magasins étaient tout pour lui ; elle compatit pour l'épouse qui n'avait su les égaler dans son cœur.

– Mon père a commencé avec une seule boutique, et j'en ai six à présent, toutes différentes, qui portent la marque de qualité Carter. La plupart de mes employés en vivent bien. Je suis un bon patron.

Il avait avalé la tranche de pâté jusqu'à la dernière miette.

– Je suis riche. Comment a-t-elle pu me faire cela ? Je suis allé au théâtre parce que l'autre y jouait, du moins jusqu'à hier... Un acteur ! Ma femme est partie avec un acteur et je suis brisé...

Il cabotine fort bien lui-même, songea-t-elle.

– Je ne peux pas vous dire ce que vous devez faire. Je ne sais même pas comment je vais m'en sortir moi-même. Je suppose que vous allez retourner à vos affaires en espérant le retour de votre femme, tandis que je vais chercher un autre logement et un travail pour le payer.

Il se sentit contrit.

– Je suis désolé. Vous m'avez écouté avec patience, vous m'avez offert du thé et une excellente tourte et je ne sais rien de vos problèmes. Je voudrais faire amende honorable.

Il porta la main à sa poche mais se rendit compte qu'il était sorti avec peu d'argent et avait tout dépensé en boissons.

– Je crois bien que je suis à sec.

Elle sourit malgré sa déception.

– Même pas assez pour un petit déjeuner et un fiacre ?

– Non. J'ai tout ce qu'il faut à la maison, croyez-moi, et plus encore à la banque, mais pas un sou sur moi.

– Alors il vous faudra marcher, mais vous feriez mieux d'attendre le jour. Vous courrez moins de risques.

– Je n'ai rien qu'on puisse me voler !

– Sauf votre jolie montre en or et la bague à votre doigt, sans compter vos vêtements.

– Êtes-vous une femme honnête, madame McBryde ?

– Ne vous inquiétez pas, ce n'est pas moi qui vous dévaliserai.

Une idée lui vint alors, si brillante que son visage s'éclaira. C'était un homme d'affaires, il avait de l'argent, et, d'après Thomas, c'était un excellent point de départ. Si seulement elle pouvait attiser son imagination et lui transmettre son enthousiasme, elle aurait la solution à tous ses problèmes. Elle avait besoin d'un miracle et Henry Carter était ce miracle, elle ne le laisserait pas disparaître.

– Vendez-vous de l'alimentation dans vos magasins ?

– Oh ! non ! Ce genre de commerce ne m'intéresse pas.

– Mais tout le monde doit manger. Cette tourte vous a plu, n'est-ce pas ?

– Elle était excellente.

– C'est moi qui l'ai faite. Reconnaissez que c'est la meilleure que vous ayez jamais goûtée. La viande était succulente, la pâte fondait dans votre bouche.

Il se mit à rire.

– En tout cas, madame McBryde, on ne peut pas dire que la modestie vous étouffe !

– Vous êtes un bon vendeur, aussi vous savez qu'il ne faut pas cacher vos talents si vous voulez les vendre.

– Vous voulez vendre des pâtés ? Dans mes magasins ? Mon Dieu, mais cela ne marchera jamais.

– Pas dans vos magasins, dans les miens.

Elle réfléchissait tout en parlant, ses idées se bousculaient ; les yeux brillants, hors d'haleine, elle se pencha vers lui.

– Je peux confectionner des douzaines de tourtes aussi bonnes que celle que vous avez mangée ce soir. Je peux les vendre toute la journée et gagner de l'argent. Je sais où me procurer les meilleurs ingrédients aux meilleurs prix, je sais ce que les gens sont prêts à payer pour de la bonne marchandise, et non de la pâtée pour cochons.

Il secoua la tête.

– Doucement, madame McBryde. Me demandez-vous de vous financer ?

– Oui, pourquoi pas ? Vous avez besoin de vous changer les idées, quoi de mieux qu'une nouvelle entreprise, quelque chose de nouveau qui vous absorbe entièrement ? Pensez comme ce sera passionnant de trouver un local, de l'équiper, d'en faire la réclame, et puis l'inauguration. Imaginez les clients qui afflueront pour mes pâtés tout frais servis dans une salle propre comme un sou neuf ? Vous toucheriez un pourcentage sans même avoir à y mettre le pied.

– Des restaurants, il y en a des dizaines.

– Oui, de beaux endroits avec des nappes damassées, de l'argenterie et des serveurs en gants blancs. Ils sont trop chers.

– Il y en a d'autres, bon marché.

– Mais sales et mal tenus. Les travailleurs ne sont pas sales par choix, vous savez, ils aiment les bonnes choses autant que les bourgeois. Pensez à tous ces ouvriers de Londres, les maçons et les briquetiers, les cantonniers, les peintres, les cheminots, qui partent de chez eux à l'aube et ne rentrent pas avant la nuit. Il faut bien qu'ils déjeunent quelque part. Nous devons trouver des emplacements proches de leur lieu de travail, vers King's Cross, par exemple. On construit une nouvelle gare, là-bas.

Il soupira ; c'était intéressant, mais il était trop fatigué pour réfléchir. Il fallait qu'il dorme, ne serait-ce que quelques instants, pour clarifier ses idées et trouver la riposte convenable. Il regarda le lit étroit avec envie.

– Il faut que j'y réfléchisse...

– Pas trop longtemps alors, sinon je ferai part de mon idée à quelqu'un d'autre.

Elle coupa une autre tranche de tourte, n'en laissant qu'un petit peu pour Jason.

– Tenez, mangez ceci, je refais du thé.

– Je ne peux pas prendre de décision tout de suite. Je dois connaître le montant de l'investissement, calculer le bénéfice possible.

– Bien sûr.

– Mais pas ce soir. J'ai besoin de dormir.

Elle était si résolue, il craignait qu'elle ne le bombarde de chiffres et de prévisions incompréhensibles dans l'état où il était.

– Couchez-vous là, dit-elle en désignant le lit.

– Et vous ?

– C'est comme vous voudrez.

S'il fallait en passer par là... Elle serrerait les dents en pensant à Jason. Le regard de Henry alla de Sarah Jane au lit. Elle se mit à rire.

– De toute façon je serai jetée à la rue demain.

Il termina la tourte, but une tasse de thé et s'allongea. Moins d'une minute après il ronflait sans savoir si elle l'avait rejoint ou non. Elle demeura assise où elle était, trop énervée pour songer à dormir. Il n'était pas beau et sans doute faible, mais c'était son chevalier en armure, son sauveur, et elle ne le laisserait pas sortir de sa vie avant d'avoir obtenu ce qu'elle voulait. Survivre, c'était saisir la moindre opportunité ; c'est ce qu'elle avait fait toute sa vie. Elle s'était servie de Thomas pour apprendre à lire, de Timothy pour soulager sa solitude, et même de Duncan, au début. Jamais personne ne l'égalerait, mais, pour élever Jason, retrouver Billy, aider les familles des ouvriers, il fallait saisir la chance quand elle se présentait. Si cela signifiait coucher avec cet homme envoyé par la Providence, eh bien ! soit. Mais pas cette nuit, grâce à Dieu.

En s'éveillant, Jason s'étonna de voir sa mère assise au pied de son lit, le regard perdu sur les cendres froides du foyer. Et, sur le lit, un étranger qui ronflait tout habillé.

– Maman, qui c'est ?

– Un ami qui ne savait pas où dormir, Jason. Il va peut-être nous aider.

Elle lui donna la dernière part de tourte, fit sa toilette et prépara son bagage, puis secoua son hôte.

– Réveillez-vous, monsieur Carter.

Il grogna et ouvrit un œil, puis l'autre. Il faisait grand jour. La lumière le fit ciller et il ressentit un terrible mal de tête.

– Dieu du ciel, où suis-je ?

– Vous ne vous souvenez pas ? Vous avez insisté pour m'accompagner.

Il regarda autour de lui.

– Vraiment ? Comment suis-je arrivé ici ?

– Vous cherchiez une gentille fille et vous m'avez trouvée.

– Oh ! Ai-je...? Avons-nous...?

Elle sourit.

– Non, mais nous avons conclu un marché. Vous avez oublié ?

Il passa les doigts dans ses cheveux roux en secouant la tête.

– Je crois bien.

Elle lui mit une tasse de thé dans les mains.

– Buvez, ça vous rafraîchira la mémoire. Je vais voir Madame Grainger et je serai bientôt prête à partir. Il y a de l'eau chaude dans la bouilloire si vous voulez vous laver.

– Partir ? Où cela ?

– Où vous m'emmènerez.

Elle ajouta à l'intention de Jason :

– Reste avec M. Carter, mon poussin. Je ne serai pas longue.

Elle sortit, laissant l'homme et le petit garçon s'observer avec la même curiosité. Que signifiait tout cela ? De quoi diable était-il incapable de se souvenir ? Où se trouvait-il exactement ? Était-elle une prostituée ? Quel marché avait-il conclu ? Où était le père de cet enfant ?

– Quel âge as-tu, mon garçon ?

– Bientôt six ans. Je sais lire, écrire et compter.

– Vraiment ? Les shillings et les pence ?

– Bien sûr. Quatre farthings font un penny, et douze pennies un shilling, et vingt et un shillings une guinée, et une guinée c'est énormément d'argent.

– Qui t'a appris tout ça ?

– Ma maman. Ma maman fait très bien la cuisine.

En effet, cela lui rappelait quelque chose.
– Où a-t-elle fait la cuisine ?
– Dans un grand hôtel.
Des bribes de souvenirs lui revenaient lentement. La logeuse l'avait mise dehors. À cause de lui ? S'attendait-elle à ce qu'il lui trouve un logement ? Avait-il accepté ? Sans doute, puisqu'elle paraissait prête à l'accompagner. Comme gouvernante ? Comme maîtresse ? Mais c'était impossible ! Il fit un sourire hésitant en direction du petit garçon. Quelle qu'ait pu être la nature de leur accord, il fallait l'annuler.
– Depuis combien de temps êtes-vous à Londres ?
– Oh ! très longtemps ! Nous sommes venus en train.
– Et avant ?
– Hailey Common et... Chevington House.
Henry Carter connaissait Lord Chevington de réputation ; si Sarah Jane avait travaillé comme cuisinière au manoir, c'était une bonne référence.
Elle revint, les joues roses d'avoir grimpé l'escalier. Henry se rendit compte alors que, loin d'être une prostituée ordinaire, elle était très belle. Elle illuminait, la misérable pièce de sa présence, presque au point de lui faire oublier... Il haussa les épaules.
– Dites-moi, madame McBryde, quels sont les termes exacts de notre marché ?
– Eh bien, vous financez ma boutique, vous fournissez les fonds nécessaires à son démarrage et j'apporte mes compétences.
Il ressentit un intense soulagement.
– Comment m'avez-vous convaincu ?
– En vous faisant goûter un échantillon de mes talents. Vous avez admis que c'était le meilleur pâté que vous ayez jamais mangé.
Il devait être plus ivre qu'il ne le pensait.
– Et la répartition des bénéfices ?
– Nous ne sommes pas allés aussi loin, monsieur.
– Mais j'ai réellement accepté ? Vous ne me menez pas en bateau ?
Ce n'était pas le moment d'hésiter ; elle affirma :
– Vous avez accepté.
Il ouvrit la bouche pour lui signifier que tout ceci était ridicule, mais ses yeux brillants, ses lèvres souriantes l'hypnotisèrent et il se trouva incapable de la laisser tomber. S'il avait encouragé ses espoirs, ivre ou pas, il ne pouvait pas les réduire à néant maintenant. Plus tard, quand sa migraine se calmerait et qu'il pourrait

réfléchir à tout cela, il lui ferait comprendre que c'était impossible. Pourquoi était-il si réticent à l'idée de la décevoir ? Il s'aperçut soudain qu'il répondait à son sourire en ayant parfaitement l'air d'acquiescer.

– Ainsi donc, vous êtes prête ?

– Absolument.

Il saisit son baluchon.

– C'est tout ce que vous possédez ?

– J'aime voyager léger.

Elle prit Jason par la main et descendit en s'efforçant de réprimer les battements de son cœur, le cri d'allégresse qui lui montait aux lèvres. « Nous allons réussir, Jason, réussir ! » Ils n'avaient pas de quoi prendre un fiacre et Henry ne voulait pas se montrer en plein jour dans les rues avec elle, aussi emprunta-t-il de l'argent à Mme Grainger en laissant sa montre en gage.

Installé dans le fiacre, il détailla Sarah Jane de bas en haut. Sa vieille jupe grise était propre mais c'est tout ce qu'on pouvait en dire. Il lui était impossible de s'associer publiquement avec quelqu'un d'aussi mal vêtu. Il soupira. Cette entreprise risquait d'être abominablement coûteuse. Il devait être fou.

– Il faut que vous portiez des vêtements décents si vous voulez vous lancer dans les affaires. Donner une bonne impression est primordial, n'êtes-vous pas de mon avis ?

Elle se souvint de Timothy se dévêtant au bord de la rivière en affirmant que l'habit ne fait pas le gentilhomme. Comme son bonheur puéril était loin !

– Oh ! tout à fait, mais je considère cette question comme faisant partie de notre accord et je vous rembourserai.

Soulagé, il précisa :

– Nous irons consulter mon banquier. J'ai besoin de son avis.

Le banquier risquait d'être un obstacle sérieux ; elle aurait besoin de toute sa force de persuasion pour le convaincre.

– Les vêtements d'abord, vous ne pensez pas ?

– Oui, bien sûr.

Il se sentait complètement dépassé. Si Ellen était là, il lui aurait demandé son avis. Il se corrigea aussitôt : il ne s'était jamais soucié de son opinion en affaires, alors pourquoi aurait-il commencé, parce que Mme McBryde était une femme ? Elle se tenait là, avec son galopin de fils, telle une aristocrate qu'il n'aurait en aucun cas osé offenser. Il jura de ne plus jamais boire une goutte d'alcool.

Le fiacre les déposa devant un magasin de Bond Street. Le cocher déroula le marchepied et porta la main à sa casquette, une nouveauté pour Sarah Jane, à laquelle elle s'habituerait facilement. Elle leva les yeux vers l'enseigne bleu et or : « Carter et fils, nouveautés, chapeaux ». La vitrine déployait des mètres de soie colorée et de satins drapés, des chapeaux à plumes, de beaux escarpins et des gants de peau. Un commis leur tint la porte ouverte ; s'il remarqua que le patron n'était pas rasé, il n'en montra rien.

– Bonjour, monsieur Carter.

Henry lui jeta à peine un coup d'œil et Sarah Jane le suivit, le dos droit et le menton haut, Jason agrippé à sa main. Il l'emmena dans son bureau après avoir crié à un employé d'appeler Mme Golding. Sarah Jane demeura près de la porte tandis qu'il arpentait la pièce, mains dans le dos et tête basse. Il ne s'agissait pas de lui laisser le temps d'avoir des regrets.

– Vous fournirez tout le nécessaire, n'est-ce pas ? Il faut établir un projet de financement pour vos conseillers et leur prouver que ce sera rentable.

– J'espère bien, grommela-t-il. Je n'ai pas pour habitude de dépenser de l'argent sans bénéfices en retour.

– Vous en ferez. Si je dresse la liste de ce qu'il me faut, voudrez-vous le chiffrer ? Nous en discuterons avant d'aller à la banque.

On frappa à la porte.

– Plus tard, plus tard. Entrez !

Une femme entra, grande, osseuse, vêtue de noir, un mètre de couturière autour du cou.

– Vous vouliez me voir, monsieur ? Si c'est au sujet de la robe du soir de Mme Townsend...

– Non, il ne s'agit pas de cela. Je veux que vous emmeniez Mme McBryde et lui fournissiez ce dont elle a besoin – une robe d'après-midi, un manteau, un chapeau et des gants. Et une bonne paire de chaussures. En fait, tout ce qu'il faut pour paraître en société. Cela fait partie d'un contrat d'affaires et il est inutile d'en parler à quiconque, ajouta-t-il devant les yeux arrondis de l'employée.

– Je n'y songeais pas, monsieur, dit-elle en toute sincérité. La discrétion fait partie de mon métier.

Il se tourna vers Sarah Jane.

– Je rentre chez moi me changer et serai de retour à midi. Soyez prête.

Elle le fut. Les magasins Carter proposaient un rayon de prêt-à-porter dans lequel elle choisit une robe brun clair ornée de galons plus foncés et d'un grand col de dentelle, avec un manteau trois-quarts en laine marron. Elle désirait paraître d'une élégance discrète ; ses cheveux de cuivre, lavés et coiffés par un coiffeur à la mode établi non loin, ne pouvaient être tout à fait disciplinés mais elle avait besoin de cette petite coquetterie pour séduire. Il faudrait que les banquiers, les agents immobiliers, les bouchers et les épiciers la remarquent et désirent lui plaire. Elle, elle savait comment les charmer. Flatteries et bonne cuisine, on ne pouvait se tromper sur ce chapitre.

Henry, très élégant lui-même, fut agréablement surpris par sa transformation. Le départ de son épouse l'avait rendu morose et il n'était pas d'humeur à faire des compliments. Il dit simplement :

– Ça ira.

Puis il l'entraîna dans un fiacre, laissant Jason à la garde de l'une de ses assistantes.

William Langford, directeur de l'une des banques les plus prestigieuses de la City, connaissait bien Henry et ne fut que trop heureux de l'écouter exposer son projet. Bien qu'étonné par la présence de Sarah Jane, il la traita avec courtoisie et lui avança une chaise afin qu'elle assiste à la conversation, sans toutefois y participer. Elle l'interrompit une seule fois ; il ouvrit de grands yeux et Henry la foudroya du regard. Une dame ne discute pas affaires. Elle ressentit un grand soulagement lorsque M. Langford se leva en tendant la main.

– Si vous vous en occupez, monsieur Carter, je suis certain que cette entreprise sera florissante.

Henry lui serra la main, stupéfait par la rapidité avec laquelle s'enchaînaient les événements. Sarah Jane décocha au banquier son plus beau sourire avant d'emboîter le pas à Henry.

L'agent immobilier, auquel ils rendirent visite l'après-midi même, eut du mal à dissimuler son ravissement à l'idée que l'on désire un emplacement proche du chemin de fer. Un bien était à vendre près du nouveau terminus que l'on construisait et où convergeait un enchevêtrement de lignes. Ils s'y rendirent. C'était un vaste chantier : bâtiments hérissés de madriers, terrains vagues, rues éventrées, trous pleins d'eau, tout cela au nom du progrès.

– Vous ne parviendrez jamais à garder cet endroit propre, remarqua Henry en constatant qu'une épaisse couche de poussière recouvrait le plancher du magasin.

– Si, et il faut que le magasin soit proche des travaux. Je ne pense pas que les ouvriers soient contraints de s'approvisionner dans les boutiques de chantier en pleine ville ; ici, il y a le choix. Ils viendront pour mes tourtes, et paieront cash. Et, si nécessaire, je prendrai leurs bons d'échange.

– Comment cela ? Vous ne l'avez pas mentionné devant le banquier.

Elle ne lui rappela pas qu'il lui avait interdit de parler.

– Vous faites crédit aussi, n'est-ce pas ?

– Oui, mais on ne peut comparer ma clientèle avec ces... ces... ceux-là.

Il désigna un groupe d'ouvriers qui empilaient des pavés. Sarah Jane fit le tour de la maison, examina fenêtres, portes et canalisations, puis inspecta la cuisine sous l'œil anxieux du propriétaire.

– Combien voulez-vous pour le bail ? demanda Henry.

– Ce n'est pas un bail que nous recherchons, mais une pleine propriété.

– Êtes-vous folle ? demanda Henry en l'attirant à l'écart.

– Nous pouvons l'avoir pour pas cher, chuchota-t-elle. Le local est libre et en mauvais état. Les compagnies manquent toujours de place, et finissent par racheter les terrains alentour en dédommageant les propriétaires. Si notre commerce marche bien d'ici là nous ferons...

Elle allait dire « une fortune », mais ce n'en serait pas une aux yeux de Henry, aussi conclut-elle à la place :

– Une bonne affaire. Je parie que vous avez déjà parié plus que cela au jeu ?

– Et perdu, répondit-il en riant.

– Cette fois, vous ne perdrez pas.

Il lui jeta un regard inquisiteur, s'efforçant de la percer à jour, sans succès. Elle discutait avec lui d'égal à égal, aussi déterminée qu'un homme. Savait-elle de quoi elle parlait ? Il n'en était pas certain, mais ces grands yeux verts le paralysaient. De plus, il avait toujours mal à la tête et l'image de sa femme dans les bras d'un autre continuait de le hanter, aussi capitula-t-il. Une fois la vente signée, il donna une lettre de crédit à Sarah Jane lui permettant de se servir dans ses magasins et partit à la recherche de sa femme, laissant son associée, qui avait accepté de lui donner soixante pour cent des bénéfices, se débrouiller comme elle l'entendait.

Le soir, Sarah Jane se retrouva au septième ciel, enchantée et angoissée tout à la fois face à l'ampleur des engagements qu'elle avait pris. Vingt-quatre heures ne s'étaient pas écoulées depuis sa rencontre avec Henry, les plus fertiles et les plus productives de sa vie. Les principaux équipements et fournitures étaient en place, elle avait mis Jason au lit et entrepris de tout arranger à son idée.

Le lendemain Henry la trouva, vêtue de ses vieux vêtements, déjà au travail dans la cuisine, les bras plongés jusqu'aux coudes dans la farine, une marmite de sauce mijotant sur le fourneau neuf. Jason riait tout seul en lisant un livre d'occasion qu'elle lui avait acheté.

– J'ai commandé une enseigne, annonça Henry.

– « *Chez Carter* » ?

– Oui.

– Pourquoi pas « *Chez Carter et Winterday* » ?

Elle ne voulait pas renier le nom de Duncan, mais espérait que Billy le remarquerait.

– Très bien. Je la ferai modifier.

Il n'avait pas dormi et ses efforts pour retrouver sa femme avaient été vains. Il manquait d'énergie pour discuter. Un livreur les interrompit. Sarah Jane essuya ses mains et prit dans sa caisse toute neuve de quoi le payer. Du paquet qu'il venait d'apporter, elle sortit une feuille de papier où l'on pouvait lire :

DÉCOUVREZ LES DÉLICES DE CHEZ CARTER

Tourtes à la viande et aux fruits,
confectionnées chaque jour
par une cuisinière de grand renom.
Ouverture le 6 février après-midi.
Une tourte gratuite pour les vingt premiers clients.
Moitié prix le restant de la journée.
Venez les goûter !

– Gratuite ! s'écria Henry. Et le reste à moitié prix ? Vous allez nous ruiner !

– C'est la meilleure des publicités. Mes tourtes travailleront pour nous.

– Et nos bénéfices ? On ne peut rien gagner en vendant à moitié prix.

– Mais Henry, c'est pour une seule journée !

Elle prit une poignée de tracts et les tendit à son fils.

– Jason, tu vas les distribuer à tous les ouvriers que tu verras, et aux passants aussi. Quand tu n'en auras plus, reviens en chercher.

L'enfant sortit en courant et elle retourna à sa pâtisserie. Elle devait paraître calme et assurée, il ne fallait pas que Henry s'aperçoive de sa nervosité, de sa crainte d'échouer. Il croyait qu'elle savait ce qu'elle faisait. Elle aurait préféré qu'il ne reste pas à la regarder comme si des pièces d'or allaient se mettre à pleuvoir.

– Ce n'est qu'un début, Henry. Nous allons progresser, j'aurai bientôt besoin d'aide, puis nous ouvrirons une autre boutique, et encore une autre. Partout où travaillent des ouvriers et des maçons, nous aurons des clients.

Une heure et demie plus tard, un groupe de travailleurs traversa la rue, ravis d'être parmi les vingt premiers. Ils envahirent la boutique en réclamant leur tourte et elle se mit à rire. Ravie, elle emballa les parts dans des sachets en papier et laissa Henry empocher l'argent des suivants. À vingt heures, le soir même, ils avaient vendu deux cents tourtes ; Sarah Jane était fatiguée mais satisfaite. Henry ôta le grand tablier blanc dans lequel il s'était enveloppé et déroula ses manches.

– Je boirais bien quelque chose, dit-il, oubliant sa promesse de ne plus toucher à l'alcool.

– J'y ai pensé. Il y a une bouteille là-haut. Montez et servez-vous pendant que je couche Jason.

Il s'installa sur l'une des chaises qu'elle avait achetée dans son magasin.

– Je me demande comment vous faites pour travailler toute la journée et demeurer aussi fraîche et vive.

Elle lui versa un verre de brandy.

– J'ai l'habitude. Avez-vous trouvé votre femme ?

– Non.

– Qu'allez-vous faire ?

Elle l'observa. Il ne semblait pas avoir l'intention de l'emmener au lit et ce n'est pas elle qui en parlerait. Un jour sans doute, il demanderait son dû, comme Charlie Bender, mais Duncan n'était plus là pour en être blessé.

– Je ne sais pas. J'ai été si occupé aujourd'hui...

– Vous ne vous attendiez pas à jouer les employés de magasin ! Ce n'était pas si mal, qu'en pensez-vous ?

– Je dirais simplement que c'était une expérience que je n'oublierai pas ni ne répéterai. Si vous avez besoin d'aide, engagez quelqu'un.

Elle sourit et but son brandy. Tout se déroulait selon ses plans. La première des priorités était remplie, elle avait un emploi et un foyer, il ne lui restait qu'à retrouver Billy. Plus tard ils rachèteraient l'affaire à Henry et l'appelleraient *« Chez McBryde et Winterday »*.

15

Chaque fois qu'elle en trouvait le temps, Sarah Jane reprenait ses recherches. Elle faisait venir des ramoneurs sans nécessité, simplement pour les interroger, mais tous niaient employer de jeunes garçons et s'indignaient qu'elle ait pu le penser. De toute façon, Billy avait grandi. Elle passa des annonces dans les journaux et offrit une récompense à qui lui donnerait des renseignements, mais elle n'obtint aucun résultat et se demanda s'il était vraiment à Londres.

Elle ne savait plus de quel côté chercher. Billy finirait bien par la retrouver, surtout si son entreprise devenait célèbre. Un jour il entrerait et dirait : « C'est moi ». Elle en rêvait souvent. Elle pourrait tant faire pour lui !

Son association avec Henry Carter s'était révélée plus fructueuse qu'elle n'avait pu l'imaginer dans ses rêves les plus fous. Le bénéfice réalisé sur la vente forcée de la boutique de King's Cross avait largement compensé sa perte et permis d'en acquérir d'autres, dont une à Oxford Street, d'un standing supérieur, et servant toutes sortes de préparations culinaires. Les affaires étaient excellentes, nombre d'ouvriers qui travaillaient à la grande exposition dans Hyde Park venant se servir à la boutique. Elle s'était installée dans l'appartement au-dessus, bien plus confortable que le premier, où son goût pour les beaux meubles avait fait merveille. Elle avait une bonne à demeure, Betsy, aux cheveux carotte et au teint de papier mâché, recrutée parmi les enfants errants de Covent Garden au grand dam de Henry.

Sarah Jane travaillait toujours de l'aube à la nuit tombée. Elle consacrait ses rares loisirs à lire, surtout la page de la *Gazette de Londres* consacrée aux chemins de fer. Elle tenait à rester informée de tout ce qui concernait le monde des trains. C'est ainsi qu'elle apprit qu'un rapport d'enquête sur la catastrophe de Hailey Common était en cours. On avait reconstitué la succession d'événements qui avait conduit au drame et prouvé que la conduite de Duncan McBryde avait été héroïque et non coupable. L'enquête concluait que l'accident était dû à un concours de circonstances et proposait un dédommagement à sa veuve à qui l'on demandait de se manifester auprès de la compagnie. La ligne allait probablement rester inachevée, une déviation étant trop coûteuse à ce stade des travaux.

Sarah Jane fut soulagée. Elle préférait que les restes de Duncan reposent en paix, se refusant à l'idée que des rails recouvrent sa tombe. Mais elle refusait tout dédommagement. À l'époque où elle était désespérée, elle aurait peut-être succombé à la tentation, mais plus maintenant et elle se félicitait que l'enquête ait pris tant de temps. Elle craignait toujours de perdre son fils et ne voulait pas que la compagnie sache où elle était. Elle ne se sentait pas prête à revoir Timothy Myson dont elle n'était pas encore l'égale. Ce jour viendrait. Avant longtemps elle pourrait le regarder droit dans les yeux et leur humiliante rencontre à Hailey Common serait oubliée. C'était aussi la raison pour laquelle elle n'avait pas écrit à Thomas Wistonby.

Jason demeurait toute sa vie, sa raison d'être, la source de son inspiration, l'objet de ses rêves et de ses espoirs. Si on le lui enlevait, elle en mourrait. Il devenait un beau petit garçon, avec les mêmes boucles blondes que Billy et le regard noir de Timothy, mais son caractère était bien à lui : résolu, parfois obstiné, toujours adorable. Dans l'école privée où il était inscrit, il travaillait bien ; elle était fière de lui. Seule ombre au tableau : l'absence d'un père. Elle avait dit à ses professeurs qu'il était mort dans un accident, et ils se montraient assez indulgents lorsqu'il négligeait les bonnes manières ou se battait pour obtenir ce qu'il voulait. Henry prétendait qu'elle était trop faible et le gâtait. Mais pourquoi pas, puisqu'elle pouvait se le permettre ?

Elle s'habillait toujours avec simplicité mais ses vêtements étaient de la meilleure qualité, confectionnés chez Carter par les couturières aux ordres de Mme Golding. Ses cheveux, plus somptueux que jamais, étaient coiffés à domicile deux fois par semaine. Elle se déplaçait en fiacre, laissait de généreux pourboires, se rendait de temps à autre au théâtre avec Henry, bien que cela le rende morose en lui rappelant l'amant de sa femme. Il n'en avait toujours aucune nouvelle. Sarah Jane était navrée pour lui mais se félicitait qu'il n'exige d'elle que des bénéfices. L'argent était son dieu, tant mieux si elle pouvait lui en procurer.

– Ce n'est pas parce que vous aviez raison à propos de nos bénéfices à King's Cross que vous aurez toujours raison, lui dit-il un soir de 1850 tandis qu'elle fermait la boutique d'Oxford Street.

Ils montèrent s'installer dans son confortable salon. Il venait souvent dîner avec elle, ravi qu'elle cuisine pour lui seul, et appréciait sa compagnie.

– Nos bénéfices ? Deux cents pour cent, ce n'est pas rien. Si nous avions seulement pris un bail, c'est le propriétaire qui aurait bénéficié du rachat par la compagnie, pas nous.

Elle possédait toujours son sourire charmeur et savait s'en servir. Il savoura une bouchée de steak, nappé de sauce aux huîtres, sans répondre. Il ne s'expliquait pas encore sa conduite la nuit où Ellen l'avait quitté ; jamais il ne s'était enivré à ce point. C'était à cause de son chagrin, se disait-il, et de sa haine pour celui qui lui avait enlevé sa femme et son fils. Cela ne justifiait pas pour autant la folie d'avoir suivi cette femme dans son horrible maison et de s'être laissé entraîner dans une association dont il ne voulait pas. Ses magasins marchaient bien, il n'avait aucun besoin de spéculer dans un domaine qui ne l'attirait pas. Comment se faisait-il alors qu'il se laisse toujours manipuler par Sarah Jane ? Ce n'était pas par philanthropie, son sort ne l'intéressait pas. Il l'admirait et reconnaissait que, sans elle, il aurait sombré dans la morosité. La réponse était peut-être là : elle l'aidait à conserver son esprit combatif. Et ils se disputaient pour tout, les emplacements qu'ils choisissaient, les employés qu'ils embauchaient, la note du boucher, les prix qu'elle pratiquait et sa dernière lubie, qui n'avait rien à voir avec la cuisine : fonder une école.

– Il y a des tas d'écoles pour ces enfants-là, disait-il.

– Des écoles ? Tout ce qu'on y fait, c'est les garder pendant que leur mère travaille. Ce qu'ils apprennent tiendrait sur une seule feuille de papier. Ce qu'il faut, c'est éduquer correctement ces enfants.

Elle possédait une maison confortable, de l'argent à la banque, Jason avait de bons professeurs, elle était plus déterminée que jamais à agir en faveur des enfants démunis. Matériellement, elle avait réussi, au risque de devenir froide et calculatrice. Il fallait qu'elle donne quelque chose d'elle-même, qu'elle se rehausse à ses propres yeux. L'école était la solution.

Elle imaginait non une école, mais toute une série d'écoles qui formerait à travers le pays la « Fondation Duncan McBryde ». Elles seraient lumineuses et propres, bien équipées, les meilleurs professeurs y enseigneraient. Un enfant sans avenir pourrait devenir Premier ministre, musicien, ou un écrivain qui décrirait les espoirs de ces hommes et de ces femmes rudes et solidaires.

– Vous avez bien assez à faire avec vos pâtés en croûte.

Elle sonna Betsy pour le pudding.

– Je n'en ai pas confectionné un seul, sauf pour votre propre dîner, depuis des mois.

Il se rendait rarement sur place durant les heures d'ouverture, mais aurait bien dû se douter qu'elle ne pouvait pas approvisionner les trois boutiques à elle seule.

– Vous devez en tout cas superviser celles qui les font.

– Bien sûr, mais je les ai bien formées. Je peux prendre une heure ou deux par jour.

– Les écoles ne font pas partie de notre accord.

– Notre accord stipulait que je devais gérer notre affaire et c'est ce que je fais, avec succès. Avez-vous quelque chose à me reprocher ?

Elle lui servit un dessert au citron dont la légèreté contrastait agréablement avec la richesse de la sauce aux huîtres. Il sourit ; elle était de nouveau en train de le pousser dans ses retranchements.

– Non, ma chère, rien en ce moment, mais certainement à l'avenir, si vous négligez mes boutiques.

– Bof ! Je pourrais m'en occuper en dormant !

– Comme d'habitude, la modestie n'est pas votre fort.

– Tout ce que je souhaite, c'est une salle de classe ou deux près d'un chantier.

– Il ne fait aucun doute que vous avez déjà choisi le lieu.

– Pas exactement, mais je sais que là où la ligne de la *Great Western* croise celle de la *London and Birmingham*, beaucoup d'hommes travaillent avec leur famille.

– Mais ce sont des taudis !

– Puisque les compagnies sont obligées de racheter les terrains où passeront les voies, il est évident qu'ils les font passer dans les quartiers pauvres. Cela n'empêche pas les enfants d'avoir besoin d'éducation...

Il soupira.

– Y aura-t-il un avantage financier quelconque ?

Elle rit et remplit son verre de vin ; s'il ne pensait qu'à l'argent, tant pis, ses objectifs à elle étaient tout autres.

– C'est le seul argument qui vous ait jamais séduit. Et la seule raison de notre association, n'est-ce pas ?

– Vraiment ? Je n'en sais rien.
– Quoi d'autre, alors ? Vous n'êtes pas amoureux de moi.
Il répondit avec amertume :
– Qu'est-ce que l'amour ? Une chose qu'on donne, qu'on jette ou qu'on vous arrache, quoi donc ?
– Ce que l'on donne. On ne le jette pas et on ne vous l'arrache pas sans votre consentement. On ne peut pas non plus l'effacer facilement.
– Tant de romantisme ne vous ressemble guère, Sarah Jane, et me met mal à l'aise.
– Pourquoi ? Vous ai-je jamais parlé d'amour ?
– Non, je ne crois pas.
– Alors, de quoi parlons-nous ?
– De la raison pour laquelle nous restons associés.
– Désirez-vous mettre un terme à nos accords ?
Elle espérait que non, elle avait encore besoin de lui pour discuter avec ceux qui refusaient de s'entretenir avec une femme.
– Non. Vous me manqueriez. Vous et nos bagarres quotidiennes.
– Et le paquet d'argent que j'apporte chaque semaine à Bond Street, ne vous manquerait-il pas ?
– Oui, aussi, mais cela peut s'arrêter du jour au lendemain si nous ne faisons pas attention.
– Vous êtes prudent et avisé, Henry, vous ne vous laisseriez pas influencer sans une bonne raison. Vous levez les yeux au ciel quand je vous parle de dépenses que vous jugez futiles, mais c'est simplement pour me signifier que c'est vous le maître. C'est juste ?
Il grommela un assentiment et ajouta :
– Dites-moi donc ce que j'ai à gagner avec votre idée d'école.
– Investissements immobiliers, puis loyers et plus-values. Dans peu de temps, il sera avantageux d'habiter à proximité d'une gare.
– Élucubrations !
– Pas du tout. Je suis prête à investir ce que j'ai épargné, si vous me suivez.
– Et combien avez-vous épargné ?
– Environ trois mille livres.
Elle fut stupéfaite de la facilité avec laquelle elle énonça ce chiffre qui représentait deux années de dur labeur.
– Oh ! Je sais que ce n'est pas beaucoup en comparaison de votre avoir, mais rien qu'avec les bénéfices que nous avons réalisés ensemble, vous devez posséder une jolie somme. Avec cinq mille livres, nous pourrions acquérir toute une rue de petites

maisons. J'en prends une pour l'école et vous louez le reste. Qu'en dites-vous ?

– La nuit me portera conseil.

– Comme la première fois ? Très bien alors !

Il se leva.

– À présent ma chère, je vais regagner mon lit solitaire. Nous avons bien précisé que je ne suis pas amoureux de vous, mais je ne suis qu'un homme et ne réponds pas de moi si je reste plus longtemps. Et il ne serait pas convenable de laisser mon cocher somnoler toute la nuit à votre porte.

Elle savait bien ce que le voisinage en pensait déjà, mais ne vit pas l'utilité de le lui préciser.

– Que la nuit vous porte conseil, Henry, je viendrai vous voir demain au bureau.

Elle posa sur sa joue un baiser aussi fraternel que l'étaient leurs relations.

Avant de se coucher, elle alla voir Jason qui dormait du sommeil de l'innocence, ses boucles emmêlées sur l'oreiller, une locomotive miniature serrée dans la main. Il se passionnait pour tout ce qui concernait les trains. Elle l'embrassa en souriant. Elle se croyait heureuse, mais sa conversation avec Henry la troublait. Quelquefois, à l'aube, quand elle s'étirait dans un lit plus confortable que tous ceux qu'elle avait connus, un sentiment poignant de solitude, de manque d'amour, l'étreignait. Elle adorait Jason, il était sa raison de vivre, mais ne pouvait lui porter l'amour d'un homme, les caresses que son corps réclamait. La passion était peut-être morte à jamais. C'était triste. Elle s'était réchauffée à l'amour de Duncan même au cours des hivers les plus rudes, même sans manteau elle n'avait jamais eu froid grâce à lui et maintenant, avec des penderies pleines de vêtements, un feu dans chaque pièce et autant de couvertures qu'elle voulait dans son lit, elle se sentait glacée. Jamais personne ne prendrait la place de Duncan dans son cœur, mais elle ne pouvait pas porter son deuil éternellement. Ce n'est d'ailleurs pas ce qu'il aurait souhaité ; hélas, excepté Henry, il n'y avait personne. Parfois, elle était presque tentée de le séduire, mais elle craignait qu'il soit incapable de satisfaire ses désirs et, de toute façon, leurs relations en auraient été altérées.

– Stupide et faible femme, se dit-elle en tapant sur son oreiller, dors, le travail t'attend.

Le lendemain, elle descendit superviser la confection des tourtes puis prit un fiacre jusqu'à King's Cross où la boutique ouvrait pour la dernière fois avant d'être démolie. Cela l'attristait un peu mais elle n'avait guère le temps d'être nostalgique. De là, elle se rendit à Covent Garden, régla un différend entre la pâtissière et le boucher, puis partit pour Bond Street.

Henry l'invita à s'asseoir.

– Avez-vous passé une bonne nuit ? demanda-t-elle avec ce sourire malicieux qui l'avait toujours enchanté.

– Grâce à vous, non.

– Oh ! mon pauvre ami ! Vous auriez peut-être dû rester chez moi, après tout. J'aurais pu...

– ... me faire accepter vos incroyables projets. Quand je suis en votre compagnie, je trouve normal ce que je n'accepterais jamais en temps ordinaire – mais pas cette fois. On m'a dit qu'acheter près des voies n'était pas une bonne affaire. Les trains ébranlent les fondations et détériorent les bâtiments. Il faudrait dépenser une fortune en réparations.

– On peut trouver quelque chose de suffisamment éloigné pour éviter cela.

– Alors on perd l'avantage des prix.

– Vous avez donc peur de miser ?

– Oui, quand je suis certain de perdre.

– J'agirai seule, alors.

– Comment ? Vous êtes une femme – personne ne fera affaire avec vous.

– Je suis bien parvenu à vous convaincre.

– C'était différent. Vous avez profité d'un moment de faiblesse.

Elle rit.

– Et vous ne l'avez jamais regretté. Henry, je tiens tellement à ce projet ! J'ai eu beaucoup de chance de vous rencontrer, je vous suis très reconnaissante, mais je veux plus encore. Je veux m'occuper des déhérités.

Elle se leva et posa sa main gantée sur le bras de Henry.

– Je vous en prie, prenez le temps d'y réfléchir.

Il refusa de la regarder dans les yeux, car elle l'aurait hypnotisé, et fixa obstinément la rue animée par la fenêtre. Il vit Lady Hailey sortir de sa voiture, aidée par le portier. S'il faisait de mauvais placements, si ses affaires déclinaient et s'il perdait la clientèle des Hailey, Townsend et autres Chevington, il ne lui resterait rien ; ses magasins étaient toute sa vie.

– Je ne changerai pas d'avis, Sarah Jane. Parlons d'autre chose. Êtes-vous allée à King's Cross ?

– Oui.

Il aurait été mal venu d'insister et elle s'assit face à lui pour discuter du sort des employés de la boutique fermée. S'il ne l'aidait pas, elle devrait trouver quelqu'un d'autre ; le fait qu'il ait refusé renforçait sa résolution. Les obstacles sur son chemin ne parvenaient qu'à exacerber sa fougue ; plus ils étaient nombreux, plus le succès aurait de prix. Cet appétit de réussir, elle en avait pris conscience depuis qu'elle travaillait avec lui et, à chaque nouveau défi, elle s'apercevait qu'il n'y avait rien qu'elle ne puisse accomplir si elle y mettait toute son énergie.

Elle alla ensuite parler avec Mme Golding du manteau qu'elle avait commandé pour Jason. La salle d'attente était meublée de fauteuils et de tables couvertes de journaux, plantes vertes et bibelots. On servait du thé aux clientes tandis qu'elles passaient leurs commandes, examinaient les gravures de mode et les échantillons de tissu. Mme Golding, une boîte de rubans et de dentelles à la main, écoutait une jeune femme qui paraissait fort difficile à satisfaire. Un lé de lourd satin crème était drapé sur une chaise, un autre de soie blanche étalé sur une table, avec des patrons répandus partout. La mère de la jeune femme examinait une queue d'hermine.

– J'aimerais revoir le satin, dit la cliente qui, en se retournant, se retrouva face à face avec Sarah Jane.

Elles se dévisagèrent, chacune essayant de se rappeler qui était l'autre. Sarah Jane ne mit qu'un instant pour se remémorer le visage de l'inconnue, mais Caroline chercha longtemps, après qu'elle l'eut saluée d'un bref hochement de tête, avant de dire un mot à Mme Golding et de s'en aller.

Sarah Jane était sûre que la jeune fille était celle qui appelait Timothy « chéri » et qui allait bientôt l'épouser. Elle était amusée à l'idée que la jeune fille n'avait sans doute pas fait le rapprochement entre la femme bien habillée et sûre d'elle qu'elle était devenue et la pauvresse en loques de Hailey Common ; elle se demanda combien de temps il lui faudrait pour que les deux images se superposent soudain, et si elle en parlerait à son fiancé.

On donnait un dîner dans la maison londonienne de Lord Chevington. Outre Geoffrey et Timothy, étaient présentes Lady Hailey et Caroline, venues en ville choisir un trousseau de mariage. La cérémonie avait été différée car Lord Hailey tenait à ce que sa fille aînée se marie d'abord ; c'était maintenant chose faite. La date concernant la cadette avait donc été fixée et les préparatifs étaient bien entamés. Lord Hailey ne se sentait pas très bien et avait préféré demeurer au manoir.

– Oh ! ma robe vous plaira, Timothy, mais bien sûr vous ne la verrez pas avant le jour du mariage. Comme je suis impatiente ! Papa a promis un grand banquet – cinq cents invités...

– Est-ce bien nécessaire ? demanda Timothy afin de jouer le jeu, car en réalité il était enchanté.

Tout ceux qui comptaient seraient présents à ses noces et cela renforçait son désir d'être reconnu en tant que gentilhomme ; Lord Hailey ne ferait pas de telles dépenses pour n'importe qui.

– Bien sûr, c'est un si grand jour, il ne faut pas décevoir nos amis.

Elle osa passer la main sous la table pour atteindre la cuisse de Timothy. Depuis qu'il l'avait séduite, elle cherchait tous les prétextes pour se trouver seule avec lui ; son appétit sexuel était insatiable mais elle restait passive, immobile, et ne lui donnait jamais aucun plaisir, ce dont elle ne se doutait pas du tout.

– D'accord pour un grand mariage, ma chère, je vous suivrai quoi que vous décidiez.

– J'ai choisi la plus divine des tenues de voyage, vermillon avec des petites roses de soie sur la jupe, et une capeline assortie. Comme nous serons encore en hiver, j'aurai une cape de fourrure bordée d'hermine. Nous avons tout commandé chez Carter ; ils ont très bonne réputation et sont très courtois. Nous y avons passé presque toute la matinée.

– Vraiment ? Comme ce doit être ennuyeux !

– Mais pas du tout. J'ai choisi tout mon trousseau. Il me semble que j'avais quelque chose à vous dire... oui ! Cela va vous amuser. Vous rappelez-vous cette femme de Hailey Common, le jour de la chasse ? Celle qui était restée avec son petit garçon après que tout le monde fut parti. Eh bien, je l'ai vue aujourd'hui.

– Une femme de Hailey Common ? interrogea Lord Chevington, puisque Timothy ne répondait pas.

– Oui. Quel était son nom, Timothy ?

– Madame McBryde.

– La veuve de l'ouvrier tué ? Et vous l'auriez vue aujourd'hui même ?

Caroline était étonnée : elle avait cru intéresser Timothy et c'était Lord Chevington qui la questionnait.

– Oui, du moins je le crois. Elle était chez Carter, et le plus surprenant c'est qu'elle était habillée comme une dame, très mode, et s'exprimait avec soin. On n'aurait jamais dit une femme du peuple...

– Elle vous a parlé ?

– Non. Elle a questionné la couturière au sujet d'un manteau pour Jason. C'est ce drôle de nom qui m'a aidée à m'en souvenir, et aussi sa chevelure rougeoyante. Positivement vulgaire.

Timothy revit Sarah Jane toute jeune, libre et indomptée, puis avec son fils Jason. Il sourit en se rappelant la façon protectrice dont elle l'avait pris par l'épaule, comme pour affirmer qu'il était bien le fils de Duncan, l'ouvrier des chemins de fer. Il ne la contredirait pas ; elle faisait partie du passé et il ne souhaitait pas son retour. Elle le troublait encore et il avait besoin de toute sa clairvoyance.

– Savez-vous où elle s'est rendue ensuite ? demanda Geoffrey. Il y a des mois que nous la recherchons pour lui verser le dédommagement promis.

– Un dédommagement ! Elle n'a pas l'air d'en avoir besoin. Elle semblait parfaitement à l'aise. J'ignore où elle est allée. Je ne vois pas ce qui vous intéresse chez elle...

Elle se souvint alors de la réaction de Timothy sur le chantier, semblable à celle d'aujourd'hui : préoccupé et absent. Elle frissonna d'appréhension. Lady Hailey intervint :

– Désirez-vous que nous demandions de ses nouvelles quand nous irons chez Carter ?

– Oui, répondit Lord Chevington.

– Non, fit Timothy en même temps.

– Pourquoi ? demanda Geoffrey.

– Comme le pense Caroline, elle n'a sans doute pas envie qu'on lui rappelle son passé. Elle n'était pas mariée légalement et cela fait de son fils un...

Il s'interrompit, de peur de prononcer le mot en public.

– Un enfant de l'amour. Elle a dû trouver un autre homme pour l'entretenir.

Cette pensée le choqua. Qui ? Cet avocat minable qui ne l'avait pas amenée à Londres comme promis, ou quelqu'un de mieux placé ? Était-elle la maîtresse d'un gentilhomme, ou une prostituée de luxe ? Son propre fils était-il élevé par une catin ? Qu'est-ce qui le mettait ainsi en colère, et pourquoi son cœur battait-il la chamade ?

– Tu as peut-être raison, reprit Lord Chevington. Si elle le désire, elle peut toujours venir nous voir.

On changea de sujet, au grand soulagement de Timothy, pour parler des chemins de fer et des nouvelles lignes qui rivalisaient pour rejoindre les quais.

– On ne peut rester en dehors du coup. La compagnie Chevington doit être capable de charger ses marchandises directement à quai. Nous devons faire la jonction avec la *Great Eastern*.

– Et ensuite ? Il faudra aller aux quais par les mêmes lignes.

– Je crois savoir que la *Great Eastern* manque de fonds et serait prête à échanger un apport de capital contre certains droits.

– Suppose que les actionnaires ne soient pas d'accord ?

– J'en ai déjà discuté, ils sont prêts à négocier. Ces derniers temps, j'ai racheté des parts et suis devenu un actionnaire important.

Il rit en constatant l'expression ahurie de son père et ajouta :

– Ne vous inquiétez pas, je n'ai pas investi les fonds de l'entreprise, mais le mien propre.

– Timothy, n'est-ce pas risqué ? demanda Caroline.

– Pas du tout.

Il s'efforça de cacher son irritation. Le prenait-elle pour un écolier ?

– Je suis dans les affaires depuis assez longtemps pour savoir ce que je fais, croyez-moi. Sans spéculation, pas de profits. Monsieur le comte ne l'ignore pas.

S'il parvenait à contrôler la *East Fen* jusqu'aux quais, son père serait obligé de négocier avec lui ; il rêvait depuis longtemps de lui imposer ses propres termes de contrat, mais, si Geoffrey s'en inquiéta, il se garda bien de le montrer. Il eut un sourire amical et fit signe à un domestique de verser du vin.

– Ce n'est ni l'endroit ni l'heure de discuter affaires. Nous verrons cela demain. Caroline, parlez-nous de vos emplettes. Qu'avez-vous acheté d'autre chez Carter ?

Caroline se lança dans une description détaillée que Timothy n'écouta pas. À son visage se superposait celui d'une autre : les cheveux dorés prenaient la couleur d'un coucher de soleil, les yeux bleus devenaient verts. C'était agaçant. Serait-il hanté à jamais par ce fantôme ? Peut-être, s'il la voyait maintenant devenue riche, n'ayant besoin ni de sa pitié ni de son argent, son spectre s'évanouirait-il et le laisserait-il poursuivre l'unique but de sa vie : acquérir un titre et le pouvoir qui va de pair.

Depuis qu'il consacrait ses efforts à surmonter le handicap de sa naissance, à trouver sa propre voie sans s'occuper des autres, elle était demeurée dans son esprit. Jamais il n'avait pu l'oublier. Assis devant un bon feu, dans une salle à manger opulente, au milieu d'une conversation mondaine, il ressentit un désir brutal, une de ces envies que Caroline ne serait jamais en mesure de satisfaire.

Il n'avait pas oublié leur rencontre au bord de la rivière et son corps était en feu. Avant d'épouser Caroline, il lui faudrait de nouveau éprouver le plaisir qu'il avait connu avec Sarah Jane. Il surmonterait ses désirs en la soumettant aux siens et la prendrait avec sauvagerie ; elle ne serait plus si fière, alors. Le jeu comblerait l'ennui des jours précédant les noces. Il n'en dormit pas.

Il savait que les magasins Carter ne lui donneraient pas l'adresse d'une de leurs clientes et préférait éviter d'attirer l'attention sur lui. Le lendemain, il écrivit à Thomas Wistonby et joignit une guinée pour le prix du voyage en train. Il n'aurait pas dû être étonné de voir l'avocat arriver deux jours plus tard en proclamant qu'il ne savait rien de Sarah Jane mais en fut fort désappointé.

– Je croyais que Sarah Jane et vous...

– C'était il y a fort longtemps, monsieur Myson. La façon dont elle vit ne me regarde plus.

– Je veux la voir. On l'a vue chez Carter à Bond Street, apparemment très à l'aise. Trouvez-la et dites-moi où elle réside. Je ne veux pas qu'elle disparaisse de nouveau.

– Elle a pu se marier.

– Quelle différence ?

– Si elle est heureuse, pourquoi ne pas la laisser tranquille ?

Timothy lui lança un regard dur, se souvenant que c'était ce Wistonby qui l'avait initiée à l'amour, qui avait fait d'elle une prostituée.

– Grands dieux, mon bonhomme, que croyez-vous que je veuille lui faire ? La violer ? L'enlever ?

– Non, répondit Thomas d'un ton peu assuré.

– On la recherche pour lui verser les dommages et intérêts concernant son époux, bien qu'elle n'ait peut-être pas été vraiment mariée.

Thomas se leva.

– Très bien, monsieur, mais cela risque de prendre une semaine ou deux et... je n'ai que peu de ressources.

Timothy lui tendit cinq guinées, en le traitant en son for intérieur de parasite, doutant qu'il soit disposé à effectuer des recherches ni divulguer ses informations éventuelles – à moins de toucher d'autres guinées. Combien d'argent Timothy était-il prêt à dépenser pour apprendre comment une pauvre fille en était arrivée à s'habiller chez Carter ? Il sourit. Comme elle avait désiré être une dame ! Avait-elle réussi avant lui ? Il la détestait presque pour cela.

Thomas empocha l'argent et s'en alla, mais pas à la recherche de Sarah Jane : il savait pertinemment où elle se trouvait, et tout ce qui lui était arrivé ; il ignorait seulement de quelle nature étaient ses relations avec Henry Carter. Et il n'avait pas la moindre intention de renseigner Myson.

Elizabeth avait reconnu avoir brûlé la lettre que Sarah Jane lui avait envoyée.

– Je l'ai fait pour ton bien. Tu t'es rendue ridicule avec cette traînée aux yeux verts, tout comme avec cette femme extravagante que tu avais épousée. Si je te l'avais donnée, tu aurais couru après elle !

– Et alors ?

– Et alors, en effet ! Je t'ai déjà dit que c'était une fille perdue et sa lettre le prouvait. Aucune femme honnête ne se serait mise en ménage avec l'un de ces ouvriers des chemins de fer. Tout le monde sait qu'ils vivent comme des bêtes. Qu'aurais-tu fait ? Tu aurais partagé leur taudis ?

– Non, j'aurais ramené Sarah Jane.

– Pas question ! Pas dans cet hospice, mon cher frère ! Comme j'ai eu raison de ne pas te donner cette lettre ! Lady Chevington n'a-t-elle pas eu la bonté de te remarquer et de te donner du travail ? Tu devrais lui en être reconnaissant.

Il l'était, mais envers Sarah Jane. C'est elle qui l'avait sorti de sa torpeur et rendu digne de l'attention de Lady Chevington. C'est grâce à elle qu'il avait eu envie de regagner le monde des vivants et, pour cette raison, il ne l'abandonnerait jamais et la protégerait s'il le pouvait.

Il s'était rendu chez Mme Grainger qui lui avait annoncé que non seulement Sarah Jane avait reçu un homme chez elle, mais qu'elle était partie avec lui le lendemain. De son plein gré, et plutôt fière. Obligé de rentrer à Chevington, Thomas était revenu plusieurs semaines plus tard avec l'intention de la retrouver. Sur le point d'y renoncer, il se rendait à la gare quand un tract s'enroula autour de sa jambe. Il l'en détacha et vit qu'il s'agissait d'une publicité pour l'ouverture d'une boutique vendant des tourtes, datant d'un mois auparavant. Il avait une demi-heure devant lui et s'y rendit donc, car il était fort peu probable qu'Elizabeth lui ait gardé à dîner. En levant les yeux vers l'enseigne, il vit le nom « Winterday » et comprit, tout excité, qu'il était peut-être arrivé au bout de sa quête.

Mais il n'était pas entré. La boutique toute propre, avec sa jolie devanture, était le signe que Sarah Jane s'en sortait bien et n'avait peut-être pas envie qu'on lui rappelle son passé. Il revint de temps à autre, l'aperçut, de plus en plus assurée et élégante, de plus en plus adorable. Il en avait le cœur serré mais ne s'approcha pas assez pour lire le vide dans ses yeux. Il habitait toujours à l'hospice, mais venait régulièrement loger chez Mme Grainger et s'assurer que tout allait bien pour Sarah Jane.

Et maintenant, Timothy Myson lui demandait de la retrouver. C'était un dilemme ; si le jeune homme était vraiment décidé, il la découvrirait d'une façon ou d'une autre. Il était temps pour Thomas d'aller la voir.

16

Elle fut ravie de sa visite, l'embrassa avec affection, tel un oncle bien-aimé. Elle prit son manteau et le tendit à Betsy, le fit asseoir et lui offrit un rafraîchissement. Il observa le mobilier cossu, l'aisance avec laquelle elle lui versa un verre de vin. Il avait du mal à reconnaître la pauvre fille de l'hospice. Elle portait une robe de soie verte à larges manches et crinoline ; de ses cheveux relevés en chignon s'échappait une boucle qu'il avait envie d'enrouler autour de son doigt.

– Je pense si souvent à vous, dit-elle. Comment allez-vous ? Toujours à Chevington ?

– Oui, je n'ai pas à me plaindre. Inutile de te demander comment tu vas, tu es resplendissante.

Elle sourit.

– Comment m'avez-vous trouvée ?

– On ne peut pas dire que tu te caches, ma chère. Chaque nouvelle boutique affiche le nom de Winterday en caractères de plus en plus gros.

– Vous connaissez les autres boutiques ?

– Depuis des mois. Et Henry Carter aussi.

– C'est mon associé.

– Rien de plus ?

– Non. C'est mieux ainsi, et puis il est marié.

– Mais il vient souvent et vous passez beaucoup de temps ensemble.

– Thomas, inutile de me faire la leçon, je préfère parler d'autre chose. J'ai une question à vous poser.

Henry ayant refusé d'adhérer à son projet d'école, elle avait été obligée de modérer ses ambitions. Au lieu d'acheter un ensemble de maisons en comptant sur les loyers pour rentabiliser son investissement, elle se débrouillerait avec un seul immeuble et s'autofinancerait avec les bénéfices des boutiques. Cependant, elle avait quand même besoin d'aide car Henry avait raison : aucun homme d'affaires ne la prenait au sérieux. Elle n'était pas à son avantage dans leurs bureaux sévères ; ils se montraient polis, car, de toute évidence, elle avait des moyens – elle se gardait de préciser combien ils étaient réduits – mais cela s'arrêtait là. Pourtant, elle ne s'avouait pas vaincue. Si personne ne voulait faire d'affaires avec une femme, elle trouverait un partenaire. Elle avait pensé à Thomas, non sans un sentiment de culpabilité car il lui avait demandé de rester en contact avec lui et elle n'en avait rien fait. Il pourrait l'aider en allant négocier à sa place et surveiller les mille et un détails juridiques. Elle lui verserait une commission, bien sûr, et ces messieurs arrogants ne se douteraient pas que son commanditaire appartenait à ce qu'ils appelaient « le sexe faible ».

– Je suis tout ouïe.

Il s'appuya au dossier de sa chaise et l'observa. Au premier abord, il l'avait crue changée au point d'en être méconnaissable : elle se mouvait avec aisance mais, en la regardant de plus près, il s'apercevait que, sous le vernis de respectabilité et de prospérité, elle était toujours la même, toujours Sarah Jane, vulnérable, avec son besoin enfantin d'être protégée et chérie, et femme en même temps, belle, généreuse, faite pour être aimée. Qui, à cette heure, l'aimait ?

– Je vous sers à dîner d'abord, dit-elle avant de se rendre à la cuisine pour donner ses ordres à Betsy.

Elle revint et lui tendit un verre de vin.

– J'ai besoin de votre aide et de vos compétences.

Qu'avait-il donc cru ?

– Vraiment ? Tu dois bien avoir des avocats qui s'occupent de tes affaires.

– En ce qui concerne les boutiques, oui, mais ils sont très prudents, il refusent de prendre des risques.

Elle rit en renversant la tête, dévoilant le rang de perles parfaites qui encerclait son cou.

– Parfois je parviens à les convaincre, mais j'ai bien peur d'avoir échoué cette fois-ci.

Il pouffa en l'imaginant en train de discuter avec une assemblée d'hommes de loi à l'esprit étroit.

– Et tu te dis que je serais plus facile à manipuler ?

– Je n'aurais pas besoin de cela si les hommes n'étaient pas si sectaires. Ils prétendent que je ne sais pas de quoi je parle et veulent à tout prix s'entretenir avec mon « homme d'affaires ». Cela me rend furieuse et j'ai du mal à rester polie. Il me faut un intermédiaire.

Betsy annonça que le dîner était prêt et ils passèrent à la salle à manger, où elle exposa ses projets d'école pour les enfants d'ouvriers.

– Henry me trouve folle et ne veut pas en entendre parler, aussi ai-je pensé à vous.

– Il est évident qu'une école sera moins rentable qu'une boutique. Comme moi, il n'aimerait pas te voir perdre tout ce que tu as si durement acquis. Pourquoi ne pas attendre un peu...

– Les ouvriers aussi travaillent dur, c'est maintenant que les enfants ont besoin d'éducation. En outre, même si j'y perds mes économies, il me reste les boutiques. Je suis capable de mettre de nouveau de l'argent de côté.

Elle fut surprise elle-même de la sérénité avec laquelle elle envisageait cette éventualité.

– Où voudrais-tu installer cette école ?

– Près des chantiers. Deux compagnies ont hâte de faire la jonction avec les quais et sont obligées de contourner Londres par le nord. Il y a du travail pour un bout de temps. C'est là que je veux établir mon école.

– Comment choisiras-tu les bénéficiaires de ton système ? Demanderas-tu des frais de scolarité ?

– Seulement à ceux qui pourront. Quelques ouvriers gagnent bien leur vie et seront d'accord pour payer, alors que d'autres sont trop pauvres. Je prendrai cela en compte.

– Tu as l'intention de faire cours toi-même ?

Son rire emplit la pièce et Thomas se souvint de la toute jeune fille qui lui avait demandé de lui apprendre à lire.

– Je n'en suis pas capable ! Mon éducation n'a guère progressé depuis l'époque où vous avez entrepris de m'instruire, et, bien que je vous en sois des plus reconnaissante, cela ne suffit pas. Je m'en suis rendu compte quand Jason est allé à l'école. Il m'a vite dépassée.

– Tu es injuste avec toi, ma chère, mais il te faudra donc engager des professeurs.

– Et j'en veux des bons, d'excellents même. Certains enfants sont très intelligents.

– N'es-tu pas un peu trop ambitieuse ?

En riant, elle lui servit une part de tarte aux prunes telle que Henry les aimait.

– C'est vous qui m'avez donné de l'ambition, Thomas. C'est grâce à cela que j'ai réussi.

– Je vois.

Il s'interrompit, ne sachant comment aborder le but de sa visite.

– Il y a un moyen de réaliser ce projet sans y engloutir ton épargne...

– Dites-le moi.

– Tu sais que la compagnie Chevington désire te verser des dommages et intérêts pour la mort de Duncan McBryde.

– Oui, je l'ai lu dans la *Gazette,* mais je vous ai déjà dit que je ne veux rien demander aux Chevington.

Il la regarda à travers son verre de vin. Jusqu'où irait-elle pour obtenir son école ?

– Il se trouve que j'ai été engagé pour te retrouver afin que ce dédommagement te soit versé. C'est l'une des raisons de ma venue.

– Ils savent où je suis ?

Une terrible angoisse la saisit et sa main trembla en portant sa fourchette à sa bouche. Que craignait-elle ? Ils ne pouvaient pas lui faire de mal.

– Non, je ne l'ai dit à personne. C'est Timothy Myson qui m'a demandé de te retrouver. Il m'a même donné cinq guinées sans se douter que je le savais déjà.

Elle rit, ses craintes oubliées.

– Thomas, c'est malhonnête !

– Tu aurais préféré que je le lui dise ?

– Non. Mais pourquoi lui et pas Lord Chevington ?

– Timothy possède une grande part des actions et Hailey Common était sous son autorité. Il agit pour le compte de la compagnie.

Il ne fallait pas qu'elle se doute qu'il n'était pas très sûr de ses affirmations ; elle avait aimé Timothy autrefois, et il espérait sincèrement que c'était tout à fait terminé.

– Jamais je ne demanderai l'aide de Timothy Myson, même si c'était le dernier homme sur terre.

– Tu ne lui a pas pardonné de t'avoir donné un fils ?

– Il s'est servi de moi, puis m'a abandonnée.

– Il n'avait pas le droit – il ne l'a toujours pas – d'entrer au manoir en présence de Lady Chevington. Et tu n'as rien fait pour qu'il te retrouve, n'est-ce pas ? Ne sois pas injuste, Sarah Jane. Il ne te mangera pas et tu ne ferais que réclamer ce qui te revient.

Il posa sa cuillère et se renversa en arrière.

– Ce repas était délicieux, ma chère, je comprends pourquoi tes affaires marchent si bien.

– Merci.

Elle sonna Betsy pour débarrasser, puis servit un brandy à Thomas.

– Supposons un instant que nous intéressions Lord Chevington à cette entreprise ? Si nous le persuadons de nous parrainer, c'est le succès assuré. Son nom seul...

– Je vous le répète, j'agirai à ma façon.

Il se pencha par-dessus la table pour lui prendre la main, avec l'envie d'embrasser son visage pour en chasser l'inquiétude.

– C'est ce que tu as déjà fait, ma chérie, et fort bien, mais tu admets toi-même avoir besoin d'aide, et pas seulement de la mienne. Même les plus grands chefs d'entreprise font appel à leurs amis pour atteindre leur but, pourquoi pas toi ?

– Parce que je ne suis pas comme ça.

– Non ? Qui s'est servi de Henry Carter au moment voulu, et de moi ?

– Ce n'est pas la même chose. Je n'ai pas triché avec vous. Henry a réalisé de gros bénéfices et j'ai l'intention de vous payer...

– Qui parle de tricher ? Simplement, d'accepter les dommages et intérêts et de repartir de là.

Elle hésitait. Il était en son pouvoir de créer quelque chose de bon à partir de ce qui avait été cruel et corrompu. Certains des enfants qui erraient sur les chantiers sans éducation ni espoir bénéficiaient, d'une certaine façon, du sacrifice de Duncan. S'il fallait quelqu'un comme Lord Chevington pour l'aider à atteindre son but, Sarah Jane ne pouvait pas mieux choisir. Et pourquoi craindre Timothy Myson ? La servante qu'il avait séduite autrefois ne l'intéressait certainement plus. Il allait se marier ; ni elle ni son fils ne faisaient partie de sa vie.

– Si je vous donne un mandat, agirez-vous en mon nom ? demanda-t-elle à Thomas.

– Bien sûr.

– Seulement en ce qui concerne les dommages et intérêts et Lord Chevington. Si Timothy ne le lui a pas dit, il ignore que Mme McBryde et Sarah Jane Winterday sont une seule et même personne.

– Très bien. J'irai le voir dès demain.

Il se demanda comment il allait se débrouiller avec Timothy Myson.

– Où êtes-vous descendu ?

Il lui jeta un regard surpris. Allait-elle lui offrir son lit ? Il se rendit compte qu'elle était loin de penser à cela ; elle avait tout oublié de leur liaison. Il soupira.

– Je loge chez Mme Grainger.

– Oh ! Thomas ! Ne pouvez-vous trouver mieux ? Je vais vous faire une avance.

Il leva la main.

– Non, ma chère. Cela me convient très bien. Nous avons un... arrangement.

Elle se mit à rire.

– Ah ! je vois !

– Il s'agit d'amitié, Sarah Jane, et d'un petit peu plus...

– Loin de moi l'idée de vous critiquer. Mais je vous verse une provision, car vous aurez d'autres tâches à accomplir en relation avec l'école. Vous êtes d'accord, n'est-ce pas ?

Il inclina la tête ; elle était venue à lui, sa petite élève, elle avait assimilé tout ce qu'il lui avait appris et plus encore, et sa vivacité naturelle, son intelligence avaient fait le reste. Elle possédait tant d'énergie et d'ambition ! Il comprenait les difficultés que Henry Carter avait pu éprouver à la suivre, mais elle méritait d'avoir son école et il ferait tout ce qui était en son pouvoir pour l'aider. Sur le point de partir, il se retourna :

– As-tu retrouvé ton frère ?

– Non. J'ai tout essayé. Je me demande s'il est vraiment à Londres. Et même s'il est encore en vie.

– Aimerais-tu que je le cherche pendant que je suis en ville ?

– Vous feriez cela ? Oh ! Thomas ! Merci. Vous êtes un véritable ami.

Il la laissa et se retrouva dans la rue. Un véritable ami. C'était mieux que rien.

La somme mise de côté pour la veuve de Duncan McBryde s'élevait royalement à trois cents livres. Les directeurs de la compagnie trouvaient cela plus que généreux, car la femme était encore jeune et susceptible de se remarier. Sarah Jane la jugea à peine digne d'être réclamée car ses boutiques lui rapportaient plus en une seule journée.

– Quel montant ridicule ! s'exclama-t-elle lorsque Thomas lui apporta les documents à signer. C'est une insulte. Duncan valait... non, Duncan n'avait pas de prix.

– Tu verras aussi que c'est un paiement *ex gratia* : en acceptant cette somme tu t'engages à dégager la compagnie de toute responsabilité dans ce qui est arrivé.

– Eh bien, cela paiera au moins le matériel et les fournitures scolaires.

Elle apposa sa signature au bas du document et le replia.

– Irez-vous visiter cette propriété pour moi ?

Du fond de son confortable fauteuil, il la regardait aller et venir dans la pièce, accompagnée par le bruissement de sa robe de taffetas. Le simple fait de la contempler lui procurait toujours un plaisir infini.

– Si elle vous semble convenir, offrez-en moitié prix.

– Moitié prix, Sarah Jane ?

– Nous partirons de là.

Après lui avoir beaucoup appris, c'est lui qui tirait ses enseignements d'elle, à présent.

– Tu es dure, Sarah Jane ! Je n'aimerais pas me trouver face à toi en affaires.

Elle se joignit à son rire, mais il savait qu'elle était sérieuse et il se battrait de toutes ses forces pour obtenir ce qu'elle voulait.

Le bâtiment qu'elle avait sélectionné se dressait au milieu d'un petit jardin près de l'embranchement du chemin de fer, suffisamment éloigné pour ne pas être menacé. Le secteur était en piteux état à cause du chantier, mais elle était convaincue qu'il serait de nouveau agréable, une fois les travaux terminés. Des maisons, des magasins seraient construits et les gens reviendraient comme les hirondelles.

Dès que l'achat fut conclu, elle convoqua les maçons et suivit attentivement les travaux. Elle reçut plusieurs professeurs et en choisit deux, un homme et une femme qui croyaient avec la même ferveur qu'elle en l'éducation des masses. Elle se fit connaître des ouvriers, leur parla de son projet. Beaucoup avaient connu Duncan McBryde et entendu parler de sa mort ; ils approuvaient l'idée de créer une école en sa mémoire.

Ce jour-là, malgré les ronchonnements de Henry qui prétendait qu'elle négligeait les boutiques – ils en possédaient six et malgré cela elle ne parvenait pas à satisfaire à la demande –, elle prit un fiacre pour aller inspecter l'école presque terminée qu'elle comptait ouvrir dans un mois. L'inauguration, grandiose, aurait lieu juste après Noël ; les enfants seraient au chaud à l'intérieur durant les rudes mois d'hiver. Inviterait-elle Lord Chevington ? Elle sourit à l'idée d'un peu de décorum, mais pensa aussitôt à Timothy. Thomas lui avait dit qu'il avait quitté Londres. Était-il revenu depuis ? Après tout, cela ne faisait aucune différence.

Elle se dirigea vers le bâtiment ; l'une des premières tâches des maçons avait été de placer un fronton gravé : *Fondation Duncan McBryde – 1851.* Elle le considéra un instant, se souvenant de Duncan, de son amour, de sa bonté, de son sacrifice. Il avait donné sa vie pour elle, pour les ouvriers, elle lui devait ce mémorial qui garderait son souvenir intact bien après qu'elle-même aurait disparu. Puis elle se rendit à l'arrière, où l'on venait d'installer des toilettes modernes dans la cour, et où le jardin en friche avait été transformé en aire de jeux. Elle inspecta la cuisine avec son fourneau tout neuf, noir d'ébène, qui lui rappela celui de Chevington House, puis les autres pièces où les peintres s'étaient attelés aux finitions. Elle donna ses instructions sur la façon de disposer le mobilier puis, satisfaite, sortit par la porte principale.

Geoffrey, qui arrivait à pied du chantier, s'arrêta en la voyant. Elle étincelait comme de l'or sur la pierre grise et il en resta coi. Sa beauté était à couper le souffle. Elle se mouvait avec une grâce et une aisance qui mettaient en valeur la cape de fourrure, qu'elle portait sur une robe à crinoline de lourde soie jaune. Son corsage soulignait sa taille fine. Son chapeau assorti était posé sur ses boucles cuivrées et encadrait son visage à l'expression tout à la fois malicieuse et pensive – inoubliable. Je dois vieillir, se dit-il, incapable de se souvenir où et quand il l'avait déjà rencontrée. Il souleva son haut-de-forme et lui souhaita le bonjour.

– Bonjour, monsieur le comte.

Elle sourit devant son air confus. Il leva alors la tête vers l'inscription surplombant la porte : McBryde. C'était donc Mme McBryde ! L'avocat, comme Caroline, avaient eu beau lui dire qu'elle avait fort bien réussi, cette élégance et cette assurance le laissaient bouche bée. Pourtant, il n'avait jamais vu cette veuve d'ouvrier, alors pourquoi son visage lui semblait-il si familier ? Il était sur le point d'avouer son ignorance quand elle rit en repoussant une mèche de son front : c'est dans la bibliothèque de Chevington House qu'il l'avait vue faire cela. La robe de coton rayé remplaça la belle crinoline et il fut incapable de dissimuler sa stupéfaction.

– Vous êtes bien la veuve de Duncan McBryde ?

– Oui, monsieur.

Elle se sentait nerveuse, le cœur battant et les mains moites. Pourtant, il n'y avait pas de honte à avoir aimé Duncan, et l'absence de contrat de mariage en règle n'avait aucune importance. Elle se redressa et leva le menton.

– Vous êtes aussi celle qui m'empruntait des livres ?

– Oui.

Elle rit de le voir sourire et ses yeux verts étincelèrent. Sous le charme, il se dit que l'enfant et la femme étaient indissociables et pourtant si différentes ! C'était incroyable. Il avait toujours su qu'elle ferait son chemin, et en avait voulu à Timothy d'avoir gâché ses chances. On ne pouvait pas deviner qu'elle avait mené la vie d'une femme d'ouvrier, dans la crasse et la promiscuité. Timothy ne lui avait pas dit que c'était Sarah Jane. Pourquoi donc ? Il n'avait pas pu l'oublier. Aucun homme sain d'esprit ne risquait d'oublier qu'il l'avait tenue dans ses bras.

– Laissez-moi vous dire comme je suis navré pour votre mari. C'était un brave. Si nous avions été au courant de la présence de cette eau dans le tunnel...

– Vous l'auriez su si vous vous étiez correctement occupé du chantier. Personne ne s'est donné la peine de remonter la rivière jusqu'à sa source.

– C'est ce que disent les ouvriers ?

En levant la tête vers lui elle remarqua à quel point son fils lui ressemblait, mais les fines rides autour de ses yeux témoignaient d'un certain humour qui manquait à Timothy, et la ligne de sa bouche était plus douce.

– Oui, et avec raison, n'est-ce pas ?

– La préparation du chantier a été faite avant que nous n'en prenions le contrôle, madame McBryde, nous n'avions pas de raison de mettre en doute le rapport de l'ingénieur. Ensuite, quand on a découvert l'eau dans le tunnel, il était trop tard.

– Vous n'en saviez rien ?

Elle l'avait tenu pour responsable autant que les autres ; s'était-elle trompée ?

– M. Bender s'inquiétait du retard pris sur les prévisions. Il n'a pas cru que l'eau pouvait constituer une menace, mais a tenté d'empêcher les hommes de travailler le dernier jour. S'ils lui avaient obéi...

– Mais ils étaient désespérés ! La plupart avaient des dettes et ne s'en sortaient plus. Tout ce qu'ils voulaient, c'est travailler pour être payés. Joe était une tête brûlée et Duncan...

Elle s'interrompit au souvenir de ce terrible jour d'été.

– Duncan... a voulu l'empêcher d'y aller. Il n'a pas provoqué sciemment l'éboulement !

– Nous le savons, sinon nous n'aurions pas versé de dédommagement. Aimeriez-vous me faire visiter votre école ?

– Si vous voulez. M. Wistonby vous a fait part de mes projets ?

– Oui, mais j'aimerais les entendre de votre bouche.

– Est-ce pour cela que vous êtes venu ?

Il la suivit à l'intérieur, où les coups de marteau rythmaient leur conversation.

– Non, j'étais allé voir le chantier. Parlez-moi de Hailey Common.

Tout en le conduisant de pièce en pièce elle saisit avec joie l'occasion d'enfourcher son cheval de bataille. Elle décrivit les Barnaby et les McBryde, la pauvreté et les privations, les baraquements et le système honni des bons d'échange. Il l'écoutait avec attention tout en observant les plâtres frais et la peinture.

– Ces bons sont la principale cause des troubles. Pourquoi les propriétaires exploitent-ils les ouvriers de cette façon ?

– Vous connaissez aussi bien que moi les raisons de la mise en place de ce système, madame McBryde.

– C'est encore plus pénible pour les femmes et les enfants. Ils ne savent pas ce qu'est prendre un bain ou porter des vêtements propres...

Il la prit par le coude pour l'aider à franchir une sacoche d'outils renversée. Elle sentit un frisson familier dans tout son corps ; c'était un homme très séduisant. Choquée par le tour que prenaient ses pensées, elle revint à la charge :

– Ce qui manque le plus sur un chantier à des kilomètres de tout, c'est l'eau. On la garde pour la consommation, si bien qu'il n'en reste pas assez pour se laver ; les conditions de vie sont déjà assez dégradantes sans cela, et il faudrait vraiment trouver une solution...

Il attribua la rougeur de ses joues à sa passion pour son sujet, ce qui ne la rendait que plus désirable. Il avait envie de glisser la main de son coude à sa taille.

– Que suggérez-vous ?

Il cherchait à ne pas la contrarier, elle le savait, mais elle n'avait jamais eu une telle occasion et comptait en profiter.

– S'assurer que les boutiques de chantier soient gérées de façon à rendre service aux ouvriers. En l'état actuel, les gérants en tirent plus de bénéfices que de la vente des rails ; ils s'engraissent alors que les hommes vont travailler le ventre creux et que leurs enfants marchent pieds nus, sont vêtus de haillons, et ne savent ni lire ni écrire.

– M. Wistonby m'a fait part de votre point de vue, mais il n'y a pas que les enfants d'ouvriers qui manquent d'instruction. Les pauvres en ont besoin partout, mais ceux qui ont la volonté de réussir y parviennent, exactement comme vous.

Elle se mit à rire et il se rendit encore mieux compte à quel point elle était adorable, d'une façon que ni la misère ni la richesse n'altéreraient.

– Vous pensez donc que nous devrions tous nous prostituer pour obtenir le droit à l'instruction ? Car cela revient au même.

– Je parraine votre entreprise, mais j'ignorais que...

– Oh ! monsieur le comte, ne vous méprenez pas. Je ne suis pas et n'ai jamais été une prostituée, mais tout ce que je peux dire c'est qu'il a plu à Dieu que tel ne soit pas mon sort...

– Pardonnez-moi, dit-il doucement.

En souriant, elle revint à son propos, tel un chien qui refuse de lâcher son os.

– Auriez-vous peur d'enseigner la lecture aux enfants du peuple ?

– Pas du tout. Je pense que le temps est proche où tout le monde aura accès à l'éducation. Soyez patiente, cela viendra.

– La patience, monsieur, n'est pas mon fort. Pendant ce temps, des enfants comme Ned et les jumeaux demeurent ignorants.

– Vous m'avez dit qu'ils savaient lire et écrire.

– Seulement ce que j'ai pu leur apprendre, et c'est bien peu. Il devrait y avoir une école sur chaque chantier, subventionnée par les bénéfices des compagnies de chemin de fer.

– Mais, madame McBryde, il n'y a aucun bénéfice tant que les lignes ne sont pas ouvertes. Les investisseurs ne considèrent pas le bien-être des enfants comme faisant partie de leurs engagements.

– Eh bien, ils le devraient. Il y a longtemps que la construction des chemins de fer a commencé et beaucoup de gens, y compris vous-même, se sont considérablement enrichis. On aurait dû faire des lois pour contrôler les conditions de vie des travailleurs.

– Peut-être avez-vous raison, mais ce n'est pas moi qui décide des lois.

– Vous avez de l'influence sur ceux qui les votent. Parlez donc à M. Townsend, c'est lui qui défend vos intérêts au Parlement, n'est-ce pas ?

Étonné par ses connaissances et sa facilité d'élocution, il resta silencieux un instant. Timothy s'était-il rendu compte qu'elle était destinée à devenir bien plus qu'une domestique quand il l'avait séduite ? Elle était ambitieuse, résolue, et son action n'aurait pas dû être entravée par un enfant non désiré. Timothy était-il au courant de la création de son école ? Tout à coup, il se souvint de la raison de sa présence dans le quartier.

Lord Hailey avait eu une crise cardiaque pendant le séjour de sa femme et de sa fille à Londres, lesquelles avaient été rappelées d'urgence à son chevet. On avait mis le train privé des Chevington à leur disposition et Timothy les avait accompagnées ; il avait écrit quelques jours après que Lady Hailey et ses filles le priaient de demeurer avec elles. Il avait alors demandé à son père de veiller sur le chantier et de poursuivre les négociations avec la *Great Eastern*. Il s'aperçut brusquement que le projet de jonction de Timothy allait faire passer les voies en plein milieu de l'école.

– Vous êtes une jeune dame fort déterminée, madame McBryde. Je comprends pourquoi vous avez finalement demandé vos dommages et intérêts : vous vouliez que la compagnie participe au financement de votre école.

Elle sourit de sa perspicacité, mais il devait bien savoir que trois cents livres n'était pas une somme considérable.

– Du moins, monsieur le comte, à l'achat du mobilier de la première.

– Parce que vous comptez en ouvrir d'autres ?

– Bien sûr, dans tout le pays. Je commence ici du fait de la présence d'un grand nombre d'ouvriers de différentes compagnies, et de la proximité de mes propres boutiques, afin de pouvoir tout superviser moi-même.

Les yeux de Geoffrey pétillèrent de malice.

– Vous agissez sans attendre mon concours, alors ?

– Je lance l'opération et j'espère que vous, et d'autres, suivront mon exemple.

Le ferait-il ? La revoir, se rapprocher d'elle... Un sentiment de plaisante anticipation l'envahit.

– J'ai besoin de plus amples renseignements – quand, où, à quel prix, combien d'élèves, comment allez-vous les trouver...

– Je crois, monsieur, que c'est eux qui me trouveront.

Il sourit.

– Je songe à vous apporter mon soutien. Que votre homme de loi prépare une proposition.

– C'est déjà fait, monsieur le comte, car j'espère intéresser des financiers à un projet plus vaste qu'une seule école. Mais vous devinez leur réaction – je suis une femme à la cervelle d'oiseau, avec une idée stupide en tête, celle de faire le bien. Une entreprise honorable, mais pas rentable.

Elle soupira en le reconduisant et ajouta :

– C'est de philanthropes dont nous aurions besoin.

– Et vous croyez que j'en suis un ?

– Monsieur le comte, je sais que vous êtes bon et je me refuse à croire que le bien-être des ouvriers et de leurs familles ne vous touche pas.

Vous êtes bon. C'était une louange presque accablante et il se sentit mal à l'aise. C'était intentionnel, elle comptait bien jouer de son sentiment de culpabilité. Personne ne lui avait jamais parlé de cette façon mais le sourire de Sarah Jane était si attirant qu'il n'avait qu'un désir, lui faire plaisir. En outre, elle avait raison – il se souciait réellement des ouvriers.

– Soyez assurée que je vais y réfléchir.

– Merci, monsieur. M. Wistonby vous transmettra notre projet. Il saura répondre à vos questions.

C'est elle qui mettait fin à l'entretien et Lord Chevington ressentit un vif désir de la retenir.

– J'attends avec impatience notre prochaine rencontre. Nous pourrions peut-être déjeuner ensemble ?

– Merci, monsieur le comte, mais à l'avenir c'est M. Wistonby qui s'occupera de tout cela avec vous.

Elle lui sourit en retirant doucement sa main de la sienne, puis remit ses gants et s'installa dans le fiacre. Geoffrey la regarda disparaître.

Puis il regagna sa voiture. Il devait trouver le moyen de détourner la ligne afin de ne pas détruire cette petite maison avec son inscription si émouvante au-dessus de la porte, et cela avant que Timothy ne revienne à Londres. Il demanda au cocher de le conduire à son bureau, où travaillait Jack Miller. Il lui fallait un allié.

Le dimanche, seul jour de repos de Sarah Jane, était toujours consacré à Jason. Tous deux se rendaient souvent à Hyde Park, non loin de leur domicile d'Oxford Street. Ce jour-là, il neigeait et elle n'avait guère envie de sortir mais l'enfant, ravi à l'idée de lancer des boules de neige, et emmitouflé dans son manteau, son cache-nez et son bonnet, dansait autour d'elle en protestant.

– Maman, on sort toujours le dimanche et la neige est si jolie ! Il y aura peut-être des vendeurs de marrons chauds et de muffins. Allez, prépare-toi !

Elle céda et se changea pour une robe de fine laine noir, rose, vert et orange qu'elle couvrit d'un manteau noir aux franges assorties à la jupe, se coiffa d'un chapeau vert noué par de larges rubans. Satisfaite de se savoir aussi élégante que n'importe quelle autre promeneuse, elle prit son manchon et rejoignit son fils qui trépignait d'impatience.

Ils se joignirent à la foule venue observer les progrès du palais des expositions. Couvrant plus de six hectares entre Knightsbridge et la rivière Serpentine, le chantier fournissait jour et nuit du travail à des milliers d'ouvriers du bâtiment depuis le mois de septembre. Les bâtiments qui s'élevaient déjà au-dessus des palissades rappelaient une ruche géante avec ses abeilles industrieuses. Bien avant d'être terminé, c'était déjà l'un des endroits les plus visités de Londres.

– On ira quand ce sera fini, n'est-ce pas maman ? demandait Jason. On nous en parle tout le temps à l'école.

– J'espère bien, répondit-elle en songeant à l'afflux de nouveaux clients qui se rendraient dans ses boutiques, et à l'installation d'un stand dans un coin du parc dès l'ouverture, en mai.

– Allons par-là, reprit Jason en l'entraînant vers une aire où la neige était propre et lisse.

Il en ramassa une poignée et la lui lança en riant de plaisir. Sarah Jane éclata de rire et fit de même, et bientôt tous deux se livrèrent à une grande bataille de boules de neige.

Traversant le parc, Geoffrey les aperçut et fit arrêter sa voiture. Il les rejoignit à pied au moment où Jason, les joues roses et les yeux brillants, façonnait une nouvelle boule de neige pour la lancer à sa mère. Du reste, l'élégante tenue de Sarah Jane portait les traces de l'adresse de son fils.

– Non Jason, ça suffit ! s'écria-t-elle à bout de souffle. J'en ai dans le cou et...

La boule de neige volait déjà vers elle. Elle se pencha, glissa et chut en riant sur le derrière, jambes tendues et crinoline relevée. Geoffrey, qui les avait observés en silence à quelques mètres, vint l'aider à se relever. Stupéfaite, elle s'exclama :

– Lord Chevington ?

Il sourit, ramassa son chapeau tombé dans la neige et le lui tendit.

– Vous êtes-vous fait mal ?

– Pas du tout. Nous nous sommes bien bagarrés, Jason et moi.

Elle attira son fils près d'elle.

– Voici Jason, monsieur le comte. Dis bonjour à Lord Chevington, mon chéri.

– Lord Chevington ? Le comte des chemins de fer ?

Geoffrey sourit.

– Oui, certains m'appellent ainsi.

Il observait le garçon pour se souvenir de chacun de ses traits, de sa silhouette. Celui-ci lui rendait son regard avec assurance. Tout ce qui touchait les chemins de fer fascinait Jason ; son papa n'avait-il pas été un chef d'équipe qui lui avait appris tous ses secrets ? Et qui lui avait confié que Lord Chevington était l'un des entrepreneurs les plus réputés ?

– Mon père était chef d'équipe, déclara-t-il avec fierté.

– Je sais. Et l'un des plus braves.

Rien n'aurait pu lui gagner plus sûrement le cœur de Jason. Sarah Jane savait aussi que le comte désirerait sans aucun doute le revoir, et son cœur se mit à battre la chamade. Jason dirait à tout le monde qu'il avait rencontré le grand homme. Comment Timothy ne l'apprendrait-il pas ?

17

L'année 1851 fut l'une des plus actives que connut Sarah Jane. Ses boutiques avaient du mal à suffire à la demande des ouvriers et des exposants qui arrivaient du monde entier. Il ne lui restait que peu de temps à consacrer à ses loisirs et elle ne sortait qu'en compagnie de Henry. Il était gentil avec elle, à sa manière ; elle lui devait beaucoup, aussi leurs relations n'évoluaient-elles guère. Leurs affaires continuaient de prospérer. Elle en était heureuse car elle avait besoin d'argent pour l'école qui venait d'ouvrir. Elle était déjà pleine à craquer et il faudrait bientôt en construire une autre. Elle avait demandé à Thomas de chercher un nouveau local, et elle avait besoin de fonds.

Lord Chevington avait étudié ses propositions et l'avait aidée de ses conseils et suggestions sans s'investir personnellement. Elle devrait trouver l'argent elle-même et le meilleur moyen était d'étendre ses activités, ce qui signifiait avoir recours à Henry.

– Je pense qu'il serait bon de renoncer aux cuisines séparées, lui annonça-t-elle un soir de février.

Ils rentraient du théâtre où ils étaient allés voir jouer William McReady dans *Macbeth*.

– Si nous avions un four central, les tourtes seraient livrées quotidiennement et le personnel se consacrerait uniquement à la clientèle.

– Après l'exposition, la demande va baisser, remarqua-t-il avec sa prudence coutumière.

– Pas si nous nous sommes fait connaître comme les meilleurs fournisseurs du royaume, et ce serait folie de ne pas tirer parti de l'afflux de visiteurs.

– On ne peut pas concurrencer Schweppes.

L'entreprise rivale avait obtenu le contrat de traiteur exclusif du palais des expositions.

– Tout le monde ne voudra pas déjeuner à l'intérieur du palais et, en outre, je les ai contactés pour les fournir en tourtes. Il nous faut une boulangerie – je dirais une usine – pour satisfaire la demande si nous avons leur accord.

Grâce à sa réputation grandissante, Sarah Jane parvenait à faire certaines démarches de son propre chef mais elle avait toujours besoin de Henry pour signer les papiers.

– Sarah Jane, je ne cherche pas l'expansion à tout prix.

Les boutiques d'alimentation étaient en train de prendre le pas en chiffre d'affaires et en bénéfices sur ses magasins, et quelque chose en lui se rebellait à cette perspective.

– Au nom du ciel, pourquoi ?

– Nous risquons de dépasser nos limites. Une usine est un gros investissement et nous ne sommes pas certains d'en assurer le fonctionnement très longtemps.

– Vous ne voyez donc pas que si ? Il ne s'agit pas de compétition, mais de partenariat. On peut produire des pâtés en croûte tout prêts pour les détaillants et les livrer dans toute la ville.

Il soupira.

– Sarah Jane, vous me forcez de nouveau la main.

Le fiacre s'arrêta devant chez elle.

– Venez, nous allons en discuter.

Avec un soupir, il demanda au cocher de l'attendre et la suivit. Dans le salon, il se mit dos au feu, comme s'il était chez lui – signe qu'il allait se rendre à ses raisons.

– Vous connaissant, je suppose que vous avez des plans à me montrer.

– Oui.

Elle s'assit sur le sofa, les yeux brillant d'enthousiasme. Faire des projets, lancer des idées, les réaliser, en tirer profit, rien ne la rendait plus heureuse. Sur ce plan-là, au moins, elle ne doutait pas de ses compétences.

– Alors je vous écoute.

Elle prit une liasse de documents et lui fit signe de s'asseoir. Ils passèrent l'heure suivante à discuter et, au moment de partir, il partageait son enthousiasme et était prêt à s'engager à ses côtés. Tous les projets de Sarah Jane avaient réussi et, avec le soutien de Henry, elle était certaine que rien ne l'arrêterait. Elle fut plus active que jamais, travaillant seize heures par jour, sans voir les nuages noirs qui grossissaient à l'horizon. Ses affaires progressaient au même rythme que le Palais de Cristal, ainsi qu'on l'appelait ; le jour de l'inauguration, en mai, elle était épuisée mais satisfaite car quoi qu'il arrive par la suite, *Carter et Winterday* était sur la voie de l'expansion.

Dix jours avant la cérémonie, alors qu'elle profitait d'une rare soirée chez elle en lisant *l'Art de la table*, Betsy apparut sur le seuil, l'air agité.

– Un monsieur désire voir madame.

Sarah Jane leva les yeux.

– Dis-lui de revenir demain matin à la boutique.

– C'est ce que j'ai fait, madame, mais il ne veut pas s'en aller.

– Qui est-ce ? A-t-il donné sa carte ?

– Il m'a dit de vous donner cela – que cela aurait plus de signification qu'une carte de visite.

Elle tendit sa paume, sur laquelle était posée une petite boîte noire. Sarah Jane la considéra plusieurs secondes, puis la prit lentement et l'ouvrit, les doigts tremblants, sachant pertinemment ce qu'elle contenait.

– Dis-lui...

Elle ne termina pas sa phrase car Timothy venait de forcer le passage et se tenait au milieu de la pièce, en tenue de soirée, comme s'il s'était arrêté au retour d'une réception. Elle bondit et ils se firent face en silence, jusqu'à ce qu'elle se souvienne de la présence de Betsy, dévorée de curiosité. Elle la renvoya sans quitter Timothy du regard. Il n'avait pas changé, grand, beau, désinvolte, avec un sourire de gamin poussé en graine, sauf qu'un gamin ne l'aurait pas bouleversée ainsi. Il avait les yeux noirs de Jason, des yeux qu'elle ne pouvait s'empêcher d'aimer. Elle avait espéré et redouté cet instant et ne parvenait pas à prononcer un mot.

– Pourquoi l'aviez-vous vendu ? demanda-t-il enfin en hochant la tête vers l'œuf d'or.

– Notre cabane avait brûlé. Nous n'avions plus d'argent.

Sa voix était dépourvue d'intonation dans son effort pour maîtriser ses émotions : amour, haine, désespoir, vengeance, peur et une terrible solitude se disputaient son cœur, sans oublier la certitude qu'elle serait seule pour soutenir le combat à venir.

– Eh bien, ce désastre ne se produira plus, dit-il en souriant. Vous avez réussi, cette fois, il me semble.

– Comment m'avez-vous trouvée ?

– J'ai suivi un certain homme de loi des plus imprudents.

Caroline lui avait dit que Sarah Jane avait changé – mais à ce point ! Le contraste entre cette femme en peignoir d'organdi et la fille en robe de coton sale de Hailey Common était saisissant. S'il n'avait su la vérité, il aurait juré qu'une aristocrate lui faisait face : la façon dont elle se tenait, la douceur de son teint, ses intonations raffinées... Même en loques elle avait eu de la grâce, à présent elle était merveilleuse.

– Je l'avais payé pour vous retrouver et il n'a pas eu la bonne idée de me dire où vous étiez.

– Sans doute parce que je lui avais demandé de n'en rien faire.

– Pourquoi ? Vous ne vouliez pas me voir ?

Il luttait contre l'envie d'ôter ses barettes pour laisser cascader sa chevelure en un torrent cuivré. Elle était résolue à se montrer froide et à ne pas lui laisser deviner qu'elle tremblait comme un arbrisseau dans le vent.

– Nous n'avons rien à nous dire. Allez-vous-en.

– Comment, chère Sarah Jane ? Vous n'allez pas me renvoyer sans même m'avoir demandé la raison de ma visite ou offert un rafraîchissement ?

– Je suis désolée de paraître peu accueillante mais je préférerais de beaucoup que vous partiez et m'oubliiez.

– Vous oublier ? Jamais de la vie, même si je le désirais.

Sa voix avait la douceur d'une caresse et elle eut du mal à lutter contre lui. Il reprit :

– Je n'ai pu vous chasser de mon esprit tout au long de ces années alors que je n'avais que le souvenir d'un délicieux été, comment le pourrais-je en vous retrouvant telle que vous étiez, et bien plus encore ? Vous serez mon Aphrodite jusqu'à la fin de mes jours, Sarah Jane.

Il fit un pas en avant en tendant les mains, elle recula et tomba assise sur une chaise. Il fit mine de prendre cela pour une invitation et prit place sur le sofa. Il se pencha en la fixant dans les yeux, qui la trahirent, comme toujours.

– Sarah Jane... comment croire que je pourrais t'oublier....

– Que voulez-vous ? demanda-t-elle, soudain fatiguée de lutter. Pourquoi êtes-vous venu ?

– Me faut-il une raison pour rendre visite à la mère de mon fils ?

Il eut un sourire désinvolte mais comme aucune réponse ne vint, il continua :

– Car il est mon fils, n'est-ce pas ?

– C'est le mien. Vous avez renoncé à vos droits sur lui.

– Allons donc. Croyez-vous que j'ai fait exprès de vous abandonner cet été-là ?

Il tendit la main vers elle mais elle l'esquiva comme un fer brûlant.

– C'est pourtant ce qui s'est passé, et sans explication.

– Je n'avais pas le choix. Plus tard, quand M. Wistonby a dit qu'il allait vous amener à Londres, j'ai espéré avoir l'occasion de me justifier à vos yeux, mais c'est vous qui vous étiez enfuie.

– Enfuie ? Connaissez-vous l'autre solution qui me restait : une vie de misère à l'hospice ? Je n'en voulais pas pour mon enfant. Et j'ai eu raison puisque maintenant je vis comme je l'entends.

Il s'arracha à sa contemplation pour regarder la pièce confortable avec ses chaises rembourrées, le sofa, les petites tables, les étagères croulant sous les livres, les bibelots.

– C'est juste, mais cela n'a rien à voir avec ce que je ressens. Je veux me faire pardonner, je veux que nous tirions un trait sur le passé. Pourquoi vous aurais-je recherchée, sinon ?

Il était venu dans le but délibéré de la séduire et au lieu de cela, il tremblait d'un désir incontrôlable. Il n'avait pas avoué à son père qu'elle l'avait envoûté, et pourtant c'était cela : elle le retenait prisonnier comme une mouche dans une toile d'araignée.

– À cause de votre mauvaise conscience.

– À propos de l'enfant ?

– Non, je parle des ouvriers, de la mort de Duncan...

Savait-il qu'elle avait accepté les indemnités ?

– Cela n'a aucun rapport. Il s'agit de quelque chose entre vous et moi, que nous n'avons pas achevé.

– Si, c'est terminé, bel et bien terminé.

Pourquoi acceptait-elle cette joute verbale, pourquoi ne l'avait-elle pas jeté dehors dès son arrivée ?

– Lorsque j'attendais mon enfant, j'aurais accepté votre aide avec gratitude, mais plus maintenant. Il n'y a pas si longtemps nous vivions dans la crasse d'un chantier et, lorsque Duncan est mort, j'aurais pu sombrer, mais j'ai fait mon chemin, sans aide, et je continuerai ; je ne suis pas encore arrivée. Je ne réclame rien pour Jason, ni maintenant ni jamais.

Elle s'interrompit mais il ne fit pas mine de se lever.

– Je crois que vous êtes sur le point de vous marier. Retournez chez votre fiancée, monsieur Myson, et laissez-nous en paix.

– Je ne peux pas et, en outre, les noces n'auront pas lieu avant un an. Lord Hailey est mort il y a deux semaines, sa famille est en deuil. De toute façon, c'est un mariage de convenances. Pour mon père, je ne suis qu'un pion que l'on manipule, comme il manipule tout le monde, vous compris.

Son sourire amer troubla l'harmonie de ses traits.

– Nous sommes pareils, vous et moi, nous devons nous battre et nous avons appris à blinder notre cœur contre tout ce qui se met en travers de nous. Mais avec vous je saurais être différent, chaleureux. Je dois me réchauffer de temps en temps sous peine de perdre mon âme. Comprenez-vous ce que je veux dire, Sarah Jane ?

– Oh ! très bien ! Vous cherchez une maîtresse peu exigeante.

Il rit en se penchant pour toucher une boucle de cheveux échappée de son chignon et elle frémit.

– Une maîtresse, je peux en trouver n'importe où. Vous vous sous-estimez, ma chère.

Elle se sentait troublée, faible ; le mot « chaleureux » l'avait frappée, car c'est aussi de chaleur qu'elle avait envie, elle aussi, pour des raisons étrangement semblables. Mais elle ne faiblirait pas.

– Mademoiselle Hailey n'approuverait certainement pas votre visite, dit-elle en se levant pour le regarder de haut. Et si elle apprenait que vous avez un fils...

– Un bâtard, Sarah Jane, tout comme moi. Vous l'ignoriez, n'est-ce pas ?

– Non, pas du tout. Mais cela n'a pas d'importance.

Elle était fatiguée, anxieuse, et perdait le contrôle d'elle-même. Il la saisit par la main et l'attira contre lui.

– Pas d'importance ? Mais si ! Cela signifie que je n'occuperai jamais la place qui me revient. Je n'ai pas le droit d'aller à Chevington House, mon père refuse de me reconnaître. J'ignore jusqu'au nom de ma mère. Mon père a inventé le mien de toutes pièces. Le saviez-vous ?

Elle éprouva une pitié soudaine à son endroit mais se reprit.

– Non, mais mon fils, lui, en a un : McBryde. Duncan McBryde était son père.

– Son père adoptif, Sarah Jane, répliqua-t-il en devinant soudain que la façon de l'atteindre passait par Jason. Et l'enfant mérite mieux que cela.

Furieuse, mais contente de l'être car il lui serait plus facile de résister, elle lança :

– Mieux que quoi ?

Il comprit son erreur et changea de ton.

– Mieux que de lutter toute sa vie comme McBryde y fut contraint, ainsi que moi.

– Qu'en savez-vous ? Vous êtes... ce que vous êtes.

– Un bâtard, mais riche – et un jour j'hériterai la fortune des Chevington. Je peux faire beaucoup pour Jason.

– Non !

– De quoi avez-vous peur ?

– De rien. Monsieur Myson, j'ai eu une dure journée et je suis lasse. Je vous en prie, allez-vous-en.

Il ne la crut pas ; elle voulait seulement lui donner une leçon. Il se rappela comment il l'avait conquise la première fois : en lui permettant de se vêtir avant de faire la conversation. Malgré son impatience, il devrait agir de même ; plus elle résistait, plus il avait envie d'elle. Il se leva.

– Très bien. Mais je reviendrai.

Il porta la main de Sarah Jane à ses lèvres, eut un sourire plein de suffisance, prit son chapeau et ses gants et s'en fut. Elle l'entendit descendre, puis claquer la porte derrière lui. Elle se laissa aller contre le dossier du sofa et ferma les yeux. Elle aurait bien pris un verre, mais ses jambes étaient trop faibles pour la supporter. Elle se cacha le visage dans les mains pour endiguer le flot de larmes qui jaillissait entre ses doigts. Comment l'empêcher de revenir, l'éloigner de Jason ? Tout au long de leur entretien, elle s'était souvenu de lui près de la rivière, nu, musclé, viril, l'emportant toute mouillée dans ses bras, riant avec elle de plaisir. Ce soir, elle avait ressenti le même élan, la même envie de s'abandonner à la joie de cet été-là. Pourquoi son corps la trahissait-elle, alors qu'elle aurait dû le haïr ? Cela aurait été plus facile s'il avait été complètement mauvais, mais elle percevait, enfoui sous l'amertume, l'homme qu'elle pourrait aimer de nouveau.

Elle laissa retomber ses mains et ouvrit les yeux. L'œuf d'or reposait sur ses genoux. Elle le jeta dans la cheminée au moment où Betsy entrait.

– Donne-moi un brandy, dit-elle en allant ramasser l'œuf pour le remettre dans l'écrin.

Si elle ne l'avait pas vendu, si, si... Mais cela n'aurait fait aucune différence ; son destin avait été scellé le jour où elle l'avait acceptée. Que faire à présent ? Partir avec Jason et tout ce qu'elle pourrait emporter ? Elle but en hâte et se rendit dans la chambre où l'enfant dormait profondément, un sourire aux lèvres et les doigts serrés sur une locomotive miniature offerte par Lord Chevington quelques jours auparavant. Elle la lui retira doucement et la posa sur la table de chevet. Pas ce soir. Elle ne le réveillerait pas ce soir.

Elle se coucha tout en sachant qu'elle ne pourrait pas dormir. Que dirait-on à l'école de Jason quand il ne se présenterait pas ? Allait-elle sacrifier sa scolarité ? Que deviendrait Henry si elle l'abandonnait, lui qui ne méritait pas cela ? Et que penserait Lord Chevington de sa faiblesse, si à la première difficulté elle renonçait à ses espoirs les plus chers ?

– Je savais que je risquais de revoir Timothy en acceptant le dédommagement. J'ai pris ce risque, à moi de l'assumer.

Elle aurait aimé en parler à Thomas, mais il n'était pas à Londres. Elle devrait affronter seule ses peurs, qui après tout n'avaient aucun fondement. Elle s'endormit enfin et le cauchemar revint, plus effrayant que jamais. Au milieu d'un violent orage, Jason était assis en croupe derrière le cavalier et riait, pas du tout mouillé ; la pluie ne le touchait pas, et c'est ce qui la terrifiait le plus. Elle courait, désespérée, après eux, tombait dans un trou noir et tendait la main mais ne rencontrait que vide et ténèbres. Elle s'éveilla en sursaut tandis que le jour se levait sur les cheminées d'Oxford Street.

Le miroir de la coiffeuse lui renvoya l'image de sa nuit : elle était d'une pâleur mortelle, les yeux cernés. Ce n'est pas ce visage-là qu'elle voulait offrir au monde. Elle se poudra avec soin, s'habilla de taffetas brun et, très droite, se rendit à la salle à manger où Jason jouait avec ses trains sur le tapis.

– Aimerais-tu venir avec moi aujourd'hui ? demanda-t-elle, se rendant compte soudain qu'elle ne supporterait pas d'être loin de lui.

Il leva la tête, ravi :

– Je peux ?

– Oui, tu m'accompagneras chez oncle Henry, puis à la nouvelle école.

Sans savoir pourquoi, elle avait envie que Jason rencontre les enfants des ouvriers ; ils lui rappelleraient peut-être Duncan, lui feraient comprendre la chance qu'il avait eu de l'avoir pour père, lui montreraient quel chemin sa mère avait parcouru depuis ce temps. Jason était aussi le seul avec qui partager sa joie et sa fierté d'avoir fondé l'école.

Ils ne quittèrent Henry qu'en fin d'après-midi et prirent un fiacre. Les enfants étaient rentrés chez eux à cette heure-là. Ils se promenèrent dans les classes désertes et Jason demanda :

– Si nous allions voir les ouvriers ?

– Pourquoi pas ?

Ils longèrent les excavations. Sarah Jane écoutait à peine le bavardage excité de Jason. Son cauchemar avait perdu de son intensité, ainsi que sa peur de Timothy Myson. Il s'était amusé avec elle, s'attendant à ce qu'elle lui tombe dans les bras, comme la première fois. Et elle avait failli succomber ! Elle s'en voulut de lui avoir laissé voir sa faiblesse. Il ne reviendrait pas ; il n'oserait pas, à voir sa détermination.

Elle s'aperçut brusquement que Jason n'était plus là. Elle parcourut le chantier des yeux, affolée.

– Jason ! Jason, où es-tu ?

Puis elle le vit, sa locomotive miniature à la main, qui observait les chevaux tirant les wagons pleins de déblais, et comprit au même instant quel danger le menaçait. Le garçon qui menait le cheval venait de le faire tourner trop tôt et le wagon avait déraillé. Des tonnes de pierraille dévalaient la pente du monticule au pied duquel se tenait l'enfant, dans un nuage de poussière.

– Jason ! hurla-t-elle en s'élançant vers lui.

Jamais elle ne pourrait l'atteindre à temps et il paraissait cloué sur place, ignorant de quel côté courir. Dans sa terreur, elle entendit un bruit de sabots et, l'instant d'après, Jason était soulevé de terre par un homme monté sur un grand cheval noir. Elle cria et tomba dans la fosse de son cauchemar...

Quand elle revint à elle, elle était étendue sur le sol au milieu d'un petit groupe d'ouvriers.

– Jason ? Où est Jason ? demanda-t-elle en essayant de s'asseoir.

– Il est sain et sauf, répondit Timothy en l'enlaçant. Il n'a pas de mal. Venez vous reposer dans mon bureau.

Elle se débattit.

– Non ! Amenez-le moi tout de suite !

– M. Myson a sauvé le petit, intervint l'un des ouvriers. Vous devriez être contente, madame, faut pas lui crier dessus.

Elle se sentit stupide. Timothy l'aida à se lever. Jason était assis sur un tas de rails, indemne et insouciant.

– Je n'ai rien, maman, et je n'ai pas perdu ma locomotive. Mais elle a une bosse.

En gémissant, elle courut le prendre dans ses bras.

– Oh ! Mon Jason, j'ai cru t'avoir perdu !

– Que diable faites-vous ici ? demanda Timothy d'un ton dur. Pourquoi avez-vous amené cet enfant ?

– Et pourquoi pas ? Il ne doit pas oublier d'où il vient.

– Il n'est pas le fils d'un ouvrier, Sarah Jane, et vous le savez. Est-ce que votre voiture vous attend ?

– Non, un fiacre.

– Alors permettez-moi de vous raccompagner.

Il se tourna vers les hommes.

– Nous reprendrons notre conversation plus tard. L'un de vous aurait-il l'amabilité de garder mon cheval ?

Sarah Jane était trop bouleversée pour s'inquiéter de ce qui se passait. Son cauchemar s'était matérialisé, mais pas dans le sens qu'elle lui avait donné. Elle eut un petit sourire en se dirigeant vers le fiacre qui attendait à l'école.

En l'aidant à monter en voiture Timothy remarqua l'inscription au-dessus de la porte. Qui avait eu l'idée de construire à cet endroit, en plein milieu de la future ligne ? Il haussa les épaules. Arrivés devant sa maison, elle se tourna vers lui en s'efforçant de dissimuler son tremblement.

– Merci pour votre aide, monsieur Myson.

– Vous me renvoyez, c'est cela ? Vous ne me permettrez pas de m'assurer que tout va bien ?

– Tout va bien, merci.

– Est-ce que je ne mérite pas une récompense ?

– Laquelle ?

Elle se sentait faible, comme si elle avait couru longtemps.

– Le plaisir de votre compagnie pendant une demi-heure. Jason, tu aimerais que je reste pour le thé, n'est-ce pas ?

Jason les regarda l'un et l'autre, percevant la tension sans la comprendre.

– S'il te plaît, maman. M. Myson est allé sur la locomotive de Lord Chevington, la même que j'ai, qui tire son train privé.

Perdue dans ses pensées, elle n'avait pas remarqué que Timothy avait profité du trajet pour se concilier les bonnes grâces de Jason. Incapable de refuser quoi que ce soit à son fils, elle fit un léger signe de tête et Timothy la suivit au salon. Elle commanda du thé et des gâteaux et le retrouva assis par terre avec Jason, en train d'aplanir la bosse de la locomotive à l'aide d'un tisonnier. Elle les observa un instant, l'un brun et l'autre blond, et fut frappée par leur ressemblance. Leurs yeux, sous les sourcils finement arqués, étaient les mêmes, ainsi que leur mâchoire volontaire. Leurs mouvements se ressemblaient. Exceptées les boucles blondes de Billy, il y avait peu de Winterday en Jason. Timothy, ayant réparé la locomotive, la fit rouler sur le sol, où elle percuta un pied de chaise. Jason éclata de rire. Betsy apporta le plateau de thé.

– Viens prendre ton goûter, Jason.
– Oh, maman !
– Obéis, Jason, ou on ne me demandera plus de venir, intervint Timothy en s'asseyant face à Sarah Jane pour la contempler à loisir.
– Tu joueras avec moi, après ?
– Non ! lança Sarah Jane. Il est trop tard.
Timothy la regarda avec amusement. Elle posa un sandwich sur une assiette qu'elle tendit à son fils.
– Sois sage et mange. Tu ne te rends pas compte de la chance que tu as de prendre ton thé au salon avec les grands. La plupart des petits...
Elle allait dire « garçons » mais en pensant aux enfants du chantier, rectifia :
– Des petits messieurs le prennent dans la nursery.
– Je suis trop grand pour la nursery ! Je vais à l'école.
– Les enfants se taisent et obéissent.
Il regarda sa mère d'un air interrogateur. Ils prenaient toujours le thé ensemble et elle le laissait bavarder à sa guise. Il se tourna vers M. Myson, qui le considérait en souriant ; il n'avait donc pas commis une énorme faute. Il aimait bien M. Myson, qui connaissait les trains, surtout ceux de Lord Chevington. Il mordit dans son sandwich.
Nous avons l'air d'une vraie famille, songea Sarah Jane. Si seulement... Elle ne laissa pas dériver ses pensées sur cette voie et porta attention à ce que Timothy disait à Jason.
– Quelle école fréquentes -tu ?
– La classe de Miss Dean, monsieur.
– Qu'y apprends-tu ?
Il était soulagé que ce ne soit pas la Fondation Duncan McBryde.
– Lire, écrire, compter...
– Le latin, le grec ?
– L'année prochaine, si j'en suis capable.
– Et tu fais du sport ? De l'équitation ?
– Non, monsieur.
– Aimerais-tu avoir un poney ?
Il avait eu raison de penser que Jason était le point d'orgue de la vie de Sarah Jane, et sa faiblesse.
– Un vrai poney ?
– Bien sûr, un vrai. Tous les petits messieurs apprennent à monter de bonne heure.

– Je t'achèterai un poney quand tu seras assez grand, intervint Sarah Jane en regardant Timothy.

Comment osait-il s'immiscer ainsi dans leur vie ?

– Nous avons retenu M. Myson trop longtemps et il est temps que tu ailles au lit.

Timothy ébouriffa les cheveux du petit garçon qui lui fit un beau sourire. Elle eut l'impression qu'ils conspiraient de nouveau contre elle.

– Voudrais-tu que je te fasse la lecture ? demanda Timothy. Ta mère est d'accord, n'est-ce pas Sarah Jane ?

Pour demeurer seul avec elle, il devait attendre que Jason soit couché et le plus tôt serait le mieux.

– Racontez-moi une histoire de trains, alors.

C'était celles qu'il préférait. Il ne se lassait pas d'entendre évoquer leur construction, les locomotives et les engrenages, les ingénieurs tel Stephenson, les entrepreneurs comme George Hudson dont l'empire avait sombré deux ans auparavant, faisant perdre à ses investisseurs quatre-vingts millions de livres. Mais il aimait pardessus tout la compagnie Chevington.

– S'il te plaît, maman ?

N'ayant pas le cœur à refuser, elle hocha la tête et ils sortirent ensemble. L'incident de l'après-midi avait pompé toute son énergie, mais l'effet que Timothy produisait sur elle n'y était pas étranger. Elle se répétait sans cesse qu'il avait abusé d'elle et qu'elle devait le haïr pour cela, mais elle n'y parvenait pas. Elle avait été consentante et de leur plaisir était né son plus grand bonheur, Jason. Était-ce la cause de sa faiblesse, de son indécision dès que Timothy était en cause ? Elle sonna Betsy, puis se versa un brandy pour trouver le courage de renvoyer son visiteur.

Lorsqu'il revint au salon, il remarqua son verre.

– N'est-il pas un peu tôt pour boire, ma chère ?

– J'ai subi un choc aujourd'hui et j'en avais besoin.

Elle le vida d'un trait et se leva.

– Maintenant, si vous permettez, je suis fatiguée.

– Vous me devez toujours l'explication de votre singulière conduite, remarqua-t-il en remplissant le verre de Sarah Jane, ainsi qu'un autre pour lui. Ce n'était pas celle d'une mère reconnaissante.

– Je sais, je suis désolée.

– Croyiez-vous donc que j'étais là à vous attendre ?

– Oui. Non. Je ne sais pas.

Elle se laissa tomber sur le sofa.
– Comment aurais-je pu deviner que vous alliez venir ? Pourtant, il y a cette école...
– Destinée aux enfants des ouvriers. Je l'ai fondée en mémoire de Duncan.
– Vous ? Mais ce n'est pas une raison pour amener Jason sur le chantier. Il aurait pu être tué.
Sa propre colère l'étonnait ; son fils n'avait rien à faire avec les ouvriers. Elle frissonna.
– C'est vrai, et je vous remercie de lui avoir sauvé la vie, mais...
– Vous feriez mieux de tout m'expliquer.
Elle lui raconta alors son cauchemar. Elle était si soulagée d'en parler qu'elle ne remarqua pas l'éclat dans ses yeux, ni son petit sourire de triomphe.
– Je suis navrée, conclut-elle. Il y a si longtemps que je fais ce rêve...
– C'est fini, maintenant.
Il se rapprocha, lui prit la main.
– Est-ce pour cela que tu m'as renvoyé l'autre jour, Sarah Jane ? Mais pas ce soir, dis ?
Il s'exhortait à la patience ; encore un peu, et il serait récompensé. La tension entre eux était comme une corde prête à se rompre, elle ne la maîtrisait plus.
– Que me veux-tu ? murmura-t-elle, effrayée par ses propres battements de cœur, par son corps prompt à la trahir et par la douceur du sourire de Timothy.
– Toi, répondit-il sans hésitation. Et l'amour que je n'ai jamais obtenu d'une autre que toi.
Il porta sa main à ses lèvres et la baisa en remontant jusqu'au creux du coude, ce qui la fit frémir de désir. Elle s'efforça de reprendre ses esprits, d'ignorer la chaleur de son souffle tandis qu'il chuchotait à son oreille. Elle refusait de l'écouter mais faiblissait à chaque minute.
– Douce Aphrodite, te souviens-tu de notre premier jour au bord de la rivière ?
Comment aurait-elle oublié Pâris ? Ce jour avait été celui de son éveil à l'amour, le commencement de sa vie de femme.
– Oui. Et tu refusais de me dire ton nom, et où tu habitais. Tu prétendais vivre dans les nuages. J'aurais dû deviner que tu n'avais pas plus de substance que la brume. Même lorsque j'ai su que j'attendais un enfant, tu restais irréel. Mais c'était il y a longtemps et mieux vaut oublier tout cela.

– Trop longtemps, murmura-t-il en la prenant par les épaules. Et il est impossible d'oublier. Tu m'as charmé dès le début avec ton drôle de bon sens où se mêlaient tes lectures et tes rêveries, les mots savants que tu prononçais avec un accent qui ne pouvait venir que de la campagne. C'était comme s'il y avait eu deux personnages en toi.

– Je pense que nous sommes tous bifides. Toi aussi.

– Moi surtout. Il me plaisait d'être Pâris, c'était mieux que Timothy Myson, j'entrais dans ton rêve. C'est pourquoi je t'ai offert cette pomme, en tribut à ta beauté.

Il prit son menton dans sa main pour l'obliger à le regarder. Sa voix avait la douceur d'une pluie d'été sur la terre desséchée.

– Ne lutte pas, Sarah Jane, parce que c'est écrit dans les étoiles, aussi sûr que la nuit succède au jour.

Elle frémissait d'excitation et de passion, de peur de se perdre dans la volonté d'un autre, de joie et de désespoir. Son corps tout entier criait de désir. Elle prit la tête de Timothy entre ses mains et plongea au fond de ses yeux noirs, y cherchant réconfort, espoir, sincérité, et, parce qu'elle voulait tant y croire, les y trouva.

– J'ai eu si peur...

– De moi ?

Les larmes brillaient sur les cils de Sarah Jane.

– Peut-être, mais surtout de moi. J'ai été si seule, j'ai eu si froid...

– Plus maintenant.

Il la prit dans ses bras et la déposa sur son lit.

– Tu ne seras plus jamais seule.

Il commença à la déshabiller avec lenteur et précaution, murmurant des mots doux, l'embrassant encore et encore. Elle tenta, bien faiblement, de le repousser, mais ce n'était qu'un semblant de résistance. Quand il la prit, ses émotions depuis si longtemps refoulées jaillirent avec ses larmes dans un irrésistible désir et tous deux se perdirent dans l'assouvissement d'une passion si longtemps contenue.

18

Sarah Jane ne put reprendre ses esprits qu'après son départ, atterée devant son manque de volonté. Elle s'était persuadée des années durant que Timothy Myson n'était qu'un vulgaire séducteur, le responsable de la mort de Duncan, et voilà qu'il avait de nouveau mêlé sa vie à la sienne, avait fait d'elle un être faible et docile, détruit sa force et sa résolution avec une poignée de mots doux et de baisers. Comme elle s'était vite rendue ! Pour la seconde fois en quelques jours, elle fut tentée d'emmener Jason et de disparaître, mais c'était impossible. Tout ce dont elle avait besoin se trouvait là, son foyer, ses affaires, le confort qu'elle avait fini par considérer comme acquis – elle ne ferait pas payer à Jason sa propre sottise. Il ne fallait pas permettre à Timothy Myson de bouleverser de nouveau sa vie avec des passions dont elle pensait avoir appris à se passer.

– Je reviendrai demain, avait-il dit en s'habillant dans la demi-lumière de l'aube.

– Non.

Ce n'était pas un non très convaincu ; même si la honte et le remords commençaient à se manifester, elle était encore trop bien, comblée, comme une chatte ronronnant près du feu.

– Non ?

– Je ne veux pas que tu reviennes.

Elle regardait son reflet dans le miroir tandis qu'il nouait sa cravate de soie. Il sourit.

– Mais si, tu le veux, tout comme moi. Rien au monde ne peut nous en empêcher.

– Fiche le camp ! cria-t-elle en attrapant un chandelier pour le lui jeter. Va-t'en !

Il l'esquiva en riant et lui envoya un baiser du bout des doigts avant de prendre son manteau.

– Je reviendrai, mon amour, sois-en sûre.

Mais il n'en fit rien. Les jours suivants, Sarah Jane balança entre déception et soulagement, colère devant son arrogance et tristesse à mesure que le temps passait. Elle tenta de se convaincre qu'il avait surgi de nulle part, s'était matérialisé par la force de son désir inavoué, pour disparaître de nouveau. Pâris était un mythe, pas un être vivant. Mais comme elle le regrettait !

Puis, fin avril, récusant toutes ses théories, il revint un soir et Betsy, charmée par son sourire, oublia les recommandations de sa maîtresse et le laissa entrer. Il apportait un énorme bouquet de roses rouges et une maquette de galion aux détails parfaits, des rames aux voiles, jusqu'au nom, *Argo,* peint sur les côtés.

– C'est un cadeau pour Jason, dit-il en donnant les roses à Sarah Jane, qui ne sut que répondre.

– Pourquoi ?

– Pourquoi pas ? J'ai manqué son anniversaire. En fait, j'en ai manqué sept, n'est-ce pas ? ajouta-t-il à l'adresse de Jason qui se tenait derrière sa mère.

– Vous ne me connaissiez pas avant.

– Non, et c'est fort dommage. Puis-je m'asseoir, Sarah Jane ?

Elle se considérait comme une adulte indépendante, une femme d'affaires avec cinquante personnes sous ses ordres, elle commandait et était obéie – alors pourquoi la désarmait-il au point de lui faire tout oublier sinon qu'elle avait envie de se jeter dans ses bras ?

– Ce bateau, c'est votre cheval de Troie ? répliqua-t-elle en donnant les fleurs à Betsy.

– Je suis entré, en tout cas !

Il tendit le galion à Jason qui l'examina, les yeux brillants d'émerveillement.

– Qu'il est beau ! Il flotte ?

– Je l'espère bien. Un bateau qui ne flotte pas ne sert à rien. Si on allait l'essayer ?

– Oh oui ! Maman ?

– Non, dit-elle avec une fermeté qu'elle n'éprouvait guère. Il se fait tard...

– Maman, s'il te plaît ! Monsieur Myson, demandez-lui. Elle vous dira oui.

Timothy sourit.

– Alors, Sarah Jane ? Nous pourrions aller jusqu'à la Serpentine.

Elle hésita. Au moins, parmi la foule il ne se risquerait pas à la toucher et elle parviendrait peut-être à garder son sang-froid.

Jason prit son silence pour un assentiment, se dépêcha d'enfiler son manteau et elle se retrouva dans la rue en direction du parc, Jason devant avec la maquette et Timothy bavardant à côté d'elle, sans se soucier de son mutisme.

Ils passèrent une heure à faire voguer le galion puis, malgré ses protestations, Timothy les raccompagna. Elle était tendue, consciente de sa présence, de sa main sous son coude, de son pas accordé au sien, et elle savait qu'elle n'aurait pas le cœur de le renvoyer, ni cette nuit ni jamais. Sur le seuil, elle hésita. Il fallait agir tout de suite. Il fit un pas en arrière vers la façade de la boutique fraîchement repeinte ; il trouvait de très mauvais goût l'énorme imitation de tourte qui trônait au milieu de la vitrine sur une assiette décorée des mots : *Carter et Winterday, les célèbres pâtés en croûte.*

– Allons-nous passer la nuit sur le perron, Sarah Jane ?

– Inutile d'y passer même une minute, rétorqua-t-elle en ouvrant la porte. Bonne nuit, monsieur Myson.

Avant qu'elle ait pu refermer, il était entré dans l'étroit couloir.

– Pourquoi cette froideur, Sarah Jane ? Tu n'étais pas froide, l'autre soir, tu étais même brûlante.

Elle jeta un regard anxieux vers Jason mais il montait déjà vers l'appartement.

– C'était différent.

– En quoi ?

Elle se tourna brusquement vers lui.

– Il te faut tout, n'est-ce pas ? Une situation dans le monde et la possibilité de venir me voir dès que tu t'ennuies, certain que je vais te tomber dans les bras ? Eh bien, je n'en ferai rien. Ne pense plus à l'autre nuit, il ne s'est rien passé. Moi, j'ai tout oublié.

– Menteuse !

Elle lui tourna le dos et suivit Jason dans l'escalier. Elle n'avait rien oublié. Elle ôta son chapeau et demanda à Betsy d'apporter du thé et des gâteaux. Jason était déjà en train de jouer avec son galion, assis jambes croisées sur le tapis.

– Voilà un petit garçon heureux, dit Timothy en souriant.

– Oui, et je ne veux pas que tu gâches tout.

– Gâcher tout ? Moi non plus, je veux justement parler de son avenir.

– Je suis parfaitement capable de m'en occuper.

– Mais il peut espérer tellement mieux. Pour commencer, il vous faudrait une maison convenable. Je refuse que mon fils grandisse au-dessus d'une charcuterie. Je trouverai quelque chose de mieux.

Betsy apporta le thé et il la renvoya d'un geste. Sarah Jane préféra faire fi de sa prétention à donner des ordres à la bonne ; inutile de se disputer à ce propos car elle avait bien l'intention de ne plus jamais le laisser entrer, et de le lui faire comprendre.

– De mieux pour qui, monsieur Myson ?

– Pour ma...

– Maîtresse ?

– Non, j'allais dire la mère de mon fils. Sarah Jane, viens donc t'asseoir là. Je pourrais l'envoyer dans une bonne école puis à l'université, lui procurer tout ce dont un fils de bonne famille a besoin. Qu'y a-t-il de si terrible à vouloir le meilleur pour mon – notre – fils ?

– Rien. C'est moi qui le lui donnerai.

– Même si tes affaires marchent bien, je doute que tu puisses lui offrir la moitié des avantages dont je peux le faire bénéficier. Tout ce que je demande, c'est de vous voir aussi souvent que possible tous les deux afin de jouer mon rôle de père.

Elle baissa les yeux sur Jason ; il n'écoutait pas, mais parlait aux marins miniatures de son bateau.

– À la façon du tien, qui te cache à sa femme et prétend être ton tuteur ? Non, Timothy, il vaut mieux qu'il croie que son père est mort dans un accident.

– Regarde-le. A-t-il l'air d'un enfant d'ouvrier ? Deviendra-t-il un fermier plus tard ? Aimera-t-il relever ses manches et travailler dans tes cuisines ? Servir les clients en répétant « Bien, monsieur » toute la journée ? Ou préférerait-il qu'on le considère comme un homme bien né ? Te souviens-tu à quel point tu voulais devenir une dame ? C'est la même chose.

– Je n'étais qu'une enfant.

– Oh, que non ! Tu étais déjà une femme.

Il avait envie de l'emmener dans sa chambre, de la déshabiller et de se perdre en cette femme qui le comblait comme nulle autre n'en avait été capable.

– Tu en es toujours une, reprit-il. Et presque une dame, mais pas tout à fait. Une dame ne jette pas de bougeoir à travers une pièce.

– Je suis ce que je suis et tu ne me changeras pas.

– Je ne veux pas que tu changes. Je te veux telle que tu es.

– Et Mlle Hailey ? Ne l'aimes-tu pas ? Ses enfants seront tes héritiers. Occupe-toi de tes problèmes, Timothy, et laisse-moi élever mon fils comme je l'entends. Tu n'es pas mon ange gardien et je n'abandonnerai pas une indépendance chèrement acquise, surtout pour n'être que ta maîtresse.

Une pensée le frappa soudain. Aurait-il surestimé son amour pour lui et sous-estimé son habileté ?

– Essaies-tu de me faire choisir entre toi et Caroline ? Penses-tu te faire épouser ?

Son étrange petit rire inquiéta Jason qui vint se blottir contre sa jupe. Elle se pencha et posa la main sur sa tête.

– Tout va bien, mon chéri, M. Myson plaisantait. Mets-toi à table et bois ton thé.

Il obéit et elle se tourna de nouveau vers Timothy, plus calme qu'elle ne l'avait été jusque là.

– C'est bien la dernière chose à laquelle je pense, dit-elle à voix basse. Ne comprends-tu donc pas, prétentieux et vain comme tu l'es, que j'essaie seulement de me débarrasser de toi sans faire d'esclandre ni effrayer Jason ?

Il se rendit compte qu'il était allé trop loin ; ce n'est pas en s'opposant à elle qu'il obtiendrait ce qu'il voulait. Et ce qu'il voulait, c'était l'installer dans une petite maison où il pourrait se rendre quand bon lui semblerait, un lieu où elle serait à sa merci. C'était devenu plus qu'un caprice, une nécessité. Il sourit en tendant la main ; elle retira vivement la sienne et s'éloigna. Il dit doucement.

– Pourquoi nous battre, ma chère Aphrodite ? Nous devrions faire l'amour, pas la guerre. Tout ce que je désire c'est ta compagnie et, si mes méthodes sont quelquefois déloyales, c'est que mon envie de toi est immense. Comprends-tu ?

– Non.

Elle était lasse de lutter contre son propre corps prêt à céder, attitude peu digne d'une femme respectable. Il ne s'agissait même pas d'amour, mais d'une passion sans retenue.

– Va-t-en, Timothy. Va-t-en et laisse-moi tranquille. Tu n'es pas le bienvenu ici.

– Ce n'est pas ce que pense Jason.

Il se pencha au-dessus du petit garçon pour prendre une part de gâteau et ajouta en feignant le désespoir :

– Ta mère veut me renvoyer, Jason, alors que j'aime tant ses gâteaux !

– Laisse cet enfant en dehors de ça.

– Mais comment ? Il fait partie de nous, toi et moi. Nous l'avons fait ensemble, cet été-là au bord de la rivière. Tu ne veux pas réellement l'oublier ?

Elle refusa de répondre. Elle aimait son fils plus que tout au monde, mais était-ce si anormal de désirer aussi l'amour d'un homme ? Elle ne cesserait d'aimer Timothy qu'en arrivant à le haïr ; il n'y avait pas de milieu. Déteste-le, se dit-elle, humilie-le, écrase-le avant qu'il ne te détruise. Mais comment faire ? Elle le comprenait mieux que personne, et à cause de cela lui pardonnait son désir de reconnaissance, son incapacité à exprimer ou admettre son besoin d'amour ; elle le comprenait et le plaignait, mais l'aimait-elle ? Autrefois peut-être... mais maintenant ? Oh ! mon Dieu ! Comment allait-elle s'en sortir ?

– Timothy, je...

Elle leva les yeux vers la porte qui s'ouvrait devant Betsy et Thomas.

– M. Wistonby, madame.

Timothy jura entre ses dents tandis que Thomas baisait la main de Sarah Jane avant de lui faire un léger signe de tête sans montrer sa surprise.

– Bonsoir, monsieur Myson.

Timothy s'assombrit et ne répondit pas. Pourquoi diable ce chien de garde surgissait-il au moment où il marquait des points ? Il en voulait à Wistonby de l'avoir mené en bateau au sujet de Sarah Jane, mais cela ne valait pas la peine d'aller en justice pour cinq guinées et il était préférable que Lord Chevington continue à tout ignorer.

En voyant le déplaisir évident de Timothy et les joues enflammées de Sarah Jane, Thomas se demanda ce qui s'était passé entre eux.

– J'ai quelques nouvelles pour vous, madame McBryde, mais si je vous dérange...

– Pas du tout, répondit-elle vivement. Vous êtes toujours le bienvenu. M. Myson a eu l'amabilité de nous emmener au parc, Jason et moi, mais nous n'allons pas le retenir plus longtemps. Jason, remercie M. Myson et va au lit.

– Est-ce qu'il va me raconter une histoire ce soir ?

– Non, Jason, pas ce soir.

Timothy ébouriffa les cheveux du petit garçon. Il était vif et avait tout d'un petit gentilhomme – un vrai Chevington. Quel dommage qu'il porte les stigmates de la bâtardise, tout comme lui, même si Sarah Jane soutenait qu'il était un McBryde. Son fils, un rejeton d'ouvrier ! Il n'aimait pas du tout cela, pas plus qu'imaginer Sarah Jane et Thomas Wistonby dans les bras l'un de l'autre. Il se demandait ce qu'elle lui trouvait ; il aurait pu être son père. Il avait presque envie de tout envoyer promener et de l'épouser, rien que pour punir le vieux bonhomme. Mais c'était une idée absurde, née de son dépit, rien de plus. Renoncer à Caroline l'exposerait à être condamné pour rupture de contrat, ce qui était hors de question, et risquait en outre de compromettre son héritage. Il devait se marier avec Caroline, il fallait que Sarah Jane le comprenne, et l'accepte, car il ne renoncerait pas à elle. Il lui fallait être patient, et mettre le petit garçon de son côté.

– Je reviendrai un autre jour.

Il avait l'air si sûr de lui qu'elle eut envie de lui jeter quelque chose à la figure.

– Je suis très occupée, rétorqua-t-elle.

– Alors je serai patient.

Il porta sa main tremblante à ses lèvres.

– Au revoir, chère madame McBryde.

Puis il prit son chapeau et partit très vite.

– Qu'est-ce que cette histoire ? demanda Thomas.

– Quelle histoire ?

– Toi et Timothy Myson. Depuis quand est-il réapparu ?

– Je vous le dirai quand Jason sera couché.

Une demi-heure plus tard, bien installé dans le meilleur fauteuil, un verre de porto à la main, Thomas remit le sujet sur le tapis.

– Ai-je raison de penser que mon arrivée t'a rendu service, Sarah Jane ?

– Oui, infiniment.

Elle se versa un verre et s'assit face à lui.

– A-t-il...?

– Oui. Et le pire, c'est qu'il n'imagine pas un seul instant que je ne puisse pas l'accueillir à bras ouverts.

Il se mit à rire.

– Ce que tu as fait, je n'en doute pas. Tu n'as jamais su cacher tes sentiments et ce que tu ressens, tu le montres.

– Suis-je aussi transparente ?

– Seulement aux yeux de ceux qui t'aiment, et dont je fais partie.

Stupéfaite, elle s'exclama :

– Réellement ?

– Bien sûr, et depuis toujours. Mais continue.

– Depuis qu'il est arrivé, il y a une semaine environ, je suis déchirée entre l'envie de le voir et le soulagement qu'il ne vienne pas. Je m'en veux pour cela, et plus encore d'avoir accepté cette promenade au parc, simplement parce qu'il a apporté un cadeau à Jason. Je ne sais rien refuser à Jason, vous le savez, Timothy aussi. Je suis sur une balançoire, une fois en haut, une fois en bas.

– D'habitude, tu sais parfaitement ce que tu veux, et tu l'obtiens.

– L'ennui, c'est que ce que je veux n'est ni bien ni juste, mais je le veux quand même.

Il se leva pour remplir son verre.

– Et de moi, que veux-tu, Sarah Jane ? Je ne suis pas un prêtre, je ne veux pas t'entendre en confession ! Te savoir dans les bras d'un autre me fait souffrir et, si j'étais égoïste, je te dirais d'en finir avec lui et avec tous les autres. Garde ce que tu as, ta maison, ton travail, et oublie l'amour.

– Il ne s'agit pas d'amour. Je ne l'aime pas, et lui non plus.

– Peut-être, peut-être pas. Il n'en sait rien lui-même et, de toute façon, s'efforcerait de le dissimuler sous son cynisme.

Il fallait qu'il joue les avocats du diable afin qu'elle analyse ses propres sentiments, qu'elle admette l'existence de Timothy.

– Il t'a rendu l'œuf d'or, n'est-ce pas ? Un amant ordinaire t'aurait donné un collier ou une broche, mais Timothy a récupéré ce bijou exprès pour toi.

– Comment le savez-vous ?

Elle n'y avait jamais songé. La valeur de l'œuf d'or n'avait jamais compté pour elle, mais à présent elle prenait un relief différent. Pâris avait porté une réelle attention à ce présent, il le lui avait spécialement destiné et elle se souvint de sa joie. Qu'est-ce qui avait changé ?

– J'ai pris à cœur de découvrir tout ce qui te concerne, continua Thomas. Et ce bateau ? Seul Timothy pouvait penser à l'*Argo*, en relation directe avec Jason.

– Pourquoi le défendez-vous ?

– Parce que je suis avocat, sans doute, et que je m'intéresse aux faits, non aux sentiments.

– Mais tout cela concerne les sentiments, Thomas. Ce qu'il ressent, ce que moi je ressens.

– Sentiments ou passion ?

– Peu importe. Je me sens coupable dans les deux cas.

– Pourquoi coupable ? À cause de Caroline Hailey – ou de Duncan McBryde ?

Elle hésita. Trahissait-elle la mémoire de Duncan ? Tant qu'il vivait, si solide, il était facile de voir en Timothy un jeune arrogant, un représentant de la classe détestée des possédants. Mais rien n'était jamais aussi tranché ; les gens n'étaient pas tout noirs ou tout blancs. Sa conversation avec Lord Chevington lui avait fait entrevoir un autre aspect des choses, qui ne l'aidait pas à résoudre son ambivalence.

– Les deux, je suppose.

– Duncan est mort, Sarah Jane. Tu ne rencontreras jamais son égal et tu devrais remercier Dieu pour les années heureuses que tu as passées avec lui, mais tu ne peux vivre le reste de tes jours sans amour. Tu es trop émotive, trop passionnée.

– Quelquefois, quand je vois la façon dont Jason a accepté Timothy, comme ils vont bien ensemble, je me dis que c'est ce que nous devrions être – une vraie famille. Mais je ne suis pas folle au point d'imaginer que ce soit réalisable.

– Tu as autant de valeur que lui. Après tout, qu'est-il d'autre que le bâtard d'un riche comte ? Sans Lord Chevington, il ne serait rien du tout.

– Et c'est précisément la raison pour laquelle il ne m'épousera pas. Il a besoin de son père et il est fiancé à Mademoiselle Hailey. Il ne risquera pas le scandale.

– Il t'a dit que c'était un mariage de convenances ?

Il essayait de deviner ce qui se cachait derrière ces yeux verts pleins d'anxiété.

– Ils disent tous cela. Quelles convenances ? Celles de Timothy Myson, c'est tout.

– Oh ! je suis sûr que Mademoiselle Hailey trouve l'argent très convenable ! Ainsi que son impécunieux papa.

– Il est mort.

– Alors, elle n'en a que plus besoin. Lord Hailey aura laissé sa famille dans une situation financière des plus déplorable.

– Je ne suis pas pour les amours adultères, Thomas.

– Eh bien, ma chère, voilà ta réponse. Renvoie-le à ses occupations.

– Oui.

Elle soupira et but une gorgée de porto.

– Mon conseil, c'est que tu fasses tout ce qui peut te rendre heureuse, mais prends garde de ne pas te faire un ennemi du père de ton fils. Il pourrait être dangereux. Et si nous oubliions Timothy Myson pour songer à Billy Winterday ?

– Vous avez de ses nouvelles ?

Son visage s'éclaira et elle se pencha vers lui.

– Je sais en tout cas ce qu'il a connu.

– C'est-à-dire ?

– La prison, j'en ai peur.

– Pourquoi ? Qu'a-t-il fait ?

– Selon mes informations, pas mal de choses. Il a notamment été pris en flagrant délit de cambriolage avec un vaurien de ses amis, et condamné à deux ans de prison à Newgate.

– Newgate ! Oh ! Thomas, c'est affreux ! Pauvre Billy. Comment l'avez-vous appris ?

Elle savait d'expérience à quel point la vie est dure quand on n'a ni argent ni moyens d'en gagner, et elle ne blâmait pas son frère s'il n'avait pas eu sa chance.

– En me servant d'une introduction fournie par Lord Chevington auprès du chef de la police, des directeurs de prisons et autres personnes du même genre.

– Êtes-vous certain qu'il s'agit de mon frère ?

– Oui, sans aucun doute.

– Pauvre Billy. Si seulement je l'avais trouvé plus tôt ! Quand doit-il sortir ?

– Il est sorti, mais personne ne sait où il est.

– Alors, nous devons le découvrir – et vite. Engagez des assistants, Thomas, je paierai avec plaisir.

– Je ferai ce que je peux, cela va sans dire.

Elle posa une main soignée et douce sur la sienne.

– Merci, Thomas. S'il vous plaît, remerciez monsieur le comte de ma part.

Il se leva pour partir.

– Il m'a donné trois billets d'entrée pour l'inauguration de l'exposition afin que je vous emmène, toi et Jason. Cela te plairait-il ?

– Oui, beaucoup, mais je suis si occupée...

– Sottises. Tu as un personnel excellent, je le sais. Tu travailles trop, ma chère. Trop de travail et pas assez de plaisirs...

Elle sonna Betsy.

– J'aime mon travail et je gagne bien ma vie, alors je ne me plains pas. Mais que ferais-je sans vous ?

Elle posa un baiser sur sa joue.

– Je viendrai vous prendre à neuf heures. Il faudra y être tôt.

Sarah Jane s'occupa de ses livres de comptes jusqu'à l'heure du coucher. Travailler était plus aisé que réfléchir et elle retardait l'instant où elle chercherait le sommeil, seule dans son lit. Son côté libertin lui soufflait qu'elle n'avait aucune raison de dormir seule tous les soirs, qu'elle pouvait fort bien devenir la maîtresse de Timothy, aussi longtemps que cela leur conviendrait. Cela ne ferait de mal à personne, pas même à Caroline Hailey qui n'en saurait rien. Mais l'autre côté, celui qui distinguait le bien du mal, chuchotait que ces histoires-là finissent toujours par un scandale ; son nom risquait d'être lié à celui de Timothy et Jason en souffrirait, ainsi que ses affaires. Thomas avait déclaré : « Tu as ta réponse », et il avait raison.

Elle était très occupée quand Henry vint le lendemain prendre les livres de comptes, s'assurant que tout allait bien, qu'il y avait suffisamment de pâtés en croûte prêts à être livrés pour l'inauguration le lendemain. Si tout se passait bien, l'afflux de commandes se poursuivrait tout au long de l'exposition et, quand elle finirait, en octobre, la qualité et la constance de leur production seraient bien établies. Elle prévoyait déjà de construire une seconde usine dans un quartier différent, ou même en banlieue. Elle monta chez elle avec Henry pour lui donner les livres et la recette de la veille.

Jason, prêt pour l'école, accueillit Henry avec enthousiasme et lui montra son nouveau bateau.

– Qui te l'a donné ?

– M. Myson. Nous l'avons fait voguer sur le lac. Mais quand M. Wistonby est arrivé, il est parti alors il ne m'a pas raconté d'histoire, mais il reviendra si maman veut bien.

– Jason, tu vas être en retard. Oncle Henry n'a pas le temps d'écouter tes bavardages. Allez, vite.

Il obéit mais le mal était fait. Elle savait que Henry allait la questionner et, sur la défensive, évita son regard en posant sur la table les livres de compte et le lourd sac qui contenait l'argent.

– M. Wistonby nous emmène voir la cérémonie d'ouverture demain, nous avons des tickets d'entrée. Ceci vient de la boutique d'Oxford Street. Je me rends à l'usine tout à l'heure pour recevoir de nouveaux employés et j'ai laissé des instructions pour que l'on vous apporte la recette de Covent Garden demain soir.

Elle parlait sans reprendre son souffle, mais Henry reposa tout et s'installa à sa place préférée, près de la cheminée.

– Cela doit cesser, Sarah Jane.

– Quoi donc ?

– La vie immorale que vous menez.

– Immorale, Henry ?

– Oui. Quand ce n'est pas le douteux M. Wistonby, c'est ce protégé de Lord Chevington.

– Wistonby est mon conseiller et il n'est en rien douteux.

– Conseiller ! Cet homme est fou de vous, c'est évident !

– C'est un vieil et cher ami. Et cela ne vous regarde en rien. Vous ne vouliez pas entendre parler de mon école et j'ai dû prendre conseil auprès d'autres personnes. Si cela ne vous plaît pas, vous ne devez vous en prendre qu'à vous-même.

– Et M. Myson ? Quand on m'a dit qu'il avait passé toute une nuit chez vous, j'ai refusé de le croire, mais Jason vient de le confirmer plus ou moins.

– C'est aussi un vieil ami, répliqua-t-elle en se demandant d'où il tenait cela. Si je l'invite, cela me regarde.

Elle aurait dû parlementer, tergiverser, et au lieu de cela prenait une joie sauvage à le défier.

– Sarah Jane, cet homme est fiancé et serait marié à présent si la jeune fille n'était pas en deuil.

– Comment le savez-vous ?

– Lady Hailey a passé commande de vêtements de deuil pour toute sa famille. Si l'on apprend que vous le recevez, nous serons ruinés tous les deux. Je vous demande d'y réfléchir sérieusement. Mettez fin à cette affaire. Prenez des vacances et, à votre retour, nous continuerons comme si de rien n'était.

– Des vacances ? Soyez réaliste, Henry, je suis trop occupée.

– Engagez un directeur.

– Comme si j'allais permettre à des étrangers de me ruiner ! Je n'ai pas travaillé comme une esclave pour tout fiche en l'air.

– Voilà où je veux en venir, Sarah Jane : vous êtes en train de tout fiche en l'air – et pour quoi ? Une nuit ou deux de plaisir douteux.

Elle eut un rire sans joie.

– Ce plaisir n'a rien de douteux, je vous l'assure.

– Vous voilà vulgaire.

– Et vous, bien prude. Il me semble qu'il y a toujours deux poids deux mesures, un pour les hommes, un pour les femmes. Tout le monde vous plaint parce que votre épouse vous a quitté et on comprend que vous cherchiez du réconfort, mais que moi j'aie besoin de compagnie et d'amour physique, c'est vulgaire et honteux !

Complètement sidéré par cette sortie, il ne sut comment lui répondre. S'il avait compris cela avant, il aurait sans doute été plus téméraire ; à bien des reprises elle aurait pu combler ses désirs, mais il avait craint qu'elle ne lui demande de s'engager.

– L'épanouissement d'une femme doit se faire au sein de son foyer et sa famille, Sarah Jane. Pensez à Jason, sinon à moi. Il ne sera jamais admis dans la bonne société.

En se souvenant de son ambition d'être une dame et de l'impossibilité de la réaliser, elle se mit à rire.

– Sa mère vend des pâtés en croûte et son père était un ouvrier. Est-ce un statut qui lui donne accès à la bonne société ?

– J'aurais mieux fait de ne pas en appeler à votre bon sens, dit Henry en soupirant, comme s'il parlait à un enfant indocile. J'aurais dû agir des mois auparavant, quand Lord Chevington est venu...

– Qu'est-ce que Lord Chevington vient faire là-dedans ?

– Il vous a rendu visite, non ? Je parie qu'un jour ils arriveront tous ensemble.

Il croyait que Timothy et Lord Chevington venaient la voir pour la même raison ! Elle en eut le souffle coupé. Elle se rendit à la fenêtre et regarda dans la rue les fiacres, les piétons, les mendiants, pour se donner le temps de répondre.

– J'ai reçu un dédommagement pour la mort de mon mari et me suis servie de cette somme pour l'école. Lord Chevington m'a beaucoup aidée à ce moment-là.

– Quand un homme rend visite à une dame sans chaperon, que pensent les gens ?

– Vous venez bien me voir, vous.

– C'est grotesque. Nous sommes associés.

Elle se mit à rire.

– Et vous vous imaginez que la bonne société londonienne fait la différence ? Si on accepte que vous me rendiez visite en tant que partenaire en affaires, il en va de même pour Lord Chevington.

– Et son protégé ? Il s'agit d'affaires, là aussi ?

– Henry, je n'ai pas à justifier ce que je fais de mes heures de loisir, et chez moi. Nous n'en parlerons plus.

– Si vous désirez poursuivre notre association, dit-il avec un tel calme qu'elle en fut saisie, vous mettrez fin à vos relations avec M. Myson et vous irez voir Monsieur le comte à son bureau. Je vous rappelle que les locaux m'appartiennent pour moitié.

Son sourire la rendit encore plus furieuse.

– Vous ne me dicterez pas ma conduite.

– Réfléchissez, Sarah Jane, conclut-il en prenant son chapeau, les livres de comptes et le sac d'argent. Vos intérêts me tiennent à cœur.

Après son départ, elle se laissa tomber sur une chaise et enfouit son visage dans ses mains. Sa colère cédait le pas à ses propres interrogations. Elle en était venue à la même conclusion en parlant avec Thomas, alors pourquoi avoir ainsi défié Henry, mis son travail et son foyer en jeu, s'être montrée sous son plus mauvais jour ? Un petit démon en elle se plaisait à provoquer ; la plupart du temps elle arrivait à le mater, et voilà qu'il surgissait au pire moment !

Lord Chevington s'était montré bon envers elle. Il l'avait aidée à trouver un architecte et un entrepreneur et même à rechercher Billy. Il serait fort déçu qu'elle envoie tout promener pour une liaison sans avenir avec son fils. Elle fut surprise de constater à quel point son approbation lui importait ; jamais il ne l'avait considérée comme une moins que rien, mais lui avait toujours parlé d'égal à égal, avait tenu compte de ses idées et elle lui en était très reconnaissante. Non, c'était plus que cela : elle l'appréciait et le respectait. Les accusations de Henry l'avaient choquée.

D'un autre côté, l'école pesait lourd sur les bénéfices des boutiques. Comment ferait-elle si Henry mettait sa menace à exécution ? Elle ne s'en sortirait pas ; en outre, Jason excepté, ses affaires étaient désormais toute sa vie. Elle marchait sur une voie bien étroite et, quoi qu'il arrive, elle devrait la suivre jusqu'au bout.

Le cocktail d'ouverture de l'exposition tombait un jour chômé, sauf pour les infortunés chargés de nourrir la foule considérable qui arrivait en train, en voiture, en omnibus et à pied. Sarah Jane avait offert des billets d'entrée pour la semaine suivante aux membres de son personnel qui travaillaient ce jour-là.

– Maman, M. Wistonby monte l'escalier.

Pour occuper Jason, qui ne tenait pas en place, elle lui avait demandé de guetter l'arrivée de Thomas. Elle le salua puis alla se changer pour une robe de soie à rayures vert et crème, gansée de velours. Elle enfila un manteau de satin puis posa un chapeau assorti sur ses cheveux avant de s'octroyer un regard appréciateur. Thomas et Jason l'attendaient avec impatience.

En marchant, elle lui fit part de l'ultimatum de Henry.

– Pourquoi ne pas racheter ses parts ?

– Je ne peux pas. J'ai mis toutes mes économies dans l'école. De plus, j'ai encore besoin de lui.

– Je peux sûrement le remplacer.

– Oui, Thomas, c'est vrai, mais au fond de moi je pense qu'il a raison. Je ne sais pas ce qui m'a pris de me disputer avec lui comme cela, sans doute par orgueil.

Elle sourit en lui prenant le bras. Elle avait du bien à présent, à défaut d'être vraiment une dame ; elle s'était fait une place aux portes de la bonne société et c'était mieux que rien.

– Si Henry se retire de notre association...

– Pourquoi le ferait-il ? Il y perdrait autant que toi. Tu t'inquiètes pour rien, Sarah Jane. Profite de cette belle journée.

Elle sourit en lui serrant le bras avec affection et ils se joignirent aux visiteurs arrivés avant l'aube pour prendre place dans le parc, de chaque côté de la Serpentine et tout le long de la route que devait suivre le cortège. Au milieu des couleurs et des bruits, des drapeaux flottant, des uniformes colorés des soldats et des canons tonnant, ils se frayèrent un chemin dans la foule et se trouvèrent au premier rang au moment où le carrosse royal fut en vue. Thomas prit Jason sur ses épaules. Mais Sarah Jane ne vit rien du défilé : son attention était rivée sur l'un des soldats en poste qui lui rappelait Billy. Elle n'aurait su dire pourquoi – son attitude, la façon dont ses cheveux bouclaient sous le shako, ses yeux bleus ou bien son expression figée... Billy avait cette allure la dernière fois qu'elle l'avait vu, dans le salon de l'intendante de l'hospice.

– Billy ! cria-t-elle par-dessus la musique et les acclamations. Regardez, Thomas – c'est Billy ! De l'autre côté de la route, je sais que c'est lui ! Il faut aller le voir.

La procession passa et la foule se rua à la suite du carrosse royal, entraînant Sarah Jane et Thomas contre leur gré. Au moment où ils réussirent à regagner l'endroit où ils se trouvaient, les soldats étaient partis.

– Je suis sûre que c'était lui, dit-elle, au bord des larmes. Oh ! Pourquoi n'étions-nous pas de l'autre côté de la route ! Être si près et le perdre de nouveau. Où sont-ils allés ?

– À la caserne, je suppose.

– Laquelle ?

– Je l'ignore, mais on doit pouvoir le découvrir.

– Thomas, vous croyez vraiment ? Allons-nous enfin être réunis ? Pensez-vous qu'il sera content de me revoir ?

– Bien sûr. Dès demain je mène mon enquête, mais pour l'instant, allons voir le Palais de Cristal.

Ils y passèrent des heures mais elle remarqua à peine les merveilles exposées, meubles, sculptures, bijoux, porcelaines, inventions curieuses et nouvelles machines. En d'autres circonstances, elle aurait été aussi enthousiaste que quiconque, mais elle ne pensait qu'à Billy : malgré sa déception, elle songeait qu'il n'était pas un criminel, qu'il servait dans l'armée et qu'elle pouvait être fière de lui. Cette fois, Thomas le retrouverait.

19

Timothy manqua l'inauguration de l'exposition car il passait le week-end à la campagne avec Caroline et sa mère. Il ne perdit pas complètement son temps car il rencontra Jack Miller à Hailey Common, qui l'informa que l'on pouvait rouvrir le tunnel et poursuivre les travaux. Quand la jonction serait établie avec la *Great Eastern,* il deviendrait l'actionnaire principal du chemin de fer qui relierait les quais de Londres aux Midlands et personne, pas même son père, ne lui arriverait à la cheville. Il revint à Londres de fort bonne humeur pour découvrir que le tracé avait été modifié en son absence.

– Est-ce à dire que vous avez changé tous les plans à cause de cette misérable petite école ? demanda-t-il, penché sur le bureau de Geoffrey en martelant le plan. Il faut me balayer ça.

– C'est impossible, l'école appartient à Madame McBryde ! Plus d'une centaine d'enfants s'y rendent chaque jour.

– Qui en est le propriétaire ?

– Elle-même.

– Dieu du ciel ! Je croyais qu'elle n'était que locataire. Sait-elle qu'elle est sur le tracé de *ma* ligne ?

– Non, à moins qu'elle ne lise la *Gazette* en détail.

– Cela ne vaut pas cher en soi, mais par rapport au projet...

Que Sarah Jane puisse le frustrer de cela aussi le mit en rage.

– Vous auriez dû lui racheter le terrain.

– Je n'en ai pas vu la raison, elle y tient tellement.

Timothy lança un regard furieux à son père. Sarah Jane l'avait-elle conquis, lui aussi ?

– Elle y tient ?

Il s'aperçut que sa voix était monté d'un cran et reprit plus calmement :

– Et moi ? Vous savez combien ce projet m'est cher. J'y ai investi tout ce que j'ai.

– Tout, Timothy ?

– Oui, si l'on excepte les fonds nécessaires à la réouverture de Hailey Common.

– C'est bien imprudent de ta part.

– J'ignorais que vous vous étiez ramolli à ce point, père. Je vous ai demandé de continuer d'après mes plans, pas de les modifier inconsidérément... Et pour qui ? Cette traînée...

– Parles-tu de Mme McBryde ?

– Oui !

– Ce n'est pas le mot qu'un gentleman emploie à propos d'une dame...

– Une dame ! Elle n'est rien de plus qu'une souillon, une catin d'ouvrier...

– Et la mère de ton fils.

Prononcés avec calme, les mots arrêtèrent net le jeune homme.

– Comment le savez-vous ?

– Je l'ai rencontrée devant l'école et compris qui elle était. Elle m'a fait visiter les classes, m'a parlé de ses projets...

– Et, sur la foi de ses dires, vous avez changé le cours de ma vie.

– Tu donnes dans le mélo, Timothy. Comment cela changerait-il le cours de ta vie ? Le nouveau tracé...

– ... coûtera trop cher et fera prendre trop de temps. Il m'obligerait à exproprier et à dédommager des dizaines de propriétaires de bâtiments sains. Je ne peux pas me le permettre. Il faut acheter cette satanée école avant que sa propriétaire ne se rende compte des problèmes qu'elle cause.

Il froissa les plans en boule et les jeta au feu. Geoffrey les regarda brûler.

– J'espère que tu ne comptes pas aller la voir. Elle en serait bouleversée.

– Bouleversée ! Ça c'est la meilleure !

Le rire de Timothy exprimait plus de panique que de joie. Son père ignorait qu'il avait revu Sarah Jane ; il était allée la voir pour faire diversion à l'affection étouffante de Caroline, sans en imaginer les conséquences. Il aurait dû se souvenir qu'elle lui avait déjà jeté un sort qui les liait à vie. Ce n'était pas de l'amour, il s'était immunisé contre cela, ni une passade vite oubliée. À son contact, il se sentait fort et puissant, et cette puissance venait d'elle ; il s'en trouvait du coup affaibli. Ce paradoxe l'effrayait un peu. Il aurait voulu ne garder que la douceur de sa chair, seule capable de le réconforter. Si maintenant elle se mettait en travers de son chemin, il serait plus résolu que jamais. Il voulait lui faire mal.

– Mais vous avez raison, ne l'inquiétons pas. Nous ferons une offre par un intermédiaire.

– Elle n'est pas sotte.

– Moi non plus.

Il envoya un commis chercher son conseiller juridique.

Sarah Jane fut plus curieuse qu'intéressée en recevant la lettre qu'elle n'eut pas un instant l'intention de prendre au sérieux. Elle voulait acheter et non vendre. Elle avait demandé à Thomas de prospecter dans la même rue car elle voulait agrandir l'école. Elle ne s'attendait pas à ce qu'il lui annonce :

– Tout a été vendu aux chemins de fer la semaine dernière.

– Le chemin de fer ? Mais il passe à cinq cents mètres de là !

C'était la fin d'une longue journée, elle venait de terminer de dîner et se reposait dans son salon. Elle ne s'occupait de l'école que le soir, par égard pour Henry.

– J'ai entendu parler d'une nouvelle ligne qui doit rejoindre la *Great Eastern*.

– Quelle compagnie ?

– *Railways Incorporated*. Je pense qu'il s'agit d'un consortium.

– Je n'en ai jamais entendu parler.

– C'est tout nouveau, sans doute.

– Ceci explique cela, dit-elle en lui tendant la lettre. Je l'ai reçue aujourd'hui par porteur spécial. C'est une offre d'achat de l'école par un cabinet de courtiers. Le nom du client n'est pas mentionné.

Thomas parcourut la lettre des yeux.

– Cette offre n'est pas mauvaise.

– Vous ne suggérez pas que j'accepte ?

– Pourquoi pas ? Si tu refuses ils peuvent obtenir un ordre d'expropriation et tu y perdras.

– Je veux acheter, pas vendre, vous le savez.

– Sarah Jane, je crois qu'il faut y renoncer. Du moins à cet emplacement.

Pour la première fois depuis des mois, elle voyait ses plans contrecarrés et cela ne lui plaisait pas du tout.

– Je me battrai, répliqua-t-elle d'un ton furieux.

– Mais tu ne sais même pas qui se trouve en face de toi !

Elle prit une liasse de *Gazette*.

– Nous allons le découvrir.

Elle étala les journaux sur le parquet, en feuilleta quelques-uns.

– Ah, voilà. L'annonce de la nouvelle ligne. « ... *Railways Incorporated,* directeurs : Sir John Davey, M. Robert Clarke, M. Timothy Myson... » J'aurais dû deviner !

– Son tracé a peut-être été contesté.

– Ils n'auraient pas acheté toute la rue, dans ce cas, et ils ne voudraient pas de l'école. Qu'allons-nous faire ?

– Comme précédemment : exiger l'indemnité la plus élevée et déménager.

– Mais je ne veux pas déménager. L'école est connue maintenant. Nous avons travaillé dur pour que tout marche bien, c'est très important pour les enfants des ouvriers.

– Tu y seras obligée.

– Ce que je trouve incroyable, c'est que Lord Chevington n'ait rien dit. Il devait être au courant et pourtant il m'a encouragée à continuer.

Elle repoussa le journal pour considérer Thomas, confortablement installé dans un fauteuil. C'était drôle de constater à quel point les hommes de sa vie se sentaient à l'aise chez elle, même Lord Chevington lorsqu'il venait. Quant à Timothy... non, elle se refusait à penser à lui. Elle l'avait banni de son esprit.

– Je suis très déçue par le comte, Thomas.

– Ils sont tous les mêmes, ces prétendus gentlemen, surtout s'ils ont un pied dans les affaires. Ils se croient tout permis...

– Eh bien, pas avec moi ! Je ne changerai pas d'avis. Telles sont mes instructions à mon homme d'affaires !

Il leva son verre.

– Je bois à ce combat épique.

– Timothy cherche à me punir. Il veut me faire du mal parce que je l'ai renvoyé. C'est puéril ! Je ne suis pas la seule femme de Londres. Il peut trouver tout ce qu'il veut dans un bordel.

Thomas se mit à rire.

– Crois-tu, ma chère, qu'il pense à toi en ces termes ?

Elle sourit, mais il devina en elle une faiblesse imperceptible jusque-là. Devoir lutter contre elle-même était plus exténuant que se disputer avec Henry ou résoudre les problèmes quotidiens des boutiques.

– Peu importe, répondit-elle. J'en ai fini avec lui, et il le sait.

Or Timothy n'en savait rien. En ce qui le concernait, la lutte ne faisait que commencer. Il était prêt à user de tous les moyens disponibles, non seulement pour hériter du nom et de la fortune des Chevington, non seulement pour dépasser son père en tant que magnat des chemins de fer, mais aussi pour triompher de Sarah Jane. Il ne croyait pas qu'il pût être rejeté ; il savait qu'elle le désirait. Elle avait cédé une fois déjà et, si cet avocat de malheur n'était pas arrivé, elle aurait cédé de nouveau. Son refus de le voir n'était que faux-semblant, une façon d'exiger plus qu'il ne voulait donner. Et que voulait-il donner au juste ? De l'argent et ce qu'il pouvait acheter, du temps et des attentions lorsqu'ils en éprouveraient le besoin, l'assouvissement de leurs désirs physiques – mais rien ne le ferait renoncer à son mariage. Il voulait le meilleur des deux mondes et il l'aurait. Et cette histoire d'école accroissait cette certitude. Il tiendrait Sarah Jane au creux de sa main, la manipulerait à sa guise.

Il choisit de passer à l'attaque le dimanche suivant, sachant qu'elle aimait se rendre au parc avec Jason. Il sella son grand cheval bai et s'y rendit, tenant un poney gris par la bride. L'enfant le vit le premier.

– Regarde ! s'écria-t-il en tirant sur la manche de sa mère. C'est M. Myson, et il a amené un petit cheval !

Trop occupée par les boutiques, Sarah Jane avait laissé à Thomas le soin de gérer l'école, sachant qu'une procédure d'expropriation prendrait des semaines. Cela lui laissait le temps de lancer une pétition parmi les ouvriers pour demander que les bâtiments restent intacts. Elle savait qu'elle serait forcée de vendre un jour, mais elle ne faciliterait pas les choses à ses adversaires. Timothy en faisait partie, certes, mais elle n'avait pas pris le temps d'y songer ; tant qu'il était loin, il était facile de ne voir en lui qu'un gêneur. Mais voici qu'il avançait vers elle, souriant et sûr de lui, et déjà son magnétisme l'attirait, faisait trembler ses genoux et battre son cœur. Elle le regarda approcher en agrippant son ombrelle comme si sa vie en dépendait.

– C'est un nouveau cheval de Troie, monsieur Myson ? Parce qu'en ce cas...

Il rit en soulevant son chapeau.

– Je ne pense pas que ce soit encore nécessaire.

– Vous présumez trop de vous, monsieur.

– Comment cela ? En pensant que je n'ai plus besoin de prétexte pour venir vous voir, ou en apportant à Jason le cadeau que je lui avais promis ? Bonjour, gamin. Es-tu prêt pour ta première leçon ?

– Oh ! oui ! Il est pour moi ?

– Le poney est pour toi, oui, bien sûr.

– Monsieur Myson, je ne peux accepter un tel présent.

– Ce n'est pas à vous que je l'offre, madame McBryde, mais à Jason. Tous les jeunes gens doivent apprendre à monter et il en a très envie, n'est-ce pas, mon garçon ?

– Oh ! oui ! S'il vous plaît.

– Timothy, vous n'avez pas à faire de tels cadeaux à Jason sans m'en parler d'abord. Si j'estime qu'il doit avoir un poney, je le lui achèterai moi-même.

– Oh ! maman, ne discute pas ! reprit Jason. Je veux monter.

– Tu vas monter, fils, répondit Timothy en le hissant sur la selle. Prends les rênes dans tes mains, comme ça, et reste tranquille pendant que je parle avec ta mère.

Elle n'aima pas sa façon de dire « fils » mais n'osa pas éveiller la curiosité du garçonnet. Il était au septième ciel avec son nouveau jouet, elle n'avait pas le cœur de le faire descendre. Et Timothy le savait !

– Où est le mal, Sarah Jane ? Je vais le promener un peu et le ramènerai sain et sauf. Ne dites pas « un autre jour » car le poney a besoin d'exercice.

– S'il te plaît, maman ! Je ne tomberai pas.

– Très bien, dit-elle en sachant qu'elle se passait elle-même la corde au cou. Une demi-heure alors. Je vous attends sur ce banc.

Timothy remonta en selle et prit le poney par la bride pour avancer doucement entre les arbres. Le petit garçon n'avait pas peur du tout et se tenait fort bien. Ils se ressemblaient tant ! Jason était un Chevington, comment le nier ? Elle eut un sourire amer : ce n'est pas elle qui allait le mettre en doute, mais Timothy lui-même. Savait-il qu'elle était au courant de sa manœuvre pour lui acheter l'école et qu'elle comptait lui résister de toutes ses forces ? Le poney était-il autre chose qu'un faux-semblant pour la mettre dans son lit ? Un pot-de-vin ? Bien dérisoire, en ce cas. S'il ignorait tout, le réveil allait être brutal. Elle se sentit soudain réconfortée.

Une demi-heure plus tard, tous deux revinrent et elle aida Jason à descendre.

– Devons-nous rentrer ? Je veux continuer.

– Pas ce soir, Jason. Tu seras trop fatigué pour aller à l'école demain.

– Où allez-vous l'emmener ? demanda l'enfant à Timothy avec un air d'adoration qui fit peur à Sarah Jane.

Allait-il la détester quand elle bannirait à jamais son cher M. Myson de leur vie ? Il ne comprendrait pas, en tout cas.

– Patch va aller dans mon écurie. On ne peut pas installer un poney dans un appartement, n'est-ce pas ? À moins, bien sûr, de déménager dans une maison avec un jardin...

– À vrai dire, c'est ce que je m'apprête à faire, répondit-elle.

– Bien.

Il claqua des doigts par-dessus son épaule et un valet surgit pour prendre les rênes.

– Ramène-les à l'écurie, Fletcher. Et dis à ton fils de monter Patch. Ce jeune homme-là n'est pas encore en mesure de l'entraîner convenablement.

L'homme s'éloigna avec les bêtes et Timothy offrit son bras à Sarah Jane. Elle aurait bien dû se douter qu'il ne se contenterait pas d'une promenade avec Jason. Elle prit l'enfant par la main.

– Dis bonsoir à M. Myson, Jason.

– Allons donc, Sarah Jane, ne pourrais-je vous accompagner jusque chez vous ?

Le poney était une bonne idée, parce qu'à présent Jason, à qui elle cédait toujours, était tout à fait conquis, mais se trouver dans un endroit public le gênait. Il ne pouvait la toucher à son gré alors qu'il en brûlait d'envie. Et il lisait dans ses yeux qu'il en était de même pour elle. Il ne lui restait qu'à l'obliger à le reconnaître.

– J'ai à vous parler.

– De quoi ?

– Pas ici, il y a trop de monde.

– Je préfère la foule.

– Je vais vous embrasser ici même, alors.

– J'en doute. Vous êtes trop connu, Mademoiselle Hailey ne tarderait pas à l'apprendre. Ce n'est pas ce que vous cherchez.

– Non, en effet.

Il lui emboîta le pas tandis qu'elle traversait en hâte Oxford Street en tenant Jason par la main. Qu'allait-elle faire en arrivant devant chez elle ? Elle n'en savait rien. Il était peu probable que Thomas la sauve une seconde fois.

– Nous nous sommes dit tout ce que nous avions à nous dire. Je veux que vous disparaissiez de ma vie, monsieur Myson. Je ne comprends pas pourquoi vous me harcelez.

– Ma chère, comment pouvez-vous dire une chose pareille ? Nous avons besoin l'un de l'autre, vous le savez fort bien.

– Non. Je n'ai pas besoin de vous pour élever mon fils, j'y suis très bien arrivée jusqu'à ce jour.

– Je ne parle pas de cela. À propos, pourquoi laissez-vous ce Wistonby vous dicter votre conduite ? Il m'a mené en bateau et il fera de même avec vous.

S'il parvenait à l'éloigner de l'avocat, il lui serait plus aisé d'abord de l'amener dans son lit, ensuite de la faire changer d'avis au sujet de l'école.

– Il existe des centaines d'hommes de loi, pourquoi lui ? Il vous conseille mal et vous ruinera, je vous en donne mon billet.

– Qu'est-ce qui vous fait croire qu'il me donne des conseils ? Je prends seule mes décisions.

– Sur tout ? Sur la vente de cette école ? Est-ce lui qui vous a proposé de l'établir à cet emplacement ?

– Non, c'est moi. Et elle y demeurera.

Ils étaient arrivés devant sa porte et elle sortit sa clé de son réticule, peu disposée à ouvrir en sa présence.

– Non, madame McBryde, elle n'y restera pas. Prenez-vous les constructeurs de voies ferrées pour des idiots ? Ils ne dépenseront pas des milliers de livres pour une déviation inutile s'il suffit de raser un seul petit bâtiment.

Son intonation lui rappela celle de Lord Chevington, quand il lui expliquait que l'argent investi dans les chemins de fer ne rapportait rien jusqu'à leur mise en service, et elle se rendit compte que le temps comptait beaucoup pour lui. Elle avait été sur le point de succomber de nouveau à son charme mais, soudain, elle se ressaisit.

– Vous avez demandé mon expropriation, je suppose ? L'obtiendrez-vous bientôt ?

– Moi ? Qui parle de moi ?

– Croyez-vous que j'ignore que c'est vous qui êtes derrière tout cela ? répliqua-t-elle en riant.

Il lui prit la clé des mains pour ouvrir.

– Si tel est le cas, c'est uniquement pour affaires et cela n'a rien à voir avec ce qui se passe entre nous deux. Laissez les avocats s'en occuper.

– L'école n'est pas à vendre, répéta-t-elle, tandis que Jason s'engouffrait dans l'escalier, et moi non plus.

Il bloqua la porte du pied.

– Non ? Et Henry Carter ? Et l'avocat ? Sont-ils tes amants ? Combien en as-tu – à part moi, s'entend ? À combien t'estimes-tu ? Le prix d'une voie ferrée ?

Les joues brûlantes et les yeux étincelants de rage, elle put à peine parler tant la colère l'étouffait.

– Comment osez-vous ?

– Tu es encore plus belle quand tu es fâchée, tu sais. Mais bien sûr, tu le sais. Cela ajoute à ton charme, tu sais !

– Au revoir, monsieur Myson. Je vous souhaite, ainsi qu'à votre femme, beaucoup de bonheur.

– Ah ! c'est ça ! Tu es jalouse de Mademoiselle Hailey.

– Sottise !

– Admets-le. Et c'est cela que tu désires vraiment.

Il prit son visage entre ses mains et écrasa ses lèvres contre les siennes, lui coupant le souffle. Elle sentit le désir monter en elle et s'en voulut de cette faiblesse. Il releva enfin la tête sans la lâcher et dit avec un sourire de triomphe :

– J'ai raison, non ?

Elle le repoussa à deux mains. La fureur l'avait abandonnée, elle était d'un calme glacé.

– Si vous recommencez une seule fois, je ferai en sorte que tout le monde l'apprenne. Avez-vous compris ?

– Méfie-toi avant de me menacer, dit-il en s'essuyant la bouche d'un revers de main. Pense à ce que tu as à perdre.

En réponse, elle le poussa dans la rue et referma la porte sur lui. Elle tenta en vain de reprendre son sang-froid avant de gagner sa chambre et de se jeter sur son lit. La guerre était déclarée. Thomas l'avait mise en garde, et voilà que le père de son fils était devenu son ennemi. Elle ne l'aimait plus mais n'en éprouvait aucun soulagement. En réalité, elle se sentait misérable. Elle percevait encore le goût de ses lèvres, la chaleur de ses mains sur son corps et frissonnait du désir qu'il avait éveillé. Sans la présence de Jason à côté, elle aurait hurlé de désespoir.

Mais à quoi bon pleurer ? Elle s'assit et se regarda dans la glace : seuls ses cheveux répandus témoignaient du tumulte qui l'agitait. Elle s'obligea à sourire. N'était-elle pas une femme intelligente, indépendante, à la tête froide ? Pourquoi languir après ce qui ne lui apportait que du chagrin ? Elle se leva, lissa sa jupe et revint au salon. Travailler sur les livres de compte serait le meilleur moyen de chasser Timothy Myson de son esprit. Bientôt, pris par son mariage et son voyage de noces, il les oublierait, elle et Jason. Pauvre Jason ! Elle le consolerait quand il s'apercevrait qu'on l'avait abandonné. Avant tout, ils s'installeraient dans une maison avec une écurie pour qu'elle puisse lui offrir un poney.

La gorge de Geoffrey se noua quand l'odeur de la chambre de malade, fenêtres closes et rideaux tirés, l'assaillit. Constance gisait au milieu du grand lit, entourée de médecins, d'infirmières et de servantes qui s'écartèrent pour qu'il s'assoie à son chevet. Il n'arrivait pas à y croire. Le typhus était une maladie de pauvre, pas de celle qu'on trouve dans une maison respectable ! Maudit soit l'hospice. Constance avait pris le thé chez l'intendante. Comment deviner que la fille qui servait était malade ?

– Geoffrey ?

– Oui, mon amour.

– Pardonnez-moi...

Sa voix était à peine audible.

– Je ne vous ai pas donné ce que vous désiriez le plus.

– Vous m'avez donné tout ce que je pouvais espérer : votre amour, que je ne méritais pas. C'est moi qui devrais me faire pardonner.

– Vous avez été assez puni, mon chéri. Timothy...

Elle eut un sourire à peine esquissé.

– Mon filleul ?

Les yeux de Constance brillèrent comme deux petites flammes dans son visage blême.

– Votre fils, Geoffrey. Laissez-le venir, et être le fils que vous avez toujours voulu qu'il soit.

Il se demanda s'il avait bien entendu, or les mots étaient clairs, bien que chuchotés. Il essuya son front avec un linge que lui tendit une infirmière et sourit, alors qu'il avait envie de pleurer.

– Depuis quand savez-vous ?

Elle agrippa sa main en l'attirant à elle.

– Depuis toujours, Geoffrey. Je n'ai pas été dupe un seul instant. Je vous aime, je vous ai toujours aimé. Il m'est arrivé de le voir et il vous ressemble tant...

Elle s'interrompit en cherchant son souffle, puis reprit :

– J'aurais dû vous le dire avant mais je... Amenez-le à la maison, donnez-lui votre nom et trouvez-lui une gentille épouse. La lignée des Chevington doit continuer. C'est ce que vous désirez, n'est-ce pas ?

Ses yeux étaient pleins de larmes. Toutes ces années de supercherie, de culpabilité, d'efforts pour cacher Timothy, tout cela pour un secret qui n'en était pas un !

– Oui, ma chérie, si vous le voulez aussi. Mais vous allez guérir, et nous en reparlerons. Ne vous tourmentez pas.

Il porta sa main à ses lèvres et se rendit compte qu'elle ne l'avait pas entendu.

– Oh ! ma chérie !

Il glissa à genoux près du lit sans lâcher ses doigts et les pressa contre sa joue, incapable de parler, certain qu'il était trop tard pour lui dire à quel point il l'aimait. Derrière lui, il entendit les sanglots d'une servante et l'un des médecins toussa discrètement. Au bout de quelques minutes, il se leva lentement et regarda sa femme, paisible à présent, puis croisa ses mains sur sa poitrine, lui ferma les yeux et sortit. Dans un brouillard, il parcourut la galerie ornée des portraits des Chevington, descendit le grand escalier, traversa la bibliothèque et se retrouva dehors.

Il marcha des heures et arriva sans savoir comment au cottage abandonné du garde-chasse. Il ne pensait qu'à Constance et à leur vie commune ; c'est son père qui avait arrangé leur mariage, comme cela se produisait souvent à cette époque, et il avait accepté, n'ayant pas d'autre projet. Seuls comptaient l'héritage et la descendance des Chevington. Constance apportait une belle dot, elle venait d'un milieu irréprochable et, bien qu'âgée de dix-sept ans seulement, elle désirait cette union. Les deux familles étaient enchantées. C'était le « mariage de l'année ».

Sa jeune épouse lui avait plu, malgré sa totale ignorance des devoirs conjugaux. Il était très jeune lui-même et n'avait que l'expérience acquise dans le lit des servantes ou des filles de joie ; il leur avait fallu des années avant de trouver le plaisir ensemble et les premiers mois avaient été difficiles. Il se souvenait de son refus et de ses larmes, la veille de sa rencontre avec Rachel, et de sa propre colère, mais ce n'était pas une raison pour reporter sa frustration sur une pauvre bohémienne.

Il ouvrit la porte du cottage en déchirant les toiles d'araignées qui la festonnaient. Il ne vit pas le sol poussiéreux et les débris empilés dans un coin, la chaise cassée et le matelas souillé où les souris s'étaient fait un nid, mais il le vit tel qu'il était quand Rachel lui avait confié Timothy, enveloppé dans un châle en loques. La maison était propre alors, meublée simplement, avec des rideaux de coton agités par la brise qui dessinaient sur le visage de la jeune fille un réseau d'ombres et de lumière.

– Je vais pas le laisser à l'orphelinat, disait-elle, même si c'est ce que disent mes parents. Je veux pas de ça pour lui. Alors il est à vous.

– À moi ? Mais qu'est-ce que je vais en faire ?

– Vous avez de l'argent, non ? Et plus d'une maison. Prenez soin de lui ou il faudra que je l'abandonne et, si on me demande qui est son père, je serai bien obligée de le dire, pas vrai ?

Il ne pouvait pas courir un tel risque. Avoir couché avec la gitane avait apaisé sa frustration et il avait pu ensuite faire preuve de patience et de douceur envers sa femme, qui de ce fait le craignait moins. Neuf mois plus tard, il avait tout à fait oublié la bohémienne et était heureux avec Constance.

– Tu es sûre que c'est mon fils ?

Elle avait eu un rire grinçant, dont il entendait toujours l'écho vingt-sept ans plus tard.

– Sûre ! C'est votre portrait craché, regardez-le.

Elle lui avait tendu l'enfant en dégageant son petit visage fripé et ses cheveux noirs.

– Allez-y, prenez-le. Il mord pas, il a pas encore de dents !

Il le prit avec maladresse.

– Pourquoi ne le gardes-tu pas ?

– Parce que celui que je dois épouser veut pas de bâtard, surtout un de votre race.

L'enfant ouvrit les yeux et sembla le regarder.

– Comment s'appelle-t-il ?

– Il a pas de nom. Appelez-le comme vous voulez.

– Comment peux-tu l'abandonner ainsi ?

– Je suis obligée, vous comprenez pas ?

Elle tendit la main vers l'enfant une dernière fois et ses larmes jaillirent.

– Veillez sur lui à ma place. Donnez-lui un foyer... et...

Elle se détourna en sanglotant, le laissant seul avec le bébé. Elle s'arrêta à la porte.

– Aimez-le, aimez-le si vous pouvez, car la vie ne sera pas facile pour lui.

Comme c'était vrai ! Timothy était son propre ennemi, comme s'il avait chéri sa bâtardise, s'était abrité derrière elle afin que le monde ne l'atteigne pas. Le personnel de la maison d'Islington était compétent mais ne remplaçait pas un vrai foyer. En voulant compenser, Geoffrey avait fait de lui un enfant gâté qui, une fois adulte, ne voyait pas pourquoi il ne continuerait pas à obtenir tout ce qui lui faisait envie. Ce qu'il trouvait le plus injuste était l'interdiction qui lui était faite de venir à Chevington House et de l'appeler « Père » en public, alors que tout le monde se répandait en louanges envers Lord Chevington, si généreux. Pour Timothy, ce n'était pas une question de grandeur d'âme, mais un dû. Et Constance savait tout, depuis le début ! Pourquoi ne le lui avoir jamais dit ? Tout aurait été différent.

Geoffrey quitta le cottage en rabattant avec soin la porte grinçante comme pour y enfermer les fantômes qui le hantaient. Pauvre Constance. Elle était partie à présent ; il devait, seul, faire face à un avenir où Timothy prendrait une place accrue, et, que Dieu lui pardonne, il n'était pas certain d'en avoir envie. Une année auparavant cela aurait été son plus cher désir, mais plus maintenant. Ce qui était désirable, parce que lointain, prenait un aspect différent quand il suffisait d'une signature pour le réaliser. Il soupira et rentra chez lui organiser les funérailles.

Il y avait foule dans la petite église du domaine ; amis, parents, fermiers et employés, le directeur et l'intendante de l'hospice, les représentants des diverses œuvres de charité dont s'occupait Constance, tous venaient présenter leurs condoléances et satisfaire une certaine curiosité quant à la présence ou non de Timothy. Naturellement, il était là. Quand la cérémonie fut terminée et que les croque-morts eurent recouvert de terre le cercueil aux poignées de cuivre, Geoffrey et Timothy rentrèrent à pied par le parc.

– Elle savait depuis toujours que tu étais mon fils. Elle me l'a avoué sur son lit de mort.

– Elle savait ? Pourquoi n'avoir rien dit ?

La surprise de Timothy était aussi grande que celle de Geoffrey.

– J'imagine qu'elle a voulu me punir. Cela, et un rien d'orgueil. Je ne lui en veux pas.

– En même temps, elle me punissait, moi. Toutes ces années perdues...

Proche du but, il percevait la réticence de son père. Ils sortirent du couvert et traversèrent la pelouse vers le manoir qu'illuminait le soleil matinal. Contre l'aile ouest se tenait la folie, à ce point couverte de lierre qu'elle en paraissait verte. Timothy la trouvait affreuse ; un jour, il la ferait démolir. Bientôt il prendrait sa place parmi la noblesse et ses antécédents seraient oubliés. Il était un Chevington, le seul du nom, avec le comte. Excepté Jason, bien sûr, mais il était hors de question qu'il hérite quoi que ce soit. Caroline lui donnerait des héritiers à foison... Il mit fin à sa rêverie pour écouter son père.

– Naturellement, l'interdiction de venir à la maison n'a plus de raison d'être. Viens quand tu veux.

– Allez-vous me reconnaître officiellement ?

– Je vais y songer. Il est trop tôt pour ce genre de décisions. Laisse-moi un peu de temps.

Il ignorait pourquoi il ne donnait pas au jeune homme l'assurance dont il avait besoin, puisqu'il comptait le faire depuis longtemps, mais il n'était pas d'humeur à se laisser bousculer.

– Voulez-vous que le nom des Chevington s'éteigne ou se transmette ?

Geoffrey n'apprécia pas cette insinuation sur sa capacité à engendrer un fils et eut un sourire amer.

– Il se peut que je me remarie et aie des enfants légitimes. Ne t'avance pas trop, Timothy.

– Comment pouvez-vous dire cela ! Votre femme est à peine enterrée...

– C'est bien pourquoi il est trop tôt, Timothy. Fais-moi confiance, j'agirai pour le mieux.

D'un regard à son père, il comprit qu'il valait mieux laisser tomber le sujet. Il se mordit la lèvre et marcha en silence, tout en bouillant de colère et de ressentiment.

– As-tu vu l'avocat de Madame McBryde à propos de l'école ? demanda Geoffrey.

– Non.

Il se demanda ce qui, dans leur conversation précédente, avait fait songer son père à Sarah Jane.

– Elle ne renoncera pas aisément.

Il le savait bien. La colère de Sarah Jane lui résonnait encore aux oreilles ; il ne s'agissait pas d'une dispute d'amoureux, mais d'un conflit de volontés. Mais il aurait le terrain et détruirait l'école, il aurait aussi Sarah Jane et Caroline.

– Je sais, mais elle finira par vendre et, quand la ligne Hailey ouvrira, nous posséderons le consortium le plus important du pays.

– Es-tu capable de t'investir à fond dans les deux projets ?

– Oui, bien sûr, à moins de chausse-trapes imprévisibles ! Nous n'aurions pas dû abandonner le chantier si longtemps.

– Et si l'eau se trouve encore dans le tunnel ?

– Nous la contournerons. Avec les nouvelles locomotives, il n'est plus nécessaire de creuser si profondément et nous pourrons passer au-dessus de la nappe d'eau.

– Et les corps qui sont ensevelis ?

– Si nous les trouvons, nous les exhumerons.

– Avec tous les égards dus, alors. Assure-toi que les ouvriers en comprendront la raison. Écris à James McBryde, invite-le. Et informe Madame McBryde...

Sarah Jane, encore ! Quoi qu'il fasse, il la trouvait toujours sur sa route. Serait-il jamais libéré d'elle ?

– Pourquoi ? Elle n'était pas réellement mariée avec cet ouvrier, il me semble ?

– C'est une question de courtoisie élémentaire. En lui versant le dédommagement, nous l'avons reconnue comme son épouse. Elle voudra peut-être organiser de vraies funérailles.

Il se sentait épuisé par les derniers événements et aspirait au repos.

– Très bien, je le lui dirai.

Geoffrey lui jeta un regard perçant.

– Tu l'as déjà revue ?

– Oui, et alors ? Elle est la mère de mon fils.

– Laisse-la tranquille, Timothy. Tu es fiancé à Caroline. Tu ne peux, en ton âme et conscience, rompre tes engagements.

– Je n'en ai pas l'intention. Et, de toute façon, je n'épouserai pas Sarah Jane.

– Tu es injuste envers elle. Elle est trop bien...

– Trop bien ?

La fureur du jeune homme enfla comme la lave d'un volcan en éruption ; son sang-froid l'abandonna.

– Trop bien pour moi, c'est ce que vous voulez dire ? Une souillon, une pute d'ouvrier, trop bien pour moi parce que je ne suis pas votre fils légitime, pas votre héritier, mais un bâtard ? Toutes ces années, j'ai cru que c'était la comtesse qui vous empêchait de me reconnaître, mais c'est faux ! Vous ne supportez pas l'idée que le fils d'une gitane vive sous votre toit !

– Timothy, jamais je ne...

Mais le jeune homme s'éloignait à grands pas. Pauvre Sarah Jane, songea Geoffrey en le suivant des yeux. C'est sur elle que Timothy allait déverser sa colère . Il pria pour qu'elle ait la force de lui résister.

20

La nouvelle de la mort de Lady Chevington, parue dans le *Times,* attrista Sarah Jane qui l'avait toujours considérée comme l'incarnation de la grande dame. Constance avait été son modèle. Elle écrivit une lettre de condoléances à Lord Chevington, se demandant si le décès de sa femme changeait quelque chose pour Timothy. Il allait probablement se sentir moins menacé et, dans ce cas, peut-être la laisserait-il tranquille. Il ne prendrait pas le risque de rendre leur liaison publique car il avait autant à perdre qu'elle. Sarah Jane était convaincue qu'en réalité, il se souciait peu de son fils, ne s'en servant que pour arriver à ses fins. Il s'en fatiguerait bientôt et elle n'aurait plus qu'à consoler Jason et à continuer comme avant. Elle devait agir comme s'il n'avait jamais réapparu, jamais réveillé sa passion pour lui. Mais il y avait des moments où elle ne pouvait s'empêcher de se languir de son bourreau, où elle brûlait de désir pour lui. Dégoûtée d'elle-même, elle avait honte, devenait irritable et agressive.

Son remords redoublait lorsqu'elle pensait à l'école, à Duncan, à ce qu'ils avaient été l'un pour l'autre. Timothy détruirait cela s'il en avait la possibilité, mais elle ne le laisserait pas faire. C'est elle qui possédait la carte maîtresse : l'école, et le terrain, intouchable tant qu'elle en serait propriétaire. Elle se battrait jusqu'au bout. Thomas prétendait que son entêtement la perdrait, mais il lui obéissait avec une loyauté indéfectible. Des lettres allaient et venaient entre les avocats, de nouvelles offres étaient faites mais elle s'en tenait à sa position tout en s'interrogeant sur la prochaine manœuvre de Timothy.

Ce qui se passa la prit totalement par surprise. Moins d'une semaine après l'enterrement de Lady Chevington, elle rentra chez elle dans l'après-midi et trouva Betsy seule, plongée dans la lecture d'un roman bon marché.

– Où est Jason ? A-t-il pris son thé ?

Son école était à deux pas et il y allait seul depuis que ses camarades s'étaient moqué de lui parce qu'on l'accompagnait. Il lui arrivait d'avoir quelques minutes de retard parce qu'il s'était arrêté pour jouer ou regarder la circulation, et il dédaignait alors les remontrances de sa mère.

Betsy, qui ne l'avait pas entendue arriver, bondit.

– Oui, madame, avant de partir.

– Partir ?

– Oui, madame, M. Myson a dit que vous étiez d'accord.

Il lui sembla que son cœur se décrochait. Elle tenta de lutter contre la panique qui menaçait de l'engloutir.

– D'accord pour quoi ? Je t'aurais avertie si j'avais attendu M. Myson. Tu le sais, non ?

– Il a dit que vous étiez d'accord.

– Il a dû le conduire au parc.

– Non, madame. Il a dit qu'il l'emmenait en vacances. Il m'a demandé de faire sa malle...

– Comment ? Et tu l'as laissé partir ?

Elle n'en croyait pas ses oreilles.

– Oui, madame, répondit Betsy en reculant, de peur que sa maîtresse ne la frappe.

Il lui était arrivé d'être battue autrefois, mais jamais par Mme McBryde.

– Imbécile !

Sarah Jane serra les poings pour ne pas la gifler.

– Je ne savais pas que Jason ne devait pas partir. Vous ne m'avez pas dit qu'il ne fallait pas...

Elle enfouit sa figure dans son tablier en sanglotant, persuadée qu'elle allait être renvoyée sur le champ.

– Cesse de pleurer, Betsy. Je ne t'en veux pas. Dis-moi où ils sont allés.

Elle connaissait le don de persuasion de Timothy qui, en outre, se comportait comme un ami de la famille ; il était injuste de s'en prendre à la pauvre fille.

– Il ne l'a pas dit, madame, seulement qu'il était pressé.

– Et Jason ?

– Il était ravi de partir. C'est pourquoi j'ai cru que c'était normal.

Timothy devait prendre grand plaisir à la rendre folle de peur. Ne lui avait-elle pas fourni l'idée en lui racontant son cauchemar ? Mais pourquoi avoir emporté les vêtements de l'enfant ?

– Depuis combien de temps sont-ils partis ?

– Une heure ou deux. Je n'ai pas fait attention.

Ils étaient sans doute à Londres, chez lui ; il voulait seulement l'inquiéter, la tourmenter pour qu'elle cède. Mais céder quoi ? Elle sortit en courant. On ne trouvait jamais de fiacre quand on en avait le plus besoin. Pourquoi la foule la poussait-elle à contresens ? Jason, mon petit, quelle idiote j'ai été. Que va-t-il te faire, toi qui as tellement confiance ? Elle trouva enfin une voiture et ordonna au cocher de la conduire à Kensington. Il faisait presque nuit quand elle arriva chez lui, et le maître d'hôtel affirma que M. Myson n'était pas là.

– Allez voir à son bureau, suggéra-t-il.

Désespérée, elle demanda au cocher de la conduire. Il était tard ; y aurait-il encore quelqu'un ?

– Allez aussi vite que possible, demanda-t-elle. Je vous paierai le double de la course.

Secouée dans la voiture, elle entendait le claquement du fouet et les cris du conducteur, mais elle n'avait pas l'impression d'avancer. Où avait-il emmené Jason ? À Chevington ? C'était trop tôt après le décès de Lady Chevington et jamais Geoffrey ne cautionnerait un enlèvement. Allait-on lui demander une rançon ? Pas en argent liquide, elle en était sûre. Timothy croyait peut-être qu'elle allait accepter de devenir sa maîtresse en échange de son fils. Ou bien était-ce à cause de son refus de vendre ? Était-il à ce point acculé ? Il se conduisait comme un enfant gâté qui dérange tout le monde parce qu'il n'obtient pas ce qu'il désire. S'il ne s'en était pris à Jason, tout cela aurait été risible.

Le chef de bureau, qui profitait toujours de l'absence de M. Myson et de Lord Chevington pour partir plus tôt, était sur le point de fermer quand elle se présenta.

– Que se passe-t-il, madame McBryde ? Un accident ?

– Savez-vous où est M. Myson ?

– Je crois qu'il est allé à Hailey Common.

– Hailey Common ?

Elle se tenait sur le seuil, ni dedans ni dehors, tandis que, les clés en main, il attendait pour s'en aller. Pourquoi Timothy aurait-il emmené l'enfant là-bas ? Il n'était pas assez fou pour le présenter à Caroline.

– Il est revenu de Chevington aujourd'hui pour assister aux débats sur la réouverture du chantier, puis il a annoncé que le travail concernant le tunnel allait reprendre dans quelques jours. Je suis certain qu'il voudra s'y trouver.

Le tunnel. Malgré son anxiété au sujet de Jason, elle se revit des années plus tôt, le jour où elle avait perdu le seul homme qu'elle ait vraiment aimé. Timothy, même sans tenir compte de sa perfidie, n'était rien en comparaison de cela.

– Mon fils était-il avec lui ?

L'homme parut surpris.

– Il n'y avait pas d'enfant avec lui, madame McBryde. Mais j'ai une lettre pour vous, que je devais poster demain.

– Demain ? Croit-il que j'allais attendre demain pour avoir des nouvelles de mon fils ?

– Il ne s'agit pas de votre fils, mais de votre mari.

Il prit une lettre dans un tiroir de son bureau.

– Je l'ai écrite sous sa dictée ce matin, mais il m'a demandé d'attendre pour l'envoyer. Je suppose qu'il voulait vous en parler d'abord.

Il la regarda déchirer l'enveloppe.

– Puis-je fermer maintenant ? Ma femme m'attend pour dîner.

Elle se déplaça sans répondre, absorbée dans sa lecture, puis mit la lettre dans sa poche et revint à son fiacre.

– Oxford Street, dit-elle d'une voix neutre.

Elle était invitée, en termes froids et polis, à assister à l'exhumation du corps de Duncan et, bien que ce ne soit pas précisé, elle avait l'affreuse certitude que, si l'on ne trouvait pas ses restes, la voie serait construite quand même. Assise bien droite dans la voiture, elle ne voyait que le visage de Duncan lui souriant avec tendresse lorsqu'il la taquinait. Ses souvenirs enfouis, parce que trop douloureux, revenaient en foule : Duncan portant Jason à travers champs en lui chantant des chansons ; Duncan en train de clouer le toit de la cabane ; Duncan brandissant une bêche, calmant un cheval ; la force, l'amour de Duncan. Il était vivant dans sa mémoire et elle reculait à l'idée de le voir mort. Timothy le savait sûrement. Serait-il jaloux d'un mort ? Est-ce que tout venait de là ?

Mais cela n'expliquait pas qu'il ait emmené Jason. Le petit garçon était fou des chemins de fer ; Timothy allait-il prendre un plaisir macabre à lui raconter la tragédie ? L'enfant serait choqué de voir les restes de celui qu'il avait appelé papa. Timothy risquait de lui dire que Duncan McBryde n'était pas son père ; pourtant, elle aurait juré qu'il éprouvait de l'affection pour lui, alors pourquoi lui faire du mal ? Fou comme il l'était, il y trouverait une sorte de logique. Il voulait la faire venir, elle, à Hailey Common pour l'observer tandis qu'elle assisterait à l'exhumation. Le combat pour l'école perdait de l'importance face à cette nouvelle vilenie.

– C'est bien là, m'dame ?

La voix du cocher brisa sa rêverie. Elle était arrivée devant la boutique. Elle se secoua, monta chez elle et regarda le salon, hébétée. Malgré les traces de Jason, un jouet abandonné dans un coin, un livre d'images, une paire de chaussures, sans lui tout était vide et morne. Les tapis épais, les fauteuils confortables, la lueur de la lampe, rien n'avait de sens. Elle perdit soudain son sang-froid et se laissa tomber en sanglotant sur le sofa, s'abandonnant à un chagrin dont ceux qui le causaient ne seraient jamais témoins. Elle pleura jusqu'à ce que toute l'émotion accumulée s'épuise, la laissant très calme, puis sonna Betsy, qui avait tout entendu sans oser entrer.

– L'avez-vous trouvé ? demanda-t-elle avec inquiétude.

Sarah Jane secoua la tête. Betsy se mit à pleurer.

– Oh, madame ! Tout est ma faute. Je n'aurais pas dû...

– Tu n'aurais pas pu l'arrêter, Betsy. La seule coupable c'est moi, qui n'ai pas su le prévoir.

– Vous ne me renvoyez pas ?

Son soulagement était presque comique.

– Mais non.

– Voulez-vous dîner ? Vous n'avez rien mangé.

– Dîner ? Non, je repars.

Elle se mit à sortir des papiers de son bureau.

– J'ai un indicateur des chemins de fer quelque part. Le voilà.

Elle le feuilleta et chercha un train pour Derby, d'où elle prendrait un fiacre pour rejoindre le chantier.

– Ce soir ? Vous n'attendez pas demain matin ?

– Attendre, alors que mon fils est Dieu sait où et sans doute mort de peur ? Prépare mes affaires... Non, je le ferai moi-même. Tu peux prendre une semaine de vacances.

– Une semaine, madame ? Vrai ?

– Oui.

Sarah Jane ignorait pourquoi elle avait dit une semaine, sinon qu'elle pouvait difficilement faire l'aller-retour en moins de huit jours. Elle paya les gages de la servante et, dès qu'elle fut partie, fit ses bagages et se vêtit de sa jupe la plus ordinaire, avec un corsage et un châle à franges, puis écrivit à Henry pour lui dire qu'elle avait décidé de prendre les vacances, comme il le lui conseillait. Elle laisserait la lettre à la boutique. En relevant la tête, elle vit l'œuf d'or resté sur l'étagère où elle l'avait posé après que Timothy l'avait rapporté. Elle avait été folle de l'accepter une seconde fois. Elle le mit dans son sac à ouvrage. Le rendre à Timothy le convaincrait de sa sincérité.

Elle noua un foulard par-dessus son chapeau et se hâta de descendre. Le fiacre l'attendait. Elle partit cinq minutes avant l'arrivée de Thomas, qui venait lui annoncer qu'il avait retrouvé Billy.

C'était le dernier train de la journée et il était bondé, mais elle trouva une place en première classe et s'installa en s'efforçant de réprimer son impatience. Elle remarqua à peine le groupe d'ouvriers, la pelle sur l'épaule et le baluchon attaché au manche, qui montait dans le même wagon.

– Sarah Jane, ben ça alors !

– Le gros Bill !

– Où allez-vous donc ?

– À Hailey Common.

– Pas possible ! Habillée comme ça ? Pas qu'un peu la grande dame, hein ? Et en première classe !

– Pourquoi pas, si je peux me le permettre ?

Il eut un grand sourire.

– La mijaurée, hein ?

Malgré son angoisse, elle lui rendit son sourire.

– Si vous voulez. Mais je serais toujours une femme d'ouvrier si mon...

Elle ne put continuer.

– Prouvez-le alors. Venez avec nous. On vous fera une place. Quoique ce serait plus facile sans cette crinoline.

Elle se mit à rire. C'était bon de retrouver des amis et elle aurait des alliés quand elle devrait affronter Timothy. Elle se leva.

– Avec plaisir.

Il ouvrit la porte et mit ses grosses mains sur sa taille fine pour l'aider à descendre. Ils formaient un couple incongru, lui en pantalon sale et manteau élimé, elle vêtue comme une dame, mais elle lui donna le bras sans tenir compte des regards réprobateurs des autres passagers.

Il l'emmena en troisième classe retrouver ses compagnons. Ils se poussèrent pour lui faire de la place, les portes furent fermées, le sifflet résonna et le train s'ébranla. Gros Bill la présenta aux ouvriers et dit :

– Alors, ma jolie, pourquoi retournez-vous dans ce coin perdu ? J'aurais cru que vous en aviez assez.

– Ils vont rouvrir le tunnel.

– On sait. C'est pourquoi on y va. Ils offrent de bons salaires.

– Ils m'ont invitée à assister à l'exhumation des corps.

– Si on les retrouve. Ça a été une sacrée explosion.

– J'aurais préféré qu'on les laisse reposer en paix, dit-elle doucement, tandis qu'une idée détestable lui venait : le gros Bill avait toujours été un trouble-fête. Pourrait-elle le persuader d'agir pour elle ?

– Je comprends ça, mais faut que la ligne continue.

– Pourquoi là, justement ?

Elle regarda l'un après l'autre les ouvriers présents. Si Timothy n'avait pas enlevé Jason, elle se serait rendue à Hailey Common et aurait tristement accepté que l'on enterre Duncan ailleurs. Mais, à présent, elle ne ressentait qu'un désir de vengeance. Elle allait ramener son fils, mais Timothy paierait pour tous les tourments qu'il lui avait infligés, et pour avoir cru qu'il pourrait se servir de Jason contre elle. Par ce geste cruel, il avait détruit tout l'amour ou l'affection qu'elle avait jamais eu pour lui.

– Ce tunnel, c'est la tombe de Duncan et de Joe. Je ne peux supporter l'idée qu'on y touche, reprit-elle. Vous y travailleriez, en sachant qu'il y a des hommes ensevelis là-dessous ?

Ils se dévisagèrent, se tournèrent vers le gros Bill.

– On ne nous a pas parlé de ces corps.

Il haussa les épaules.

– Les patrons ont promis de les enlever pour les enterrer convenablement. Et le salaire est bon.

– Cela signifie qu'on peut vous acheter, alors ? demanda-t-elle pour l'énerver.

– Non, par Dieu ! Et vous, c'est pas seulement pour voir des corps que vous allez là-bas, pas vrai ?

– Non.

Elle prit une profonde inspiration et déclencha l'avalanche.

– Je ne veux pas que le tunnel soit rouvert. Je ne veux pas que le travail reprenne. Il faut que les patrons changent d'avis. Et j'ai besoin d'aide.

Il la regarda avec surprise.

– Vous voulez que les hommes se fassent embaucher puis refusent de travailler ?

– Oui.

L'un d'eux siffla entre ses dents.

– Je suis pas sûr que ça soye une bonne idée. Je vais là-bas pour travailler, pas pour mettre la pagaille...

– Je vous paierai. Je compenserai vos pertes et je vous offrirai un billet de train pour aller où vous voudrez après.

– Pourquoi ? demanda Bill.

– Je vous l'ai dit. Je refuse qu'on déplace les restes de Duncan et qu'on construise la voie à cet endroit.

Elle avait le cœur dur à présent ; même le souvenir de Duncan ne l'adoucirait pas.

– Je croyais tout ça bien loin pour vous. Je croyais que vous étiez une grande dame, maintenant, et que vous préfériez oublier le passé.

– Si c'était le cas, je ne serais pas ici, je ne me soucierais pas des ouvriers et je n'aurais pas fondé une école pour leurs enfants.

Elle n'avait pas eu l'intention d'aborder ce sujet, mais tout était bon à prendre.

– Qu'est-ce que ça peut me faire ? J'ai pas d'enfant.

– Moi oui, intervint l'un des hommes après un silence. Et la dame a fait beaucoup pour nos petits.

– J'ai pas dit qu'on n'allait pas l'aider, rétorqua Bill. Mais on fera comme je dirai.

– Comment ? demanda Sarah Jane. Que comptez-vous faire ?

Un accord aussi rapide l'inquiétait.

– Eh bien, les empêcher d'ouvrir le tunnel. C'est bien ce que vous cherchez, non ?

Il avait besoin d'une cause pour tirer les hommes de leur apathie, réveiller leurs passions, leur faire voir plus loin que le jour de la paie, et Sarah Jane arrivait à point. Tant pis si cela n'avait rien à voir avec les revendications des syndicats sur les salaires et les conditions de travail ; s'il parvenait à les exciter assez, ils le suivraient.

– Je vais montrer à ces satanés messieurs qu'on doit compter avec la force que je représente. À quoi servent leur argent et leur titre s'ils peuvent pas nous obliger à travailler ? Ils ont besoin de nous, ils peuvent pas s'enrichir sans nous. C'est nous qui comptons – nous, les travailleurs.

– Du calme, fit un ouvrier.

– C'est monstrueux de profaner des tombes, poursuivit-il sans tenir compte de l'avertissement. On a dit des prières à cet endroit, il est sanctifié maintenant et les hommes doivent reposer en paix, c'est ce qui a été dit : « leur dernier repos ». On peut pas y aller à la dynamite et à la pelle en oubliant qu'ils sont là. Leurs fantômes hanteront ceux qui iraient...

– Leurs fantômes, répéta Sarah Jane en frissonnant d'appréhension devant ce qu'elle avait déclenché.

– Ouais. Les fantômes de Joe le Bagarreur et de Duncan McBryde hanteront ceux qui iront les déranger.

– Je ne crois pas, dit-elle.

– Non ? Mais les autres, oui, surtout les femmes, et ça nous aidera à les avoir à nos côtés plutôt que contre nous comme d'habitude.

C'était trop tard, elle ne pouvait plus changer d'avis ; elle était engagée, elle et toute une troupe d'ouvriers, dans un processus qui mettrait Timothy Myson à genoux. Ni la misère ni la dureté ne l'avaient abattue comme Timothy était presque parvenu à le faire ; vivre en compagnie des ouvriers ne l'avait pas dégradée comme il l'aurait voulu. Pas un de ces hommes ne se serait abaissé à se servir de son fils pour la punir. Il méritait toutes les humiliations qu'elle comptait lui infliger.

Aussi impatiente fût-elle de retrouver son fils, elle devait rester en compagnie des ouvriers et de Gros Bill, qui ameutait tous les groupes qu'il rencontrait en chemin. La plupart se joignait à lui, si bien qu'ils furent une cinquantaine en atteignant Ashley Green, tous vociférant que le tunnel ne devait pas être ouvert. Il fallait suivre un nouveau tracé le long de la route, dans la vallée, ce qui procurerait du travail à deux fois plus d'ouvriers. Sarah Jane écoutait leurs arguments et, bien que Bill se serve d'elle pour sa propre cause et que la sienne ne soit guère crédible, elle se trouva entraînée avec eux.

Ils franchirent les collines en direction de Hailey Common tout en chantant et Sarah Jane, qui avait abandonné sa crinoline et ses chaussures de ville pour des bottes plus adéquates, ne détonnait pas parmi eux. En arrivant, elle vit des hommes, à l'entrée du tunnel, occupés à dégager les blocs de pierre qu'ils soulevaient à mains nues pour les jeter dans un wagon. Elle s'immobilisa : les ouvriers, les cabanes, le dispositif de forage, tout cela la transporta dans le passé et, un instant, elle crut que Duncan allait apparaître, qu'elle allait de nouveau entendre sa voix à l'accent écossais, et ressentir cette impression de sécurité et d'amour. « Oh ! Duncan ! » murmura-t-elle. Mais il n'était pas là, et elle fut obligée de revenir au présent pour rattraper les hommes qui l'avaient dépassée.

Elle avait l'intention de trouver aussitôt Timothy et de lui lancer un ultimatum : « Rends-moi mon fils ou je veillerai à ce que le tunnel ne soit jamais rouvert et tu seras ruiné.» Mais, dans l'ancienne cabane de Charlie Bender, elle ne trouva que Smithers qui s'apprêtait à recruter des travailleurs.

– Madame McBryde !

Il n'avait pas l'air sûr que ce soit elle.

– Oui. Je dois parler à M. Myson.

– J'ignore où il est – à Londres, peut-être. Je ne l'ai pas vu depuis une quinzaine de jours.

C'était un coup inattendu. Où était-il alors ? Où avait-il emmené Jason ? Elle refusa de penser qu'elle avait fait le voyage pour rien.

– Mais vous l'attendez, n'est-ce pas ?

Smithers haussa les épaules.

– Il n'a rien dit. Il va, il vient.

Elle rejoignit le gros Bill qui haranguait les ouvriers. Elle n'avait pas pensé à ce qu'elle ferait au cas où Timothy et Jason ne seraient pas là. Où alors ? À Chevington ? Qu'est-ce que Timothy avait pu raconter au comte pour le persuader d'accueillir Jason ? Il ne pouvait pas être aussi insensible que son fils. Il fallait aller à Chevington tout de suite. Et s'il n'avait pas quitté Londres ? Elle n'arrivait plus à réfléchir et ce n'est pas Bill qui pourrait l'aider.

– Qu'est-ce que vous croyez, vous autres ? criait-il à ceux qui dégageaient l'entrée du tunnel. Vous profanez une tombe.

– C'est pas une tombe, c'est un tunnel bouché.

– Oui, mais vous n'allez pas tarder à trouver des ossements, peut-être bien avec de la chair autour, du sang, et des bouts de vêtements.

Sarah Jane frissonna, mais sa résolution s'en trouva renforcée. Elle ne voulait pas que les restes de Duncan soient exposés à la lumière et aux regards curieux.

– On a ce travail à faire. On est payé pour ça.

– Chercher des corps ?

– Non, enlever la boue.

– Et si vous les trouvez, les cadavres ?

– Alors, on arrêtera.

– Pourquoi pas tout de suite ? On va pas tarder à installer des pompes pour enlever l'eau. Qu'est-ce qui se passera si vous trouvez des ossements dans vos seaux ?

Ils haussèrent les épaules et se remirent au travail, mais Bill ne se laissa pas décourager pour autant. Il prit Sarah Jane par le bras et la poussa en avant.

– La veuve de Duncan McBryde a son mot à dire. Elle veut pas que le train passe sur la tombe de son mari.

– L'entrepreneur a dit qu'il serait enterré dans un vrai cimetière.

– Laissez-le reposer en paix, intervint Sarah Jane. Par pitié, allez-vous-en et laissez-le.

Ses doutes revenaient en masse. Qu'avait-elle déclenché ? Elle aurait dû se souvenir du fanatisme du gros Bill et deviner que, très vite, elle ne maîtriserait plus les événements. Elle allait être balayée par la marée de colère et de ressentiment créée par Bill. Les hommes la regardèrent. Elle était couverte de la poussière du voyage, ses beaux cheveux cascadaient sur ses épaules et ses yeux brillaient de larmes. Elle avait un air indompté et il émanait d'elle une impression de pouvoir caché. Ils la craignaient presque.

Bill s'en rendit compte et sourit.

– Elle jettera un sort à ceux qui déplacent ces rocs et, ne vous y trompez pas, elle en est capable. Vous n'aurez plus une minute de bonheur.

Ses protestations passèrent inaperçues, tandis qu'une voix s'élevait :

– Il faut être idiot pour croire à des bêtises pareilles ! Ces choses-là n'existent pas, sauf pour les esprits faibles.

– Qui a dit qu'on est idiot, hein ? demanda un autre. Je pourrais vous raconter des histoires à vous faire dresser les cheveux sur la tête.

– Raconte-les à ta grand-mère, alors !

– Tu me traites de menteur ?

Tant qu'ils se disputaient ils ne travaillaient pas, et Bill eut un sourire triomphant.

– Est-ce que l'un de vous est prêt à aller tout seul dans ce tunnel la nuit ? s'écria-t-il. Je lui donnerai dix livres de ma propre bourse !

Ils discutèrent entre eux à voix basse, puis de plus en plus fort, chacun voulant se faire entendre. Un par un, les ouvriers allèrent rejoindre le groupe de Bill. Smithers, venu voir ce qui se passait, trouva une centaine d'hommes résolus face à une douzaine et comprit que ceux-là aussi allaient capituler sous peu. Il arrêta les opérations pour la journée et revint à son bureau dans la cabane en bois. Si les hommes qu'il avait engagés refusaient de travailler, il les renverrait et en embaucherait d'autres avec moins de scrupules – on paierait pour qu'ils oublient fantômes et malédictions. Il envoya un message indiquant qu'il y avait du travail et de bons salaires à Hailey Common.

Une bande d'Irlandais se présenta avec une remarquable promptitude le lendemain après-midi, accompagnée d'un prêtre pour exorciser le tunnel. Les premiers arrivés, sachant la confrontation inévitable avec les Irlandais, avaient commencé à s'enivrer de mauvaise bière et de brandy bon marché et étaient prêts à en découdre. Le terrain à l'entrée du tunnel se transforma bientôt en un grouillement d'hommes qui ne savaient plus pourquoi ils avaient cessé le travail et commencé à boire ; tout ce qu'ils savaient c'est que les Irlandais étaient prêts à déblayer le tunnel et pas eux, qu'un prêtre catholique allait exorciser un fantôme protestant et qu'ils ne le toléreraient pas. Ils s'armèrent de pelles et de pioches, de morceaux de bois et de bouteilles cassées, puis se mirent en rang devant le tunnel, tandis que les Irlandais avançaient, prêts à se battre pour défendre leur droit au travail.

Sarah Jane les regarda, horrifiée. Ces hommes allaient s'entretuer parce que son fils avait été enlevé, et pourtant ils n'avaient jamais entendu parler de lui : leur combat était un leurre, tout comme les motifs du gros Bill. Cela n'avait rien à voir avec la mémoire de Duncan, qu'elle trahissait. Mais il était trop tard pour endiguer le flot de haine et de fureur : les premiers coups s'échangeaient déjà, la bataille avait commencé.

– Arrêtez ! hurla-t-elle en essayant de séparer deux ouvriers. Arrêtez, pour l'amour du ciel !

Ils la repoussèrent et s'élancèrent les uns contre les autres, sans merci ni pitié, se tapant dessus avec tout ce qui leur tombait sous la main, criant et jurant. La confrontation avait pris le tour d'une croisade que même le gros Bill ne pouvait endiguer. Smithers renonça à se faire entendre et revint écrire une lettre urgente à Lord Chevington, puis s'enferma dans son bureau.

Le comte se trouvait dans la bibliothèque, étudiant les nouveaux tracés de la jonction prévue à Londres, quand Timothy arriva avec Jason. Il lui était difficile de faire abstraction de son chagrin et de se concentrer sur son travail. Il mangeait et dormait mal, les fines rides autour de ses yeux s'étaient creusées, les larmes lui montaient aux paupières dix fois par jour et il oubliait ce qu'il était en train de faire ou de dire. Constance avait été auprès de lui durant vingt-sept années et il se sentait perdu sans elle. Il devait apprendre à vivre seul, sans personne à qui parler, surtout depuis sa querelle avec Timothy. Il aurait dû aborder le sujet de sa reconnaissance officielle avec plus de tact et, surtout, ne pas mentionner Sarah Jane. Il fut donc surpris et ravi de le voir.

– Timothy ! Je ne t'attendais pas.

– Je suis venu faire la paix, père. Je vous prie d'excuser mon éclat de l'autre jour. C'est impardonnable.

– Alors je suis doublement heureux de te voir.

Il baissa les yeux sur le petit garçon qui se tenait timidement à côté du jeune homme.

– Jason ?

Timothy sourit.

– Il apprend à monter à cheval et j'ai pensé qu'il serait plus agréable pour lui de se promener dans les prés. Cela le changera de Hyde Park. Cela ne vous ennuie pas ?

– Pas le moins du monde, du moment que sa mère est d'accord.

– Bien sûr, mentit Timothy sans hésiter. Elle désirait aller à Hailey Common pour l'ouverture du tunnel et l'enterrement de son mari sans Jason. Elle pensait que cela l'aurait bouleversé.

Geoffrey eut du mal à croire que Sarah Jane acceptât de se séparer de son fils, même pour quelques jours. Il n'y avait qu'à les voir ensemble pour deviner ses sentiments à son égard. Il l'admirait pour cela et ne voyait pas pour quelle raison elle aurait préféré envoyer Jason à Chevington, mais, plutôt que d'envisager une quelconque vilenie de la part de Timothy, il fit taire ses doutes.

– En ce cas... Comment vas-tu, mon jeune ami ?

– Très bien, monsieur.

Geoffrey sourit, tira sur le cordon de sonnette et Wilkins apparut comme par magie. Geoffrey lui demanda de préparer deux chambres.

– Faites dîner M. Jason à la cuisine. L'heure de son coucher doit être passée depuis longtemps. Quelqu'un pourrait-il s'occuper de lui ?

Wilkins se souvint de la servante aux cheveux roux qu'il avait renvoyée ; était-il censé servir son fils comme un gentilhomme ? À quoi pensait donc monsieur le comte ? Il se demandait quelquefois si la mort de sa femme n'avait pas altéré sa raison, mais, en loyal serviteur, il n'eut pas un clignement d'yeux et répondit :

– Hannah, monsieur. Elle a de jeunes frères et connaît les enfants.

Timothy posa la main sur l'épaule de Jason.

– Je te verrai plus tard. Va dîner avec Wilkins. Quelqu'un t'aidera à te coucher. Demain nous ferons du cheval, d'accord ?

– Oui, monsieur. Maman sera là ?

Geoffrey lança un coup d'œil à Timothy et, après le départ de l'enfant, lui demanda :

– Il croit que sa mère va venir ?

– Sarah Jane le lui a promis, pour l'encourager à me suivre.

– Il ne sait pas que tu es son père ?

– J'ai l'intention de le lui dire.

– Pourquoi ? Tu risques de le perturber. Mets-toi à sa place, souviens-toi de ce que tu as éprouvé.

– Comment le sauriez-vous, père ? Je ne vous en ai jamais parlé.

– Oh ! je le sais. Comment un père qui aime son fils peut-il ignorer le tourment qu'il lui inflige ? Et je t'aimais, je t'aime plus que tu ne l'imagines. Ne commets pas les mêmes erreurs que moi, Timothy.

Geoffrey se sentait incertain, confus ; Timothy semblait sincère, mais il le savait capable de se conduire de manière irrationnelle si on le provoquait, et même de blesser ceux qu'il aimait le plus. Geoffrey voulait épargner Jason et sa mère à tout prix, ce qui le surprit, aussi Timothy résolut-il de ne rien dire avant d'avoir vu Sarah Jane en personne. Il changea de conversation.

– Le chantier de Hailey Common a donc redémarré ?

– Oui. Smithers embauche.

– L'as-tu informé de ce qu'il fallait dire au sujet des corps ?

– Oui, et je suis certain qu'il n'y aura pas de problème sur ce point.

– Ne devrais-tu pas y aller ?

– Pas avant que les travaux n'aient vraiment débuté. Smithers peut s'en charger.

– Hum. Eh bien, puisque tu es là, viens voir les nouveaux tracés. Il doit y avoir une erreur, la ligne passe juste sur l'école de Madame McBryde.

– Il n'y a pas d'erreur. Ce sont bien là mes instructions.

Timothy eut du mal à refréner son impatience ; ils en avaient déjà discuté. Il ne pouvait pas se permettre la déviation que son père préconisait, point final.

– Je ne savais pas que Sarah Jane avait accepté de vendre. J'ai du mal à croire qu'elle ait cédé si vite.

Il se souvenait bien de la merveilleuse jeune femme rencontrée à l'école, qui incitait les maçons à travailler plus vite de la façon la plus courtoise qui soit, qui avait déjà d'autres projets en tête et débordait d'enthousiasme. Timothy fut surpris que son père appelle Sarah Jane par son prénom ; la connaissait-il mieux qu'il ne le prétendait ? Est-ce pour cela qu'il avait modifié les plans ? Agacé, il répliqua :

– Je lui ai fait une offre qu'elle ne pouvait refuser.

Apparemment satisfait, Geoffrey roula les plans.

– Allons dîner. Demain nous profiterons de la présence de Jason. L'écouter parler et le regarder courir... Cela fera longtemps que la maison n'aura connu une telle animation.

C'est ce qui se produisit. Bien qu'attristé par l'absence de sa mère, Jason allait de découverte en découverte, les fleurs des bois, les terriers de lapin, le potager, les caves avec leurs bouteilles poussiéreuses, les tableaux et les livres de la bibliothèque. Il ne cessa de poser des questions depuis son réveil jusqu'au moment où on l'envoya jouer seul après le déjeuner, tandis que les deux hommes s'installaient pour parler affaires.

Lorsqu'il n'apparut pas pour le thé et que tout le monde partit à sa recherche, Geoffrey se rendit compte à quel point l'enfant comptait pour lui. Il avait reporté sur lui une part de l'affection qu'il éprouvait pour Timothy.

– Où est passé ce galopin ? grommelait-il en le cherchant dans les pièces inutilisées, puis dans le jardin tapissé de feuilles rousses et or.

– Jason ! Jason, montre-toi ! Je sais que tu te caches !

Timothy en était moins sûr. Même s'il avait pris soin de bien lui expliquer que sa mère approuvait ces vacances, l'enfant avait peut-être tenté de rentrer à Londres tout seul. Il questionna tous ceux qu'il croisa sur la route qui menait à la gare mais personne ne l'avait vu et Timothy rentra plus inquiet qu'il ne le montrait. Geoffrey lui annonça que Wilkins l'avait découvert. Ses craintes étaient sans fondement : Jason se plaisait à Chevington, on lui avait promis que sa mère allait arriver et il n'avait aucune raison de se méfier.

– Où était-il ?

– Dans la tour.

– Comment est-il entré ? Je la croyais fermée à clé.

– Il a grimpé par une petite fenêtre en s'agrippant au lierre, mais, une fois à l'intérieur, il n'a pas pu sortir. Heureusement Wilkins l'a entendu appeler.

– Il faut lui interdire de recommencer.

– Je ne sais pas ce que j'aurais fait si quelque chose lui était arrivé, avoua Geoffrey. Et Sarah Jane... je n'aurais pu affronter son courroux.

De nouveau ce prénom dans la bouche de son père. Timothy songea qu'après tout elle avait été sa servante et qu'il pensait à elle en ces termes.

– Moi non plus. Il ne faut pas le laisser prendre de nouveaux risques.

Jason accepta la réprimande avec dignité et promit de ne pas retourner à la tour, et le reste de la journée se passa sans problème, avec une promenade à cheval dans le parc. Tous les trois revinrent prendre un chocolat chaud et des gâteaux. La lettre envoyée par Smithers arriva à ce moment. Lord Chevington la parcourut rapidement et la tendit à Timothy.

– Il semble que mes craintes aient été justifiées. Les ouvriers se sont révoltés. Il faut y aller tout de suite.

21

La bataille dura deux jours, de nouveaux arrivants se joignant à un camp ou l'autre. Un brasseur entreprenant avait aggravé la situation en apportant un chariot plein de tonneaux de bière et, à présent, les hommes étaient aussi ivres que furieux. Abandonnant toute tentative de restaurer l'ordre, Smithers avait envoyé quérir la troupe et espérait l'arrivée de Lord Chevington car si quelqu'un avait le pouvoir de faire entendre raison aux ouvriers, c'était bien lui. Il observa les événements depuis la cabane où il s'était retranché et, de façon surprenante, on l'y laissa tranquille. C'était ce grand type qui provoquait tous les ennuis, le gros Bill, et Mme McBryde. Il ne comprenait pas. Après avoir si bien réussi à la ville, pourquoi était-elle revenue ici ?

Sarah Jane ne comprenait pas elle-même. Elle se demandait sans répit comment elle avait pu se montrer aussi irréfléchie, bornée et irresponsable en donnant à Bill l'occasion qu'il attendait depuis longtemps. Elle lui avait permis de se servir d'elle et du nom de Duncan, ce qui était pire. Elle l'avait encouragé à utiliser la mort de Duncan pour atteindre son propre but. Cela lui laissait un goût amer dans la bouche.

Des combats sporadiques éclataient encore. Deux hommes roulèrent dans la poussière, accrochés l'un à l'autre dans une fureur démente.

– Arrêtez ! cria-t-elle. Arrêtez, vous allez vous tuer !

Ils ne l'entendaient pas. L'un des deux hommes, assis sur la poitrine de son adversaire, lui écrasa la figure d'un coup de poing.

– Ça t'apprendra, salaud !

Puis il se leva, triomphant, et lança à Sarah Jane :

– Rentre chez toi, femme. C'est pas ta place, ici.

Pas ma place, songea-t-elle, pourtant c'est moi qui suis responsable de tout ceci. Les ouvriers l'avaient accueillie avec amitié et voilà comment elle les remerciait. Abrutie par le choc, le découragement et la culpabilité, elle devait réagir, apaiser son tourment intérieur. À défaut d'autre chose, elle se mit à soigner les blessés. Personne ne lui prêta attention quand elle déchira ses jupons en lanières qu'elle trempa dans la rivière, ni quand elle revint s'agenouiller près de l'homme blessé pour baigner son visage. Il a sans doute une femme et des enfants, songeait-elle, et tout ce qu'il veut c'est du travail. C'est ce qu'ils cherchaient tous. Elle se déplaça au milieu d'eux, s'arrêtant de temps à autre pour bander un bras ou une jambe, calmer et consoler, offrir un gobelet d'eau, répétant :

– Je vous en prie, ne vous battez plus. Les morts reposent en paix. Personne ne viendra vous hanter.

Mais ils refusaient de l'écouter. En désespoir de cause elle s'en alla et gravit la colline, loin de la mêlée, et s'assit. Le chantier, parsemé de machines et d'outils, formait une plaie ouverte au flanc des vertes collines. Que valait-il mieux : laisser la nature recouvrir les cicatrices ou terminer la ligne, supprimer les baraques, le matériel de forage et tous les détritus pour qu'il ne subsiste que les voies brillantes disparaissant sous le tunnel ? La tombe de Duncan. Sur l'horizon se détachait la foreuse sur laquelle il avait travaillé. Elle était si fière de lui quand on l'avait nommé chef d'équipe. « Le premier barreau de l'échelle » avait-il déclaré, le premier pas vers la réalisation de leurs ambitions. Mais il s'agissait de ses ambitions à elle et il en était mort. Aujourd'hui, d'autres hommes risquaient leur vie. Si seulement elle pouvait remonter le temps. Si seulement...

Des foyers d'incendie avaient éclaté, elle ignorait s'ils étaient accidentels ou volontaires. Le tonnerre gronda dans le lointain, des nuages s'amassèrent. La pluie allait éteindre les flammes. Apaiserait-elle aussi la colère des hommes ? Cesseraient-ils de se battre ? Comment tout cela finirait-il, et où était Jason ? Elle n'avait rien à faire ici, elle aurait dû être avec lui. Elle se leva et descendit la colline.

– Il est facile de comprendre pourquoi nous avons besoin de cette ligne, expliquait Geoffrey. Prendre des chevaux pour parcourir vingt kilomètres est ridicule, de nos jours...

Il s'immobilisa en arrivant en vue du chantier.

– Mon Dieu ! Mais c'est un champ de bataille !

Ils n'avaient pas attendu que leur train privé revienne de Londres pour gagner le site. Timothy expliqua à Jason que Lord Chevington et lui devaient s'absenter quelques jours mais qu'on s'occuperait bien de lui, pendant que Geoffrey envoyait un valet retenir le train à la gare. À King's Cross, ils prirent leurs wagons particuliers et roulèrent de nuit pour parvenir à Ashley Green au matin. Ils louèrent des chevaux pour Hailey Common et se retrouvèrent au milieu de la mêlée, des cris et des corps à corps, sans pouvoir se faire entendre.

– Sortons de là ! suggéra Timothy en se dirigeant vers la cabane où les attendait Smithers.

– Êtes-vous blessés, messieurs ? s'inquiéta ce dernier.

– Non.

Geoffrey épousseta son manteau et resserra sa cravate avant d'entrer dans le bureau à la suite de l'entrepreneur et de Timothy.

– Mais ces hommes sont enragés ! Comment est-ce arrivé ? Qu'est-ce qui a mis le feu aux poudres ?

Le front de Smithers se plissa d'inquiétude.

– Tout vient de la présence de ces corps dans le tunnel, monsieur le comte. On dit que le tunnel est hanté.

– Quelle bêtise ! Ne leur avez-vous pas expliqué qu'ils auront une sépulture convenable ?

– Si, mais personne n'a voulu écouter. Ils ont eu le temps de s'enivrer, pas moyen de leur faire entendre raison. Ils sont menés par une espèce de géant qu'on appelle le gros Bill et... par Madame McBryde.

– Sarah Jane ? s'écrièrent Geoffrey et Timothy d'une seule voix.

– D'après ce que j'ai compris, monsieur, elle est arrivée de Londres avec lui et c'est comme ça que tout a commencé. Avant, les ouvriers ne faisaient pas d'histoires.

– Mais pourquoi, demanda Geoffrey à son fils, cherche-t-elle à provoquer des troubles ?

– Je l'ignore. Je jure qu'elle était d'accord en tous points avec mes propositions.

– En es-tu certain ? demanda Geoffrey qui, soudain, eut un éclair de compréhension : tu as enlevé son fils !

– Comment peut-elle me faire une chose pareille ? marmonnait Timothy.

– Le pire c'est que tu m'as mêlé à ton plan diabolique, je ne te le pardonnerai pas.

Geoffrey observa la figure fermée de son fils, prélude à une explosion de rage. Il se radoucit.

– Pourquoi, Timothy, pourquoi ?

– Elle avait besoin d'une leçon. Elle savait que je ne ferais pas de mal à l'enfant.

– Tu lui as fait très peur et elle se venge. Écoute mes conseils : abandonne ce tunnel et fais la paix avec elle.

– Je n'abandonnerai pas. C'est trop important. Aucune femme ne me dictera ma conduite. Vous me surprenez, père. Il faut raisonner ces hommes.

– Alors le sang coulera encore, soupira Geoffrey.

– J'ai prévenu la troupe, intervint Smithers. Une démonstration de force les calmera.

– Je n'aime pas faire intervenir l'armée, je préférerais leur parler moi-même.

– Ils n'écouteront pas, monsieur le comte.

– Où est Madame McBryde ? demanda Timothy en se mettant à la fenêtre.

Les ouvriers erraient sans but, criant des obscénités, se tapant dessus et s'infligeant de graves blessures. Il était impossible de discerner les adversaires et il n'aperçut nulle part Sarah Jane. Il savait pourtant qu'elle était à proximité et, au plus profond de lui, il ressentit un début de remords.

Smithers haussa les épaules.

– Je ne sais pas, monsieur. Pas loin, je suppose.

Timothy se mit à faire les cent pas, imaginant son joli corps mutilé, son beau visage écrasé sur le sol, et se représenta Jason qui attendait patiemment son retour.

– Je vais la chercher, annonça-t-il brusquement.

Il se rua dehors sans tenir compte du cri d'alarme de son père. Il courut à travers le chantier détrempé jusqu'à l'entrée du tunnel où les combats étaient à leur summum. Elle était là, se battant comme un chat sauvage en essayant de séparer deux hommes, ses cheveux répandus sur ses épaules, sa jupe maculée de boue.

– Sarah Jane !

Elle le vit et se dirigea vers lui.

– Où est Jason ? Qu'as-tu fait de mon fils ? Si tu l'as amené ici...

– Ici ? Dans cette crasse ?

Sa panique se calmait tandis qu'il la dévisageait. Quel rapport entre cette furie et l'éblouissante jeune fille aux yeux verts qu'il avait aimée, ou la femme gracieuse et assurée rencontrée à Londres ? Qui était la vraie Sarah Jane ? Et le vrai Timothy Myson ? Il était venu à son secours et... que devait-il faire ? S'excuser ? Se rétracter ? Jamais !

– Jason est à Chevington House.

– Tu l'as enlevé ! Tu n'avais aucun droit...

– Oh ! mais si, ma chère Sarah Jane ! Regarde-toi ! Tu es à demi-nue, crasseuse, et à moitié folle. Est-ce là la mère d'un jeune gentilhomme ?

– Gentilhomme ! lança-t-elle avec mépris. Qui en est un ? Sûrement pas toi ! Tu oublies de qui tu es né. Tu n'as aucun droit.

Ces propos déchaînèrent la colère de Timothy qui répondit d'un ton glacé :

– Non ? Je prouverai sans mal que tu n'es pas une bonne mère. C'était déjà facile à Londres mais là... au milieu de cette racaille, poussant les hommes à se battre... C'est un crime, l'ignores-tu donc ? On pourrait t'envoyer en prison pour incitation à la violence et que deviendrait Jason ? Vais-je laisser mon fils aux mains d'une criminelle ?

Sarah Jane en resta bouche bée. Même dans ses pires cauchemars, elle n'avait envisagé cela.

– Tu ne peux pas...

– Essaie donc de m'en empêcher.

– Jason est mon fils. Et celui de Duncan McBryde.

Autour d'eux le silence s'était fait.

– Tu en jurerais ? D'autres connaissent la vérité – mon père, par exemple. Et le vieil avocat. Et tes amis les ouvriers... James McBryde et sa femme se damneraient-ils pour un faux témoignage en ta faveur ?

Elle eut un rire amer qui ne ressemblait pas à celui de la dame raffinée qu'elle était devenue à Londres.

– Peut-être pas, mais ça ne signifie pas que c'est le tien. Tu ne me le prendras jamais.

– Nous verrons.

– Pas plus que tu ne me mettras de nouveau dans ton lit.

Dans leur rage, ils avaient oublié que la foule autour d'eux les écoutait avidement.

– Tu n'es rien pour moi, Timothy Myson, rien du tout. Peut-être autrefois, mais plus maintenant ! Tu es fou, fou à lier si tu crois me faire céder avec tes menaces.

– Je ne menace pas en vain.

Soudain conscient du silence, il s'adressa aux hommes :

– Savez-vous pourquoi vous vous battez ? Pourquoi cette... cette traînée vous a dressés contre moi ? Cela n'a rien à voir avec les corps dans le tunnel. Elle se sert de vous contre moi.

Des murmures s'élevèrent et le gros Bill, voyant l'initiative lui échapper, revint à la charge.

– Et vous vous servez d'elle. Ça ne marchera pas parce qu'on a le bon droit de notre côté.

Timothy se tourna vers Sarah Jane.

– Vas-y. Dis-leur la vérité.

– Quelle vérité ? Que tu as enlevé mon fils pour me mettre à genoux ? Tu crois que ça va les arrêter ?

– Je ne sais pas ce que vous mijotez tous les deux, reprit Bill, mais ça n'a rien à voir avec notre lutte. Tout ce qu'on sait c'est qu'on n'ira pas dans ces rochers-là. On a déjà essayé, vous vous souvenez ? Et des hommes y ont laissé leur vie. Si vous voulez continuer cette ligne, faut passer par la vallée, là où c'est plus facile.

– Ce n'est pas à vous de dire où il faut passer. Vous creuserez là où on vous le demandera.

– Oh ! que non ! Si vous cherchez la bagarre, vous l'aurez, ici même. J'ai pas raison, vous autres ?

Il y eut un murmure d'assentiment qui ne fit pas l'unanimité car la plupart des Irlandais étaient prêts à reprendre le travail. La dispute qui s'ensuivit menaça de tourner de nouveau à la bataille, déjà des coups pleuvaient.

– Pourquoi les morts auraient-ils le dernier mot ? lança un petit Irlandais vindicatif. Ils n'ont plus à s'en faire pour se remplir la panse, eux. Nous, on a besoin de travail, pas eux.

– Et vous en aurez si vous m'écoutez, cria Bill. Plus que vous n'en voudrez, même. Mais pas à l'endroit où Duncan et Joe sont morts. C'est plein d'eau stagnante. Je le sais, j'y suis allé.

– On peut éviter l'eau, dit Timothy. On vous propose de bons salaires pour ce travail, il n'y a rien de plus à dire.

– Du travail qui vous remplira les poches, pas vrai ? rétorqua Bill. La vie des hommes, ça ne compte pas pour vous. Combien de morts vous faudra-t-il encore ? Combien d'ouvriers seront sacrifiés dans ce tunnel ?

– Vous êtes des idiots menés par des idiots, jeta Timothy, trop furieux pour rester conciliant. Vous êtes prêts à sacrifier une bonne paie pour deux cadavres ? Il n'y a que des os là-dedans, c'est tout !

Il sourit en dardant sur Sarah Jane ses yeux noirs brillant d'un éclat diabolique.

– Mais pour les plus timorés, qui craindraient les fantômes et les malédictions... pour ceux-là nous avons promis de respecter les morts.

– Et si on ne les trouve pas ? Vous construirez la ligne quand même ?

– Tous les efforts seront faits pour les localiser.

– Ça servira à rien ! Ils ont été réduits en miettes, on ne les trouvera pas.

Sarah Jane, sidérée par la cruauté de Timothy, avait perdu le fil des événements. Dans sa tête confuse les idées s'embrouillaient. Que faisait-elle ici ? Pourquoi Jason était-il loin d'elle ? Lui seul comptait.

– Laissez-moi partir ! Je dois retrouver Jason.

Le gros Bill la saisit par le bras.

– Oh ! mais non, ma belle ! Vous avez mis tout ça en branle, vous restez là.

– Mais je dois trouver mon fils. Timothy, conduis-moi à lui.

– Certainement pas. Jason est mieux là où il est, inutile de lui rappeler que sa mère est une traînée.

– Comment oses-tu !

– J'ose. Maintenant, rentre avant que ces types n'en aient assez de tes manigances et ne s'en prennent à toi.

– Non !

– Alors, à tes risques et périls. Je me demande pourquoi je suis venu te chercher ! Tu n'en vaux pas la peine...

Il se tut brusquement. Le tumulte avait cessé et les hommes faisaient silence, comme si une main géante en avait donné le signal. Ce qui les avait fait taire, c'était un cri :

– Taisez-vous et écoutez ! Voilà la troupe !

Dans le lointain on entendait un roulement de tambour, puis on vit apparaître les vestes rouges et les pantalons blancs des soldats. Les ouvriers se relevèrent et se regardèrent puis se tournèrent comme un seul homme vers l'ennemi commun qui approchait. Lord Chevington et Smithers rejoignirent Timothy qui recommençait à haranguer les ouvriers.

– Laisse, Timothy, dit Geoffrey. Pour l'amour du ciel, dis-leur que la troupe ne tirera pas.

– Non ! Cette racaille n'aura pas le dernier mot !

Il se tourna vers la foule.

– Je vous donne une dernière chance de reprendre vos esprits et de retourner au travail. Si vous persistez, je ferai intervenir la troupe.

Le jeune officier en chef ordonna à ses hommes de charger leurs fusils et de mettre en joue. Croyant qu'ils allaient tirer, Sarah Jane courut vers eux, les cheveux épars et les bras tendus, comme pour protéger ses compagnons.

– Non ! Ne tirez pas !

Timothy s'élança vers elle mais elle ne s'arrêta pas et les armes restèrent pointées – sauf une, qui vacilla légèrement comme si elle était trop lourde pour celui qui la tenait.

– Eh toi, en joue ! cria le lieutenant.

Le jeune soldat qui avait baissé son fusil vers le sol le redressa, mais il était très pâle et tremblait. Sarah Jane le reconnut à l'expression de son visage. Elle le connaissait depuis le jour où ils s'étaient rendus à l'hospice : le vide brillant des yeux, la supplication effrayée du petit Billy, âgé de sept ans, que grand-mère Hewitt lui arrachait – et, de nouveau, elle se voyait dans l'incapacité de l'aider. Il fallait qu'elle aille voir l'officier, qu'elle lui explique, l'empêche...

Le coup de feu l'arrêta net. La rangée de soldats n'avait pas bougé ; ils pointaient toujours leurs armes vers les ouvriers. Tous sauf Billy. Il avait jeté son fusil et s'enfuyait comme un lièvre affolé vers les engins de forage sur la colline. Elle hurla :

– Billy !

Elle répéta son nom, cette fois tout bas, tandis que l'officier ordonnait aux soldats de le rattraper.

Derrière elle, le silence s'épaissit et elle fit face aux ouvriers. Smithers aidait Lord Chevington à transporter Timothy dans la cabane, sous le regard des ouvriers soudain dégrisés. Elle les rejoignit et bouscula les spectateurs groupés à la porte.

– Laissez-moi entrer !

Elle remarqua que la cabane n'avait pas changé depuis le temps de Charlie Bender ; les meubles étaient en place, ainsi que les rideaux poussiéreux et les bibelots sur le buffet. Ils étendirent Timothy sur le lit. La chemise du jeune homme était maculée d'une tache rouge qui s'agrandissait.

– Est-ce grave ? demanda-t-elle. Est-il...

Timothy frémit et ouvrit les yeux.

– Non, ma chère, rien de si dramatique.

Sa voix fatiguée la ramena à la réalité. Elle regarda autour d'elle, prit un petit couteau et commença à découper sa chemise autour de la plaie. La balle était entrée profondément dans l'épaule et il perdait beaucoup de sang ; elle n'était pas sûre d'avoir la compétence et la force nécessaires mais elle n'hésita pas.

– De l'eau chaude, demanda-t-elle. Et du linge propre, en grande quantité.

– J'ai envoyé chercher un médecin, dit Geoffrey.

– Il ne sera pas là avant des heures et Timothy aura perdu tout son sang.

D'une main légère, elle examina la plaie pour se rendre compte de l'étendue des dommages ; heureusement, Timothy avait perdu conscience.

– Je vais faire ce que je peux. Si la balle est restée, il faudra l'extraire.

– Mais c'est un travail de chirurgien.

– Je sais, mais il faudra vous contenter de moi. Est-ce le couteau le plus pointu que vous ayez ? demanda-t-elle à Smithers qui revenait avec de l'eau et des bandages.

– Je vais l'affûter.

Elle s'assit sur ses talons et regarda le visage très pâle de Timothy. Elle devait le sauver si elle voulait continuer à se regarder en face. Lord Chevington se déplaça à la tête du lit pour lui faire de la place. Il l'observait en silence, essayant de se persuader qu'elle pourrait accomplir un miracle. Elle devait haïr Timothy. Le laisserait-elle mourir ? Elle lui sourit, un fantôme de sourire, comme si elle avait lu dans ses pensées.

– Faites-moi confiance.

Le lieutenant ouvrit la porte.

– Il nous a échappé. Il a dû trouver un endroit où se cacher.

– Qui ? demanda Geoffrey.

– Celui qui a tiré.

Sarah Jane, sans lever la tête, dit :

– Laissez-le partir.

– Partir ? Je ne peux pas, madame.

– Pourquoi ? Il est jeune, il a eu peur. Vous l'avez laissé debout, armé, trop longtemps face à des hommes qui pourraient être ses frères. Pas étonnant qu'il se soit énervé, il ne savait pas ce qu'il faisait.

– Nous n'avions pas l'intention de tirer, madame, il s'agissait seulement d'une manœuvre d'intimidation. Il a tiré sans ordre et doit être puni.

– Et chassé comme une bête ? Laissez-le partir. Ce qui est fait est fait. Maintenant, s'il vous plaît, nous avons du travail. À moins qu'il n'y ait un chirurgien parmi vous ?

– Non, nous ne sommes qu'une petite unité.

Smithers l'écarta pour apporter à Sarah Jane le couteau bien affûté qu'elle trempa dans l'eau chaude. Elle ne vit pas l'officier s'en aller. Elle était sûre que son frère l'avait reconnue et avait baissé son fusil parce qu'elle était dans sa ligne de mire. Ce n'était pas la faute de Billy si Timothy avait été blessé, mais la sienne. Elle leur expliquerait. Elle se pencha vers Timothy.

Geoffrey, résigné, lui tendit ce qu'elle demandait, épongea le sang répandu, la sueur sur les sourcils de son fils, s'émerveillant du calme de Sarah Jane. C'était une femme extraordinaire ; il en était convaincu à présent. Lorsque le médecin arriva, beaucoup plus tard, Timothy était bandé et dormait. Il examina l'œuvre de Sarah Jane, palpa le pouls, le front du blessé, le bandage d'une main experte et conclut :

– Ça ira.

– Vous voulez dire qu'il vivra ? demanda Lord Chevington presque incrédule.

– Je veux dire que le maximum a été fait, et bien. Je vous laisse quelque chose contre la douleur. Avec des soins, il se remettra.

Geoffrey poussa un long soupir de soulagement.

– Dieu soit loué !

– Dieu a eu de l'aide, remarqua le médecin en souriant. Le patient ne doit bouger sous aucun prétexte pendant quelques jours. Pouvez-vous l'installer confortablement jusqu'à ce que j'envoie une infirmière ?

– Il n'a pas besoin d'infirmière, intervint Sarah Jane. Je suis là.

– Est-ce vous qui avez fait cela ?

Elle hocha la tête, songeant : « Oui, et pas seulement les soins. Tout est ma faute. Je le soignerai jusqu'au bout de mes forces. » Ce n'était pas l'amour qui la guidait, mais le remords – l'amour était mort à jamais.

– C'est un excellent travail, surtout dans ces conditions. Je reviendrai demain.

Le médecin ferma sa sacoche avec un claquement sec.

– Des ouvriers sont blessés aussi, ajouta Sarah Jane. Pouvez-vous les examiner ?

Le médecin jeta un coup d'œil à Lord Chevington qui acquiesça. Il remit son chapeau et s'apprêta à partir.

– Le malade doit rester tranquille et ne pas bouger lorsqu'il s'éveillera.

À peine fut-il sorti qu'un grand gaillard en chapeau blanc emplit tout l'espace de la cabane. Sarah Jane, qui surveillait Timothy, leva les yeux sur lui.

– James...

– Oui, et j'arrive bien tard, à ce que je vois.

Son accent écossais lui fit soudain chaud au cœur et les larmes lui montèrent aux yeux. Smithers, assis en silence, les yeux baissés, se redressa.

– Êtes-vous James McBryde ?

– Oui. Que puis-je faire ?

L'entrepreneur prit un ton professionnel ; il fallait rétablir l'ordre, reprendre les choses en mains.

– Adressez-vous aux ouvriers, expliquez-leur pour le tunnel, dites-leur que vous êtes d'accord pour déplacer les restes de votre fils.

– C'est bon.

– Alors, allez-y. Renvoyez ceux qui ne veulent pas travailler, négociez avec les chefs d'équipe, offrez-leur un salaire honnête.

– Je ferai de mon mieux.

James se tourna vers Sarah Jane et prit ses mains dans les siennes, l'examinant de haut en bas.

– C'est bon de te revoir, ma fille. Comment vas-tu ?

– Bien. James, le *Refuge* est libre, vous pouvez y dormir.

– Et toi ?

Elle hocha la tête vers Timothy assoupi.

– Je reste ici.

– Très bien. Nous nous verrons demain, tu veux ?

– D'accord.

Ce fut une longue, longue nuit et Sarah Jane, à la lueur d'une seule bougie, vit Timothy brûler de fièvre, l'entendit gémir et murmurer dans son délire, étancha un flot de sang et pria. Elle pria pour son rétablissement, pour sa propre absolution et pour l'innocent Billy, tandis que Geoffrey dormait profondément sur une chaise. Smithers partageait le *Refuge* avec James.

À l'aube, quand elle souffla la chandelle mourante, Timothy reposait paisiblement. Elle s'étira et sortit, inspirant l'air frais du matin après la pluie. Le dos au mur, elle regarda autour d'elle. C'était comme au bon vieux temps ; les hommes et les chevaux allaient et venaient parmi les remorques et les traverses, la fumée s'enroulait au sortir des cheminées. Le chantier reprenait vie. Elle fut surprise de voir les soldats camper non loin. Pourquoi étaient-ils restés ? S'attendaient-ils à d'autres troubles ou cherchaient-ils encore Billy ? Le pauvre garçon n'était pas coupable. Allait-on la laisser parler en sa faveur ?

Lord Chevington émergea à son tour et se tint près d'elle en silence avant de dire :

– Merci, Sarah Jane. Vous avez sauvé la vie de Timothy.

– Il est trop tôt pour le dire. Et c'est moi qui l'ai mis en danger. Je ne me le pardonnerai jamais.

– Mais c'est ce jeune soldat...

– Mon frère.

– Votre frère ? Celui que cherchait M. Wistonby ?

– Oui. Quand j'ai quitté l'hospice je lui ai promis que nous serions réunis un jour. C'était une folle promesse mais j'ai toujours voulu la tenir. C'est pour lui que je voulais réussir, pour lui et pour Jason. Et j'ai échoué misérablement.

– Vous n'avez échoué en rien, Sarah Jane. Je suis navré d'avoir douté de vous. Quand j'ai vu à quel point vous étiez adroite...

Elle eut un rire las.

– Pour extraire les balles, vous voulez dire ? C'était la première fois de ma vie, mais si je vous l'avais avoué vous ne m'auriez pas laissé faire !

Elle rit devant l'expression horrifiée de Geoffrey et ajouta :

– J'ai bien pansé quelques plaies, mais jamais opéré.

– Vous aviez l'air si sûre de vous !

– Je savais comment m'y prendre.

– C'est très courageux.

– Je ne voulais rien de tout cela.

Elle fit un geste qui englobait le chantier.

– J'en suis sûr.

– Pensez-vous que j'ai réveillé quelque démon en moi, qui détruit tout ce que je touche, tout ce que j'aime ? Billy, Duncan, Timothy et même Jason...

– Sottise. Vous êtes exténuée, ce qui n'est pas étonnant. Vous devez vous reposer.

– Non, Timothy a besoin de moi. Je resterai encore un peu, mais après...

– Je crois qu'il vous aime, à sa façon, et qu'il aime Jason.

– C'est faux, sinon il ne me l'aurait pas enlevé.

Elle se tourna vers lui, les yeux pleins de larmes.

– Il m'a dit des choses horribles, que j'étais une mauvaise mère. Ce n'est pas vrai, n'est-ce pas ? Je ne vais pas gâcher la vie de mon fils ? Le mal en moi ne déteindra pas sur lui ?

Sa douleur brisa le cœur de Geoffrey. Il la prit par les épaules.

– Ne pleurez pas, Sarah Jane. Il n'y a aucun mal en vous, pas une once. Vous n'êtes que bonté. Vous êtes même parvenue à faire ressortir ce qu'il y a de bon en Timothy, ce que je n'ai jamais réussi à faire.

De la main, il leva son visage baigné de larmes vers lui et plongea dans ses yeux. Il eut envie de l'embrasser.

– Sarah Jane, il vous reste des tâches à accomplir, vous avez trop à donner encore pour vous complaire dans l'amertume et le remords. Quant à Jason, il vous doit énormément. Je crois savoir pourquoi Timothy l'a amené à Chevington : ce n'était pas tant pour vous blesser que pour me punir.

– Je ne comprends pas.

– Croyez-moi, je ne suis pour rien dans cet enlèvement.

– Je le sais. Il va bien ? Est-ce que je lui manque ? Comment Timothy l'a-t-il persuadé de venir ?

– Il va très bien, et il a fait confiance à Timothy – vous savez ce que c'est.

Il essuya une larme brillante du bout du doigt.

– Mais Timothy ne lui aurait jamais fait de mal.

– À moi, si. J'étais désespérée... Imaginez-vous ce que c'est pour une mère que de perdre son fils ?

– Oui, répondit-il en songeant à Rachel, la mère de Timothy. Mais vous ne l'avez pas perdu. Jason vous attend.

– À Chevington ?

– Oui, pourquoi pas ?

Elle voyait une quantité de raisons qui s'y opposaient : comment une ancienne fille de cuisine pourrait-elle se retrouver l'invitée de monsieur le comte ? Il faisait preuve de bonté, comme toujours, et elle se sentait bien dans ses bras, en sécurité, trop peut-être ; elle prendrait facilement l'habitude de compter sur lui. Elle se détourna.

– Timothy va se réveiller et je dois veiller à ce qu'il ne bouge pas.

– Je vais le surveiller. Reposez-vous un peu. Je vous enverrai chercher en cas de besoin, je le promets.

Ses yeux étaient déjà lourds de sommeil. Elle le remercia d'un sourire et se dirigea vers le *Refuge* tandis qu'il entrait dans la cabane en baissant la tête sous le chambranle. Son fils était éveillé, allongé sur le dos dans le lit étroit, observant avec des yeux brillants de fièvre les poutres grossièrement équarries qui supportaient le toit. Geoffrey tira un tabouret et s'assit près de lui.

– Te voilà revenu parmi nous ?

– Que s'est-il passé ? murmura le jeune homme.

– Un accident. Une balle t'a traversé l'épaule et, si tu ne restes pas immobile, tu risques de saigner de nouveau.

– Sarah Jane ?

– C'était elle ton chirurgien. Elle est restée à ton chevet toute la nuit, maintenant elle se repose.

Timothy grimaça car un léger mouvement venait de lui causer une douleur dans tout le corps.

– Ne... lui en veuillez pas... Elle ne voulait pas...

– Je sais, je lui ai parlé. Pourquoi avoir enlevé son fils, Timothy ?

– Pour l'obliger à vendre cette satanée école. Et prouver que j'en étais capable.

Son rire se mua en rictus et il reprit :

– Vous savez ce que vous avez créé, tous les deux ? Une dynastie de bâtards. Jason perpétuera-t-il la tradition ?

Geoffrey parut choqué.

– Tu n'as aucune raison de dire cela.

– Votre femme connaissait mon existence. M'aurait-elle accepté si vous lui aviez dit la vérité dès le début ? Aurais-je été un fils légitime aux yeux du monde ?

– À quoi bon ces questions ? C'est du passé.

– Et, dans ce cas, aurais-je été différent ? Aurais-je rencontré Sarah Jane ? Jason serait-il né ? Je ne suis pas le seul à peser sur votre conscience, lui aussi.

– Sans doute, et c'est pourquoi je t'avais proposé d'épouser Sarah Jane.

Timothy eut un regard perçant.

– Vous usez librement de son prénom.

– Je la connais depuis fort longtemps, mon fils. Elle faisait partie de mon personnel.

– C'est bien pourquoi un tel mariage était hors de question.

– Je le comprends maintenant. Cela aurait été un désastre.

Ses raisons n'étaient pas les mêmes que celles de son fils : lui ne voyait que le bonheur de Sarah Jane. Épouser Timothy l'aurait condamnée à une vie de malheur.

– Le médecin a laissé de quoi soulager la douleur. Je t'en donne une dose et tu vas dormir.

Timothy avala et fit la grimace.

– Et le tunnel ? Le travail ?

Geoffrey sourit.

– Entends-tu les wagons, le tintement des harnais et les cris des garçons ? McBryde est là, et il s'occupe de tout.

Timothy eut un petit sourire de satisfaction et s'endormit.

22

Timothy se remit rapidement. Il interrogeait tous ceux qui lui rendaient visite sur les progrès des travaux mais n'avait pas de raison de s'inquiéter, Smithers et James s'occupaient de tout avec efficacité. Les ouvriers avaient déjà déblayé des tonnes de gravats mais il en restait toujours ; Sarah Jane se demandait s'ils se retrouveraient un jour dans ce maudit tunnel. Entre espoir et crainte, elle veillait sur le blessé dans une sorte de transe.

On n'avait pas retrouvé Billy, bien que la troupe ait fouillé tout le chantier ; il s'était évaporé. Sarah Jane avait discuté avec ses camarades mais avait appris peu de choses, sinon qu'il était un bon soldat, ne buvait pas et obéissait aux ordres. Il disait souvent que le jour où il s'était engagé était le plus beau de sa vie et personne ne s'expliquait pourquoi il avait tiré. Elle avait sympathisé avec un certain Harker, plus âgé que ses camarades ; les boutons de sa veste serrée sur son ventre rebondi menaçaient de sauter à chaque instant et ses yeux bleus sous les sourcils en broussaille avaient une expression avenante. Elle le soupçonnait d'en savoir plus long qu'il prétendait mais ne parvenait pas à lui parler en privé.

Le surlendemain, elle l'aperçut par la fenêtre de la cabane. Il se dirigeait vers le forage avec une pelle et un petit sac. Sans ses manières furtives elle n'y aurait pas prêté attention mais il allait de rocher en rocher en surveillant ses camarades en contrebas et cela l'intrigua. Timothy l'appela et elle vint près de lui. Quand elle retourna à la fenêtre, le soldat Harker revenait avec la pelle mais sans le baluchon.

– Je sors, annonça-t-elle. Je ne serai pas longue.

Sans attendre sa réponse, elle se hâta d'aller retrouver le soldat.

– Bonsoir.

– Bonsoir, madame.

Elle hésita, incertaine.

– L'homme qui a tiré... C'est mon frère.

– Je sais, il me l'a dit.

– Alors, vous l'avez vu ?

L'espoir illumina son visage.

– Oui. Il est tombé dans un trou. C'est pourquoi ils ne l'ont pas trouvé. Vous ne direz rien, pas vrai ?

– Bien sûr que non.

Elle leva les yeux vers le forage. Le puits de Duncan avait finalement servi à quelque chose.

– Il se cache là-haut depuis le début ? demanda-t-elle.

Il remarqua sa voix cultivée, ses mots choisis avec soin mais avec un accent qui rappelait légèrement celui de Billy. Sans ses vêtements poussiéreux, on l'aurait prise pour une dame.

– Oui, madame.

– Je voudrais lui parler. Il faut qu'il sache que je ne lui en veux pas, ni moi ni personne. Il n'a pas besoin de se sauver.

– Il a été si surpris de vous voir, madame, il n'a pas réfléchi. Il sait qu'il a mal agi.

– Si on le trouve, que va-t-on lui faire ?

– Il sera fouetté, et cela, Billy fera tout pour l'éviter. Il m'a dit une fois qu'il a été battu plus qu'à son tour à l'hospice, qu'il s'est enfui avec un ramoneur et que cela a été pire encore. J'ai essayé de le faire revenir, mais il ne veut pas, aussi je lui ai apporté des vêtements civils pour qu'il puisse partir.

– Il est parti ? Où cela ?

Elle refusait d'y croire. Se retrouver ainsi pour être à nouveau séparés ! Le sort s'acharnait sur elle et semblait vouloir la punir d'avoir failli à sa promesse de s'occuper de Billy. L'homme haussa les épaules.

– Il doit refaire sa vie.

– Si vous le revoyez, dites-lui de ma part de ne pas se faire de souci. M. Myson se rétablit. Dites-lui que je pense à lui et que je lui souhaite bonne chance. Dites-lui... que je suis désolée, vraiment désolée.

– Je le lui dirai si je le revois, mais il va sûrement s'en aller très loin.

– Vous voulez bien que je vous donne l'adresse où me joindre en cas de besoin ?

Il songea que c'était une perte de temps mais l'accompagna. Elle nota son adresse d'Oxford Street sur un papier qu'il mit dans sa poche avant de rejoindre ses compagnons. Elle le regarda s'éloigner avec un faible espoir.

Le lendemain, la troupe interrompit les recherches et rentra à la caserne. Billy serait signalé comme déserteur. Avec un sentiment de regret et de totale incapacité à l'aider, Sarah Jane les vit se mettre en rang et se diriger vers Ashley Green, puis elle rentra dans la cabane de Smithers. Timothy était encore plus irritable que d'habitude. Il avait tenté de s'habiller seul sans succès et s'était assis au bord du lit, furieux de sa faiblesse.

– Où étais-tu ? Tu as dit que tu ne serais pas longue.

– Je m'occupais des ouvriers blessés. Il fallait changer leurs pansements. Tu n'es pas le seul, tu sais. Et désobéir au médecin n'arrangera rien.

– Je veux voir ce qui se passe.

– Rien de neuf. Les hommes travaillent dur, avec précaution, une pierre après l'autre, mais il y a plus de gravats dans le tunnel qu'on ne l'imaginait.

– Il faut que je me rende compte moi-même.

– Tu veux te tuer ?

– Sottises ! Je suis assez fort pour marcher et l'air frais me fera du bien.

– Demain, si tout va bien, tu t'assoiras un peu dehors.

Mais elle fut devancée. Lorsqu'elle revint le lendemain, après avoir apporté un bol de soupe à James, elle découvrit une calèche devant la cabane et Caroline au chevet de Timothy. La jeune fille tenait la main de son fiancé contre sa joue, entre les bouclettes blondes qui encadraient son visage. Elle était en demi-deuil et sa volumineuse crinoline mauve s'étalait autour d'elle, si luxueuse que la cabane, pourtant astiquée par Sarah Jane, paraissait plus misérable encore. Elle baissa les yeux sur sa jupe de grosse laine et ses bottes. À Londres, en robe de chez Carter, elle aurait pu soutenir la comparaison, mais ici elles étaient à des lieues et des lieues l'une de l'autre. Elle leva sa main hâlée vers son visage couvert de taches de rousseur en souhaitant se trouver n'importe où sauf là.

– Ah ! voici mon infirmière ! s'exclama Timothy d'un ton enjoué. Caroline, je te présente Madame McBryde.

Le ton condescendant employé à l'intention de Caroline, qui n'était pas dupe, l'horripila.

– Je reviendrai quand votre visiteuse sera partie.

– Oh ! mais je ne pars pas sans M. Myson !

– Mademoiselle Hailey offre de m'héberger chez elle pour ma convalescence. C'est fort aimable de sa part.

– Le docteur Cross a dit...

Caroline se leva et dévisagea Sarah Jane.

– Je me suis entretenue avec le docteur Cross, dit-elle, faisant semblant de ne pas l'avoir reconnue. Il m'a autorisée à emmener M. Myson chez moi à condition que nous roulions avec prudence pour lui éviter les secousses. Ce n'est qu'à cinq ou six kilomètres.

– Mais...

– Si c'est votre emploi qui vous inquiète, je suis certaine que M. Myson vous offrira un dédommagement. C'est moi qui prendrai soin du blessé désormais.

Elle donnait l'impression de s'adresser à une domestique. Sarah Jane, furieuse, se tourna vers Timothy.

– Je ne sers plus à rien, on me renvoie, c'est cela ?

Il sourit.

– Madame McBryde, vous avez été une bonne infirmière mais ces quatre murs me rendent malade. En outre, j'ai besoin d'un bain et de vêtements propres. Restez ici avec mon... avec monsieur le comte. Je reviendrai dès que je pourrai conduire et nous parlerons.

– De quoi, je vous prie ? Du coût d'une infirmière ou de celui de la soie, des gages d'une servante ou de l'avenir de mon fils ?

– Taisez-vous, madame, intervint Caroline. Vous devenez impertinente. Maintenant, soyez assez aimable pour aller chercher les vêtements de M. Myson afin que je l'aide à s'habiller.

– Vous n'en ferez rien.

Timothy éclata de rire. La confrontation l'enchantait, ce qui fit redoubler la colère de Sarah Jane.

– Regagnez votre voiture, dit-elle à Caroline. Ti... M. Myson vous rejoindra quand il sera prêt. S'il a besoin d'aide, je suis là.

– Allez-y, Caroline, dit doucement le jeune homme.

Sarah Jane la regarda partir avant de se tourner vers lui.

– Ça vous a plu, n'est-ce pas ? Vous trouvez amusant de me voir humiliée par elle, renvoyée d'un geste comme si elle était la reine et moi un être méprisable ?

– Je suis navré, Sarah Jane, répondit-il avec sérieux. Mais tu étais si furieuse !

– Et avec raison. Le docteur Cross t'a recommandé de ne pas bouger sinon l'hémorragie reprendra. Et celle-là n'a pas plus de talent pour te soigner que moi pour voler.

– Le docteur Cross est un vieux grincheux et je m'ennuie.

– Alors, à ton aise.

Elle sortit ses vêtements nettoyés et repassés de son sac et les lui jeta.

– Et habille-toi tout seul.

– Sarah Jane !

Il la saisit par le poignet et l'obligea à s'asseoir au bord du lit.

– Tu m'as sauvé la vie et maintenant tu es épuisée. Cesse de te sentir responsable.

– Responsable, moi ? Si quelqu'un doit avoir des remords, ce n'est pas moi. Jamais je ne te pardonnerai d'avoir enlevé Jason. Jamais !

Elle ne fit pas un geste pour l'aider à se lever.

– Je l'ai emmené en vacances, ce n'est pas un kidnapping !

– Si, car je n'étais ni au courant ni d'accord. Et tu m'as menacée de procès. Qu'ai-je fait pour mériter cela ?

– Tu le demandes ? Tu m'as détruit.

Exténué et hors d'haleine, il retomba assis, la chemise ouverte.

– Ne sois donc pas si emphatique. Comment une petite bagarre d'ouvriers pourrait-elle te détruire ? Et tu obtiendras l'expropriation de l'école, je le sais bien.

– Tout mon travail, tous les sacrifices que j'ai fait...

– Des sacrifices ! Lesquels ? Tu as toujours obtenu ce que tu voulais et écrasé ceux qui se trouvaient sur ton passage !

Il la regarda avec un petit sourire.

– Exactement comme toi, chère Sarah Jane, exactement comme toi. Mais tu n'avais rien à perdre, moi si.

Il commença lentement à boutonner sa chemise.

– Au nom du ciel, de quoi parles-tu ?

– De mon héritage.

– Chevington ?

– Entre autres choses. La comtesse est morte.

– Oui, je sais, et j'en suis très attristée pour le comte.

– Elle savait que j'étais le fils de son mari, elle l'a toujours su. Qu'en penses-tu, ma chère Sarah Jane ?

– Cela ne m'étonne pas, elle n'était pas dupe. Mais qu'est-ce que cela a à voir avec moi ?

– Elle a gardé le silence durant toutes ces années, pas un mot, jusqu'à son lit de mort, et alors elle a demandé à son mari de me reconnaître.

– Félicitations. Tu as ce que tu désirais le plus au monde.

Il eut un sourire amer.

– Non, pas encore. Mon père est dévoré de remords à cause de ce qu'il a fait à ma mère – non qu'il l'aurait épousée, même s'il avait été libre.

Il se pencha pour enfiler l'une de ses bottines, mais ce fut si douloureux qu'il la laissa retomber.

– Du coup, il estime que je devrais me sentir coupable aussi. Il a suggéré que je répare mes torts en t'épousant. Si c'est à ça que tu penses, n'y compte pas.

Elle fut si stupéfaite qu'elle en resta bouche bée. Qu'est-ce qui avait poussé Lord Chevington à proposer cela ?

– Tu peux toujours me regarder avec des yeux ronds, continua-t-il. N'est-ce pas ce que tu as toujours voulu ?

Elle se posa la question. Avait-elle réellement espéré, contre toute logique, qu'il la demanderait un jour en mariage ? Était-ce son rêve secret ? Autrefois peut-être, mais plus maintenant. La dernière étincelle de passion s'était éteinte en elle, elle n'éprouvait plus rien à son égard.

– Non, en aucun cas. Je ne t'épouserais pas, même si tu étais le dernier homme sur la terre. Je ne vois pas ce qui t'a fait croire cela.

Il eut un rire sans joie.

– Allons donc, Sarah Jane, reconnais-le. C'est ce que tu as toujours cherché. Tu espérais m'y obliger en me refusant tes faveurs, en refusant de vendre l'école !

Elle bondit et lui fit face, haletante, ce qui donna à Timothy une furieuse envie de la prendre ici même et de forcer son corps à démentir ses paroles.

– Ton arrogance dépasse les limites ! Tout ce que je veux de toi, c'est la promesse que tu nous laisseras, moi et mon fils, vivre en paix.

– Jason... Et si je refusais de te le rendre ? J'en ai les moyens, tu sais.

La peur lui noua l'estomac mais elle devina qu'il bluffait et sourit.

– Et que dirait la petite demoiselle Hailey ? Non, tu as plus à perdre que moi et je te conseille d'y penser avant de me menacer de nouveau.

Elle s'accroupit pour l'aider à enfiler ses bottes, sans douceur. Puis elle prit au fond de son sac l'œuf d'or et le mit dans celui de Timothy, qu'elle jeta à la volée dans la voiture de Caroline avant de revenir à la cabane. Timothy n'avait pas bougé.

– Tu devrais rejoindre Mademoiselle Hailey, qui s'impatiente fort.

Il se leva en vacillant, et tendit la main vers elle en disant d'une voix douce :

– Sarah Jane... Je n'ai jamais voulu te faire de mal.

Elle recula, toujours en colère, et il poussa un long soupir avant de s'avancer lentement vers la voiture.

Elle était assise sur le lit, les yeux dans le vague, lorsque Lord Chevington revint. Il se trouvait dans le tunnel quand les ouvriers avaient découvert une brèche et il se hâtait de prévenir son fils.

– Où est Timothy ?

– Il est parti avec Mademoiselle Hailey.

– Avec l'accord du docteur Cross ?

– D'après elle, oui.

Il s'assit près d'elle et prit sa main.

– C'est mieux ainsi, Sarah Jane. Il a beau être mon fils, il ne mérite pas votre sollicitude.

Elle le regarda dans les yeux.

– Mais j'ai eu tort d'agir ainsi. J'étais si en colère après lui ! J'ai causé beaucoup de torts, aux ouvriers, à Billy, à Timothy...

– Sans doute aurions-nous tous dû agir différemment. Moi aussi j'ai des regrets, mais ce qui est fait est fait. Nous devons vivre avec les conséquences de nos actes. Jamais je n'aurais dû avouer à Timothy qu'il est mon fils.

Elle le comprit très bien.

– Vous l'aimiez beaucoup, n'est-ce pas ?

– Qui cela ?

– Votre femme, Lady Chevington.

– Oui, bien sûr, beaucoup.

– Je suis navrée, dit-elle doucement. Je sais ce que vous ressentez car j'ai aimé Duncan de cette façon, avec certitude, sans imaginer que cela pourrait finir un jour. Et, quand c'est arrivé, il ne m'est rien resté qu'un terrible vide.

– Oui. Et du remords.

– Cela aussi, mais ça passe. Tout passe, et on réapprend à vivre, à se souvenir des joies et à en être heureux. J'ai refait ma vie, pour Jason et pour moi. Je n'aurais jamais dû m'en laisser détourner. Vous savez, ici, près de vous, tout près de l'endroit où gît Duncan, je comprends où est mon erreur. J'ai confondu la passion et l'amour. Timothy et moi avons partagé la passion, mais la passion est éphémère. Mon amour pour Duncan ne mourra jamais. Il a fait de moi une femme. Il a pris soin de Jason quand il n'y avait personne d'autre et sa mort m'a porté un coup terrible – certains ont dit que c'était ma faute...

Elle leva la tête et sourit.

– Je n'aurais pas dû laisser revenir Timothy mais il est tellement charmeur quand il veut, et j'étais faible.

– Qu'allez-vous faire maintenant ?

– Ramener mon fils à la maison. Retourner au travail. Voir si je peux aider Billy. Les soldats ont cessé les recherches mais moi je continuerai.

– Et les ouvriers ?

– Je ne fais plus partie de leur monde et James s'occupera du corps de Duncan quand ils le découvriront. Moi, j'ai mes souvenirs.

– Vous êtes une femme remarquable. Je vous admire pour votre force, votre compassion, l'amour que vous dispensez. Ne perdez pas cela, Sarah Jane, ou nous en serons tous appauvris.

Elle sourit, heureuse du compliment, puis alla prévenir James de sa décision. Un jeune garçon la croisa en courant vers la cabane, et cria :

– On en a trouvé un !

Elle se dirigea vers le tunnel. Les ouvriers s'écartaient pour laisser passer deux hommes qui portaient un fardeau enveloppé dans de la toile ; c'était plus petit qu'un homme, sans forme, cela aurait pu être un tas de cailloux, mais elle savait que c'était les restes d'un corps. Duncan ou Joe ? Elle fit quelques pas mais James la retint.

– Reste ici, Sarah Jane. Je viendrai te prévenir.

Les ouvriers avaient déposé leur fardeau sur le sol tandis que leurs compagnons silencieux enlevaient leur casquette et baissaient la tête. James contempla les restes durant plusieurs secondes puis soupira et referma la toile. Elle ne pouvait voir son expression. Il se releva lentement et hocha la tête. Sarah Jane retenait son souffle ; à cet instant, elle poussa un long cri et tomba à genoux.

– Duncan, oh ! Duncan !

Elle glissa face en avant sur la terre humide, la terre qui avait retenu trois années durant le corps de l'homme qui lui avait appris le vrai sens de l'amour.

Ce fut Geoffrey qui l'aida à se redresser et à rentrer à la cabane. Assis sur le lit étroit, il la prit dans ses bras sans rien dire, car il savait qu'elle avait pleuré Duncan bien longtemps auparavant et qu'aujourd'hui elle versait des larmes sur elle-même. Ses épaules tremblantes, son visage blotti contre lui rappelaient à Geoffrey son propre chagrin et ils s'agrippèrent l'un à l'autre, unis dans la peine.

Les restes de Joe le bagarreur furent retrouvés un peu plus tard et, le lendemain matin, on enterra les deux corps dans le cimetière de la petite église dans la vallée. Presque tous les ouvriers du chantier étaient présents ; certains avaient assisté à la cérémonie précédente, quand tout espoir avait été abandonné. Sarah Jane était à demi-folle de douleur ce jour-là, mais cette douleur lui avait donné la force de réagir. Sans Duncan, elle n'y serait pas arrivée, car il était avec elle à chaque pas ; à présent, elle devait le laisser reposer.

– Adieu, mon amour, murmura-t-elle en jetant des fleurs sauvages sur le cercueil descendu dans la fosse. Va en paix.

Lord Chevington insista pour qu'elle rentre avec lui à Londres dans son train privé et, comme elle n'avait pas de vêtements de rechange elle accepta avec gratitude. Ils rejoignirent Ashley Green en calèche ; c'était devenu une petite ville, avec une jolie gare et des maisons de brique le long des rues pavées. Hailey Common aurait-il un jour cette apparence ? Les cicatrices disparaîtraient-elles de la même façon ?

Lord Chevington demeurait silencieux, ses longues mains croisées sur les genoux et le visage baissé, perdu dans ses pensées. Elle observa la campagne qu'elle avait parcourue à pied quand elle était arrivée avec les ouvriers, bien des années auparavant. Sa vie à Londres lui semblait lointaine, comme si elle était prisonnière du temps, condamnée à voyager entre deux mondes. Elle crut que Geoffrey s'était endormi mais il se mit à parler, avec difficulté d'abord, puis plus aisément, trouvant en elle un auditeur attentif. Il avait hâte de retrouver son bureau et ses affaires. On pouvait faire confiance à Smithers et à James McBryde pour veiller sur la bonne marche des travaux de jonction entre Hailey Common et Ashley Green.

– Ce drame ne sera qu'un incident mineur dans le cours d'une grande œuvre quand on l'évoquera dans les livres d'histoire. Tout le monde l'oubliera, sauf vous et moi.

– Qu'allez-vous faire désormais ? demanda-t-elle. Encore des voies ferrées ?

– J'ai le projet d'une ligne souterraine à Londres. Je sais que les grandes compagnies ne sont guère enthousiastes et que la Cité n'a pas donné son accord, mais cela viendra. À moins qu'on ne trouve un moyen d'aller facilement d'une gare à l'autre, le trafic dans les rues de Londres risque d'atteindre des proportions inquiétantes. D'un autre côté, j'ai envie de m'investir dans d'autres projets – l'industrie, le commerce, la politique. La construction des chemins de fer arrive à son terme.

– Et la liaison avec la *Great Eastern* ?

– C'était le projet de Timothy. Il ne tient qu'à lui de le poursuivre ou de s'abstenir.

Il s'interrompit et étudia l'expression de ses yeux verts, ne sachant comment lui expliquer.

– J'ai vraiment tenté de le persuader de faire un détour pour éviter votre école, mais cela aurait coûté un prix fou.

– Il nous en voulait donc à tous les deux ?

Il sourit tristement.

– Oui. Je suis las de me battre contre lui, Sarah Jane. J'ai l'impression de n'avoir fait que cela toute ma vie sans jamais le satisfaire.

– Il demande trop, à tout le monde. Mais, si cela peut vous aider, j'accepte de vendre l'école. Je projette d'acheter une maison où j'installerai des classes.

– Vous ne renoncez donc pas à cette idée ?

– Certainement pas ! J'ai l'intention de créer toute une chaîne d'écoles pour les ouvriers et je sais bien que cela ne sera pas facile. Les entrepreneurs n'aiment pas que l'on rogne sur leurs bénéfices.

– Cela vous étonne ?

– Mais ils n'auront rien à débourser. Il leur suffira de trouver un petit emplacement et de fournir les matériaux – bois, clous, qui existent en abondance sur les chantiers.

Il se mit à rire.

– L'instruction permet de réfléchir et ils n'aiment pas les ouvriers trop intelligents. Ils ne veulent pas d'autres Gros Bill qui menacent d'empiéter sur leurs prérogatives.

– Si cela fait réfléchir les patrons, tant mieux.

– Vous aurez besoin d'aide.

Elle leva sur lui des yeux brillants d'espoir.

– Vous me soutiendrez ? Plus que vous n'avez déjà fait, je veux dire.

Il sourit de sa ténacité.

– J'en parlerai à ma belle-sœur, Madame Townsend. Elle

s'occupe fort bien des pauvres et a les relations qu'il faut. Elle pourrait nous aider à former un comité directeur.

– C'est ce qu'on doit faire ?

– En général, oui. Plusieurs têtes valent mieux qu'une.

Elle en doutait. Elle ne se voyait pas travailler avec des bénévoles de la bonne société qui passeraient leur temps à discuter de points de détail.

– Vous croyez que cela marchera ?

– C'est à vous de voir.

Il se pencha pour effleurer sa main, d'un simple geste de réconfort.

– Amelia est une bonne personne qui vous ressemble sur certains points – elle est tenace et peu disposée à s'en laisser conter. Vous devriez bien vous entendre avec elle.

– Et vous, monsieur le comte ?

– Je ne vous abandonnerai pas, n'ayez crainte. Votre réussite ne m'intéresse pas qu'à moitié.

Incertaine du sens à attribuer à cette remarque, elle évita de la commenter et dit :

– J'aimerais que la prochaine école soit construite à Hailey Common, car si James reste là, les autres viendront. Célia et les garçons pourraient en bénéficier.

Il rit et son expression morose disparut.

– Et c'est moi qui paierai, c'est cela ? Vous allez faire de moi un pauvre parmi les pauvres !

– Vous n'avez pas la moindre idée de ce qu'est la pauvreté.

– Je la vois tous les jours au cours de mes déplacements.

– La voir n'est pas la subir, monsieur le comte. Je doute que vous y surviviez.

– L'instinct de survie est l'un des plus forts qui soit.

Elle soutint son regard avec audace.

– Oui, en effet. C'est pourquoi les malheureux baissent la tête devant les maîtres cruels, pourquoi ils se battent et volent, pourquoi les femmes vendent leur corps quand elles n'ont plus rien d'autre. C'est pourquoi je suis ici à m'entretenir avec vous, car mon instinct de survie va de pair avec ma détermination à donner à mon fils tout ce dont il a besoin. C'est pour lui que j'ai provoqué une émeute et j'ai peur...

– Vous n'avez pas peur de moi ?

Il vint s'asseoir à côté d'elle.

– Pas de vous, non. De Timothy. Vous savez, il a menacé de

me retirer la garde de Jason. Il a dit que j'étais une mauvaise mère et qu'il le prouverait.

– Il n'en fera rien. Il n'a qu'un désir, être mon héritier. Tout ce qu'il a manigancé depuis que je lui ai dit la vérité sur sa naissance vise à cela. Sauf d'avoir engendré Jason – c'est à peu près le seul acte non prémédité qu'il ait accompli. Si je fais de lui mon héritier...

– Le désirez-vous ?

Il tapota sa main.

– Oui, depuis toujours.

Elle perçut sa réserve.

– Mais si vous vous remariez et avez des enfants...

Il éclata de rire.

– Qui voudrait d'un vieil ours tel que moi ? Non, ma chère, je crois que Timothy est le seul fils que j'aurai jamais et il sera mon héritier, il épousera Mlle Hailey et vous laissera tranquille. C'est bien ce que vous voulez ?

– En effet, mais je n'exigerai jamais de vous une décision aussi importante et irrévocable si vous ne la désirez pas vraiment.

Il émanait d'elle une aura qui dépassait sa beauté et sa grâce naturelles, et qui n'avait rien à voir non plus avec les efforts accomplis pour s'élever au-dessus de sa condition : cette lumière était en elle, depuis toujours. Il eut soudain envie de la prendre dans ses bras et de l'embrasser, de l'aimer. Pour cacher son embarras, il se leva et mit la tête à la fenêtre. Rien de pire qu'un vieux fou, se dit-il. L'air froid le calma et il se retourna vers elle.

– Personne ne vous retirera la garde de Jason, je vous en donne ma parole. J'espère vivement que nous... que nous resterons amis, quoi qu'il arrive, car je ne veux pas être privé de sa présence. Il va me manquer.

Il n'ajouta pas qu'elle allait lui manquer aussi.

– Vous savez, il n'y a pas eu d'enfant à Chevington House depuis que j'ai abandonné mes culottes courtes et, quand Timothy a amené Jason, je me suis rendu compte que ce qui avait manqué toutes ces années c'était cela – le rire d'un enfant, le soleil qu'un jeune garçon apporte dans une maison. J'ai mieux compris la détresse de Constance et ce n'est pas une affaire d'héritage.

– Vous serez toujours le bienvenu chez moi, monsieur le comte.

Le souvenir de l'ultimatum de Henry lui revint en un éclair, mais elle n'en tint pas compte. Ce n'est pas lui qui l'empêcherait de recevoir qui elle voudrait.

– Vous allez reprendre votre travail ?

– Bien sûr. Je ne suis venue à Hailey Common que pour me venger. La vengeance est une impulsion totalement vaine, monsieur. La mienne a failli tuer Timothy. Me pardonnera-t-il jamais ? Et vous ?

– Il y a longtemps que vous êtes pardonnée. Mais croyez-vous pouvoir rentrer à Londres comme si de rien n'était ? Cela va se savoir.

– Je ferai taire les rumeurs. Oh ! Henry va grommeler, mais seuls les bénéfices l'intéressent et il sait ce que je suis capable de lui rapporter !

– Cependant, si les difficultés persistent, qu'arrivera-t-il à Jason ? Aurez-vous le cœur et le courage de repartir de zéro ?

Elle n'hésita pas.

– Il le faudra bien, n'est-ce pas ?

– Non, pas si vous venez me voir.

Elle le regarda avec étonnement.

– C'est très gentil à vous, monsieur le comte, mais je suis sûre de m'arranger avec Henry.

Le train entra en gare et Geoffrey se leva.

– Je dois aller au bureau avant de rentrer à Chevington. Si vous voulez, je vous enverrai ma voiture quand je serai prêt à partir.

Elle éclata de rire.

– Il serait assez saugrenu, monsieur le comte, d'arriver ensemble !

Il sourit en descendant sur le quai et lui tendit la main.

– Qu'est-ce que cela peut faire ? J'ai une réputation d'excentrique, vous savez.

– Mais pas à ce point. Je voyagerai seule et prendrai une chambre à l'auberge, ce sera préférable.

Il lut dans ses yeux verts plus de joie qu'il n'en avait vu depuis des mois.

– Très bien. Si vous êtes retardée par quelque tâche urgente, soyez assurée que Jason sera bien soigné.

Il la prit par le bras et ils se dirigèrent vers la station de fiacres. Elle leva les yeux vers lui et il ressentit de nouveau un étrange battement de cœur.

– Vous aimeriez qu'il reste un peu plus longtemps ?

– Oui.

Il fit signe à un cocher.

– Je suis désolée, mais j'ai trop hâte de le retrouver. Nous n'avons jamais été séparés, même pour une nuit, et si Timothy n'avait pas eu besoin d'une infirmière je serais allée le chercher depuis longtemps.

– Je comprends.

Il porta sa main à ses lèvres et regarda s'éloigner le fiacre qui l'emportait. Il en appela un autre pour se rendre à son bureau, puis changea d'avis ; les affaires pouvaient attendre, Jason était plus important. Il tourna les talons et rentra dans la gare.

– M. Wistonby est venu, madame, annonça Betsy tout en préparant un bain pour Sarah Jane.

Elle ramassa les vêtements sales de sa maîtresse avec dégoût.

– Où avez-vous trouvé cette horrible chose, madame ? Ce n'est pas à vous !

Sarah Jane sourit.

– Si, mais tu peux la donner maintenant. M. Wistonby a-t-il laissé un message ?

– Non, madame. Il a dit qu'il reviendrait ce soir.

Sarah Jane s'aperçut avec un sursaut qu'elle était partie depuis une semaine exactement. Il lui semblait qu'une année s'était écoulée entre deux existences différentes, et à présent elle devait tout reprendre du début.

– En ce cas, je l'attendrai pour dîner.

Elle prit son bain, s'habilla et examina son courrier. Factures et reçus à inscrire dans le livre de comptes, une offre d'une compagnie de chemin de fer concernant l'une de ses boutiques se trouvant sur le tracé d'une nouvelle ligne, une proposition pour un autre emplacement. Et une offre encore plus intéressante pour le rachat de l'école qu'elle décida d'accepter. Les enfants en seraient perturbés, mais il fallait en arriver là un jour ou l'autre. Le comte ne s'était pas trompé en parlant de tâches urgentes, bien qu'elle n'ait pas l'intention de retarder son départ pour Chevington au-delà du lendemain matin. Elle accueillit Thomas avec un grand sourire.

– Tu es plus ravissante que jamais.

Elle portait une robe de soie couleur miel, avec une taille très étroite et de longues manches bordées de dentelle. Ses somptueux cheveux roux étaient relevés en couronne ; elle avait le teint rosé et ses yeux verts étincelaient à la lumière de la lampe.

– Mais où étais-tu donc passée ?

– J'ai fait un petit voyage.

Il s'assit dans un fauteuil et la considéra avec une affection amusée.

– Ces rumeurs faisant état d'une émeute chez les ouvriers seraient donc sans fondement ?

– Où avez-vous entendu cela ?

– Je l'ai lu dans le journal. Henry est furieux et tu vas avoir du mal à le calmer.

– Je sais.

Betsy entra avec un lourd plateau chargé de poulet froid, de pain et de condiments, d'une bouteille de vin, d'argenterie et de verres.

– Laisse tout cela sur la table, Betsy, je ferai le service.

Elle emplit l'assiette de Thomas tout en lui racontant ce qui s'était passé.

– Quand Timothy a enlevé Jason, je me suis sentie si désespérée, si furieuse que je ne parvenais plus à raisonner. Je me suis demandé pourquoi... Vous savez, Thomas, je crois qu'il est déséquilibré. Ce n'est pas Jason qu'il voulait, c'est me mettre à genoux.

Thomas se mit à rire.

– Et il est arrivé à tout autre chose, d'après ce que j'ai compris.

– Ce n'était pas prémédité. En rencontrant les ouvriers, j'ai eu l'impression que le ciel venait à mon secours. Je n'ai pas envisagé... Tout est ma faute.

– Tu es trop sévère avec toi-même. Qui sait ce qu'aurait fait ce gros Bill ? Ou les soldats ?

– Je connais les ouvriers, j'aurais dû prévoir les conséquences. Quand j'ai compris que le jeune soldat était Billy, j'ai failli crier de désespoir, car je n'étais plus maître de rien et je n'ai pas pu l'aider. Il s'est enfui et on l'a cherché en vain. J'en étais heureuse. On l'aurait fouetté si on l'avait retrouvé. Des barbares, voilà ce qu'ils sont.

– Pas plus que les ouvriers entre eux.

– Peut-être, mais c'était dans le feu de l'action. Je ne me sens pas moins responsable pour autant.

– Le soir où tu es partie, je venais te dire que j'avais retrouvé Billy.

– Oh ! si seulement j'avais su !

– Cela n'aurait rien changé. Je suis allé à sa caserne, où le commandant m'a dit qu'il avait été envoyé dans le Derbyshire, et qu'il fallait attendre son retour. Mais maintenant, il va devoir se cacher, changer d'identité, peut-être quitter le pays.

Devant sa déception, il ajouta :

– Tu ne renonceras donc pas ?

– Non. Essayez encore, Thomas, je vous en prie.

– Pour toi j'essaierai n'importe quoi, mais que ferons-nous si je le découvre ? Nous ne pouvons pas abriter un déserteur.

– On verra. Thomas, nous devons l'aider si nous pouvons.

– Et Timothy ?

– C'est fini. Je ne ressens plus rien pour lui. Rien. J'avais dit au début que le prix à payer pour son aide serait trop élevé et j'avais raison. J'aurais mieux fait de m'en souvenir, au lieu de...

– De retomber amoureuse de lui ?

Comme elle ne répondait pas, il se pencha vers elle et prit sa main.

– Quand tu es revenue à l'hospice après la mort de Duncan, tu avais l'air si perdu, si malheureux, que j'ai cru...

– Que Timothy me rendrait le bonheur ?

– Quelque chose comme ça. Je savais que tu livrais un terrible combat pour t'en sortir seule avec Jason, et, si les choses avaient mal tourné, je me serais senti responsable. C'est moi qui t'avais formée, encouragée dans tes ambitions, moi qui avais éveillé la femme en toi. Quand j'ai compris que tu t'en sortais très bien toute seule, il était trop tard – il avait découvert où tu étais. Je suis navré, Sarah Jane.

– Il ne faut pas. Ma vie n'a pas été si mauvaise. Avec Duncan, malgré le peu de temps que nous avons passé ensemble, j'ai connu le bonheur, et Jason a été ma plus grande joie. Quant à mes ambitions, je n'aurais pas survécu si elles n'avaient été là pour me soutenir. Je suis une miraculée, Thomas, ne vous y trompez pas. Et j'ai trouvé un allié en Lord Chevington.

– Tu lui fais confiance ?

– Oui, entièrement.

Il la regarda en penchant la tête.

– Tu rougis, Sarah Jane.

– Sottise ! C'est le soleil, j'ai passé la semaine dehors.

– Tu vas le revoir ?

– Le comte ? Oui, je pense. Je dois régler les problèmes qui se sont accumulés pendant mon absence et calmer Henry, mais demain au plus tard j'irai chercher Jason à Chevington. Dieu merci, Timothy est coincé chez les Hailey et il ne m'en empêchera pas.

23

Jason, qui s'ennuyait en compagnie des domestiques, se rua hors de la maison en entendant arriver la voiture dans l'allée.

– Je suis si content de vous voir ! dit-il à Geoffrey. Où est Monsieur Myson ?

Geoffrey lui ébouriffa les cheveux.

– Il a eu un accident, mais il viendra bientôt.

– Et maman ?

– Je l'ai laissée à Londres, elle ne va pas tarder.

Il fit mine de ne pas remarquer la déception du petit garçon et ils entrèrent ensemble.

– Raconte-moi ce que tu as fait en mon absence.

– Pas grand-chose.

Geoffrey s'assit sur une chaise du vestibule et attira l'enfant entre ses genoux.

– Tu as bien dû trouver à t'occuper ?

– L'un des garçons d'écurie m'a fait monter mon poney, mais il ne voulait pas lâcher les rênes et nous n'avons fait que tourner en rond. Moi, je voulais trotter.

– Il avait sans doute peur que tu tombes. Quoi d'autre ?

– Je suis allé dans la bibliothèque. Qu'est-ce que vous avez comme livres ! Mais je n'avais pas envie de lire. J'aurais aimé jouer à cache-cache, il y a plein d'endroits pour se cacher, mais personne ne voulait jouer avec moi.

– Les domestiques ont du travail, Jason. Je suis là maintenant, si on se promenait ?

Jason prit son grand-père par la main et l'entraîna dans les jardins, parlant sans arrêt, jusqu'à ce que, fatigués tous les deux, ils se reposent sur la terrasse. Puis Hannah vint chercher l'enfant et Geoffrey demeura seul, les yeux mi-clos, se détendant dans la sérénité de la vieille demeure, songeant à l'avenir. Il allait être bien seul sans Constance ; une fois Timothy marié, il le verrait moins souvent, mais il y aurait Jason ; il resterait en contact avec lui si Sarah Jane y consentait. Il se laissa aller à la rêverie, imaginant Chevington House embellie par la présence de la jeune femme, et il se rendit compte, avec un choc, qu'il n'avait cessé de penser à elle.

Il admirait son courage, sa réussite. Pour lui, le succès ne se mesurait pas à ce qu'on avait accompli, mais à ce qu'il avait fallu surmonter pour y parvenir – et elle avait surmonté les plus terribles obstacles. Elle était pleine de vie, de ferveur, indomptable et pourtant vulnérable, indépendante mais douce, et désirable au plus haut point. Il succomberait sans peine... Il se secoua. C'était une idée absurde, irréalisable et, en outre, il avait presque cinquante ans, trop vieux pour une histoire d'amour – il se rendrait ridicule. Il se ferait un ennemi de son fils, sans parler de Sarah Jane qui s'enfuirait à des kilomètres si jamais il lui avouait ses désirs secrets... À demi assoupi, il rêvait qu'il était de nouveau jeune, quand il entendit des pas derrière lui.

– Je tuerai ce petit vaurien un de ces jours, fit la voix de l'une des servantes. Il a laissé le chat entrer dans le poulailler, il n'y aura pas d'œufs de la semaine.

– Et il a presque renversé la ruche, répondit une voix masculine. Il aurait été piqué à mort si je ne l'avais pas sorti à temps. C'est moi qui me suis fait piquer, mais crois-tu qu'il se soit excusé ? Non, pas du tout. Je lui fouetterais volontiers le derrière et il n'oublierait pas la leçon de sitôt.

– Et tu recevrais ton congé de monsieur le comte.

– Qui c'est, d'abord, ce gamin ?

– Celui de M. Myson, bien sûr, c'est clair comme de l'eau de roche, mais pour sa mère... Wilkins secoue son nez et dit que personne n'en sait rien. Moi, je suis sûre que si. Il ne peut pas souffrir le gamin. Je l'ai vu lui tirer les oreilles et l'enfermer dans la tour plus d'une fois pour le punir. Il ne peut pas en sortir tout seul.

Ils se turent mais Geoffrey se doutait qu'ils étaient toujours là, à s'embrasser sans doute.

– Il a besoin d'un père qui le fasse marcher droit.

Il y eut le bruit d'une claque puis un rire, et la fille reprit :

– Sa mère lui manque, au pauvre gamin, c'est pour ça qu'il fait des bêtises. Je l'entends pleurer dans son lit toutes les nuits. C'est rien qu'un petit garçon, après tout.

– Maintenant que monsieur est de retour, il va se calmer.

Ils s'en allèrent et Geoffrey rentra se changer pour le dîner. C'était la première fois qu'il entendait parler des frasques de l'enfant. Il réalisa qu'il avait besoin de discipline avant de devenir un danger pour lui-même et les autres. Mais s'il était aussi malheureux... Il résolut de passer un peu plus de temps avec lui jusqu'à ce que sa mère arrive.

Ils montèrent à cheval le lendemain, jouèrent au cricket sur la pelouse et, en milieu d'après-midi, Geoffrey fut heureux de le laisser aux soins de la bonne pour se reposer dans la bibliothèque avec un bon cigare. C'est là que Timothy, furieux et épuisé, le trouva.

En dépit des précautions du cocher, il avait beaucoup souffert durant le trajet à Hailey Manor. On avait dû le porter dans sa chambre où Caroline, malgré les protestations de sa mère quant à l'inconvenance de la situation, s'était agitée autour de lui en pépiant comme un oiseau jusqu'à lui donner envie de hurler. Il ne désirait qu'une chose, qu'on le laissât tranquille. Il commençait à regretter d'être parti et, surtout, d'avoir quitté Sarah Jane en colère. C'était étrange de voir comme sa colère l'affectait, ravivait son désir pour elle ; il avait envie de la prendre sauvagement, de juguler sa fureur par la passion. Comme il ne le pouvait pas, il aurait voulu lui crier des injures, n'importe quoi pour soulager son besoin d'elle.

Elle était en droit d'être furieuse, mais elle n'aurait pas dû lui raconter son rêve. C'est cela qui lui en avait donné l'idée, cela et les remarques sentencieuses de son père. Quel droit avait-il de le sermonner ? Il n'avait rien contre les ébats dans le foin, puisque c'est de ces jeux que lui-même était né. Il n'avait pas demandé à venir au monde, ni Jason. Son fils. Il ne pourrait pas le garder, Caroline n'était pas Lady Chevington. Assise au pied de son lit, la jeune fille ne cessait de pérorer.

– Va-t-en.

– Mais, Timothy, je veille sur toi.

– Je veux dormir.

– Bien sûr. Je ne te dérangerai pas. Je vais juste ranger tes affaires avant de m'en aller. Veux-tu une chemise de nuit propre ? Qu'est-ce que c'est ? Oh ! comme c'est joli !

Elle se tourna vers lui, l'œuf d'or dans la main.

– Oh ! Timothy ! Quel beau cadeau ! Mais pourquoi le cacher ?

Il se leva péniblement et lui arracha le bibelot juste avant qu'elle ne l'ouvre.

– Laisse ça tranquille, tu entends !

Elle parut choquée.

– Pourquoi, Timothy chéri, que se passe-t-il ? N'était-ce pas une surprise pour moi ?

Il retomba sur le lit, les mains serrées sur l'œuf d'or comme si elle l'avait souillé. Elle était stupide, prétentieuse, possessive et il ne l'aimait pas le moins du monde. Que faisait-il ici alors qu'il aurait pu rester avec Sarah Jane ? Son Aphrodite... Que lui avait-il fait ? Pourrait-il revenir aux jours heureux près de la rivière, quand il la tenait entre ses bras, sûr de son amour ? Était-elle toujours à Hailey Common à soigner les blessés avec ce sang-froid qui la caractérisait, à mitonner des soupes pour James McBryde et plaider la cause de son frère auprès des soldats ? Avait-on trouvé le corps de Duncan ? Il l'enviait, même mort, parce que Sarah Jane chérissait sa mémoire. De Timothy, elle se souviendrait comme de l'homme qui lui avait enlevé son enfant, qui l'avait fait souffrir sans autre motif que le goût du pouvoir. Il se laissa aller sur ses oreillers en gémissant.

La voix de Caroline fit intrusion dans ses pensées torturées.

– Pauvre garçon, le voyage t'a épuisé.

– Comment ? Oui, c'est cela. Va-t-en et laisse-moi dormir.

Il ne l'entendit pas sortir. Dieu, que sa blessure était douloureuse. Si Sarah Jane était là, elle l'apaiserait. Où était-elle ? Il ouvrit les yeux. Il tenait toujours l'œuf d'or. Quand l'avait-elle mise dans son sac ? Pourquoi ? Oh ! Il savait bien pourquoi ! Elle voulait lui dire qu'elle en avait fini avec lui, pour de bon ; il était allé trop loin. Était-elle retournée à Londres ? À Chevington ? Oui, c'est là qu'elle irait chercher son fils. Son père l'accompagnait-il ? Il les imagina partageant le confort d'un wagon privé en discutant de son sort et en fut troublé. Son avenir. Son héritage. Son père avait parlé de remariage. Avec Sarah Jane ? Non, c'était impensable.

Mais il ne put s'empêcher d'y songer, de se rappeler toutes sortes de détails, notamment de son père qui l'appelait par son prénom avec tant de naturel. *Je la connais depuis longtemps*. Était-ce au sens biblique, avait-il été aveugle ? Sarah Jane lui appartenait, à lui, Timothy Myson, et à personne d'autre. Il n'avait pas de temps à perdre, il devait se rendre à Chevington.

Il s'assit, les joues mouillées de larmes.

– La sorcière ! dit-il à voix haute en pétrissant l'œuf d'or dans sa main. J'avais raison. Elle m'a détruit.

Il se leva et s'habilla lentement, avec peine, se répétant en vain que seul son héritage comptait : mais il savait bien qu'il ferait n'importe quoi pour reconquérir Sarah Jane. Il ne pouvait pas vivre sans elle.

Blême et haletant, il descendit chercher Caroline. Elle était dans le salon, occupée à dessiner une rose dans un vase. Elle bondit.

– Timothy, que fais-tu debout ?

– Je vais à Londres. Tout en dépend.

– Que veux-tu dire ? Qui dépend de quoi ? Tu dois avoir la fièvre.

Il ne supportait plus ses minauderies. Il ne pouvait pas non plus lui dire que tout à coup, quand elle avait pris l'œuf d'or destiné à Aphrodite, sa vie lui était apparue en un éclair – le néant absolu, du début à la fin. Il avait perdu son temps et gâché son énergie à languir après quelque chose qui ne valait pas la moitié de ce qu'il aurait pu avoir. L'amour. L'amour de Sarah Jane. Il l'avait rejeté et pour quoi ? Pour une place dans la société, un nom. Myson, Chevington – quelle différence sans elle ? Était-il trop tard pour le lui dire ?

Son désespoir et son impatience le soutinrent pendant l'interminable voyage jusqu'à Chevington House, où il parvint à demi évanoui de douleur et d'épuisement.

– Timothy !

Surpris de le voir, Geoffrey se leva en hâte pour l'aider à s'asseoir.

– Qu'est-ce qui a bien pu te pousser à venir dans ces conditions ? Tiens, bois ceci avant qu'on t'emmène au lit.

Il tira sur le cordon de sonnette et versa un verre de brandy que le jeune homme but d'une traite.

– Sarah Jane.

– Eh bien ?

– Où est-elle ? Que lui avez-vous fait ?

– Moi ? Mais rien.

– Elle est ici, n'est-ce pas ? Vous me la cachez...

– Mon cher garçon, je ne comprends rien. Pourquoi la cacherais-je ?

– Elle vous a ensorcelé, vous aussi. Vous me l'avez prise...

– Timothy, tu n'en peux plus. Je te suggère d'aller te coucher et...

Il s'interrompit. Quelqu'un criait :

– Au feu ! Au feu ! La tour est en flammes !

« Jason ! » Ce fut la première pensée de Geoffrey. Il courut à la porte mais Timothy le devança malgré son épuisement. Ils arrivèrent devant la tour en feu pour voir Wilkins déverrouiller la porte et disparaître à l'intérieur. Le feu reprit de plus belle, attisé par l'air frais. En se protégeant la figure avec les mains, le jeune homme s'engouffra derrière le maître d'hôtel et se retrouva environné de flammes.

Geoffrey s'immobilisa à quelques mètres, incapable d'aller plus loin. Il entendit, comme dans un cauchemar, crier les deux hommes, vit Wilkins porter Timothy et l'étendre sur l'herbe mais ne put le rejoindre : ses jambes ne le soutenaient plus. Il ressentit une intolérable douleur dans la poitrine et ne parvint plus à respirer. Il s'effondra sur le sol sans que personne s'en aperçoive. Wilkins, convaincu que Jason était à l'intérieur, voulut entrer de nouveau mais, dans un énorme vacarme, poutres et maçonnerie s'écroulèrent en lançant des étincelles ; avant que quiconque ait pu réagir, la maison elle-même prenait feu.

Sarah Jane marchait d'un pas vif sur l'allée qui menait aux grilles de Chevington House. Henry s'était montré des plus grandiloquents et elle avait mis plus de temps que prévu à le calmer.

– Envoyez M. Wistonby chercher votre fils, dit-il quand elle annonça qu'elle repartait. Il est parfaitement capable de le ramener à Londres. Les vacances sont terminées, il est temps de reprendre le travail et d'oublier cette triste histoire. Il ne me reste qu'à remercier la providence que notre affaire s'appelle *Carter et Winterday*, et non *Carter et McBryde* !

– J'ai déjà réglé les questions urgentes et donné mes instructions au personnel. Un jour de plus ne fera aucune différence. Je serai de retour après-demain. Je dois aller chercher Jason moi-même, vous le savez bien.

– Non. Qu'en serait-il de mes affaires si je m'étais conduit comme vous chaque fois que j'ai eu des problèmes personnels ?

– Votre femme et votre fils seraient sans doute encore là.

Se rendant compte de la cruauté de sa remarque, elle posa la main sur son bras et ajouta :

– Je suis désolée, Henry, je n'aurais pas dû. Pardonnez-moi.

Il haussa les épaules.

– Vous avez toujours eu la langue bien pendue.

– Je ne le fais pas exprès. Et, de toute façon, j'y vais.

Il pouvait dire ce qu'il voulait, rien au monde ne l'empêcherait d'aller à Chevington et, s'il décidait de mettre fin à leur association, eh bien ! tant pis. Elle avait affirmé à Lord Chevington qu'elle repartirait de zéro, et elle le ferait, en espérant ne pas y être obligée. Pauvre Jason. Il n'avait rien fait pour mériter cela.

Une rumeur portée par le vent lui fit lever les yeux vers la maison au moment où un jet de flammes jaillit au-dessus des arbres qui la masquaient à la vue. Elle se mit à courir. Une foule de gens s'agitait avec des seaux, des cruches, tout ce qui pouvait contenir de l'eau ; elle remarqua la vieille pompe rouillée, remisée depuis des années aux écuries, huma la fumée âcre sans cesser de penser à son fils.

– Jason !

Elle vit Lord Chevington étendu à quelques pas de l'enfer de feu et de fumée, là où s'était dressée la tour, près de Wilkins méconnaissable, le visage terriblement brûlé. Elle se laissa tomber à genoux près du comte et lui prit la main en tâtant son pouls.

– Où est Jason ? cria-t-elle. Là-dedans ?

Elle courut vers le brasier mais la fournaise la repoussa et elle se mit à hurler sans s'en rendre compte.

– Nous avons essayé de le ramener, croassa le maître d'hôtel. Impossible... trop de fumée... Monsieur le comte a besoin d'aide, ajouta-t-il en se tournant vers la forme immobile.

– Il n'a pas du tout de brûlures.

– Non, il s'est évanoui en nous voyant entrer dans la tour.

– Ce n'est pas lui qui...

– Non, c'est M. Timothy. Et il est mort.

– Mort ?

– Il est arrivé cet après-midi, presque agonisant. Il m'a suivi à l'intérieur – quelle folie ! Il a fallu que je l'en sorte.

– En laissant périr mon fils.

Elle était si calme qu'il eut peur.

– Non, je vous jure que l'enfant n'y était pas. Quelqu'un a dû le faire sortir avant.

– Alors, où est-il ?

Elle regarda tout autour d'elle, parmi les gens qui abandonnaient la tour pour sauver la maison. Ils essayaient de mettre la pompe en marche, allaient et venaient avec des seaux d'eau. Quelques jeunes aidaient les adultes, mais nulle trace de Jason.

– Mon Dieu, où est-il ?

Enfin elle le vit, agenouillé près du corps de Timothy, non loin de la tour ; des larmes silencieuses roulaient sur ses joues. Il semblait indemne. Elle courut l'étreindre en pleurant de soulagement.

– Oh ! Jason ! J'ai cru... Merci, mon Dieu, merci !

– Il ne bouge pas. Il ne me parle pas. Maman, pourquoi ne me répond-il pas ?

Elle baissa les yeux vers Timothy ; il ne portait presque pas de traces de brûlures et elle supposa qu'il s'était évanoui et avait été sorti de la tour avant que le feu l'atteigne. Elle fut heureuse ; elle n'aurait pas supporté que son beau visage soit défiguré, même dans la mort. Elle le pleurerait plus tard. Pour l'instant, elle avait trop à faire.

– Je t'expliquerai tout à l'heure, mon chéri. Maintenant, sois bien sage car il faut que j'aille aider.

Elle le prit dans ses bras et l'amena au pavillon d'été, où elle le confia à une servante avec mission de ne pas le perdre de vue une seule minute, puis, après un rapide baiser, revint vers le lieu du drame.

Ceux qui luttaient contre l'incendie avaient réussi à le contenir à l'aile ouest ; la partie la plus proche n'était plus qu'une coquille vide. Les poutres noircies pointaient hors de fenêtres éventrées, le lierre pendait, arraché, des flammes s'échappaient encore et tout sentait le roussi.

Lord Chevington était toujours étendu sur l'herbe, conscient mais incapable de bouger. Elle lui parla brièvement, sans être sûre qu'il l'ait entendue. Des serviteurs apportaient toujours des seaux d'eau tandis que d'autres, voyant l'incendie maîtrisé, contemplaient la maison, hébétés. Quelqu'un devait prendre la situation en main – et il n'y avait personne d'autre qu'elle. Elle ordonna à deux hommes de transporter le comte dans sa chambre, située heureusement dans la partie intacte de la maison, en envoya un autre chercher le médecin, pansa les brûlures de Wilkins et fit emmener le corps de Timothy à l'intérieur. Puis elle fit dîner son fils avant de le mettre au lit et s'assit près de lui.

– Jason, dit-elle en lui prenant la main ; raconte-moi ce qui s'est passé.

– Wilkins m'a enfermé dans la tour.

– Enfermé ? Pourquoi ?

Horrifiée, elle se souvint de ses paroles : « Quelqu'un a dû le faire sortir. » Pas étonnant qu'il ait été le premier à le chercher là.

– Il ne savait pas que je pouvais sortir tout seul.

– Mais pourquoi t'avait-il enfermé ?

– Parce que je lui ai donné un coup de pied.

– Jason ! C'est très mal.

– Il m'a injurié. Il a dit que j'étais le fils d'une catin et que lui ne m'aurait jamais autorisé à venir à Chevington.

– Il t'a dit ça ? Tu n'inventes pas ?

– Il parlait à la cuisinière. Il a ajouté que Lord Chevington avait dû perdre la tête.

Elle préféra ne pas poursuivre sur ce sujet.

– Comment la tour a-t-elle pris feu ?

– J'ai trouvé un morceau de verre dans l'herbe. Tu sais, maman, c'était si joli, je le faisais tourner dans le soleil et puis les feuilles mortes ont pris feu. Il y en avait des tas. Après, tout a brûlé et je me suis glissé dehors. J'avais tellement peur, je me suis sauvé.

– Tu savais que M. Myson était là ?

– Non. Maman... il est mort ?

– Oui, Jason, j'en ai bien peur.

– C'était mon père, n'est-ce pas ?

– Qui te l'a dit ? Lui ?

– J'ai entendu parler les servantes.

– Duncan...

Elle se tut. Comment expliquer à un enfant de sept ans que celui qu'il avait toujours pris pour son père...

– Lui, c'était mon papa, fit-il simplement.

Elle hocha la tête, la gorge serrée. Pour Jason, il n'y avait pas d'ambiguïté : père et papa étaient des êtres différents – mais il avait perdu les deux. Pauvre enfant, quelle vie elle lui avait donnée ! Elle l'étreignit et baisa sa tête blonde.

– Oh ! mon Jason, je suis tellement désolée !

Il s'agenouilla sur le lit et lui mit les bras autour du cou.

– Ne pleure pas, maman. Ce n'était pas ta faute, hein ?

Elle tenta de sourire.

– Non, mon chéri, personne n'est coupable. Maintenant, tu dois dormir.

– Tu ne t'en iras plus ?

– Non. Je serai là à ton réveil.

Elle borda ses draps et l'embrassa, puis se rendit dans la chambre de Geoffrey.

– Êtes-vous la gouvernante ? demanda le docteur Gosport, un petit homme à barbiche grise.

Elle hésita.

– Temporairement, oui.

– Monsieur le comte a eu une crise cardiaque, confia le médecin à voix basse en s'éloignant du lit, mais, par chance, ce n'est pas trop grave. Avec des soins, de la nourriture saine, un repos absolu et pas de contrariétés, il se remettra. Je vous envoie une infirmière demain. Pensez-vous pouvoir vous en sortir aujourd'hui ?

– Oui, bien sûr.

Le visage de Geoffrey paraissait gris sur les oreillers bordés de dentelle et ses cheveux, toujours si bien peignés, étaient emmêlés. Il semblait si grand et fort lorsqu'il était vêtu, mais à présent il avait l'air si faible et vulnérable qu'elle eut envie de le réconforter. Elle accompagna le médecin en chuchotant :

– Vous savez que M. Myson...

– Oui, j'ai établi un certificat de décès. Le comte ne sera pas en état d'assister à l'enterrement.

– Je m'en occuperai.

– Quelque chose l'inquiète. Il ne cesse de répéter un nom comme « Jason »...

– C'est mon fils. Lord Chevington l'a cru prisonnier des flammes, mais il est sorti à temps.

– Alors rassurez-le tout de suite. Je viendrai demain.

Sarah Jane fut sur le point de dire qu'il n'avait pas besoin d'infirmière, mais il y avait trop de tâches à accomplir, elle ne pouvait être partout.

– Je vous attendrai.

Elle revint près de Geoffrey dont la tête ballottait d'un côté à l'autre, comme s'il faisait un cauchemar.

– Jason...

Elle se pencha vers lui.

– Jason est sain et sauf, monsieur.

Il ouvrit les yeux.

– Sarah Jane ?

– Oui, c'est moi. Ne vous inquiétez plus. Le médecin vous recommande le repos et je vais y veiller.

Il prit sa main avec une vigueur surprenante.

– Il n'est pas blessé ?

– Pas une égratignure. Il est sorti de la tour quand le feu a pris.

– Dieu soit loué !

Elle s'assit à son chevet ; elle était pâle et lasse, mais calme, reposante.

– Timothy...

Ne sachant s'il était au courant, elle attendit qu'il continue.

– Il est en paix, maintenant, n'est-ce pas ? Il n'aura plus à lutter contre ses propres sentiments, ni pour obtenir un titre inaccessible... Il sera enseveli comme s'il était mon fils légitime, je veux que ce soit inscrit sur sa tombe. M'avez-vous compris ?

– Oui, j'ai compris. Mais vous n'êtes pas en état d'assister aux funérailles, vous le savez.

– Vous irez à ma place. Et, Sarah Jane, il faudrait prévenir Mademoiselle Hailey.

Elle n'était pas pressée de la revoir, mais il avait raison.

– C'est entendu.

– Timothy est revenu pour vous, Sarah Jane. Il vous aimait – il l'a quittée pour venir vous le dire, pensant vous voir ici. Il croyait que je...

Il eut un faible sourire et elle l'interrompit.

– Taisez-vous, à présent. Reposez-vous.

– Il ne l'aurait jamais épousée, vous savez.

Ses paupières papillotèrent. Elle demeura près de lui ; il avait perdu plus que nul autre dans ce drame, mais ne lui reprochait rien. Timothy n'avait pas hésité à plonger dans le brasier pour sauver Jason, malgré sa faiblesse. Était-il réellement revenu pour elle ? Que s'était-il passé dans son esprit torturé pour qu'il abandonne soudain ses plans et rentre à Chevington, au risque de rouvrir sa blessure ? Il l'aimait, avait affirmé Geoffrey. Elle doutait que cela change quoi que ce fût pour elle, mais au moins pouvait-elle penser à lui avec compassion, car il avait été bien malheureux. Jason, lui, était vivant et elle veillerait à ce qu'il se souvienne de Timothy avec amour et gratitude. Mais que penser de celui qui venait de s'assoupir, sa main dans les siennes ?

Elle sourit. Qui aurait pu dire, voilà des années, quand elle se rendit dans sa bibliothèque en s'attendant à des remontrances et non à de la compréhension, qu'elle se tiendrait un jour à son chevet, pleine de compassion pour lui ? Elle n'éprouvait pas seulement de la compassion, mais de l'amour pour sa bonté, de la gratitude pour sa magnanimité, de l'inquiétude pour sa santé. Qu'il soit un gentilhomme fortuné ne le rendait pas moins vulnérable à la douleur et elle avait envie de le protéger.

Il respirait plus facilement. Elle dégagea doucement sa main et s'occupa de remettre de l'ordre dans la maisonnée. Seul le travail empêchait l'esprit de tourner en rond et elle s'activa jusqu'à l'épuisement. Elle s'endormit sitôt couchée.

Elle occupait une position singulière dans la maison, ni parente ni domestique, mais Lord Chevington préférait ses soins à ceux de l'infirmière, surnommée « le dragon », si bien que le personnel s'en remettait à elle. La plupart ne la connaissait pas, ou l'avait oubliée. Tilly était partie vivre chez sa sœur, seuls la cuisinière et Wilkins, défiguré, savaient qui elle était et n'en disaient rien. Tant que le comte aurait besoin d'elle, elle resterait ; on se passerait d'elle à Londres, Henry n'aurait qu'à se débrouiller.

Le lendemain, une fois organisées les funérailles, elle surveilla le ménage dans l'aile est. La partie brûlée devrait être restaurée, mais le reste était sain. Quand Caroline et sa mère arrivèrent, deux jours plus tard, leurs chambres étaient prêtes, le plus loin possible des dégâts. Sarah Jane, qui redoutait fort leur venue, les observa depuis la chambre de Geoffrey. Toutes deux étaient entièrement voilées de noir, mais ne transportaient pas moins de bagages que d'habitude ; des malles et des sacs furent déchargés d'une seconde voiture par leurs femmes de chambre personnelles. Sarah Jane, agissant en hôtesse, descendit les accueillir dans le vestibule.

– Bonjour, Lady Hailey, Mademoiselle Hailey. Permettez-moi de vous présenter mes condoléances.

Caroline dissimula bien sa surprise. Elle se tamponna les yeux d'un mouchoir de dentelle avec un léger signe de tête.

– Qui êtes-vous ? demanda Lady Hailey après un coup d'œil à la simple robe noire que Sarah Jane avait trouvée dans une armoire et qui avait dû appartenir à Lady Chevington.

Elle se détendit un peu ; Caroline n'avait pas tout raconté à sa mère.

– Je suis madame McBryde, une amie de la famille. Je suis arrivée peu après l'accident et suis restée pour aider. Vos chambres sont prêtes dans l'aile est. Je vous ferai apporter du thé et nous parlerons des funérailles quand vous serez reposées.

– Très bien.

Sarah Jane les regarda monter le grand escalier, suivies des valets qui portaient leurs bagages et de leurs femmes de chambre. Elle ignorait quels avaient été les rapports réels entre Caroline et Timothy ; sans doute plus que ce qu'avait avoué Timothy. Elle eut pitié de la jeune fille. Néanmoins, elle était prête à partir avec Jason à tout moment. Que dire à Lord Chevington ? Il se remettait fort bien, grâce à l'enfant qui passait une bonne partie de la journée à bavarder avec lui.

– Voulez-vous réellement que j'aille à l'enterrement ? demanda-t-elle en venant chercher son fils en fin d'après-midi. Est-ce que cela ne risque pas d'être gênant ?

– Sarah Jane, vous et Jason faites partie de la famille de Timothy.

Il avait meilleure mine de jour en jour. Elle lissa les couvertures froissées par l'enfant.

– Mademoiselle Hailey est arrivée avec sa mère.

– Vous êtes assez forte pour leur tenir tête, n'est-ce pas ?

– Certes, mais je ne veux pas être cause de nouveaux problèmes.

– Elles s'en iront tout de suite après la cérémonie, mais moi j'aurai toujours besoin de vous.

– Vraiment, monsieur le comte ?

– Oui, et ne pourrions-nous nous dispenser de quelques formalités ? Je vous appelle par votre prénom depuis longtemps, que diriez-vous de m'appeler Geoffrey ?

Elle sourit.

– Si vous voulez.

– Quant aux funérailles, je vais dire au docteur Gosport que j'y assisterai.

Le médecin consentit, à condition qu'il reste dans un fauteuil roulant et se recouche aussitôt après.

Ce fut une matinée froide et nuageuse mais il ne changea pas d'avis et le petit cortège s'ébranla à midi, au moment où le soleil parut entre les nuées. Lord Chevington, l'infirmière, Lady Hailey et Caroline montèrent dans la première voiture, suivie par celle de Sarah Jane, Jason, M. et Mme Townsend. Quelques domestiques et villageois, à la curiosité aiguisée par les rumeurs concernant Timothy, étaient déjà installés dans l'église. Le service fut bref. On évoqua le défunt comme le fils bien-aimé de Lord Chevington, ce qui provoqua quelques murmures et agaça Caroline. Elle aurait préféré ne pas venir ; elle se sentait mal, elle était sûre que tout le monde devinait qu'elle portait l'enfant de Timothy. Que dirait sa mère quand elle trouverait le courage de le lui avouer ? Tout était la faute de cette traînée aux cheveux rouges qui semblait avoir pris le pouvoir sur Chevington et son maître, et dont le fils se tenait à la place que le sien aurait dû occuper.

Sarah Jane était juste derrière elle, le dos droit et le regard fixé sur les vitraux au-dessus de l'autel. Le soleil y faisait miroiter les couleurs et semblait animer les personnages. Elle était résolue à ne pas pleurer parce que Geoffrey avait les yeux secs et, s'il pouvait contrôler sa peine, elle aussi. Pourtant, elle avait aimé Timothy durant un été enfui depuis longtemps et cet amour s'était perpétré à travers Jason. Mais, maintenant que Timothy reposait en paix, elle devait reconnaître que ce qu'elle avait pris pour de l'amour n'avait été qu'une brève passion, même à Londres, quand elle souffrait tellement de sa solitude. Elle allait apprendre à vivre avec la solitude car elle ne ferait pas deux fois la même erreur. Dès le rétablissement de Geoffrey, elle reviendrait à Londres, à ses boutiques, ses boulangeries, ses écoles, et cela occuperait tout son temps. Elle sourit à Jason qui leva la tête, pâle mais souriant, et glissa avec confiance sa main dans la sienne.

24

Sarah Jane ne fut pas témoin du départ de Lady Hailey et de Caroline le lendemain ; celles-ci ne jugèrent pas utile de lui dire au revoir, mais Amelia Townsend vint la trouver alors qu'elle surveillait les valets qui retiraient un tapis du petit salon endommagé par l'eau. Son sourire franc et son regard amical rappelaient ceux de Lady Chevington, bien qu'elle soit plus petite et plus ronde que sa sœur.

– Bonjour, madame McBryde. On m'a dit que je vous trouverai ici.

Sarah Jane s'essuya les mains à son grand tablier blanc.

– Bonjour, madame Townsend. Avez-vous bien dormi ?

– Autant que possible en ces tristes circonstances. Je voulais vous remercier de tout ce que vous avez fait pour Geoffrey.

– Vous n'avez pas à me remercier. J'étais la seule à pouvoir m'occuper de lui.

Amelia considéra la pièce noircie de fumée.

– Y aurait-il un endroit plus agréable pour parler ?

Sarah Jane la conduisit au grand salon et elles s'installèrent sur un sofa. De l'extérieur parvenaient des bruits de marteau et de chutes de pierres : on démolissait ce qui restait de la tour.

– Monsieur le comte m'a beaucoup parlé de vous. Cela vous ennuie-t-il ?

– Pas du tout. Je suis heureuse que vous soyez là, c'était si triste pour lui cet enterrement. Je crois que personne ne connaissait ses sentiments réels pour Timothy.

– En effet. Ma sœur, voyez-vous... Mais je n'ai pas besoin de vous en parler, n'est-ce pas ?

– Non, je comprends.

– Geoffrey m'a entretenue de vos projets d'école pour les enfants d'ouvriers.

– Vraiment ? J'ai bien peur de l'avoir harcelé avec cela.

Amelia sourit.

– Vous avez eu raison car il est prêt à vous suivre. Il n'est pas assez en forme pour s'en occuper tout de suite, mais vous et moi pouvons commencer, qu'en dites-vous ? Parlez-moi de vos intentions, ensuite nous verrons les aspects pratiques, formerons un comité, trouverons des fonds, des emplacements.

Elles discutèrent deux heures durant, au bout desquelles Amelia montrait autant d'enthousiasme que Sarah Jane ; l'amitié née ce jour-là durerait toute leur vie. Amelia ne faisait pas preuve de snobisme : pour elle, tout le monde se valait et ses amis se trouvaient aussi bien parmi les ducs et les ministres que les filles des rues et les pickpockets. Sarah Jane se mit à lui raconter sa vie avec entrain.

– J'ai eu tant de chance que je veux à mon tour accomplir quelque chose pour les malheureux. Mais je crois aussi que chacun a droit à l'instruction, que ce devrait être la mission du gouvernement, non celle d'œuvres de charité.

– Laissons la politique aux hommes. Non que je nie la capacité des femmes à faire du bon travail, mais notre temps n'est pas encore venu. Un jour peut-être, les femmes pourront voter et devenir premier ministre !

– Jamais les hommes ne le permettront !

– Il faut semer maintenant, afin que nos petites-filles récoltent, mais, pour l'instant, nous devons travailler d'arrache-pied. J'ai idée que vous ne manquez pas de courage, n'est-ce pas ?

Sarah Jane fut flattée.

– Oui, c'est une façon de le dire. Henry appelle cela « agir comme une brute ».

– Il doit certainement regretter cette façon d'agir.

– C'est vrai, je dois rentrer à Londres dès que M. le comte sera remis.

– Il n'a guère envie de vous laisser partir. Il est devenu très dépendant de vous.

Cela devint évident à mesure que passaient les semaines. Geoffrey s'en remettait à l'avis de Sarah Jane pour la moindre chose, choisir une cravate, manger une chose plutôt qu'une autre, se reposer ou se lever, comme s'il n'avait plus de volonté propre. Elle ne se décidait pas à le quitter. Thomas venait régulièrement lui apporter son courrier et la tenir au courant des affaires.

– Je me suis trouvé à la boutique d'Oxford Street au moment où Henry se disputait avec la cuisinière, lui raconta-t-il, sous prétexte qu'elle n'avait pas besoin d'acheter de la viande de si bonne qualité.

– Je lui ai pourtant dit et redit qu'on ne peut pas faire de bons pâtés avec de la mauvaise viande. S'il commence à donner des directives opposées aux miennes, nous perdrons notre réputation et ne la retrouverons jamais.

– Alors il faut intervenir.

– Je ne veux pas quitter Lord Chevington tant qu'il a besoin de moi.

– Est-ce vraiment la raison ? N'est-ce pas toi qui as besoin de lui ?

– Bien sûr. Il m'aide beaucoup pour les écoles.

– Ce n'est pas ce que je voulais dire, et tu le sais.

Elle n'appréciait pas la façon dont il la scrutait, avec un demi-sourire entendu.

– Quoi d'autre ? Si vous croyez que...

– Du calme. Je ne fais que répéter ce qu'on raconte, surtout Henry.

– Je le sais. Et je compte partir dès que je serai prête.

Geoffrey lui avait demandé de rester, mais à quel titre ? Gouvernante ? Il n'en était pas question, elle aimait trop son indépendance. Thomas avait raison, elle devait rentrer. Geoffrey était presque entièrement remis, il n'y avait pas de raison, sauf à... Elle se réprimanda. Chevington n'était pas son foyer, et monsieur le comte n'était qu'un ami qui n'avait plus besoin de son aide. La lettre de Henry qu'elle reçut le lendemain hâta sa décision.

« Les racontars colportés par les journaux sur votre compte m'inquiètent beaucoup. Les gens viennent acheter des pâtés dans l'espoir d'apercevoir la célèbre Mme McBryde, la femme qui a fomenté une révolte et tenu tête à toute une armée en compagnie d'ouvriers et de pairs du royaume. »

L'exagération, typique des habitudes de Henry, la fit sourire, mais apprendre que Geoffrey était impliqué lui déplut fort.

« Personne ne le dit mais je suis certainement compris dans la liste de vos conquêtes et je n'aime pas cela. En fait, je ne le supporte pas. Vous trouverez ci-joint une offre de mes avocats pour racheter votre part. Elle est très généreuse et j'espère que vous l'accepterez. J'ai l'intention de chercher un autre associé. »

Elle avait beau s'y attendre, elle fut choquée par cette lettre : Henry la renvoyait froidement, comme si elle n'avait rien à objecter. Or il n'aimait pas s'occuper des boutiques et des boulangeries ;

elles étaient à elle, elle leur avait donné vie et se sentait fière de leur réussite. Il n'était pas question de les livrer à quelqu'un d'autre comme un simple pâté. Elle se souvint de sa rencontre avec Henry : son ivresse d'un soir avait été sa chance, elle avait bâti un petit empire à partir de rien. Elle refusait de le perdre. Au-delà de l'argent, elle aimait ce travail et la position sociale qu'il lui donnait.

– Êtes-vous au courant de ces racontars ? demanda-t-elle à Thomas.

– Henry exagère, comme d'habitude.

– Mais c'est à cause de moi. Quant à Jason...

– On n'en parlera plus quand tu te remettras au travail.

– Mais si j'accepte l'offre de Henry, je pourrai me servir de la somme pour entreprendre autre chose.

– Les boutiques sont ton idée. C'est toi qui as une bonne réputation de cuisinière, pas Henry. Tu pourrais devenir sa concurrente, ce serait bien fait pour lui.

– Il y a pensé, une clause me l'interdit.

– Alors bats-toi, n'est-ce pas ce que tu as toujours fait ?

– Oui, et à chaque fois j'ai lésé une personne qui me faisait confiance, qui m'aimait.

– Balivernes ! Tu es on ne peut plus forte, ne le sais-tu donc pas ? Sans toi, nos existences manqueraient de sel. Tu m'as redonné le goût de vivre, d'être un homme, tout comme tu l'as fait avec Henry. Duncan, et même Timothy, ont été meilleurs de t'avoir connue. Le bon côté des gens émerge grâce à toi.

Ses paroles étaient réconfortantes.

– Alors, que suggérez-vous ?

– Achète-lui sa part.

– Je n'en ai pas les moyens. Les dépenses pour l'école ont été plus lourdes que prévu et maintenant je dois trouver d'autres emplacements, une maison pour moi, une bonne institution pour Jason. En outre, Henry refusera de me vendre sa part, ou bien à un prix astronomique. Nous avons sept boutiques et deux boulangeries industrielles, des voitures de livraison, des chevaux et des écuries, et pas mal de dépendances. Je ne peux pas.

– Que vas-tu faire ?

Elle sourit.

– Rentrer à Londres et tâcher de le calmer.

Elle se demanda comment annoncer la nouvelle à Geoffrey ; il allait beaucoup mieux, mais trouverait sans doute un prétexte pour la retenir, ne serait-ce que pour rester en compagnie de Jason.

– Je me sens rajeunir grâce à lui, répondait-il à Sarah Jane quand elle lui reprochait d'en faire trop.

– Tant mieux, mais vous vous fatiguez outre mesure.

– Ma chère Sarah Jane. Que serais-je devenu sans vous ? Personne n'aurait pris soin de moi, personne n'aurait transformé cette vieille maison en vrai foyer comme vous. Sans vous, je serais mort et Chevington House serait tombé en ruine.

– Vous exagérez.

– Non. Mon pauvre fou de fils aurait dû s'en rendre compte. Peut-être, ce dernier jour...

– Ne parlez pas de cela.

– Personne n'a songé à votre propre chagrin, n'est-ce pas ? Nous profitons tous de vous sans penser à vos besoins.

– J'ai ce qu'il me faut – du travail à profusion.

– Et le réconfort ? La compréhension ?

– Vous, vous m'avez toujours comprise.

– Mais j'étais malade, vous vous êtes battue seule.

– Thomas m'a aidée. C'est un excellent ami, je peux compter sur lui.

– Il fut un temps où j'ai pensé que vous l'épouseriez.

Elle sourit.

– J'ai bien failli, mais pour de mauvaises raisons. Et je n'aurais jamais rencontré Duncan.

– Il vous manque toujours ?

– Oui, bien que le chagrin se soit atténué.

– Et maintenant, vous épouseriez Thomas ?

– Non.

– Et Henry Carter ?

Elle ne voyait pas pourquoi il l'interrogeait de cette façon.

– Il n'est que mon associé, bien qu'il désire racheter ma part.

– Pourquoi ?

Elle haussa les épaules.

– Il croit que je le néglige, et je dois rentrer.

– Vous ne vous plaisez pas ici ? J'ai cru que... Oh ! que je suis stupide !

– Non, pas du tout, vous êtes le plus gentil, le plus attentionné des hommes, mais j'ai des affaires à mener, des gens dépendent de moi...

– Renoncez. Acceptez l'offre de M. Carter. Restez ici avec moi.

Soudain, elle comprit pourquoi elle avait tant retardé son départ : pour la première fois depuis la mort de Duncan, elle s'était sentie heureuse, et n'avait jamais douté de la justesse de ses actions. Seule la lettre de Henry l'avait perturbée. Stupéfaite, elle demeura silencieuse et dit enfin :

– Je ne peux pas, Geoffrey. Je suis restée trop longtemps absente, Henry est irrité à juste titre. De plus, Jason doit retourner à l'école.

– Il pourrait avoir un précepteur, ou aller dans une bonne pension.

– Il n'y a pas que cela.

– C'est l'argent qui vous gêne ? Laissez-moi m'en occuper.

Elle fit mine de remonter ses coussins pour cacher sa confusion.

– Non, ce n'est pas l'argent. Je ne saurais vous expliquer, je ne comprends pas moi-même. C'est moi, ce que je suis, ce que j'étais et ce que je suis devenue, ce que je veux de la vie, pour moi, mon fils et ses fils, ses filles s'il en a... C'est Duncan, Thomas et Timothy, la façon dont ils m'ont formée et influencée – et vous aussi...

– Moi ?

– Vous avez eu suffisamment foi en moi pour me prêter des livres. Oh ! je dis n'importe quoi !

– Non, pas du tout, ma chère. Votre réussite compte beaucoup à vos yeux, c'est normal.

– Et ce que je réussirai encore. Savez-vous ce que Thomas m'a dit un jour ? Pour faire démarrer un projet, rien de tel que l'argent. Or c'est la façon dont on l'utilise qui compte.

Elle s'interrompit, car il semblait ne plus l'écouter bien que son regard ne l'ait pas quittée.

– J'ai encore tant de choses à faire...

Il prit ses mains dans les siennes.

– Vous savez, Sarah Jane, il a fallu le drame et la maladie pour que je me rende compte qu'il y a autre chose dans la vie que gagner toujours plus d'argent sans prendre le temps de songer ni au bien ni au mal. C'est comme si j'avais regardé le monde à travers des verres fumés, brouillés.

– Rien n'est jamais clair.

Il porta ses mains à ses lèvres.

– Si, une chose. Vous êtes tout ce qui compte au monde pour moi à présent, et, si vous désirez continuer à travailler, je l'accepterai.

Il allait la laisser partir, finalement. Espérait-elle vraiment qu'il la retiendrait encore ?

– Merci, Geoffrey.

Comme c'était facile de l'appeler par son prénom !

– Si Henry vous pose des problèmes, je rachèterai sa part. De cette manière, vous ne serez pas obligée de renoncer à votre travail pour demeurer auprès de moi.

Les pensées de Sarah Jane s'emballèrent et elle ne parvint qu'à murmurer :

– Monsieur, ce n'est pas convenable...

– Nous voilà de nouveau conformiste ? Vous pensez que j'agis ainsi car j'éprouve des remords de vous avoir gardée à mon chevet, au détriment de vos affaires ?

– Peut-être.

– Non, ce n'est pas de la gratitude, Sarah Jane, c'est plus fort que cela. Mon cœur a des faiblesses mais j'en suis le maître, ou plutôt c'est vous qui l'êtes. Et j'ai bien toute ma tête ! Quant aux convenances, j'ai passé l'âge de m'en soucier et je me moque de ce que disent les gens à mon sujet ou au vôtre.

– Vous êtes au courant des bruits qui circulent ?

– Ce ne sont que de vils ragots ! Ce que j'éprouve pour vous est bien au-dessus de tout cela. Ma chère Sarah Jane, ne vous rendez-vous pas compte du besoin, de la faim que j'ai de vous ? Vous, Sarah Jane, mon amour.

Elle se raidit. Avait-elle bien entendu ? Il ne valait donc pas mieux que Timothy, qui croyait l'acheter avec des cadeaux. Déçue et blessée, elle retira ses mains et se leva.

– Je dois me presser si je veux prendre le premier train.

– Sarah Jane, vous ne m'avez pas répondu !

Mais elle ne se retourna pas parce qu'elle pleurait. Ne savait-il donc pas qu'elle avait refusé d'être la maîtresse de Timothy ? Elle avait cru Geoffrey différent, et pourtant... Elle se rendit compte brusquement qu'elle n'aimait pas seulement Chevington House – mais Geoffrey. Elle l'aimait pour lui-même, sa gentillesse et sa considération, sa douceur, sa compréhension et la façon dont il la traitait en égale ; elle se sentait en sécurité avec lui, car elle savait qu'il ne lui ferait jamais de mal. Jusqu'à aujourd'hui.

Reconnaître la force de ses sentiments et s'apercevoir en même temps qu'il ne la voyait pas sous la même lumière étaient plus qu'elle n'en pouvait supporter. Elle courut à sa chambre, empila ses vêtements sur le lit puis se mit à rire de façon hystérique. Elle avait fait quérir ses robes, manteaux, gants, souliers et jupons durant son séjour et se rendait compte qu'il lui était impossible de les faire rentrer dans le petit sac qu'elle avait apporté en arrivant. Il faudrait qu'elle emprunte une malle et se fasse conduire à la gare. Autant pour son indépendance ! Que demanderait monsieur le comte en paiement, un petit baiser ? En y pensant, son rire se transforma en pleurs.

Elle demanda à Wilkins qu'on lui apporte une malle et fasse venir une calèche à la porte de service. Elle partirait, comme longtemps auparavant, par la cuisine. Puis elle rassembla les affaires de Jason.

– Maman, pourquoi devons-nous partir ? Je suis bien ici.

– Moi aussi, Jason, mais les boutiques ne se dirigent pas toutes seules et tu dois retourner à l'école. Maintenant, va dire au revoir à monsieur le comte et remercie-le.

Elle ne l'accompagnerait pas, de peur que ses larmes ne la trahissent.

Il était grand temps de rentrer à Londres ; la cuisinière en chef menaçait de rendre son tablier, le gérant de la boutique d'Oxford Street était à couteaux tirés avec celui de Covent Garden et Henry voulait renvoyer Betsy. Elle rassura la jeune fille, apaisa la cuisinière, réprimanda les deux gérants et se rendit chez Henry, prête à la bataille. Cela lui ferait oublier Chevington et Geoffrey ; elle s'était elle-même prise au piège. Croyait-il lui faire plaisir en lui demandant de rester ? Gouvernante et maîtresse. « Folle ! Idiote ! »

Henry dictait une lettre dans son bureau lorsqu'elle arriva.

– Eh bien, Sarah Jane ?

Elle attaqua sans délai.

– Henry, pourquoi avoir donné de tels ordres à la cuisinière ? Elle sait ce qu'il faut faire. Nous risquons de perdre notre réputation si la qualité faiblit, vous devriez le savoir.

– Notre réputation ! Cela vous va bien de mentionner cela. Sans parler de celle de Lord Chevington, qui n'a pas besoin d'un deuxième scandale.

– Un deuxième ?

– Oui, et cette histoire de fils illégitime ? Vous ne pouviez donc pas vous tenir à l'écart de cet homme ? J'ai un mal fou à ne pas être mis dans le même panier.

– C'est-à-dire ?

– À passer pour l'un des hommes de votre vie.

– Mais, Henry, vous êtes l'un des hommes de ma vie. Mon associé, et je ne pense pas que vous ayez jamais eu à le regretter.

– En effet, jusqu'à votre inconduite récente. Avez-vous reçu ma lettre ?

– Oh ! oui ! Mais je n'ai pas la moindre intention d'en tenir compte. Je vous suis reconnaissante pour l'aide que vous m'avez apportée au départ, mais si ce n'avait été vous, cela aurait pu être n'importe qui d'autre. J'ai travaillé dur pour réussir et j'ai d'autres projets – vous vendre ma part n'en fait pas partie !

– Vous croyez que je vais attendre d'être ruiné ?

– Il n'y a aucun danger mais, si vous désirez rompre notre association, je suis d'accord.

Il soupira de soulagement.

– Je savais que vous viendriez à la raison, bien que M. Wistonby m'ait assuré que vous refusiez de vendre.

– Thomas a dit vrai. À combien estimez-vous votre part ?

– Ma part ? Vous voulez la racheter ?

– Cela me paraît la meilleure solution, non ? Dites votre prix.

Je suis folle, songeait-elle en rentrant à Oxford Street. Comment trouver les fonds ? Grâce à Lord Chevington ? Non, trois fois non. Elle devait s'en remettre aux banquiers. Mais elle s'aperçut que sa célébrité l'avait précédée et son dossier, bien préparé, fut chaque fois refusé, entre deux allusions voilées aux articles des journaux. Elle réagit avec provocation, croisant les jambes et réclamant un cigare, ce qui mit ses interlocuteurs mal à l'aise. Ce fut la seule satisfaction qu'elle en retira.

Enfin, Thomas parvint à lui obtenir un rendez-vous chez un banquier de sa connaissance et sa proposition fut acceptée avec une incroyable rapidité. Ils célébrèrent sa victoire au champagne et elle se mit au travail. À la fin de la semaine suivante, exténuée, elle avait le sentiment qu'elle allait conquérir le monde. Elle ne s'attendait pas à la visite de Geoffrey, fatigué mais souriant.

– Vous n'allez pas me jeter dehors, j'espère ?

– Bien sûr que non. Venez vous asseoir.

Elle se leva pour l'accueillir, le cœur battant. Il prit ses mains et l'attira sur le sofa.

– Pourquoi vous êtes-vous enfuie ?

– Je suis rentrée chez moi, c'est tout. Je ne voulais pas abandonner plus longtemps mon travail. J'ai racheté la part de Henry. J'ai dû emprunter, mais tant pis.

– Je vous avais offert mon aide, Sarah Jane.

– Je ne pouvais accepter.

– Je comprends.

– Vous comprenez, vraiment ?

– Mais oui. Je vous respecte autant que je vous aime, Sarah Jane. Mais, ce soir, je ne suis pas venu parler de *Carter et Winterday*. À moins qu'il ne s'agisse de *Winterday* à présent ?

– En effet.

– Je suis venu parler de nous. Vous, et moi.

Il caressa sa main et elle eut envie de se jeter dans ses bras.

– Moi je vous ai écoutée, mais vous, avez-vous entendu un seul des mots que j'ai prononcés le jour où vous êtes partie ?

Elle leva des yeux pleins de défi et d'orgueil, mais aussi de chagrin.

– Oui, j'ai entendu. Vous vouliez devenir mon associé, et en retour...

– Je me suis mal exprimé.

Dans son désir de bien préciser qu'il ne la priverait pas de son indépendance, il avait oublié le plus important.

– Sarah Jane, je vous en prie, écoutez-moi. Vous comptez infiniment plus pour moi que vous ne l'imaginez. Sans vous je ne suis rien et, ces deux dernières semaines, j'avais presque envie de m'effondrer comme Chevington House.

– Il ne faut pas dire cela !

Il la regarda droit dans les yeux.

– Vous êtes mon souffle et mon regard, ma parole et ma joie. Ne voyez-vous pas, mon amour, que j'essayais, maladroitement, de vous demander en mariage ?

– Moi ? En mariage ?

– Oui. Aussi, ma chérie, accepterez-vous d'épouser un vieil homme tel que moi et de le rendre heureux ?

– Vous n'êtes pas vieux.

Ce n'était pas la réponse qu'il attendait et il se mit à rire.

– Quarante-neuf ans, mais, si vous êtes à mes côtés, je vieillirai bien, bien plus lentement. Il n'y a qu'une seule chose que je vous demande. Et ne montez pas sur vos grands chevaux avant d'avoir entendu laquelle.

Perdue dans cette déclaration d'amour qui lui avait coupé le souffle, elle demanda rêveusement :

– Laquelle ?

– Votre amour. En aurez-vous assez dans votre cœur pour moi ?

– Oh ! oui !

Et c'était si vrai, alors qu'elle avait failli tout gâcher !

– Alors, m'épouserez-vous ?

– Mais, les ragots...

– Bof ! J'ai passé l'âge de m'en soucier, et je suis assez riche pour me montrer anticonventionnel si cela me chante. Mon indépendance d'esprit compte autant à mes yeux que la vôtre. Quel autre obstacle allez-vous trouver à notre bonheur ?

Elle eut un regard plein de malice.

– Je ne ferai pas une épouse ordinaire, Geoffrey. Je suis quelquefois impossible. Êtes-vous sûr de vouloir épouser une femme d'affaires ?

– Aussi longtemps qu'elle voudra bien m'aimer. Je serai ravi de voir ma femme bâtir un empire que bien des hommes lui envieront.

Grâce à Thomas, il avait appris les déboires de Sarah Jane auprès des banquiers et était intervenu auprès de son vieil ami Benson ; jamais elle ne saurait d'où venait l'argent. Elle posa un baiser sur sa joue.

– Je vous aimerai toujours.

Il la prit dans ses bras et l'embrassa tendrement ; elle répondit avec chaleur et sans réserve, ce qui le ravit, éveillant en lui une passion qu'il croyait éteinte à jamais.

– Sarah Jane, mon amour...

Elle sourit à travers ses larmes, les yeux brillants comme des émeraudes, telle une enfant innocente.

– Si l'on m'avait dit, quand je m'attendais à être renvoyée, tremblante dans votre bibliothèque, qu'un jour vous et moi... J'ai toujours eu l'ambition de devenir une dame, mais jamais je n'ai envisagé que cela se passerait ainsi.

– Ma très chère... Je crois que je vous aime depuis longtemps sans oser me l'avouer. Sans doute depuis le jour où je vous ai rencontrée au seuil de votre école et où vous m'avez parlé des ouvriers. Vous ne l'aviez pas deviné ?

– Non. Je croyais que vous me considériez toujours comme une domestique.

– Oh ! que non ! Vous n'avez rien d'une domestique. Vous êtes la plus adorable des créatures que j'ai jamais connues.

En soupirant, elle se laissa aller dans ses bras, la tête contre son épaule.

– Je tiens toujours à mes écoles, Geoffrey. Amelia m'a beaucoup aidée.

– Moi aussi, j'y tiens. Et, cela vous ferait-il plaisir que nous votions une loi obligeant à payer les ouvriers en argent liquide et à fournir les boutiques de chantier en bonnes marchandises, à prix honnêtes ?

– Oh ! oui. Mais il faudra nommer des inspecteurs.

Il l'embrassa en riant.

– Je vois ce que voulait dire Henry Carter en affirmant que vous le harceliez !

– Je suis désolée, je ne connais pas d'autre moyen d'agir.

– Il ne faut pas être désolée. Sans les gens tels que vous, la vie serait bien ennuyeuse !

– Pourtant, il y a pas mal de choses que je regrette.

– Ne regrettez jamais, Sarah Jane, car vous avez fait beaucoup et ferez encore. Tout a commencé à Chevington House et continuera de là, mais ensemble désormais.

– Avec Jason.

– Bien sûr. J'aime cet enfant, il fait partie de vous et de moi. Et il y en aura peut-être d'autres...

Elle rougit.

– Je n'arrive pas à y croire.

Il dessina la ligne de ses lèvres du bout du doigt puis l'attira contre lui.

– Vous y croirez quand nous serons mariés.

Elle leva la main vers le visage de Geoffrey.

– Je ne suis pas très patiente, monsieur le comte.

– Maintenant, belle dame ? demanda-t-il en riant.

Elle hocha la tête et l'entraîna dans sa chambre.

– Vous n'aurez pas de regret ?

Il ferma la porte d'un coup de talon.

– Non, jamais. Et vous ?

– Aucun.

Trois semaines plus tard, au cours d'une cérémonie très simple dans la petite église de Chevington, en présence de Jason et de quelques amis proches, Sarah Jane devint Lady Chevington. Puis ils passèrent trois semaines merveilleuses à Londres, à faire connaissance l'un de l'autre, tout en s'occupant de leurs affaires respectives.

Seul nuage dans le bonheur de Sarah Jane, Billy ! Si seulement elle avait été sûre qu'il soit sain et sauf ! Thomas n'avait pas retrouvé sa trace. Ce fut le soldat Harker qui eut le mot de la fin.

Sarah Jane reçut une lettre fort mal écrite dans laquelle il racontait avoir vu Billy et l'avoir persuadé de partir en Amérique. « C'était la seule solution. À New York, il pourra changer de vie. C'est un bon petit gars, ce Billy, et il s'en sortira, aussi n'ayez pas de chagrin pour lui. »

C'était signé « Un ami », comme si l'expéditeur avait craint que la lettre ne tombe entre de mauvaises mains.

Depuis qu'ils avaient suivi cette longue route menant à l'hospice, son chemin et celui de Billy s'étaient séparés ; de temps en temps, le destin les avait réunis au même endroit – à l'inauguration de l'exposition, à Hailey Common –, mais pour les arracher aussitôt l'un à l'autre. Était-ce écrit depuis le premier jour, lorsque Geoffrey les avait vus jouer dans les chaumes ? Ne se rencontreraient-ils jamais plus ?

– Dois-je considérer cela comme une conclusion ? demanda-t-elle en tendant la lettre à son mari. Je ne le reverrai donc jamais ?

– C'est bien long, jamais, Sarah Jane.

Il ne voulait ni lui redonner espoir ni le lui ôter ; il ne souhaitait pas non plus que le jeune homme passe en cour martiale pour avoir tiré sur Timothy, ce qui aurait désespéré la jeune femme.

– Le soldat a raison. Billy a une chance de refaire sa vie en Amérique, je pense que tu dois t'en réjouir.

– Je l'ai laissé tomber.

– Arrête de te le reprocher, ma chérie. Billy avait le choix, tout comme toi. Tu n'es pas responsable de ses erreurs. Vous étiez des enfants lorsque vous êtes arrivés à l'hospice, rien n'est de votre faute. Sans doute, un jour, quand il sera établi, recevras-tu une lettre de lui.

– J'espère qu'il trouvera le bonheur, tout comme je l'ai trouvé.

Il porta sa main à ses lèvres.

– Ma chère Sarah Jane, tu le reverras, mais il faut le laisser aller à son gré. C'est un esprit libre, comme toi, et il découvrira sa voie.

Elle sourit à celui qui tenait son bonheur entre ses mains ; des mains sûres, elle le savait. La route avait été longue, très longue, depuis les chaumes de Penny Drift, mais elle avait enfin un foyer et un époux qui serait à son côté pour le restant de sa vie, car cela était écrit depuis toujours.

Cet ouvrage composé
par D.V. Arts Graphiques 28700 Francourville
a été achevé d'imprimer sur presse Cameron
dans les ateliers de Brodard et Taupin
à La Flèche (Sarthe)
en avril 1995
pour le compte des Éditions de l'Archipel
département éditorial de la SARL
Écriture-Communication

Imprimé en France
N° d'édition : 95 – N° d'impression : 6261 L-5
Dépôt légal : avril 1995